― 文庫改訂版 ―

ナーダ・サーガ

無の国の物語

茂木光春
Motegi Mitsuharu

JN094614

幻冬舎 MC

一　ナーダの国へ難破漂着す

光が走る、突き刺さる、瞼に、瞳に、鋭く突き刺さって来る。

眩しい、痛いほど眩しい。ふっと、瞼が開く、瞳が開く。千の光の中へ、おびただしい光に抱えられ、光に抱きすくめられて、光さざめく中、手も足も、体全部、横たわっているのが、見える、見えて来る。目に見えているこの体は誰だろう、誰のだろう、ぼくか、ぼくのか、しかし、ぼくとは誰だろう。

じゃりじゃりと、砂浜のようなところ、時折、足のどこか、水しぶきのようなものがかかり、潮のうねりのような音の聞こえるこの場所、この光景はどこなんだろう。

這い出す、這い上がる。光の中へとさらけ出る。立ち上がろうとする。膝ごと、がくがくと、崩れる。ぐずぐずと、ひるこの身、ひるこの骨。肘が痛い、腕が痛い、膝が痛い、体中がぎしぎしと痛む。立ち上がらねば、立ち上がらなければ。眩暈《めまい》の中を、眩暈と共に立ち上がる、そしてまた倒れる。

ぼくは辺りを見回す。倒れたまま、転がったまま、見回す。むんむんと、暑さが亡霊のごとくうごめいている。その暑い湿気に、光が濡れている。光が水飴のごとくねばつく。暑い水飴の光だ。瞼がねばつく、瞳がねばつく。見えて来る。徐々に、かすかに、朦朧《もうろう》と、白い砂浜、白い陽炎、砂利や貝殻や海藻の切れっ端が、さわさわと、ざわざわと、見えて来る。その上を、カニが、長さ二センチもある、いやにでかい、体よりも大きい、ぎざぎざのハサミを持ったカニが、何匹も、ゆっくりと這い回っている。ふいにそいつが目の前に近づき、立ち止まり、出目の目を、じっと突き出し、ぼくの顔を見上げる。かすかに、極細の、うぶ毛のごときものが生えた、二本のハサミをゆっくりと曲げ、目の前のぼくが岩か木か動物か昆虫か見定めようとするごとく見つめ、やがて、こいつは食えたものじゃないと、ふいに向こうへと這い出し、去って行く。

辺り一面、白い陽炎だ。砂浜の無数の砂の先端に、光の粒々とした滴が極小の王冠となってきらめいている。砂浜はどこまでも続いている。果てしない青い海と果てしない青い空と果てしない白い砂浜と。そして衣服は切れ切れに破れ、切り傷だらけ、打ち身だらけのほとんど裸同然のぼく、あるのはそれだけだ。

どうしてぼくはここに居るのだろう。どうしてここに海藻の切れ端のごとく砂浜に横たわっているのだろう。朦朧として、内も外も、果てもない空白である。

ぼくは立ち上がる。そして歩き出す。何歩か、前に進み出る。しかし、記憶がない。思い出されて来るものがない。空白を引きずっているだけだ。百年の空白か、千年の空白か、その空白の澪《みお》の先端を、今こうしてよろよろと震え出しているばかり。虚無体というか虚空体というか、それがぼくと称し、ぼくというかすかな最後の記憶の破片のごときものに取りすがって歩いている。ただ、痛みだけはある。肘や腕や膝や頭の痛みだけはある。流された痛み、流されて来た痛み。何百年も何千年も流されて来たごとき痛み、それだけはある。そんな痛みが、ぼくなのかもしれぬ、ぼくと言わせているのかもしれぬ。痛みが、痛みつつ、ぼくと感じ、ぼくと称しているだけなのかもしれぬ。ぼくとは、極薄の、痛みの破片、痛みの金箔にすぎないのかもしれぬ。

見えて来た。左手の砂浜を上がった真向かいに、大きな石の群れが、岩でもなく自然石でもない、切り出された、崩れた、石垣が、地面に半ば埋もれ、半ば露出し、斜めに傾き、横に倒れ、何段にも積み重なった石垣の並びが見えて来た。奥へと徐々に高く、何段にも何列にも並んだ石垣の奥に、何本もの石柱が、それによって支えられていたとおぼしい屋根も破風もなく、露出し、崩れ残って、建っている。その奥にはかつての宮殿か神殿か、その遺跡を思わせる石造りの壁や床の跡が、至るところに、並び、転がり、広がっているのだ。

ぼくは、傷ついた空白体、痛む虚空体を引きずって、そこへと歩を進めた。なぜか広大な石造りの遺跡を目の当たりにして、わが姿を眼前にしているごとき、摩訶不思議な親しさを覚えた。百年の、千年の、わが内なる荒廃が外部に今初めて露わになっているがごとき思いを抱いたのである。

しかも、その時、一個の妙なる花の香りが漂って来るのが感じられた。懈《け》怠《たい》の、懶《らん》惰《だ》の、濃密な花の香り。熱帯の寄生蘭のごとき、強い重い甘美な匂い。それを一度吸えば、百個の夢幻が通り過ぎるがごとき、時の煮詰まった、妖しい匂いが感じられたのだ。どこから匂っているのだろう。どこから匂って来るのだろう。花の姿は見えない。遺跡のごとき崩壊した建物群の周囲には、たしかに樹木は見えている。しかし、花は見えない。まるで空気そのものが一個の名状しがたい匂いを放って、漂い、蒸れているのか。それとも、すでに形を失った目に見えない存在が、それでもなお、匂いだけは、その存在の追憶のごとく、その存在の遺跡のごとく漂い、うごめき、佇立しているのか。あるいは、ここは一切香世界とでも言う世界であって、どのような存在も、存在としては姿なきものでありながら、それぞれ一個の香りをもって存在しているがごとき、不可思議な時空間に巻き込まれているというのか。

遠くに、石壁の崩れた蔭の向こうに、人影のごときものが動くのが感じられた。やがてその影は、人の姿となり、女性の姿となって、石壁の向こうをゆっくりと歩いているのが見えて来た。ぼくは震える足を縺れさせ、転がるように、倒れるようにして、その方へと歩いて行った。急ごうにも、足は心を裏切り、心のままにならず、土からできているごとく、ぼくを下の石床に繋ぎ留めようとした。

三つ目の角を曲がった途端、目の前に一人の女性が現れた。それは実に突然の出現であった。ぼくが驚いた以上に女性も驚いたようであった。ぼくの存在に気が付いて、ぼくの方に向かって近づいて来たのではなく、ただ何かの用事があって、こちらに向かっていたごとくであった。

女性は白いサーリーのごとき長衣をふわりと纏い、黒い長い髪の毛に、オレンジ色のヘアバンドを締め、そこに蘭の花のごときものを挿している。深々と黒い目、白い頬、秀でた額、若いのに落ち着きじっと見つめるその目、その顔、その面差しは澄んだ底の知れない清艶さを漲らせている。しかも不思議なことに、長い、緩やかな長衣そのものが、風を受けた訳でもないのにふわりと揺れると、そのままで、長衣はかすかに薄れ、すっと消えて行き、その下の内部の肉体を浮き立たせ、白いしなやかな絶世の肉体をほおっとかいま見せるごとくであった。しかも、それは女性の意志でそうしているのではなく、長衣そのものの変化自在な、言わば、有無自在な、瞬時の変幻力によるものであるごとく、女性はそのことに気づくこともなく、ぼくをじっと見つめ尽くすばかりであった。さらに驚きはそれだけではなかった。その先があって、ぼくを不可思議な夢幻境に連れ去ったのだ。時に長衣が消え去り、見えなくなり、裸の女性の肉体のままになるだけではなく、やがて、女性の肉体そのものさえ、長衣の消えるに連れて、見えなくなり、消え失せているごとき瞬間があることだった。それはすうっと消えて行き、やがてまたかすかに見え始め、姿を見せるのであった。

しかし、そこからは得も言われぬ香りを放っているのが感じられ、若い女性の姿の神出鬼没にかかわりなく、漂っていた。もしかしたら、先刻嗅いだ匂いはこの女性の肉体から放たれ、漂い来たったものではないか。白い、濃密な花の匂い。目の前の存在は、清艶なる蘭の花の精のごときものなのか。思わず深呼吸をする。途端に花の匂いは、気管を通り、肺を通り、血液に沁み込み、瞬く間に体全体に隈なく沁み渡って行くのが感じられる。いや、むしろ、目の前の女性の姿は、その瞬間徐々に透明に薄れ、霞んで行くごとく、白い衣そのものも、ふわりと胸の辺りから揺れてこちらに持ち上げられ吸い寄せられるがごとき、そして、もっと激しく深呼吸をしたならば、白い衣ごと、その姿全体は、まるでアラジンの魔法のランプのごとく、ぼくの鼻の中へと吸い込まれて行くのではないかとおののかれた。

「あのう……」

女性は濡れた薄桃色の唇をかすかに開いて、そう言った。そしてぼくをまじまじと見つめた。深い恐れを知らぬ純なる瞳、純粋な眼差し、香しい、花の芯を秘めた、妖しいまでの美に満ちた瞳をもって、ぼくを見つめたのである。

「あなたはどなたさまですか」

真っすぐに、その声は花の香りのごとく、ぼくの顔に向かって漂い来たった。

ぼくの方こそ、最初にその質問を放つべきであった。そのことがまず悔やまれた。

そして、直後、自分が質問に対してどのような答えをも見出せないことに気が付いた。

「ぼくは、ぼくは……」

それ以上に言葉が出て来なかった。

「何も思い出すことができません。ぼくが誰であるかさえ分かりません」

そこまでは言うことはできた。

「もしかしたらあなたはこの浜辺に漂着した方ではありませんか。この島、この国へは、今までにいろんな人々が漂着し、流れ着き、打ち上げられ、たどり着いて参りました。ですから、もしかしたらあなたは船が難破して、かろうじてこの島に流れ着いた方ではありませんか。そんな記憶はございませんか」

「いいえ、分かりません。まったく記憶がないんです」

「そうですか。ここは嵐の通り道ですから難破船も多く、それに海のただ中でいろんな敵対する国の間にある島なので、難民も多く、亡命者も多いのです。お洋服が破れてお体も傷だらけ。ああ、頭のところ、毛髪が血で濡れています。やはり難破に遭った方に違いありません」

女性は、女性と言っても十八か十九の若い女性。だから少女と言ってもいいのかもしれない。その少女が、奇妙な断固とした口調でそう宣言した。

「いずれきっと思い出す時が来るでしょう。急ぐことはありません」

「それでは、あなたはどういう人なんですか」

ぼくが質問する番になった。

「私はセイレイと言います」

「それに、ここはどこですか、何と言う国ですか」

「ナーダの国と言います」

「何ですって。何と言いましたか」

「ナーダ、ナーダ、ナーダの国」

「それ、聞いたことがありません」

「何もない国、何でもある国」

「ぼくの想像を絶しています」

「この宇宙には人間の想像を絶した事柄がいくらでもあります。私の国の名前を聞いたくらいで驚くなんて、それはまだ序の口にすぎません」

「でも、そんな国がこの地球上に存在するとは思ってもみなかったことです」

「地球は一つではありません。見えない地球、目に見えない地球というものが存在しているのです。あなたの言う地球と同時に、それに重なりながら、もう一つの、ある神秘の時間を生きている地球というものが存在しているのです」

「ああ、いよいよ分からない」

「分からなくてもかまいません。今存在しているものも、かつては想像されたものにすぎませんでした。ですから今想像の中にしかないものも、あるいは今は想像さえできないものも、時至れば、自明の存在、自明の事実になって来るものなのです」

「そうしますと、ぼくがあなたを見ることができ、あなたを取り囲んでいる目の前の風景を見ることができるのも、もしかしたら、ぼくがあなたの言われる、ある神秘の時間を生き始めたからでしょうか」

「よく気が付かれました。その通りです。あなたがある神秘な時間感覚を獲得したからにほかなりません」

「でも、分からない、何もかも分からない」

「そうです、それでいいのです。分からないということが、神秘の時間を生きる最初の感覚です。不知の尊さを知らないものはこの国を生きることはできません。不知この国への唯一の狭き門です。既知の国だけを旅するものは未知を発見することはできません。そして未知の中にしか認識の宝は存在していないのです。ですから勇気をもって、ここを、この国を楽しんでください」

「あなたは一体誰なのですか。輝くばかりに美しい、まるで十八歳の楊貴妃のような、まるで十九歳のクレオパトラのような、もちろん、ぼくは実際には見たこともありませんが、そんな美貌の女性にも匹敵するような、若く美しいあなたは一体誰なのですか。それに、若いお人でありながら、ぼくにも分からないような智慧の言葉を易々とおっしゃる、あなたは一体誰なのですか」

「そうでしたね。まだ私のことを一言も言いませんでしたね。私はこの国のどこにでもいるただの少女にすぎません。ですけど、たしかに、私は今十九歳ですが、同時に八十歳でもあり百八十歳でもあるのです。この国の人々はすべて三重の年齢を持っております。私、いらぬことを申してしまいました。それでは、どうか、これから、私をセイレイと呼んでいただいて、何でも用事を言いつけてください。この島では、漂着した人に最初に出会った者が、その人を世話することになっているのです。ですから、どうぞ、こちらへ、これから、あなたをこの国にご案内し、お世話することにいたしましょう」

少女はそう言って踵を返して背を向けると、ぼくの前をゆるりと歩き出した。かすかな蘭の花の香り、ふっとぼくを酔わせ、ぼくを狂わせるがごとき、濃密な、そしてどこか狂艶な、寄生蘭の花の香りのごときものを漂わせながら歩き出した。長い黒髪にオレンジのヘアバンドを締め、白いサーリーのごとき衣を纏い、足にはトカゲの革のサンダルを革紐をもって結わえて履き、静々と歩き始めたのである。しかも、時に、白い衣はふとした瞬間にかすれて行き、見えなくなり、白い、すべすべと艶やかな裸体だけが浮かび上がり、やがてふっとその裸体までがかすれて行き、見えなくなって、ただ蘭の花の匂いが漂うばかり。と、また、肉体は現れ、白い衣は現れ、何事もなかったごとく、一人のサーリーを纏った少女が目の前を歩いて行くのだ。

少女は存在から半存在へ、半存在から非存在へと消えて行き、そしてまた非存在から半存在へ、半存在から存在へと現れて来る、何か絶え間ない変容のただ中にいるようだった。ぼくにそう見えているにすぎないのか、文字通りそうなのか、皆目分からない。しかも、その中にあって、蘭の花の香りだけは変わらず漂い続けているのであってみれば、もしかしたら、少女の存在そのものは蘭の花の化身か、蘭の花の精か、その絶え間ない変身か、そのいずれかもしれないと考えられたが、あくまでぼくの想像で、ただ一人の少女がいて、そこから蘭の花の香りが発散され漂い来っているにすぎないのかもしれなかった。

しかし、分からない。何もかも分からない。しかも分からないということが神秘の時間感覚の始まりであり、その世界へ入る唯一の狭き門だと少女は言った。であれば、ぼくはすでにそんな神秘世界に入っているのかもしれない。いずれにせよ、少女がすらすらとそんな深い言葉を言ったというのは、その時十九歳の少女が言っているのではなくて、少女の不思議な言葉をもってすれば、少女の中の八十歳の老女、百八十歳の大老女がそう言い出しているのかもしれなかった。三重の年齢を生きている、三重の年齢を持っているとは不思議なことだった。

「あのう」

少女が振り返って言った。

「何でしょうか」

ぼくは極めて従順に返事をした。

「あなたのお顔、あなたの衣服は大変汚れています。それに怪我をなさっているかもしれません。ですから、こちらに来ていただいて、どうか身を清めてください。この国の第一の務めは清浄です。たえず身を清めることです。この世に姿を現すこと、この世に存在することは汚れることです。身を汚すことです。ですから、たえず身を清めることが必要なんです。そして身を清めるというのは身を元に戻すこと、あるいは、身をたえず変容させることです。汚れの原因は時間です、時間の経過です。ですからたえず時間を前に戻すことが必要ですし、時間をたえず変容させて行くことが必要なんです。何が一番清浄でしょうか。清浄の最たるものは無です、非存在です。それからもう一つ、原始です。空間の始まりの無と時間の始まりの原始と、この二つをおいて、清浄なものはありません。ですから無と原始へとたえず帰る必要があるんです。さあ、どうぞ、こちらへいらっしゃってください」

少女はぼくを導いた。遺跡とも廃墟ともつかぬ石壁の間の、地下へと通じる通路ないしは迷路の中を、七曲がり、八曲がり、さらにはそれ以上の角を曲がりながら地下深く進んで行った。壁にはランプがいくつも掲げられてあった。何段も下って水平の石畳の上を歩いて行き、右に左に曲がって一種の迷路をどこまでも進んだ時に、目の前に、忽然として広い円形の広場が現れた。そして中央に大理石で囲まれた円形の噴水の池が、満々と水を湛えて、広がっているのが見えた。池の中央にはとぐろを巻いた巨大な竜の石像が蹲《うずくま》り、その台座の周囲から噴水が上へ放たれ、竜の口からはたえず水が溢れ出し噴出し続けていた。

「さあ、どうぞ、ゾアの泉にお入りください。これは命の泉、竜の泉です。この泉に入って、その水を浴びれば、身を清めるばかりでなく、心も同時に清められるのです。身を清めようとか心を清めようとか考えるまでもなく、水を浴びれば、自ずから清まるのです。さあ、どうぞ、衣服を脱いで、中へお入りください。さあ、さあ、恥ずかしがることはありません。裸になることは恥ではありません。汚れがあるから恥ずかしいんです。汚れがなければ何を恥ずかしがることがありましょうか。一番の汚れなきものは無です、一番の裸なるものは無です。ですから無は何一つ恥ずかしがるものを持ちません。無こそ清浄そのものです。無垢そのものです。それに比べれば、形あるものは、形あることで、すでに汚れたものです。ですからたえず清めることが必要であり、禊《みそぎ》が必要にもなるのです。私は着換えの衣類を取りに行ってきます。では、どうぞ、身を清めてください」

少女はそう言っておもむろに立ち去った。

ぼくは噴水の前に一人になった。汚れた衣服を全部脱いで、噴水の池に入った。そして泉水の中央、竜の口の前へと近づいた。途端に、竜はまるで石造ではなくて生き物であるがごとく首をもたげ、顔を一振りしてやや後ろに引っ込めるや、口から勢い猛に、水を、ぼくの顔に、体に、浴びせかけて来た。それは不意だったからよける暇もなく、全身をしたたかに打ち据え、激しく叩いた。しゅうしゅうと噴き出す水の勢いはやがて、最後の一撃とでも言うごとく横殴りに吹き付けて来て、ぼくを水の中へと横倒しに転がしてしまった。

泉の白い竜は水を吐くのを止めるどころか、ぼくを試すがごとく、鎌首をもたげ、後ろに引き下がり、一メーターも二メーターも高く背伸びをしては水を吹きかけて来る。その目は爛爛と輝き、睨み、射抜くがごとく、ぐっと近づいては、ぼくの惰気、ぼくの邪気、ぼくの弱気を挫き、取り抑えるがごとく迫った。ぼくは倒れては立ち上がり、倒れてはまた立ち上がった。耳に、鼻に、口に、目に、水を浴び、水に貫かれ、ずぶ濡れになり、水浸しになり、濡れ鼠になり、なおも立ち上がって竜の面前に立ち向かい、吹き付ける水を浴びた。ついには、目は見えず、耳は聞こえず、呆然とし、朦朧となって、下の水の中へと、仰向けに倒れてしまった。

やがて、少女が突然のようにして姿を現した。ぼくに近づき、ぼくを助け起こして、池の端へと導いた。いつの間にか、噴水の水の音も、竜の口から噴き出す水の音も聞こえなくなっていた。辺りは急に静かになった。

「さあ、どうか、立ち上がってください。ゾアの清めは終わりました。あなたは生まれ変わりました。この国の住人となりました。さあ、どうぞ、ゾアの泉から上がって、私と同じ白いサーリーに着換えてください。これから案内いたします」

ぼくは言われた通りにした。泉の大理石の縁から上がって、用意された下着と白いサーリーを羽織ったのであった。そして今まで使っていた唯一の所持品たるベルトを締めた。サーリーは絹製なのか、非常に軽く、しかも着た途端、なぜか知らないが、自分の体自体が非常に軽く、まるで体重を失ったごとくふわっと浮き立ち、鳥の翼だけの存在と化したごとき浮遊感を覚えた。見れば、あくまで自分の体はそのまま、足は地面に、体は地面に垂直に立っているにもかかわらず、この浮遊感であった。

何かが変わったようである。しかし何が変わったかは分からなかった。また、どうして変わったのかも分からなかった。魔法のサーリーだったたか。

二　バザー・ナーダ（ナンを売る尼僧など）

白い広々とした通路、両側の壮麗な壁画の描かれた大理石の壁に沿って、歩いて行った。一定の間隔で置かれた両側のランプが、落ち着いた光を前に落としていた。その中を少女は静々と進んで行く。ぼくもその後に従って行く。少女の姿から、またしても、清艶な寄生蘭の花の匂いのごときものが匂い出し、漂い出して、後に続くぼくのどこにあるとも知れない性感を疼かせた。

やがて、少女はさらに広い石の階段を下り始めた。階段の両脇にもランプが掲げられてあって、足下を照らしている。少女は粛々と進んで行く。もうぼくの方を振り返ることもない。ここはどこなのか。どこへ行こうとしているのか。何段も何段も果てもない、階段を下って、何か、地下帝国か、地下王国か、そんな失われた世界へと下りつつあるのか。不意にアーチ型の入口が見えた。

入った途端、ぼくは目の前の光景に唖然となった。自分が立っている場所から、何段も下ったところに、ドーム型の円形天井になった途方もない巨大なホールが出現したのである。長方形の広大な面積を占めて、見渡す限り、バザーのごとき市が開かれているのか、店が何十何百となく並び、その間を通路が走り、そしてそこを人々が群れをなして歩き、動き、品物を売り買いしている姿が見えたからであった。しかもその広さはテニスコートが二十面ほども取れるほどの空間であって、下は石畳、周囲はそのところどころに何個も入口があって、四方八方に通路が通じ、別の地下空間へと繋がっているようだった。

驚いたことは、ここへ来るまで、この光景はもちろん、そこから放たれる騒音にすこしも気が付かなかったことであった。一種のすり鉢状になった空間の周囲を抱くように設計された大理石の防音壁のごときもののせいだと思ってもみたが、真の理由は分からなかった。

「さぞかし驚かれたことでしょうね」

少女はようやくぼくの方を振り返り、美しい微笑を浮かべながら言った。

「ここは一週間に一度開かれるナーダ・グッズを売り買いする広場、バザー・ナーダです。この国の日用品または必需品が、すべてとは言いませんが、主なものを網羅してありまして、大変な賑わいを呈している所でもあり一日でもあるのです。それに今日はNondayと言って無曜日です。その日に限ってこのバザー・ナーダが開かれるんです。

その国を知りたいならその国の食べ物を食べよと言いますから、まずこのバザーの中を歩いて、何でも結構ですから試食してみてください。もちろん他の品物もございます。さあ、どうぞ、自由にバザーを楽しんでください。私から離れても迷子になることはありません。私はいつでもあなたを見つけることができ、すぐにでも参りますから。それにこの世は迷路です。そして迷子になることほど楽しいことはありません。もっと言えば、この世は無路、そして無子になることほど楽しいことはありません。そうではございませんか」

少女はそう言って、すうっと消えた。どこかへ歩み去ったというよりもむしろ、あくまですうっと消えたのである。少女の言うことなすこと、不思議さの連続であり、驚きの連続だった。しかしそれは少女自体のというより、この国の不思議さであり、その反映にすぎないのかもしれなかった。

ぼくは一人残され、途方に暮れつつも、目の前の光景にはや心を奪われて行った。途方もない人たち、売り買いする人々の群れで一杯であり、その声が会場にこだまし、反響して、足下が揺れ動くかとも思われたほどであった。人々はほとんどが白いサーリーを身に纏い、子供はもちろん女の人も老人も同じ服装だった。

ぼくは階段を下りて行った。いろんな店が出ていた。それらは朝市のごとく、ノミの市のごとく、フリーマーケットのごとく、骨董市のごとくであり、古いもの、新しいもの、それはもう何でもあって、食べ物、道具、衣服、玩具、書画骨董、その他衣食住に関するあらゆるものがあった。それに、店が並んでいるだけではなく、手品師などの大道芸人もいれば、居合抜きなどの武芸者、似顔絵師、ヨガ師、断食芸人もおり、ゲームコーナーもあれば、囲碁将棋チェスなどの勝ち抜きコーナーなど、その他数限りもない見世物小屋が延々と続いているごとくであった。

一人の女性が、白いサーリーを身に纏い、黒髪にオレンジ色のヘアバンドを締め、眉間に黒いほくろをつけて、すらりと背高く、白い、あくまで白い腕を、しなやかに曲げかつ伸ばしつつ、しとやかに艶やかに口上を述べつつあった。

「さあ、どうかこれを見てくださいませ。これは何と言い、何と呼ぶものでございましょうか。まさにこれはナンと言い、ナンと呼ぶものでございます。南の国の日常食でございまして、賤しき乞食の方々からいとやむごとなき聖者の方々に至るまで、日々食する日常食でございます」

そう口上を述べつつ、しとやかな修道女とも比丘尼とも西の国の nun とも言えるような店の女性は、右手の手のひらに載せた一枚の平たいナンをくるくると回し始め、徐々に薄く広く伸ばして行き、瞬く間に手のひらの三倍、手のひらの十倍にもし、右手から左手に移し、移しつつさらに大きく広げた。と、ふいにそれを頭上に放り、背中の後ろ手で受け止め、前に移すや、くるくる回しつつ、さらに大きく広げた。そして、今度は、それを空中に放り上げるや、さあっと、身に纏う。途端に、それは白いサーリーそのものとなって、女性の白いサーリーと重なり、区別がつかなくなった。やがて、女性はその一端を指でつまんでさあっと引き下ろし、斜め前方へ放って吹き流しのごとくにし、今度はそいつを首の方へ引き寄せ、スカーフのごとくに何回りも首に巻き付けた。と見る間に、そいつをぐっと引っ張ってくるくると丸めて行き、一個の球体にまで丸めた。するとまた手のひらに載せられ、ぽいっと、押されて、元の平たいナンに戻った。

「ナンは自在な食べ物でございます。どんな形にもなりますし、どんな色にもなりますし、どんな味にもなりますし、どんな人にも好まれますし、どんな時にも食されますし、どんな場所でも食べられます。ナンは自在な食べ物、変幻の食べ物でございます。それではこれから、飛びきりの、聖なるナンをお目に掛け、また即売いたしたく思います。私たちナナリーの秘宝、私たちナン工房の秘仏、聖ナン、サクレ・ナーニ、サグラダ・ナンダをご覧にいれましょう。

さあ、どうぞ、見てくださいませ。これでございます。何の変哲もない、ただのナンとしか見えないものでございますが、これこそは、かつてのインドはマカダ国のヴァイシャリ市に住した維摩詰尊者が食するのを習いとしたナン。しかも、その庵たる一間四方の方丈に詰めかけた三万三千三百三十三人の善男善女に施してなお余りが出たと伝えられる奇跡のナンでございます。たった一枚で三万三千三百三十三人の人の口を養ったのでございます。古くはユイマナンないしはイマナンと呼ばれて来たこのナン。二千年前にあり、以来、綿々と秘かに、ヴァイシャリ市の「ナーガルージュナ修道院」に、つまりは私たちの修道院でございますが、そこに秘仏、秘食として伝えられ、保存され、礼拝されて来たものでございます。

今、それをここに皆様にお目にかけるのでございます。今日初めての秘仏秘食ご開帳でございます。しかし何物も使われてこそその命をまっとうするものでございます。ですからいたずらに礼拝の対象として、敬して遠ざけるばかりが能ではありません。

さあ、それではこれから、秘仏秘食たるこのナンをレンジにかけて、焼き上げ、お集りの皆様に、最後の三万三千三百三十三人目の人に至るまで、お分けいたすことに致しましょう」

そう言って、修道女のごとき、比丘尼のごとき、尼さんのごとき、若い妙齢の店の女性は、立っていたすぐ左手のところにあった黒いレンジの中へと、手に持ったナンを入れたのである。目の前には大きな台にさまざまなナン製品が並び置かれてあり、じかに置かれてあるのもあり、ビニールに入ったものもあり、その形からしてメロンナンもあれば、アンパンナンもある。食パンナンもあれば、カレーナン、イチゴ大福ナン、ロールナン、クリームナン、チョコレートナン、三色ナン、シナモンナン、キャラナン、ナンダナン、ナーダナンなどもあって、数限りもないナン製品が並べて置かれてあった。中でも不思議なのは、ナンで作られたとおぼしい、十三重、十四重、十六重。いや、もっともっと、総計二十六重にも重なり合った塔、すなわち、二十六重の塔が、高さ二メーターにも達するほどの塔が、さまざまなナン製品の並んだほぼ中央に置かれてあったことだ。しかもそれには名前がついていて、「nun de babel」と書かれてあった。そのてっぺんはまだ完成されておらず、屋根がなかった。そのナン店にも人々が、白いサーリーを纏った人々が並び始めたのであった。

ぼくは先を急ぐことも、また目的も目標も目当てもなく、またぼくを急き立てる何らの食欲も喉の渇きもなかったから、足の赴くまま、というよりもむしろ、目の前に展開する数限りもない店の賑わいと人々の喧噪に目を奪われ、耳を奪われて、ほとんど上の空で当てどもなく歩いたと言っていい。

酒の即売会らしきものをやっている店があった。いろんな瓶を大瓶小瓶を何十本も何百本も並べてある中央に、見たところ六十余りの一人のおっさんがでんと座っているのである。上半身は裸ででっぷりと太り、太鼓腹で二段腹。二つの胸はむっくりと膨れて、まさに女性の胸そっくり。その乳首辺りには五六本の黒い毛が生え、体全体は赤みを帯びている。顔はと見れば、下ぶくれの赤ら顔で円満福相。頬は垂れて鼻は丸く、細い目の上には黒々とした眉毛が生えていた。頭に毛はなくして、つるつると禿げ、まさに布袋様の姿そっくりの人物であった。目は酔眼、すでにできあがっている顔である。

「いやあ、いいですな。飲まざるものは食うべからず。いや、いや、飲まざるものは生きるべからず。いやあ、皆の衆、飲んでくだされい。いくら飲んでも結構じゃ。しいん、しゃいん、しょいん。いや、いや、試飲なんてけちなことは言わん。さあ、さあ、いくらでも、いく日でも、飲んでくだされい。一日は長い。この国は一日二十五時間じゃ。いくら飲んでも日は暮れぬ。さあ、さあ、酒は百薬の長、千薬、万薬、億薬、兆薬の長じゃ。

さあて、皆の衆。ここにはな、驚くなかれ、と言ってもな、この世には驚くほどのものは何もござらん。いやあ、わしは何を言おうとしてるのか。愉快、愉快。言うことを忘れるくらい愉快なことはござらんて。言うことを忘れる、言葉を忘れる、自分を忘れる、世界を忘れる、これほど愉快なことがあろうか。これをアルツハイマーなどと言うのは、世間はつまらん。世界は忘却からできておる。人の一生は忘却から生まれて忘却に帰る一休み、風吹かば吹け雨降らば降れじゃね。

さあて、皆の衆。いいかね。ここにはの、かのイエス・キリストがの、最後の晩餐にじゃね、十二人の弟子たちに、お主たちも知っての通り、酒を振るまわれたろう、ワインよ、ワインを振るまわれたろう、地酒のナザレ・ワイン。それを弟子の一人一人に振るまい、これを、わしの血として、飲んでたもれと言ったとかいう話じゃ。いやあ、いい話ではないか。涙なくして語れぬほどのいい話だとは思わんか。そこでじゃ。まさにそのナザレ・ワイン。イエスさんとその弟子たちが飲み残した最後のワインが、今、ここに一本残っておるのじゃ。まさに二千年前の、年代物中の年代物。古酒中の古酒、これぞまさに今世紀最大の発見。ナザレ旧市街の遺跡発掘に伴い、その土中から掘り出された一本じゃね。名付けてヴィーノ・デ・シャラクセー。ロマネ・コンティなど足下にも及ばん優れもの、奇跡ものでござるぞ。さあ、皆の衆、それがここにある。このわしの店にあるのじゃ。これじゃ、これじゃ」

そう言いつつ、店の布袋おやじは手元に並んだいろんな瓶の中から、一本取り出して、右手をもって、高々と目の前に掲げてみせた。それは普通のワインの瓶ではなくて、つまりはガラス製ではなく素焼きの土器のごときもので、当時のテラコッタ製と見るべく、下側半分がずんぐりと丸く、上半分が急に細く鶴首のようになっている。一番上に両耳の取っ手があり、それは何か二匹の小さい竜を象《かたど》っているらしく、コルクの蓋がついている。至るところにまだ泥が付着していて、もちろん、ラベルも何もなく、表面にかすかながら鋭い刃物か何かで文字のごときものが刻まれてあった。たしか、それはラテン文字であろう。SHARAXÉE と書かれてあるようであった。

布袋おやじはそれを振ってみて、

「ほれ、音がするじゃろう。まだ残っておる証拠じゃね。三分の一はあるだろう。いやあ､実にいい音がする。まるで水琴窟のごとき音じゃね。いや、それだけじゃない。ほれ、お主たち、聞こえるか。よおく耳を澄まして聞いてごらんね。りんりん、りんりんと言う音に混じって、ほれ、人の声のごときもの、細い、遠い、かすかな人の声が聞こえるとは思わんか。そうだ、これはの、最後の晩餐の時に、居並ぶ弟子たちに向かって、囁くがごとく語った、イエスさんの声と違うか。そうだ、間違いない。これぞまさしく、一個のタイムカプセル。その時のイエスさんの声を聞こえるがままに封じ込め、コルクの蓋を閉めたものじゃ。ほれ、遠く、細く、かすかに「このパンを余の肉と、このワインを余の血として、飲みかつ食うてたもれ」とそう言う声が聞こえるではないか。いやあ、二千年前のイエスさんの声がリアルタイムで聞こえているということじゃ。すごい、すごい。わしの手元にそれがあったとはな。さあ、それではコルクを開けて、お主たちと、イエスさんの声を、福音を聞くとしようかの。そしてな、その声を聞きながら、この古酒を、このナザレ・ワインを、このVINO DE SHARAXÉEを、お主たちに頒付することにしようぞ。さあさ、一杯千両《りゃん》、一杯千両じゃ。この時をはずして、世紀のワインを、奇跡中の奇跡たるミラクル・ワインを飲む機会は失せてしまうですぞ。さあ、さあ、ごらんあれ。お試しあれ」

白いサーリーを纏った人々が、ここでもまたずらっと並び始めた。

その店はワインだけ売っているのではなくて、しかもワインセラーなどに入っている訳ではなく、無造作に、縦に並べられ、横に並べられ、斜めに並べられてあるだけである。その上、ビールもあれば、ウイスキーも、ブランディも、紹興酒も、老酒も、日本酒も、焼酎もあって、世界中の酒が一堂に会して並んでいたと言っていい。数限りのない酒の銘柄を見ているだけで酔いが回って来たようで、ぼくは布袋おやじをもう一度見てから、次の店に向かった。

花屋が見えて来た。それはもう大きな店で、店の前にまで花が溢れ、並び置かれてあった。数百本、いや、数千本もあろうかと思われるほどの、無数の花に囲まれて、その中に一人の女性が甲斐甲斐しく働いているのが見えた。その姿は花屋の店員に相応しく、極めて優雅で華やかで、美を極めているものであった。しかもまだ十八、九の少女。若々しい声を張り上げて、通りすがる客たちに呼びかけているのである。

「皆さま、どうかお寄りになってくださいませ。見るだけでも結構でございます。そして、もしお気に召すものが、たとえ一本でもございましたら、お買い求めくださいませ。私どもの、この店は、ナーダ国一番の花の総本舗、ナーダ・フローラの第一支店でございます。皆さまも知っての通り、ナーダ国は花で満ち溢れた国、花の国でございますから、それはもう無慮無数の花の種類があります。世界にも輸出しておりますす。そのすべてをこの店に集めて販売する訳には参りませんが、本店のナーダ・フローラに参りますれば、そのすべてを見かつ購入することが可能でございます。ここはあくまで主なものの見本市とお考えなさって、ご覧になってください。

さあ、皆様、どうぞ、見てください。いくらでもございます。菊の花、バラの花、椿の花、梅の花、桜の花、桃の花、ツツジの花、クチナシの花、ダリア、水仙、ヒヤシンス、白蘭、黄蘭、胡蝶蘭、シンビジュウム、シンピジュウム、シンポジュウム、ツキミソウ、クラヤミソウ、ヒヨリミソウ、ジンチョウゲ、シンチョウゲ、チンチョウゲ、アヤメ、アイリス、ショウブの花、仙人花、天人花、善人花、竜舌蘭、象舌蘭、毒舌蘭、スミレ、タンポポ、ナズナの花、杉の花、栗の花、欅の花。モミジに咲く花もございます。松や楠や縄文杉やウドやアスパラやコケやカビに咲く花もございます。水中花や泥中花や天上花、極楽鳥花や弥勒鳥花や阿弥陀鳥花もございます。そうです、皆様はよき時に参りました。このナーダの国にしかないと言われ、またそう信じられておりましたのに、いまだ発見もされずにおりました夢の花、奇跡の花が、都から遠く離れた山中の古寺に発見されたのでございます。長年に亘って私たちナーダ・フローラのスタッフによって、調査され、探索され、踏査されて、ついに発見されたものでございまして、しかも、伝説上名高い名花であることが判明したのでございます。それを今ここに一枝お持ちしております。さあ、それでは、この花をご覧になってくださいませ。これこそは釈迦入滅の前、最後の説法の時に居並ぶ何千もの弟子たちを前にして、四十九年一字不説と言って、後は沈黙、やがて、おもむろに一枝の花を取り上げ、頭上に高々と掲げたのでございます。そしてそのまま、お釈迦さまは眼前の弟子たちの顔を一人一人見つめて行ったのでございます。すべてのものはただ呆然とするばかり、ただ無言、会場はしいんと水を打ったごとく静まり返っておりました。その時です。折しもお釈迦さまは弟子たちのうちの一人摩迦迦葉《まかかしょう》さまと目を合わせました。するとお釈迦さまは花を見つめつつ、にっこりと微笑したのでございます。それを見て、お釈迦さまもまたにっこりと破顔微笑されました。そして、お釈迦さまは迦葉さまに法を伝えたということでございます。

お釈迦さまが拈華微笑《ねんげみしょう》した時の、まさにその時の花こそ、この一枝の花にほかなりません。とくとご覧になってくださいませ。これこそはその時の沙羅双樹の花でございます。言い伝えでは、拈華微笑の花は金波羅華の花だと申すものもございますし、優曇華の花だと申すものも、菩提樹の花と申すものも、蓮の花だと申すものもございますが、真実は、この沙羅双樹の花に間違いございません。お釈迦さまは死期を悟られて、故郷、北の方を目指したのでございます。そして、故郷の花たる沙羅双樹の花の下でお亡くなりになられたのでございまして、最後の説法の時にも、その沙羅双樹の花を、一枝手折り手に持ちつつ、説法の段に上られたのでございます。

これはもちろん、その時のお釈迦さまが手に持たれた花そのものではございません。ですが、その時一枝手折れた沙羅双樹の木の種を伝え伝え、この国にまで伝わった沙羅双樹の木が、まさに山中の古寺であり、わが国華禅宗の総本山別院たる白蓮《びゃくれん》精舎《しょうじゃ》の庭に発見されたのでございます。そこから一枝切り取って、ここにもたらされたものがこの沙羅双樹の一花にほかならないのでございます。

どうぞ、ご覧になってくださいませ。かすかに匂うております。沙羅の木の花の匂いでありましょう。しかしながら、お釈迦さまの匂いのようでもあります。また迦葉さまの匂いのようでもあります。またその時の拈華微笑の匂いでもありましょう」

花屋の娘さんが花に囲まれて立ちつくし、右手に持った沙羅双樹の花の枝を右頬の辺りまで掲げてみせたのである。通りかかって、娘さんの口上を聞いていたものがいつの間にか二、三十人にまで膨れ上がり、花屋の前に立ちつくしていたのだが、その光景を見て、ただうっとりと見とれるばかりであった。

店の娘さんはつつっと前に歩いて来るや、人々に向かって「さあ、どうぞ」と言って、一人一人に手に持った沙羅の木の花の枝を差し出したのだ。しかも不思議なことに、見た通り手には一本の花の枝しかないのに、居並ぶ人たちすべてに次から次へと花が手渡されることだった。ぼくにもそれは渡されて、手渡す瞬間、娘はほおっと優しい艶やかな笑顔をぼくに送った。それはぼくに届き、伝わり、ぼくの顔の、絶えて浮かべたことのない笑顔、言うなれば、顔の古層に眠りこけ埋もれていた笑顔にまで届き、伝わり、ふっと一つに合わさり、溶け合い、強ばった顔の表層を崩し、雲散霧消して、古層の笑顔が匂い立つのが感じられたのであった。ぼくの笑顔、ぼくの顔に限られた笑顔というのではなく、ぼくという限りを崩して、周囲の大気と一つになって漂い出し、香り出すがごとき笑顔、言わば、大気の笑顔とでもいうものが広々と大らかに広がり渡っていたのであった。拈華微笑とはこのことかと、自覚されて来るところがあった。

ぼくは花屋の店を後にした。

三　バザー・ナーダ（聖書の木を売る店など）

次から次へと店が続き、人々が詰めかけ、店の者は大声で客を呼んでいて、賑わいは賑わいを誘い、バザーを喧噪の巷と化していた。八百屋があった、乾物屋があった、お茶屋があった、飴屋があった、一杯めし屋があった、鰹節屋があった、肉屋があった、鰻屋があった、鯰《なまず》屋があった、蛇屋があった、猫屋があった、犬屋があった、鞄屋があった、靴屋があった、下着屋があった、宝石屋があった、墓石屋があった、十両《りゃん》を五両で売る店があった、百両を五百両で売り飛ばす店があった、贋金《にせがね》を売る店があった、古着屋があった、骨董屋があった、花瓶屋があった、夢屋があった、空屋があった、無屋があった、有屋があった、有屋無屋があった、本屋があった、古本屋があった、トコロテンを無理矢理食わせる店があった、立ち食いショップがあった、そば屋があった、ラーメン屋があった、いきなり一泡吹かせる店があった、優しさを売る店があった、消費税をきちんと払う店があった、言葉を売る店があった、言葉を買う店があった、痺れる店があった、だるい店があった、媚びを売る店があった、油を売る店があった。

それらの店はどれもこれも大変面白く興味をそそるものばかりであって、立ち止まり、売り子店員の売り込みの言葉を聞いてみたいと思ったのだが、そして、先ほどまで一緒だったセイレイ嬢に言わせると、この国には時間がたっぷりあって、いくらでもかれらの油を売るのを聞いていても構わないはずだったが、全部を見かつ立ち寄ることはできなかった。ただその内のいくつかはさすがに通り過ぎるのももったいなく、立ち止まってしまった。

たとえば、夢屋というのがあった。店にはおびただしい数の、そしてさまざまな大きさの樽や瓶や壺が置いてあって蛇口やらコルクの栓やらがついていた。そしてその中に一人の老人が座り込んでいて、通りかかる人々を憮然とした面持ちで見つめ、つまらなそうに扇子を使って自分の顔を扇ぎつつ、時々よく分からない言葉を、客に向かってなのか辺りの空気に向かってなのか、言わば上の空で語りかけていたのであった。白髪の上、白い顎髭を長く太く垂らしていて、細く痩せこけていながらも、すっくと姿勢良く、端座していた。

話の断片から老人は自分を邯鄲《かんたん》老人と呼んでいて、何でも、ナーダの国へ来る途中、中国は邯鄲という町で、日が暮れ、一夜の宿を取って休んでいた時、土間の方で、夕食の粥を作っている匂いを嗅ぎながら、うとうとと眠ってしまった。やがて目を覚ましてふたたび旅を続け、ナーダの国にやって来て国一番の大学を出、国一番の役所に入り、係長から課長へ、課長から部長へ、部長から局長へ、局長から事務次官へと昇進した。その間、名家の娘を三人も妻に娶り、子供もでき、ついには望まれて、大臣のポストにまで就くに至った。折しも、国土交通大臣になってからしばらくして、ナーダ国と中国との間で、いくつかの島と海を挟んでの「第二オリエント急行・五年計画」が持ち上がり、その第一回のトップ会談を行うために部下や秘書を連れて船に乗り、駅車に乗りして、中国は北京に向かった。しかし道中の邯鄲という町で日は暮れ、駅前の鄙びた一軒の宿に入った。そして夕食のできる前に、急に疲れが出て部屋で眠ってしまった。どのくらい時間が経ったのか、ふと目覚めて辺りを見回すと、古くさい旅籠屋の土間の上がり端に寝ころんで、自分はうたた寝していて、土間の向こうではまだ粥はできておらず、ぐつぐつと泡を立てているところだった。そして自分の身なりを見ると、相変わらず汚い旅の服を着たままの若者に過ぎなかったと言うのだ。

それから五十年、いろんな国を訪れ、働き、偉くもならず、落ちぶれもせず、ようやく憧れのナーダの国にたどり着き、こうしてその都で夢屋を開業したと言うのであった。

「でもな、お若いの」

と、ぼくを見ながら、老人は言った。どうやらぼくは若いらしい。鏡を見ていないし、自分に纏わる記憶もないから、自分がどういう存在なのか見当もつかない。

「思うに、わしはまだ邯鄲の夢を見ているに過ぎないのかもしれん。邯鄲の宿で一つの夢を見て、それから覚めてここまでやって来たとしてもな。まだわしは同じ邯鄲の宿にいて、次の果てしない夢を見始めているに過ぎないのかもしれんからな。夢の中で、こうしてお主に会い、わしは邯鄲老人と名乗って、夢屋という商売をしておるに過ぎないかもしれんからの。まあ、それはよい。人間のアイデンティティなどというものは極めてあやふやなもんじゃ。この世のアイデンティティもそう。この宇宙のアイデンティティもそうじゃのう。まあ、まあ、いろんな夢を見て行ってくだされい」白髪、白い長い髭を垂らして、端然と座った老人は、手元にあった和綴じの本を取り上げ、開き、おもむろに読み始めたのであった。その背には「続千一夜物語」と書かれてあった。

老人の背後には、大小さまざまないろんな樽が並んでいて、その正面の下部には蛇口のごときものが据え付けられてあった。その上に、白い金属製のプレートが横にはめ込まれ、群青色の文字をもっていろんな言葉が書かれてあった。一つの樽には「クレオパトラの夢」とあり、もう一つの樽には「楊貴妃の夢」とあり、さらには「ナポレオンの夢」や「ヒットラーの夢」、「ハムレットの夢」、「ドン・キホーテの夢」、「ネアンデルタールの夢」、「ＥＴの夢」、「エイリアンの夢」、「ボノボの夢」、「ある死刑囚の夢」とあった。

実に不思議なもので、その言葉と樽の存在とがぼくには結びつかず、見当もつかなかったので、「あのう」と老人に話し掛けようとすると、すかさず老人は顔を上げて「そうだの、分からんでも不思議はないの。では、説明して聞かせよう。たとえばじゃな。この樽、この中には「楊貴妃の夢」が詰まっておる。楊貴妃がその一生で見たありとあらゆる夢が詰まっておるのじゃな。でな、蛇口からこのゴム風船を差し込み、蛇口をひねる。するとな。そこからわずか一煙り、楊貴妃の夢の煙りが落ちるという仕掛けになっとるのじゃ。でな、それを、つまり、ゴム風船を口に当てて、中のものを吸い込む。と、な、楊貴妃のいつの時の夢であるかは分からないがの、それは飲んだ人しか分からんものじゃ。だがの、それを飲むや、もちろん、すぐに眠くなってその夢を見るということはないがの。いく日かして、自分は楊貴妃となって、その夢を見るということが起こるのじゃ。煙りであるからして、一種の気体、かすかな煙り状の気体じゃの。それが出て来る仕掛けになっておる。わしの周囲に、天井にまで上がって浮いておる無数のゴム風船はすべて、生一本の樽の中から一煙り取り出し、膨らませた上で、即売用に作っておいたものじゃ。どうじゃの、お若いの。一つ試してみてはいかがかの。どれでもよい、欲しいものを言いなされ。もちろん、これを服用したからといって、たとえば、楊貴妃になってしまうということじゃないから心配せんでもいい」

ぼくは人の夢などには全然興味などなかったし、目の前のことが夢以上に珍しく、興味深いものだったから、老人の勧めるままにどれか一つの夢を買い求めるなどということは意識になかった。

たしかに、老人の座った周囲の空間には、天井に届くまで何十個何百個もの大小さまざまなゴム風船が浮いていて、一個一個糸が結わえられており、すべての糸はそれぞれいくつかに金輪をもって纏められて、老人の近くの空間に下がっているのであった。

風船の紐の一番下の短冊の形の紙片の一つ一つには、中身を知らせる言葉が書かれてあった。なるほど、「クレオパトラの夢」や「楊貴妃の夢」があった。そればかりか、「ツタンカーメンのミイラの夢」というのもあれば、「ソクラテスの最期の夢」というのもあれば、「キリストの十字架上の夢」というのもあり、さらには、「サバンナの豹の夢」、「サハラ砂漠のサソリの夢」、「聖女テレサと聖フランチェスコが同時に見た夢」、「モナリザが絵の中で見続けている夢」、「たちどころに覚める夢」、「０・１ミリの夢」、「腐った夢」、「穴の開いた夢」、「賞味期限の切れた夢」、「人類最期の夢」、「ダッタン海峡を渡る蝶の夢」、「ジンギスカンが砂漠の厠で見た夢」、「エベレスト山の中腹に咲くケシの花の夢」、「ギニア高地に取り残されたカエルの夢」、「夢を食うバクの夢」、「本能寺の炎の中で織田信長の見た化天の夢」、「豊臣秀吉の見た難波の夢のまた夢」、「ギネスブックにも載せられない明恵上人三十五日間連続の夢」、「親鸞聖人六角堂の夢」、「日本上空を通過する寒冷前線の夢」、「三でもなく五でもなく六でもない夢」、「日銀発行の夢」、「ヒマラヤ山中のレアメタルに閉じ込められた夢」、「国土交通省推薦の夢」、「西郷隆盛の連れていた犬の見た夢」、「ジキル博士とハイド氏の二人の見た夢」、「生まれたばかりの五つ子の夢」、「ドス公とエフスキー公が合体したドストエフスキーの夢」、「白雪姫が魔法使いの婆さんからもらったリンゴを食べた直後に見た夢」、「耳なし芳一が平家の亡霊に耳を食いちぎられた直後に見た夢」、「釧路湿原に降り立った丹頂鶴の夢」、「吹雪の中を飛ぶ雪女の夢」、「光源氏が一度も見たことがない夢」、「原爆を落とした男の夢」、「アインシュタインの見た相対性原理的な夢」、「人民の人民による人民のための夢」、「リンとカーンの夢」、「くしゃみの出る夢」、「コショウのかかった夢」、「サイズの分からない夢」、「古池に飛び込んだ芭蕉の夢」、「冬の蝿の夢」、「ゲジゲジのセレブが見た夢」、「ナメクジのＶＩＰが見た夢」、「蚤の政治家が見た夢」、「平等院の鳳凰が屋根の上で真夜中に見た夢」、「グーグルとアップルとフェイスブックとアマゾンのＧＡＦＡ無明長夜の夢」というのもあれば、その他数限りもない風船が浮かんでいたが、その全部をたどるのは面倒だった。

邯鄲老人の右手前にはいろんな小さな瓶が転がっていて、その中から、老人は、何かでたらめに一つ選んで、ぼくの方に差し出した。その中には小さい錠剤状のものが何十粒か入っているのが見えた。

「これはの、最近わしの夢工場で作った試薬品でな。ニンニク卵黄に一個ずつ夢が混ぜてある。これを毎朝一錠服用すれば、三十日後に、たったの一回ではあるが、花になる夢を見ることができる。どうじゃの、お主。一つ、試してみなさるか。お主はどういう花が好きかの。とりあえず、十種類の花の夢を作ってみたがの。そうか、梅か。わしも梅が好きじゃ。ほれ、ここに、白梅の花の夢の試薬品がある。これを進呈しよう。一カ月服用すれば、その一カ月後に、お主は白梅となって、咲き匂い、ウグイスなどの鳥たちを誘い、遊ばせることができよう。お主はこの国は初めてかの。そういう顔をしておるが、どうかゆるりと遊んで行って欲しいものじゃ」

ぼくは去りがたい思いにまだ捕らわれていたが、その場を離れた。ぼくはまだぼくにさえなっておらず、そこに達することさえ叶わなかったから、梅の花などになっている余裕はなかった。

いくつかの店を通り過ぎて、右側に曲がった角に「空屋」と書かれた一軒の店の前に出た。何となく心引かれるものを感じたので立ち止まり、店を覗いた。

白い無精髭、鋭い鼻、への字に曲がった口、そして凹んだ頬をしたごま塩頭、どこか上の空でうつけた眼差しをした、ゴッホの描いた自画像に似た老人が、紺の作務衣を着て、店の中央にむんずと座り込んでいるのである。もちろんゴッホよりははるかに年老いた、言わば、ゴッホ老人を思わせた。

その周りには、何か化学の実験室のごとくおびただしい数の瓶が置かれてあって、一つ一つに中のものを示す文字が書かれてあった。

「ここは空屋《そらや》でござんしてな」

老人はぼくの存在に気が付き話し掛けて来た。しかも、ゴッホの描いた自画像に似たゴッホ老人が江戸の呉服屋の旦那の使うような口調で話し掛けて来たので、いささかびっくりした。

「世界でも珍しい、いや、わしの店以外にはただの一つもない、世界でただ一つの店と言ってもようござんしょうか。それでは論より証拠と申します。一つ、ご紹介申し上げましょうかな。さあ、これをご覧なさい。この小さな透明のガラス瓶、何も見えないでござんしょう。が、実は、この中にはですな、パリの空気が入っとるのです。デュシャンと申しまして、まあ、けったいなフランスの画家がおりましたがな。そのお人が、パリからの土産と称して、ニューヨークの友人に持って帰った珍奇な土産物でござんすわ。それが今伝わり伝わって、ここに鎮座ましましておる次第でござんす。さあ、これを耳に近づけてみなされ。かすかに聞こえて来るんでござんすよ。シャンソンですわ。「パリの空の下セーヌが流れる」とかいう歌が聞こえて来るんですわ。デュシャン一流の、機知に富んだ、洒落た一品でござんす。

さて、次に、これはですな、「アンデスの青空」が入っております。アンデス上空の清い澄んだ空気、かすかにコンドルの鳴き声の飛び去って行く声が聞こえる青空の一片がここに封じ込まれておるんですわ。これらすべての瓶に通じることでありますがな。コルクの栓は絶対に開けてはならんちゅうことであります。一旦栓を開けたら、密閉されておる空気がたちどころに消えてなくなることになりますからな。くれぐれも気をつけてくだされい。

さて、次なるこれはですな。やや煙って見えますが、不良品ではござらん。この中には、浦島太郎が竜宮城から持って帰った玉手箱の中の空気が入っておるのでござんす。かつての浦島太郎が一度開けて、たちまち自分が白髪の老人になってしまったのに驚いて、すぐさま閉めた玉手箱でござんして、まだ中には竜宮城の空気が残っているはずでござんす。

さあて、次は、すこしく瓶の紹介をいたしましょうか。これはツンドラはシベリア上空五千メーターの「大寒気団の空気」が入っておるもの。そのほかにも、南極上空「オゾン層の空気」が入っているもの。アポロ隊員が月面着陸して、持ち帰った「月の砂漠の空気」が入っているもの。オホーツク海の氷山下に住む「クリオネの叫び声」が入っているもの。ピカソ描くところの「ゲルニカ」の中の「殺されたゲルニカ牛の鳴き声」が入っているもの。モナリザが自分の肖像画を描いてくれた御礼に、ダ・ビンチの肖像画を描いて贈った「ダ・ビンチの微笑み」が入っているもの。ムンク描くところの「叫び」の声が入っているもの。ゴーギャン描くところの「我々はどこから来たか、我々は何者か、そして我々はどこへ行くのか」という絵の中の「タヒチの空」が入っているもの。源信僧都描くところの『山越しの弥陀図』の中の夕焼け空」が入っているもの。「原子雲」の一部が入っているもの。「天照大神の籠もった岩屋の空気」が入っているもの。「アダムとイヴが散歩したエデンの園の空気」が入っているもの。「宇宙創造前の暗闇と混沌の空気」が入っているもの。「ニシキヘビの体の中を通り抜けた熱帯寄生蘭の花の匂い」の入っているもの。ミレーの『ゆうべの祈り』の空気」が入っているもの。ボッチチェリ描くところの「春」の絵の中を飛び回る「天使の翼の羽音」が入っているもの。

さあて、今日は一つ、世にまたとない珍しい一品をお目に掛けようかの。この小さな瓶でござんすがな。まあ、わしのとこのどの品物も世にまたとない一品ぞろい。ギネスブックも顔負け。そこに登録されておるすべてのアイテムも、わしのこれら逸品に比べれば、凡百、凡千、話にならんものでござんして、だからの、わしはそんなボンクラキツネブックなどには一切登録などしておらんのです。これだ、分かるかの。

見た通り、この瓶の中には、何も見えないの。透明じゃ。しかし、いいかの。この中には、わが太陽系は、土星の、その周辺を巡る第六番目の月たる、エレミオス星において、わが国の宇宙周航船たる「モラバジーヌ号」によって採取された「神のあくび」というものが入っておるのです。地表上の温度がつねにマイナス95度という極寒の星であり、氷の星であるのだそうじゃがの。そこに降り立った隊員が、地上五十センチの大気中、一カ所だけ、他の場所よりはるかに温かい地点があって、温度計によれば、まさに0度。他の場所よりすれば95度も高く温かい地点があって、それがかすかな半透明のベッコウあめ色の雲となって、どこまでもどこまでも上空へと棚引き、揺曳《ようえい》しているのが見えたということでござった。隊員はまさにその不可思議千万、奇跡の煙を採取して持ち帰り、それに「神のあくび」と名づけたのでござる。さあ、とくとご覧あれ。この「神のあくび」をご覧なされい。ただ、いいですかな。一分以上見つめたらばですぞ、神のあくびに誘われて、眠気を催し、一週間以上眠りに就くということになりまする。十分以上見つめたら十週間睡眠状態に陥ることになるのですな。そして、何よりも恐ろしいのはですぞ。この蓋を開けたならば、中の神のあくびが漂い出て、一瞬にして、世界は神のあくびに襲われ、全人類はもちろん、全生物があくび一声、千年を一期として、眠りに就くという事態になることじゃな。いや、危険極まりない一物でござんす」

ぼくは空屋を後にした。ゴッホ老人の怪気炎はまだ続いていた。

いろんな店がまだ延々と続いていた。人々がどこからともなく現れては、店の前に集まり、店の前を歩き、ぶらつき、徘徊し、至る所で人だかりを作っていた。みんな白い長衣を着ているのであった。一際大きく人ごみができている一角があった。一番左手の端から、中へ割って入って側のものに訊ねてみると、そこは言葉を売る店であるということであった。不思議な店があればあるものであった。いろんなものがごたごた並べてある中、中央に一人の憂鬱そうな白髪の老人が、どこか漱石先生の、しかもその人が百歳になったかのごとき顔つきをした老人が、一人、黙然と椅子に腰かけて、目をつむっていたのである。

そして時折、目を開けてつまらなそうに前の人々を見ては、「どうかな、諸君、言葉はいらんかね」とつぶやくともなくつぶやくのであった。

店頭に一個の大きな水ガメのごときものが置いてあった。買い物客の一人が勝手知ったる顔つきで、側の金属製の柄杓を水ガメの中に突き入れ、ざぶりと中のものを掬い取った。そして水ガメの脇に結わえてあったビニールの袋を引きちぎり、その中へ柄杓の中のものを水ごと注ぎ込んだ。透明なビニールの中には、何匹もの魚らしきものが泳いでいて、水面に浮き上がるかと思えば、ふいに水底にもぐり、また斜めに泳ぎ上がる。さらには、初めから水底にへばりついて、じっと眼をつむっているのもいれば、互いに追いかけっこをしているのもいた。よく見れば、それは魚というよりはむしろ、魚に似た別の生き物のごとくであり、縁がぎざぎざとして丸っこく、大きさは五ミリほど、そして角や尾びれなどが生えていたりするカレイのごときものは、実は、そういう風に見えるだけの漢字であり、「龍」のごとき漢字、「鯨」のごとき漢字、「鱶」のごとき漢字が底に蟠《わだかま》り、蹲《うずくま》り、ぎろりぎろりと目を光らせ鰓《えら》を動かし、呼吸をしているのである。さらに、その上を泳ぎまくっていると見えたものは、白魚のごとき、キビナゴのごとき、サクラエビのごとき、ミジンコのごとき、ボーフラのごとき、そのようにしか見えない微小生物であったが、よく見ればそれらもまたかすかに一個の文字であり、あるものはアルファベットのbでありeでありtでありqであった。それがくっつき合い、一つになって泳いでいるのである。さらにはギリシャ文字のαでありβでありγでありθであった。

ぼくは樽の中を覗いてみた。するとサンスクリット文字のごときもの、ハングル文字のごときもの、甲骨文字のごときもの、楔形《くさびがた》文字のごときもの、アラビヤ文字のごときものなどがうようよといて、泳ぎまくり、跳ね回っていたのである。そしてまた、楷書の魚もおり行書の魚もおり草書の魚もいた。さらに大文字の魚もいれば、小文字の魚もいれば、筆記体の魚もいれば、ブロック体の魚もいた。そして中にはそれらの合いの子のごとき混合物のごとき異種混合のごとき文字の魚もいたり、どのような文字にも属さない、地球上のどの人種が使っているのやら皆目見当のつかない文字の形をした魚もいたりした。しかもそれらがみんな目を持ち、鰓を持ち、鱗を持ち、中には尾びれ、背びれを持つのもあり、鱗のないものでは血管が浮き出ているのもあった。ぼくは途方に暮れてしまった。樽の中には、その半ばまで水が入っていて、今述べたごとき無数の半字半魚の生き物がうようよと群れをなし、盛り上がるようにして泳ぎ、重なり、飛び上がり、くんずほぐれつしていたのであった。想像を絶する生き物群であり、なぜそのようなものが売られているのか、それもまた想像を絶していた。樽の脇腹には横文字で、「barrel de babel」と書かれてあった。「バベルの樽」とでもいうものか。さらには別の樽の脇腹には「babel fish」と書かれてあって、「バベルの魚」というものか、しかし、たとえそう書かれてあったとしても、それがどういうものかさっぱり見当がつかなかった。

主人の傍らには何十個もの鉢植えの苗木があって、その一本一本には名前がついていた。たとえば、「聖書の木」とか「三国志の木」とか「アラビアンナイトの木」とか「論語の木」とか「万葉集の木」とか「源氏物語の木」とか「ハムレットの木」とか「ドン・キホーテの木」とか「芭蕉の木」とか「チャタレイ夫人の恋人の木」とか「吾輩は猫であるの木」とか「易経の木」とか、そんな名前がついていて、やはり何のことやら分からなかった。そこに集まった者の中にやはり分からない者がいて、店の主人に向かって質問すると、百歳の漱石先生がつまらなそうに言ったものである。

「分からないものは分からないでいいです。無理に分かろうとする必要はないです」

「それじゃあ商売にならないんじゃないですか」

質問した客が反論した。

「私は百年後の客を待っています」

漱石先生は憮然とした面持ちで言った。

「それではあなたもぼくも死んでしまうではありませんか」

「世には売り手が死んでから買い手がつくという品物があるのです」

「これでは話にならないな。一つでもいいから、それがどんな商品なのか説明してください」

「ここには話して分かるような品物は置いておりません」

「いよいよ分からない。それでは何のためにあなたはここに座り、ここで商売しているんですか」

「だから言ったでしょう。私は百年後の客を待っていると」

「だからそれでは商売にならないと言ってるんです」

「徂徠先生いわく、天を楽しむものにあらずんば待つことあたはざるなりと」

「いよいよ分からない。商売は客が理解し欲しがるものを売って初めて成り立つものではないんですか」

「スピノザ先生いわく、優れたものはすべて困難かつ稀少なるものであると」

「いよいよ分からない。あなたはわたしたち客を相手にしているんでしょう」

「私は未来を相手にしています。私の商売は未来商売です」

「いよいよ分からない。頑固じじいもいいとこだ。頑固では商売はできませんよ。いいですか、たったの一つでもいいですから、商品の説明をしてくださいよ」

「あなたも頑固者ですね。それでは一つだけ説明をしておきましょう。いいですか。この木何の木と言われる。ここに書いてある通り、聖書の木です。それでもうお分かりでしょう」

「それでは皆目分からないから聞いているのです。聖書の木とは何ですか」

「唐変木の朴念仁と話をしても始まらない」

「それはこっちの言うセリフですよ。さあ、どうなんです」
「読んで字のごとく、聖書の木です。毎日、水をやり、肥料を施し、最低十時間日向に置き、そうやって十年、一個の花が咲き、その一個の花から一個の実がなり、その一個の実を一年と七カ月よく乾燥させて干しブドウのごとくにし、三日間に渉る精進潔斎の断食の後に食するのです。そうするとです。その一個の実の栄養分のすべて、細胞のすべては食した者の頭脳の言語中枢に吸収されて、ある朝突然、それは一年後か十年後であるか分かりませんが、その人は聖書のすべてをマタイ伝から始まって最後のヨハネ黙示録に至るまで一言一句違わずに口で言い、筆でもって書きしるすことができるようになるのです。そして小学生の漢字丸暗記とは違って、言葉の意味も内容の意味もすべて理解した上で、すらすらと聖書の言葉を言えるようになるのです。生きながらあなたは聖書になるのです。

しかしながらその木から実がなるかどうかは分かりません。それを買ったものの丹精と努力によって実現するのです。一番大切なことは聖書の木を信じることです。この木から実が生じるということを信じることです。

しかもですね、ここに一つの奇跡があるのです。いや、正確に申しますと、奇跡があったのです。元々、原産地はシリヤのオアシス地帯でありまして、三千年前から、いや、学者によっては、五千年前からすでにそこにあったと申しておりますが、その木の実を食した者の中から預言者エレミアが生まれ、エゼキエルが生まれ、やがてはあのイエス・キリストが生まれたのです。そして苗木なり実なりは後にスペインに伝えられ、イタリアに伝えられて、そこで食した者の中に、あの聖女テレジアが生まれ、聖フランチェスコが生まれたのですね。したがいまして、将来、この木の実を食した者の中から、新しい二番目のイエス・キリストが、新しい二番目の聖女テレジアが、新しい二番目の聖フランチェスコが生まれて来る可能性もある訳です。つまり、第二のイエス・キリスト、第二の聖女テレジア、第二の聖フランチェスコが出現する可能性が十分考えられる訳です。

聖書の木の実を食べた暁には、その人は、単に、聖書の中の言葉をすべて覚えているばかりでなく、聖書の中に出て来る人物、まさにあのイエス・キリストその人に化身して行くことになるのです。その言葉を覚え、暗記し、自らのものにして行くにつれて、まさに言葉を語った当の人物、すなわちイエス・キリストに化身し、その人自体に成って行くのです。言葉は肉体であり魂であるとすれば、イエス・キリストの言葉を言うということは、やがて自らがイエス・キリストの肉体となり、イエス・キリストの魂となることにほかならないのです。すなわち、ここに第三のあるいは第四のイエス・キリストが誕生することになるのです。そして第三のあるいは第四のイエス・キリストは、第一のイエス・キリストとはまったく同じではないにしても、本質においては、けっして異ならない生涯を送ることになるのです。つまりですね、苦難と迫害と追放の長い放浪の生涯を送ることになるのです。後に、第一のイエス・キリストのごとく十字架上の犠牲死とそれからの復活を遂げることになるのかどうかは分かりません。

聖書の言葉を覚えるということはその言葉を言った人になることとです。聖書を覚えるということは聖書を生きることとです。そして聖書を生きるということはイエスを生きることとです。イエスをもう一度生き直すということとです。新しいイエスを生きることとです。イエスの苦難を背負い十字架を背負うということとです。さあ、これがその聖書の木です。いかがかな、これを買う勇気がありますか」

四　パスカルの庭

「あら、ここにいらっしゃったんですか」

　春の風が吹いて来たようである。かすかに花の匂いを漂わせながら、薄い、半ば透き通った白いベールがひらひらと揺らめきつつ、目の前に現れた。セイレイ嬢であった。

「何か、ここは抜けられませんね」

「そうです。ここは無限です。ある意味では、小さなバザーにすぎませんが、でもやはり無限なんです。一軒一軒見て行こうとすると、それは無限になります。店の数が無限であるということよりは、むしろ一軒の店自体が無限なんです。無限を含んでいるんです。すでにお気づきになったかと思いますが、一軒の店だけで、そこの店の品物の数が無限なのです。見れば見るほど見えて来るんです。言葉を尽くして品物を数え立てようとしても、言葉では言い尽くすことはできず、数え切れるものではありません。ですからここは見始めたら切りがありません。たとえば、極大を見る。そうですね、夜の星空を見るとします。肉眼でも数え切れないほど星が見えています。ところが見ようとする人間の欲望に駆られて、拡大望遠鏡を使って見ますと益々星は見えて来ます。そして望遠鏡をさらに拡大し続けて行きますと、星の数は無限大に広がり、無限に増えて行きます。数え切れない、言葉をもって言い尽くせない無限に出会うことになります。今度は逆に極小を見る。つまり、肉眼では見えないような物を顕微鏡を使って見ようとします。顕微鏡を拡大して行きますと、一個の微小物はどんどん大きくなり、その微小物の細胞の中にさらに数え切れない細胞が犇《ひし》めき、連なり、並び立ち、集合し、絡み合い、重なり合って、雲集しているのが見えて来ます。つまりは、極小の世界にも数え切れない、言葉をもって言い尽くせない無限に出会うことになるんですね。それと同じです。見るとは無限世界を出現させることです。無限迷宮を出現させることです。ここはそんな無限宇宙の見本市のようなところ、夢幻迷宮の見本市のようなところなんです。

　偉そうなことを言ってしまいました。このバザーの無限、このバザーの豊饒を軽く楽しんでくだされぱと思っておりました。無限の内のたった一つでも無限ですから、そのたった一つでも楽しんでくださったかと、豊饒の内のたった一つでも豊饒ですから、そのたった一つでも楽しんでくださったかと、そう私思っておりました。いかがでしたでしょうか。さあ、それでは、行きましょうか。お腹が空いて来ておりませんか。この国のレストランにご案内いたしましょう」

ぼくには信じられない。馥郁《ふくいく》として蘭の花の匂う、半透明のシルクのサーリーのごとき、薄物を羽織り、そこを通してボッチチェリ描くところの春の精を思わせる、淡い、かすかにピンク色の素肌がしなやかにうねり、きらきらと光り揺らめき続ける白い若々しい女体から、およそ想像を絶する言葉が出て来るのである。姿形は十八歳か十九歳の少女なのに、言葉を発する心は八十歳の老女のそれなのか。あるいは姿形はすらりとした乙女なのに、心は八十歳の哲人のそれなのか。不思議な矛盾をいとも無造作に生きている感じなのだ。

ぼくは艶やかな磁石に吸い寄せられた鉄くずのように、いとも易々と少女の後に付き従って行った。

巨大な地下空間を思わせるバザーの中を通り過ぎ、一つのアーチ型の入り口を通って、地下階段を、それこそまた延々とそして踊り場を何個も曲がって登って行った果てに、不意と、白い壁のアーチ型にくり抜かれたロマネスク風の回廊に出た。回廊は中庭を囲んでロの字型に作られ、床はモザイク状の石畳になっていて、すでに何十年何百年人々の足をもって踏みならして来たもののごとく、すべやかに凹みができ、なだらかな凹凸ができ、こちらの足が吸い付けられるような奇妙な感触を受ける。その回廊をいろんな人が歩いている。いや、むしろ、いろんな女性が歩いていると言う方が正確である。いや、もっと言えば、その女性たちはほとんどすべて前を行くセイレイ嬢のように、白い半透明の薄物のサーリーを着ていて、言わば、十人のセイレイ嬢が歩いているような風情である。十人の春の精がふわりと佇立し、そぞろ歩きをしているがごとき風情である。夢幻である。幽玄である。

しかも前を行くセイレイ嬢は回廊を一回りして、ふたたび同じ回廊を巡るがごとくなのである。どこへぼくを連れて行くのであろうか。二回りを歩き始める。夢幻感はいよいよ募る。何人ものセイレイ嬢が行き交う。何人もの春の精が通り過ぎる。馥郁たる風の中を行くがごとくである。馥郁たる女体の中をよぎるがごとくである。

中庭の四辺には石の長いベンチのごときものがあり、その前の中央には大きな丸い池があって、中心の辺りから、時折、眠りを誘うがごとき緩やかな噴水が、白い水煙を立てながら、何条にも分かたれて立ち昇る。噴水はたえず落ちて、無数の水滴は池の水面に声にならない音を立てながら、ぴしゃっと飛び跳ねて消えて行く。瞬間の生き物、ホザーナの生き物、この世に現れたとも言えない変幻の生き物。無数の水滴、無数のしずくの音。時折、真上の陽光を受けて、噴水から飛び散る水煙の中から淡い虹が立つ。そしてふっと噴水がやみ、水煙が途絶えた後も、虹はほんのしばらく同じ中空に、淡い幼い竜の抜け殻のように漂っている。やがてまた噴水が立ち昇り始める。池を巡って四辺に設えられた石の長いベンチには、何人もの同じ白いサーリーを着た、年齢もさまざまな女性たちが坐って、ほとんどが本を膝の上に置いて読んでいるごとくである。

「ここはパスカルの庭と呼ばれております」

ふいに前を行くセイレイ嬢が言った。ぼくの方に振り向けた横顔がかすかに微笑んでいるように見えた。その謂われを聞こうと思う間もなく、

「水の音を聞きながら、ここを歩き、ここに坐っていると、人は考え深くなるのですね。仁者は山を楽しみ、智者は水を楽しむと言います。水は自然の思索です。水の音は自然が思索をしている音です。ですから水を見つめ、水の音を聞くと、自ずから考え深くなるんです。そうお思いになりませんか。

ここナーダの国には、特に、この南島には、人々の家の中庭にも人々の集まる公園にも、このような池と噴水のある庭がかならずあって、みんなパスカルの庭と呼ばれております。水が思索を誘い、思索が水を求めるからです。ですから、この国の人々

はどんなに忙しくとも、いいえ、この国、この南島には、多忙というものはありません。南島は多忙というものから解放された歴史上唯一の国かもしれません。したがいまして、どんなに忙しくても、というよりは、どんな時にもと言った方がいいかもしれません。かならず、一日に一度は、いずれかのパスカルの庭にやって来て、歩きかつ坐って、噴水の音に耳を傾けるのです。人によっては一日に千回ここの回廊を歩き巡るものもおります。すでに千回講というグループもできております。ペリパテオ・グループと呼ばれております。一種の逍遥派ですね。噴水の音を聞きながら、ただ経巡るのです。只管打坐《しかんたざ》という言葉がありますが、ここは只管逍遥ですね。ただただ歩き巡るのです。噴水の音を聞きながら、ただただ歩き続けるんですね。歩くことは考えることです。考えることは歩くことです。あるいはここへ来てただ坐る、噴水の音を聞きながらただ坐る。まさに只管打坐ですね。あるいはここへ来て本を読む、ただ本を読むんです。ほら、見てください。いろんな人が、若い女性もいれば年配の女性もいて、みんな、思い思いに坐り、本を読んでおられます。何かお気づきになりませんか。そうです、西洋の修道院の庭です」

セイレイ嬢はぼくが何も言わず何も考えない前に、勝手に自分から問いに答えた。

「そうは思いませんか。白い四角い回廊と円柱、円柱と円柱の間の緩やかなアーチ、そして前庭の円形の池とその中の噴水。それらすべては中世以来の西洋のベネディクト派の修道院の中庭になぞらえて作られたものです。別世界です。壺中天です。天により近い庭なのです。ここは別に修道院ではありません。いや、むしろ、南島自体が一個の途方もなく大きな修道院なのかもしれません。たとえばローマの市内にあるバチカン市国のようなものかもしれません」

そう言って、セイレイ嬢はぼくの目の前を歩き出した。

五　蝶に聞け

ぼくたちはパスカルの庭を後にして、また別の中庭の見える場所にやって来た。先ほどの庭よりもはるかに広く、しかも同じような回廊が取り巻いていることは同じだった。そこは一種巨大なフラワーガーデンあるいはハーブガーデンのごときものに見えた。バラやライラックや水仙や菖蒲やその他数知れない花々が、それぞれの場所を得て咲き誇り日を浴びて植えられてあるのである。それだけではない。それらの花に混じり、ハーブガーデンと称すべき薬草の園が何十列にも亘って葉を伸ばし群がり生え青々と日を浴びていたのである。

やがて牡丹園が見えてきた。何百株何千株あるか分からない広大な牡丹園である。いずれの株にも今を盛りに大輪の花を咲かせているのである。

「牡丹の花、見事でしょう」

セイレイ嬢が言った。声に香りがあった。

「ここには千五百株の牡丹がありますが、どれ一つとして見事でないものはありませんが、美極まって異種に変化するものがあるのですよ。満開の時、時は夜、満月の時刻になって、牡丹の花々の中で一番の大輪にして雄しべ雌しべ共に毅然とまた艶やかに垂直に伸びて、触手のごとく月の光に感じ入り、自らの花の酔いに恍惚となり、ふっと、そのあるとも知れない花の魂は瞬時の香りを放って、抜け出し、憧れ出て、輪郭定かでない、人間の女体を彷彿とさせるがごとき姿に変化して、牡丹の園のこの中空に浮き立ち、風のごとく、香りのごとく、すうっと月の光の破片を身に纏いつつ、しばし逍遥し遊泳するのが見られるのです。しかし一度抜け出た牡丹の花の霊はもう二度と元の花に戻ることはなく、見えざる人間の女性となって、そして自らは牡丹であったということに気が付きもせず、牡丹園の中を、ちょうど牡丹の花の咲き終わるまでの間、一人の見えざる絶世の美女として漂うがごとく生きて行くのです。さあ、あなたはこの牡丹園の中に人間となった牡丹の花の姿を見つけることができるでしょうか。美しい花は何か不思議なそれ以上の存在を思わせ、それの化身か、あるいは逆に、それへと抜け出ようとしているものか、眩暈を催すようなところがありますね。美しい女性というのもそういうところがあるのかもしれません」

セイレイ嬢はそう言いつつ、艶やかな微笑をぼくに向かって投げかけながら、ふたたび前を歩き出した。

牡丹園に何人もの女性の姿があった。その中に今セイレイ嬢が話してくれた牡丹の魂をもった女性もまたいるのではないか。そんなことをふと思った。

セイレイ嬢は「ちょっと失礼します」と言って、ぼくの側を離れ、牡丹園の中にいる若い女性の方へと歩いて行った。

ぼくは一人残されて所在なく辺りを見回し、仕方なく牡丹園の中をぶらつき始めた。ほとんどふいにと言っていいくらい、ぼくとは何だろう、ぼくという存在は何だろうという思いが心の中をよぎった。記憶はほとんどない。ぼくがどんなことをしてきたのか、どんな人生を送ってきたのか。その大筋、その細部がどうやっても思い出されてこないのだ。この島というかこの国というか、その岸辺に打ち寄せられ意識不明だったところを一人の女性に助けられたことは気が付き、分かっているつもりである。ぼくの乗っていた船が難破して、一人、ここへと打ち寄せられたのか。さらには、漂着して救助されたものはぼく以外にいなかったのか。ぼくが乗っていたのは船だったのか飛行機だったのか、それも分からない。あるいは、ふいにぼくはぎょっとする、もしかしてぼくはこの世のどこかの岸辺に漂着したのではなくて、あの世のどこかの岸辺に漂着したのではないか。ぼくはもう死んでいて、向こうの、あの世の世界の中をこうやってさまよっているのではないか。あの世に来ても意識だけはあり、奇妙なことながら、言葉だの言語だの声だのはあって、それによって、こうやって考えたり思ったりできているのではないか。それに見ること聞くことすべてが、この世のこととも思えないことばかりではないか。それともやはりまだぼくはこの世にいて、この世のどこか、セイレイ嬢に言わせると、ここはナーダの国というから、そのナーダという国の街の中をさまよい歩いているということになるのか。分からない。

しかし、どう言ったらいいのか。こういう状態になって初めて、不思議な渇望というか、不可思議極まりない憧憬とでもいうものが、ぼくの中にいまだ途絶えることなく埋もれ、隠され、燃え続け、宿っていたにもかかわらず、今まで毎日のありとある雑事俗事に妨げられ、禍されて、一度として気が付かないままだったのを、すべての雑事俗事にまみれた日常の意識のすべてが取り払われ失われて初めて、その下の、その奥の、埋もれたままだった、深い本然の渇望、無意識の憧憬というものがふいにめくられたように露呈して来たというのだろうか。ぼくのなすべきこと、求め、探し、尋ね、極めるべきだったことの何一つまだ成し遂げてもいず、成し遂げるべきであるとも思わず、浅く、軽く、気まぐれに、その日暮らしに生きて来たにすぎなかったのではないか。今の今、そのことに愕然と気が付いたごとくなのだ。巨大な魂の飢えとでもいうものに今初めて気が付いたごとくなのだ。それがぼくの中に今まで一切気づかれもせずに、しかもそれだけがただ一つ残っていたと思い出されているのだ。自分を求める旅、真の自分を求める旅を、今まで一度として行なって来たことがなかったことが思い出されて来たのだ。遅すぎるのか、まだ間に合うのか。ここがどこだろうと、即刻その旅に出発しなければならないと思えて来ていることは間違いなかった。いや、すでに始まっているのだ。始まっていることに気が付かなかっただけなのだ。生きるというのは探すことだ。そのことが今初めて分かりかけて来たということだ。しかしどうしてこのような考えが、今ぼくの胸に蘇って来たのだろう。もしかしたら広々とした、匂い立つ花園の中に入り、体も心も開かれ、今までの緊張と拘束と不安と喧噪のために閉じこめられていた状態から初めて伸び伸びと解き放たれて、ぼくというものが思い出されて来たのかもしれない。ぼくがぼく自身にもどり始めたということかもしれない。しかしたとえそうだったとしても、もどったはずの自分というものが記憶喪失の一個の疑問符でしかない存在だとすれば、真にはもどったとは言えないのかもしれない。

ただこうして目が見え、耳が聞こえ、話もでき、声を発することもでき、何よりも言葉が使え、心の中から滾々《こんこん》とそれが湧き出るがごとくであることは嬉しい限りだ。言葉はもしかしたら過去への、世界への、目であり耳であり窓であるかもしれないからだ。真の自分への唯一の失われた道筋かもしれないからだ。

ふいに釈迦のことが思い出された。どうしてだか分からない。釈迦は何一つ不自由もない宮殿に生まれ育ち妻も子もありながら、ある日、街に出、貧民や病人や死人たちの姿を見て、突然、妻も捨て子も捨て父や母も捨て、宮殿にもはやもどることなく、疑惑と不安と放浪の旅に出、どこまでもどこまでも歩いて、ついに山に入ったということだ。そのことがふいに今思い出されて来た。

釈迦は自分と同じ疑問に捕らわれたのか、「自分は一体どこから来たのか。自分はどこへ行こうとしているのか。そして自分は一体何者なのか」という一大疑団を発して、放浪の旅に出たのだったか。

それは分からない。しかしそんな釈迦が極めて親しく身近に感じられてならないことだ。自分は今釈迦の道を歩いている、いや、そうじゃない、むしろ、釈迦が自分の道を歩いている、釈迦がぼくとなってその道を歩いているという気がしているほどなのだ。

牡丹園の遠くでセイレイ嬢がぼくの方を見て、手を振っている。半透明の薄物の白いサーリーのごとき衣を風に揺らせながら、婉然としなやかに手を振り、笑顔をほころばせているのである。しかも何か不思議なことに、牡丹園の中には女性らしき姿が何人もいて、どれもセイレイ嬢に似ているということなのだ。そっくりであるばかりか、どの姿も実に美しく艶やかで、サーリーの中にすらりとした肉体をうごめかせ、どの顔にも輝くばかりの笑顔を湛えていることなのだ。もしかしたらそこに実際に立っているのはセイレイ嬢だけであり、すうっと二人になり三人になり、複数に分かれ、分身して歩いているように見えているだけなのかもしれない。なぜだかそんな気がした。

「待たせてしまって申し訳ありません」

セイレイ嬢がふたたびこちらにやってきて言った。

「さあ、それでは次のところへ行きましょう。ランチの時間ですものね」

その顔はかすかに汗ばみ、濡れて光っている。顔から花の香りのごときものが漂って来るのが感じられた。

「あのう、いいですか」

ぼくは初めてぼくの中に一個の意志のごときもの、欲求のごときものが目覚めていることに気が付いた。

「何でしょうか」

「ぼくは知りたいのです。ぼくは一体誰なのか。ぼくは一体どこからやって来たのか。そしてぼくは一体どこへ行こうとしているのか。知りたいのです。それを教えてくれる人に会いたいのです。そんな人がこの国におられるかどうか、まず知りたいのです」

奇妙なことだったが、そういう質問、そういう疑問だけがぼくの心、ぼくの体のような気がした。今初めて心中から突き出されて来た鉄の棒のような疑問だけが、ぼくという存在のような気がした。

「ああ、そのこと。この国へたどり着いた多くの人が、今おっしゃったようなことを、まったく同じ言葉ではありませんが、尋ねて参りました。どうしてでしょうか。この国にはそういう問いを問わしめる不思議な哲学の風のようなものが吹いているのでしょうか。不思議ですね」

そう言って、セイレイ嬢はふと黙ってしまった。

「そのことなら、花園の中を飛んでいる蝶に聞いてみたらいいと思います。あるいは、今の今溢れ輝いていています太陽の光に聞いてみたらいいと思います。この国には、「蝶に聞け」という言葉と「光に聞け」という言葉があります。大事な質問に対しては、すぐに答えを出さないで、そう答える習慣があるのです。ですから、ここの花園に飛んでいる蝶に聞いてみてください。何日も何日も黙って、蝶を追い掛け、蝶に聞いてみてください。

でも、そう言っただけでは、この国に初めて来られた方々には対応の仕様がないでしょうね。そうです。質問に答えてくださる人たちはこの国に大勢おられます。もしよろしかったらその人たちのところへも、もちろん、ご案内いたしましょう」

ぼくにはセイレイ嬢の言葉が眩しくきらきらと輝いて迫ってくるように感じられた。「哲学の風が吹いている」とか「蝶に聞け」とか「光に聞け」とか、そういう言葉が実に鮮やかに聞こえたのである。特に「蝶に聞け」という言葉を聞いて、ぼくは体が軽くなり、ふわっと浮き上がるような感じがした。蝶に聞くことだ。今、この花園に飛ぶ蝶の無言に耳を傾け、その物言わぬ言葉を聞き取ることだ。それが分かってくるまで、一緒に生きることだ。そんな気がしたのである。

「急ぐことはありませんわ」

セイレイ嬢はそう言いつつ、前を歩き出した。

「今年はパスカル年です。パスカルは人間の中には繊細の精神というものがある、それを大事にしなさいと言っておられます。その上、パスカルは同時にもう一つ、幾何学の精神というのがあると申しております。ですが、むしろ繊細の精神を重んじよと言ったのです。さあ、そこでこの国の人たちは繊細の精神とは何ぞやというので、学校で生徒たちはみんな論じ考えることが盛んになりました。そして最後に繊細の精神とは蝶の精神である、光の精神であるという結論になったのです。繊細の精神とは蝶になることである、光になることであると結論したのです。どうでしょうか、この国の子供たちはすばらしいではありませんか。自分と他者を分かたないこと、自分と自然とを分かたないこと、線を引かないこと、区別しないこと。それが繊細の精神というものだとしたのです。他者と一つになること、自然と一つになることとです。蝶になること、光になることとです。他を生かしつつ生きることとです。

それに対して幾何学の精神というのは線を引くことです。たとえば、縦に一本の線を引きますと、何もなかった空間が右と左に分かれます。横に一本線を引きますと、空間は上と下に分かたれます。それが幾何学の精神の始まりです。線を引いて空間を二つに分け、自と他の間を区別することです。人間と自然、主観と客観、自分と動物植物等、すべての間に線を引き、分類し、区分けし、整理し、抽象化し、区別した相手を分析し解剖し展翅《てんし》して標本化することです。要するに、相手を殺すことです。そうやってたしかに人間は発展してきましたが、同時に、人間は、そして世界は、幾何学の精神というものに汚染され、禍されて、経済と計算と競争とすべてのものの対象化によって、人類の一人一人は徐々に孤立し分断し部分となってしまったのです。すべてのものから断ち切られて孤独になってしまいました。要するに相手を殺すことによって自分をもまた殺してしまったのですね。今一度繊細の精神にもどらなければならないと思います。それが今年をパスカル年としたもう一つの深い理由なんです。この南島にはまだ繊細の精神が残っています。あるいはもう南島にしか残ってないのかもしれません。世界は今幾何学の精神によって追い詰められています。

　パスカルは幾何学の精神というものをそのような現代的な悪い意味で考えたのではないかもしれませんが、近代の人間そして現代人はその中の悪しき面のみを引き出し助長させつつ、いよいよ繊細の精神との総合と融合を図らず、一方の悪しき偏向へと突き進み、そちらへと分裂し逸脱して行ってしまいました。

　ですから「蝶に聞け」というのは、この繊細の精神にもどれということです。急ぐことはありません。急ぐということは、幾何学の精神に基づいた衝迫の習性から来たものなんです。孤独の魂の特徴なんです。他と一つになっておれば何を急ぐことがありましょう。蝶になっておれば何を急ぐことがありましょうか。どうかゆるりとくつろいでください。繊細とは生命です。生命のリズムです。それに従うことです」

六　ナーダの奇妙な教育制度

セイレイ嬢はぼくの気がかりなど平気で無視して、彼女独自の哲学でもって包み込んでしまった。ぼくのあの「ぼくは誰なのか、ぼくは一体どこから来たのか、ぼくはどこへ行くのか」という疑問は肉に刺さった棘のごとく残り、その痛みだけは残り続けたのである。しかしたしかに急ぐことはないのかもしれなかった。

それにしてもまだ十八歳か十九歳の若々しい女性がこれほどまでに智慧の秀でた、考え深いことをいとも易々と語り出すことにぼくは驚きを禁じ得なかった。十九歳の女の子と八十歳の老女が同居し、十九歳のお嬢さんと八十歳の老哲学者が同居しているのかもしれなかった。

　ぼくはセイレイ嬢に尋ねた。

「ああ、そのことですか」

と言って、晴れやかに笑った。

「私は特別物知りでもありませんし、特別学問がある訳でもありません。このようなことはこの国の小学生ならみんな知っていることです。もっともこの国には小学校しかありません。子供は十五歳になるまで全員小学生です。つまり五歳から十五歳になるまでの十年間は小学生ということです。そして卒業すると同時に全員社会に出る仕組みになっております」

「その上の学校はないのですか」

「ええ、その上の学校というのはありません。正確に言えば、小学校卒業の後は一生大学に所属することになるんです。そして大学というのは卒業の年限はなく、そしてまた資格も免許というのもないのです。ですからこの国には小学校と大学校しかありませんし、大学も社会人として自由に参加し授業を受けることになるのです。成績も就職活動もありません。ですから悠々と自分の計画に基づき、また自分の一生の目的に従って、学問を続ければいい訳です。大学の修業年限というものもありません。

国立アカデミーというのがその大学校の名前です。したがいまして、この国の十六歳以上の成人はすべてその大学の学生ということになります。大学の先生も大学生です。十六歳のパン職人見習いも大学生ですし、十七歳のモデル嬢も、三十歳の肉屋さんも、四十歳の美容院のママさんも、五十四歳の銀行の部長さんも、六十歳の代議士さんも、七十歳の総合病院の院長さんも、八十六歳の徘徊の認知疾患者も大学生なのです。例外はありません。学問に終わりはありません。卒業ももちろんありません。学ぶことに終わりがある訳はないんです。ですから学んで権威がつくということはありません。大学教授とか文学博士とか名誉教授とか学士院会員とか文化勲章とか、そういう情けない老人臭い虚栄心のための勲章というのは一切この国には存在しておりません。全員が学生でしかありません。日々学ぶだけです。足らざるを学び、知らざるを学び、死に至るまで尽きざる学びの道を歩んで行くだけです。広大な真理の世界から見れば、人間など永遠の童子に過ぎません。ですけど、それこそが人間の尊いところではありませんか。人間は永遠の未成年です。永遠の未完成です。それこそが唯一の名誉ではありませんか。足らざるを知って、日々励むということです。そうではありませんか」

ぼくはそのようなセイレイ嬢の言葉を聞いていよいよ驚くばかりだった。

「それではあなたは今何を勉強されているんですか」

ぼくはそう尋ねた。

「『易経』を学んでおります」

彼女は一言のもとにそう言い放った。ぼくはただただ途方に暮れるばかりだった。

「あの中国の『易経』ですか」

「そうです。あの『易経』です」

セイレイ嬢は平然とそう言い切った。

「東洋最大の智慧の書です。人間生まれたら一度はその書を繙《ひもと》くべきです。宇宙最大の書、宇宙森羅万象の変化の書です。The Book of Changes です。私は日々学んでおります」

話の接ぎ穂がなかった。そう言いつつセイレイ嬢はさっさと歩いて行った。

七　ルージュナ美術館

　壮大な石造建築が見えてきた。パスカルの庭のあった中世風の建物と通りを隔てた相向かいに、威風堂々と聳《そび》えていた。通りには自動車の走っている姿は見えない。通り脇に駐車している自動車もない。白いサーリー姿の人々がゆったりと三々五々歩いているだけである。それだけであるが、極めてゆったりとした風景、むしろ不思議なほど静謐な風景のごとく見えた。通りはアスファルトではなく石畳だった。静かである。のびのびとした風景である。

「さあ、行きましょう。あそこがレストランのある建物です。もちろん、あの建物自体はレストランではありません。元はこのナーダ国の宮殿だったものですが、宮殿が新たに別の場所に建造されたものですから、今はこの国の国立美術館になっておりまず。その地下にレストランがあるのです。さあ、渡りましょう。

　大きな建物でしょう。すべて石造建築です。この国のナラカ山から切り出されたナラカ石をもってすべて建造された大理石建築物です。このナラカ石はイタリアのカラ ラ石と中国の大理石と並んで良質の世界三大花崗岩と称されているものです。しかもその中でも一番古いものです。この国のすべての建物はすべてナラカ石から建てられております。あなたが最初に目にしたはずの海岸近くの廃墟も、今から二千五百年ほど前にナラカ石をもって建てられたこの国の古代王宮の跡にほかなりません。したがって今目の前の建物も全部ナラカ石をもって建造されたものです。縦幅五十メーター、横幅三百メーターにも及ぶ壮大な建築物です。元はルージュナ宮殿と呼ばれた宮殿でしたが、今はルージュナ美術館となっております。たとえば、イギリスの大英博物館、フランスのルーブル美術館などは当時の植民地帝国主義に基づく世界制覇の産物、つまりは奪略物をもって構成されていると言っていいものでしょうが、ここのルージュナ美術館はナーダ国三千年の歴史の中で創造され生み出されたナーダ国の天才たちの作品のみをもって構成され収蔵されているものばかりです。世界に冠たるそして世界に例外たる美術館にほかなりません。

しかもそれは図書館も兼ねております。別棟になりますが、ナーダ国立図書館と言いまして、私たちは普通NBNと呼んでおりますが、Nada Bibliothèque Nationale を略したものです。世界の図書館としては、古代のアレキサンドリア図書館がもっとも有名でありますが、そもそもアレキサンドリア図書館そのものが、紀元前に創立されましたナーダ国立図書館を模して造られたと言われておりまして、実に古い由緒を誇っております。いずれにしましても、この図書館を中心に付随し拡充された形で、徐々に、博物館が造られ、美術館が造られていったというのが実情であります。

今私たちが向かっておりますレストランは、壮大なルージュナ美術館の地下にございます。さあ、それでは急ぎましょう。レストランの名前は Restaurant De L'univers と申しまして、宇宙レストランでございます。この世界ばかりでなく宇宙のあらゆる食物を提供すべく設立された一大宇宙食堂と言っても過言ではありません。それは、それはすばらしいものです。驚異のレストランです。どうか、ごゆるりといろいろな料理を賞味なさってください」

八　宇宙レストラン

セイレイ嬢はぼくの手を取り、道を横切り、入り口に向かう。その手はしなやかに冷たく、溶け入るようである。甘い、妖しい、蘭の花の匂いがそのサーリーの衣から漂い、ぼくの体を包み込む。ぼくはくらくらとする。飢えが、単に空腹の飢えだけではない、深い、今まで眠っていた肉体の飢えが蠢き出したようである。その白いサーリーの中の、肉体の奥の、花の奥の芯の中に突き入り、没入し、溶け入りたいという、不穏な、不逞な欲望が燃え上がるのを感じる。セイレイ嬢はぼくのそんな心の中などかまわず、さあっと風を切って歩いて行く。入り口は間近である。入り口の上の石造のアーチの中に「RESTAURANT DE L'UNIVERS」という大文字が彫りつけてあるのが見える。サーリー姿の男の人や女の人がぼくたちの脇を足早で通り抜けて行く。ぼくたちもその後に従う。いろんな香料の匂いが下の階段の方から立ち上ってくる。階段を降りた所は広い円形のホールになっていて、中央に巨大な石像があった。

「さあ、これを見てください。何かお感じになりませんか。何か思い出しませんか。そうです。ルーブル美術館にあるミロのヴィーナスと同じだとお気づきになりませんか。しかも一カ所それと違うところがあるのもお感じになったでしょう。そうです。ルーブル美術館のヴィーナスは臂《ひじ》から下の両腕がないのに対して、ここのヴィーナスは両腕があるのです。完全なミロのヴィーナスです。世界には二つのミロのヴィーナスがあったのです。両腕のあるヴィーナス像と両腕のないルーブル美術館のヴィーナス像です。しかもこちらの方が古くて完全であり、なおかつ一回りも大きいのです。さあ、とくとご覧になってください。この国の人たちはもうあまりこのヴィーナス像に驚きを感じませんが、食事の前にここを通り、この石像を眺めることによって、言わば、美への飢えを呼び覚まされて、より大きなしかも浄化された肉体の飢えを感じながら、レストランに入り食事の席につくのです。あるいはこのヴィーナスの残像を心眼に浮かべながら食事を取るのです。そうではありませんか」

たしかに石像には両腕があった。人間の等身大よりは遥かに大きく、遥かに高く聳えるように立ちつくしていた。かすかに頭を斜め前に下げ、体をわずかに斜めへとねじり、下腹部から足の下へと衣を体に纏わらせ、白い優美そのものの姿態を露わにしていた。白い大理石の像は半ば透明に澄んで、時に金の星のごときものを煌めかせながら、白い青い海の裸体そのもの、潮の香りを漂わせてはうねるように、盛り上がるように、迫ったのである。そこから何体ものセイレイ嬢が、一糸纏わぬ透明な姿をもって抜け出てくるのを感じた。

ぼくたちは中へ入った。そこは壮大なホールであった。四壁はそれぞれの国のレストランのごときコーナーが延々と続いていた。ホールの中央は途方もなく広い空間にテーブルとイスが何百となく置かれていて、すでに人々がそれぞれの料理をセルフサービスで持ち寄り、坐って食事をしていたのである。

「さあ、自由に歩いていただいてお好きなものを選んでください。ここはレストラン・ドゥ・ルニヴェールですから、地球はおろか宇宙の可能な限りの料理が何百何千となく揃っております。どうかお好きなものをお取りになってご賞味くださいませ。料理はもちろん有料でございますが、私の名前セイレイとおっしゃっていただければ、お金を払わなくても結構でございます。では自由にこのレストランをお楽しみくださいませ。私はちょっと用事がありますのでこれで失礼いたしますが、後ほどまたもどって参ります」

何か言うに言われぬ引き潮にあったような気がした。艶なる性の引き潮と言うのか、透明な匂い立つ性の満ち潮に浸されていたのが、すっと足下からそれが去って行くのを感じたのである。引いて行くセイレイ嬢の白い肉体の潮騒のごときものが、自分の皮膚のどこかに感じ残されているようだった。たしかに空腹だった。ふいにそのことが感じられた。しかし、見渡せば、そこはレストランの万華鏡のごとく果てしない料理の数に幻惑されてしまった。ええいままよとばかりに、ぼくは歩き出した。

「やはり、私がご案内いたしましょう。さあ、どうぞ」

セイレイ嬢がふたたび現れてぼくの前に立った。艶やかな透明な匂いの満ち潮にふたたび浸されるのを感じた。今までの空腹がまた遠のいて行った。

「ここは世界のほとんどすべての料理がございます」

セイレイ嬢が先導しながら話を始めた。

「この国は一種の海洋国家でありまして、四方、海に囲まれ、海峡の出口のところにあるため、古来遭難、難破、漂着、難民等が数限りなく、航海ルートの言わば中心にありましたから、ある意味で多民族国家となって来ました。そのため風俗習慣はもちろん食事や言語に至るまで多種多様、世界でもほとんど奇跡的なほどの豊かさを誇っております。純粋なナーダ国人ももちろんおりますが、今では少数派でございまして、ほとんどは多民族の人との混血種となりました。それに応じまして、言語も多種でございますが、現今は英語、スペイン語、中国語、日本語の四カ国語が公用語となっております。もちろんナーダ国語はありますが、今では古語ないしは土俗語として残っているばかりで、古老の間でのみ話されているばかりです。時にはインドの国の言葉やイスラムの言葉やアフリカのスワヒリ語も混じることがあります。

多民族国家とは多言語国家でもある訳ですから、ここではどの民族にも優劣の差はございませんし、言語にも同じく優劣の差はございません。絶対水平です。自由自在です。

したがいまして料理にいたしましても多種多様で、それはもうほとんど無尽蔵と言っても過言ではありません。さあ、ご覧ください。フランス料理もあれば、イタリア料理もあり、イギリス料理、ハンバーガーなどのアメリカ料理、中華料理、日本料理もあります。パエリアのスペイン料理、ボルシチのロシア料理もございます。ケニヤ、コンゴー、タンザニアなどの郷土料理もございます。フィリピン、ボルネオ、パプア・ニューギニアの郷土料理もございます。台湾、香港、韓国、印度、パキスタン、イラン、ミャンマー、インドネシアの料理もございます。ポリネシア、メラネシア料理もございます。さらには、南極料理、北極料理も最近開設されました。それは、それはもう大変な数になります。どうかご自由にお選びになってください」

ぼくは空腹ではあったが、レストランの広さと料理の数の多さとそこに集う人々の多さにびっくりして、ただもう呆然とそぞろ歩きをするばかりであった。トレイに載せた料理を持って、中央のテーブルの方へ行き交う、白いサーリー姿の人々の間を縫って歩いた。

宇宙レストランと言うだけあって、世界中の料理だけではなくて、それこそ地球外の料理まで出店されていたのには驚くほかはなかった。その店前にはいろんな張り紙があって、料理の名前が書いてあるのである。産地直送アンドロメダ星雲カニギョウザとか、土星の輪の一片を千切りにした五目ラーメンとか、海王星の豊饒の海で取れたタツノオトシゴの躍り食いとか、「うさぎ屋」と書かれた店では「月のウサギ」のモツ煮込みが売られていた。

その時、ちりんちりんという鈴の音がして、中央寄りの広い空間にキャスターつきの屋台が出て来て、ねじり鉢巻きの中年のおっさんが鈴を鳴らしつつ叫んでいた。

「さあ、三時ちょっきりの時間限定の商品だよ。さあ、いいかい。こいつはよ、創業三千年の「時間屋」の時間センベーだ。センベーと言ったら草加センベー、南部センベーだけじゃない。インドのナンセンベーだけじゃない。ナーダ国には「時間屋」の時間センベーというのがあるんだ。さあさ、寄ってみな、食べてみな。何でもあるよ。大中小、サイズは何でもあるよ。丸いのもあれば四角いのもあれば三角のもあれば細長いのもあれば棒状のもあれば帯状のもあれば、それはもう何でもあるよ。さあさ、一時間センベーもあるよ、三十分センベーもあるよ、一分センベーもあるよ。一秒センベー、一秒の三分の一センベー、一瞬センベー、三日センベー、三カ月センベー、三年センベー、十月十日センベー、二月三十日センベー、三百六十五日センベー、一光年センベーもあるよ。さあ、何でもあるよ。今年の期間限定スペシャル商品は永遠センベーだ。さあ、買った、買った、永遠センベー、永遠センベーだ。永遠のかけらに醤油を塗って、焼いてよ、そこへザラメを振りかけた永遠センベーだ。こいつをひとかけら食ってみな、平均寿命七十九歳だの八十五歳だのとけちなことは言わねえ。たちどころに千寿万寿の長寿が手に入ること請け合いだ。さあ、買った、買った」

「南極軒」という店があった。そこにペンギン尽くしのコーナーというのがあった。ペンギンの姿焼きとかペンギンのレバ刺しとかペンギンの大トロとかペンギンのタタキとかペンギンの卵の目玉焼きとかペンギンスープとかペンギンチーズとかペンギンの茶碗蒸しとかペンギンのちゃんこ鍋とかペンギンの炊き込みご飯とかペンギンの一夜干しとか、いろんな料理があった。その他ペンギングッズとして、ペンギンの羽根ペンとかペンギンコートとかペンギンセーターとかペンギンハットとかペンギンスーツとかペンギンメガネとかペンギンカルタとかペンギンミュウジックとかペンギンスマホとかペンギンのハラワタとか、その他数限りもないペンギングッズが並べてあった。

「冥王星食堂」というものがあった。うらぶれた店頭にサンプルの料理の皿が置かれてあり、冥王星ラーメンと書かれてあった。真っ黒なカラスミのごとき汁の中に、銀河系の星の流れのごとき銀色をしたメンが浮かび沈みしていた。冥王ドンブリ、冥王ソバ、冥王寿し、冥王豆腐、冥王漬け、冥王キムチ、白菜とズッキーニと冥王草とアボカドの冥王星サラダ、冥王ふりかけ、冥王おめざ、冥王茶漬け、冥王茶、冥王饅頭、冥王のキモ、冥王ソーセージ、冥王星の隕石のちらし寿司、不眠症のための冥王トコロテン、冥王仁丹、冥王スッポン、冥王星の湧き水で作った大吟醸「冥王星」、その他数限りもない冥王星料理と飲み物とが並べてあった。

九　菊の花のマンダラ料理

「ああ、ここにおられましたか。もう昼食はお済みですか。まだですか。それはよかった。私もまだですから、よろしかったらご一緒しませんか。案内いたしましょう。それにしても驚いたでしょう。この広さ、この賑やかさ、世界中のあらゆる国々の、いいえ、宇宙のあらゆる星々の食事や料理などが集められておりますのですから。しかも収容人数は客席五百といいますから、二千人は優に収容できるのですからね。ナーダ料理というのもあります。今日はそこへご案内いたしましょう。ナーダ国の人々の日常食ではありませんが、今のこの宇宙レストランでの一番の人気になっているものですから、その場所へ参りましょう」

セイレイ嬢はそう言いつつ、ぼくの前を歩いて行く。美しい姿態、白い薄い絹のサーリーのかすかな花の蜜の風に包まれるようにして、ぼくは歩いた。白い、柔らかい、生き身のミロのヴィーナスを目の当たりしているように思えた。身長は一メーター七十センチほどで、ぼくとほとんど同じ背丈、肉付き良く、太りも痩せもせず、すらりとしなやかな女体そのものであった。

「さあ、それではナーダ国一番の人気の料理のところへ参りましょう」

それはレストランの他のコーナーの賑やかさを吸収するがごとく、やや奥まったところにあって、通路の両脇に黒竹がずらりと並び植えられてあり、奥の格子戸の入り口へと静謐の風に乗せられたように引き寄せられて行った。

「さあ、どうぞ」

セイレイ嬢がしずしずと格子戸を開けてぼくを迎え入れた。

店内には不思議な音楽の空間が満ちていた。能の舞台へと向かう手前の道行の上を歩いているような、笛と大鼓と小鼓とのゆったりとそして時に激しく流れる音の空間に巻き込まれて行ったのである。笛が嫋々《じょうじょう》と吹き渡る。そこへ小鼓が甲高くぽんぽんと打ち鳴らされる。続いて、そこへ、ばちっ、ばちっと、大鼓の音が空気を裂いて響き渡る。そして小鼓方、大鼓方、それぞれから、おう、ぽんと、よお、おう、ばちっと、かけ声が発せられ、音の流れを断ちきり、音の空間に快い楔を打って行く。その間にも笛の音は途切れずに細く鋭く、時に高まり、時に低く、かすれつつ、遠い悲しい魂の忍び音のごとき音を吹き続ける。ふいにその時、ぼくの口を奪うごとく、心の奥底から一声、留めがたい声が立ち上って来たのである。そのわが声は、外の音の流れの中へと相応じるごとくすらすらとつぶやき出た。

東雲《しののめ》の空も
名残の都路《みやこぢ》を
空も名残の都路を
今日出でそめて
又いつか
帰らんことも
かた絲の
寄る辺なき
身の行くへ
さなきだに世の中は
浮木の亀の
年を経て
盲亀《もうき》の闇路をたどりゆく

迷ひの雲も
立ち上る
逢坂山に着きにけり
逢坂山に着きにけり

ほとんど瞑目、そう謡いつつ歩を進めた。ところが驚いたことに、前を行くセイレイ嬢がすかさず後を受けて謡い出したのだ。

かかる憂き世に逢坂の
かかる憂き世に逢坂の
知るも知らぬも
これ見よや
延喜の皇子《みこ》の
なり行く果てぞ悲しき
行人征馬《こうじんせいば》の数々
上り下りの旅衣

袖をしおりて
村雨の
振り捨てがたき名残かな
振り捨てがたき名残かな

「これ『蟬丸』ですね。よくそうすらすらとお言葉が出て来たものですね」

「あなたこそどうして覚えておられるのですか」

「私のことはともかくとして、どうして『蟬丸』なのですか」

「いいえ、分かりません。笛と鼓の音を聞いて、ふいに言葉が口を衝いて出て来たのです。どうしてそんな言葉を覚えていたのかも分かりません」

「あなたは日本からの難民に違いありません」

「それも分かりません。記憶がもどって来ていません」

「しかしもしかしたら、そうです、私、あなたを初めてお見かけした時から、どうしてだか分かりませんが、一種の懐かしさに捕らわれておりました。他国の人とは思えなかったのです。あなたに接していると、どうしても同胞のような気がしてならないのです。あなたは蟬丸、私はその姉の逆髪《さかがみ》というのではないにしてもです。やはりあなたは蟬丸かもしれません。たとえ目は見え琵琶を持っていなくても、貴種の蟬丸のような気がしてならないのです。王族またはその親族の追われた人というお顔をしております。単に眉目秀麗というだけではなく、憂いと悲哀に満ちた気品というものを感じるからです」

「ぼくには分かりません。何も思い出せないからです。でも、どうしてあなたが能の『蟬丸』をご存じなのですか。ぼくにはその方が不思議でならないのです」

「実は、このナーダの国と能との間には不思議な因縁があるのでございます。今を去る五百年ほど前と聞いておりますが、日本という国に室町時代と申す時代があったそうで、その御代に能というものがにわかに花を開いたと聞いております。それはもちろんあなたはご存じでしょうね。その能を一番に華やかに花咲かせた世阿弥という御一人者が時の将軍から疎んじられて、北の島たる佐渡が島へと追放され、一族離散、崩壊の危機に見舞われた時に、すでにそれ以前、一子元雅は夭折、娘婿の金春禅竹を残すのみ、今まさに観世の流れは消えようとしたそうでございます。その危機に際しまして、世阿弥一座の者は金春禅竹の秘かな計らいをもって、将軍の監視を逃れ、その怒りが解けるまでと、堺の貿易商人の仲介と斡旋により九州の薩摩か琉球の島に一時身を潜め、帰る日を待つべく、堺の港を出発したそうでございます。ところが、途中シケに遭い、薩摩に着くことはおろか琉球にさえ行けずに、流され流されて、遥か南方のこのナーダの島に漂着。この土地を第二のそして最後の夢幻の能の浄土としたのだそうでございます。その能の一筋の細き流れが今もなおこの国には続いておるのでございます。しかもその一座は本来は世阿弥から出たのにもかかわらず、観世一座の名を語らずに蟬丸座と称して今日まで来ております。蟬丸は時の天皇の一子でありながら盲目故に宮廷を追われ、山に捨てられ、琵琶をもって生業《なりわい》としたそうでございますが、その深い謂われに基づいて、蟬丸座と名づけたのに違いありません。かれらもまた祖国を追われて、難民としてこの国へと流れ着いたからでございます。

ですから、日本の能では一番能として『翁』を演じるとされておりますが、この国の能の一番目の出し物はつねに『蟬丸』でございます。シテ舞いもつねに第一番は『蟬丸』でございます。そういう訳でこの国の者は『蟬丸』をよく知り、暗唱さえし、日本食の店においても、謡の曲として採用しているのでございます。さあ、それでは、どうぞ、こちらへ」

『蟬丸』の曲に導かれながら、セイレイ嬢とぼくは中へと進んだ。

通路の両側はドアはないが、洋風の客室になっていて、十畳ほどの空間に長方形のテーブルがあり、周囲にイスが置かれてあった。そして部屋の四隅には巨大な壺が鎮座してある。

「これはかつてオランダの船によって日本の長崎からこの国にまでもたらされた伊万里の大壺でございます。いわゆる柿右衛門の赤でございますが、唐子遊技図を描いたもので、これほど大きな壺はないと言われております。すばらしいものでございましょう。部屋によっては、ルソンの壺、李朝の青磁の壺などが置いてあります」

イスとテーブルの洋式の部屋だったから、畳敷きの茶室を模して造られてはいないが、突き当たりは床の間になっていて、壁に双幅の掛け軸が掛けてあり、その前に小さな白磁の花びんが置かれ、一輪のワビスケ椿が挿してあった。

やがて若い娘さんたちがやって来て、目の前に皿を並べて行った。

「この店の名は『華禅』と申しまして、この国に伝わっております唯一の禅宗たる華禅宗にちなんで付けられた名前でございます。禅は華であるあるいは華は禅であるという宗旨に基づいて建てられた宗派でございますから、すべての儀式すべての修行すべての行住坐臥の中心に華があるのでございます。したがいまして食事も華が中心です。華の精進料理、華の懐石料理にほかなりません」

部屋は十畳ほどの広さであり、中央に長い大きなテーブルが置かれ、イスが相向かいに三個ずつあった。ゆったりと六人の者が食事を楽しむことのできる場所で、ぼくとセイレイ嬢はそれぞれの真ん中のイスに腰を掛けた。テーブルは黒御影石の一枚板であろうか。天井の照明を深く静かに吸い込み、深沈とした静謐さを湛えて磨き抜かれている。所々に菊の花のごときものがかすかに浮き上がり、あるいは半ば沈んでいるごとくに見えている。形は楕円形であり、周囲の縁はざらざらと荒削りに削り取られているのである。脚は同じ黒御影石を使い猫の脚の形に作られてあった。

「このテーブルは中国は清朝の乾隆帝の所有だったものと言われておりまして、帝王が朝食を取る時のテーブルだったそうでございます。雲南省は大理の山中より切り出された黒御影石ですが、その中でも菊花を散らした極めて珍奇な絶品、またとない貴重な大理石を、専門の職人によって刻み込み磨き抜かれたテーブルでございます。清朝崩壊後数奇な運命の手を経て、このナーダの国まで渡って来たと言われております」

　セイレイ嬢が説明を加えている間に、サーリーを纏ったメイドさんが一人二人とやって来て、目の前に皿を置いて行く。

「さあ、それでは目の前の御茶を飲んでください。器は景徳鎮の薄物の白磁、御茶は杭州の烏龍茶、中に臘梅《ろうばい》の花びらを浮かせてあります。どうぞ、その花びらごとお召し上がり下さいませ」

　ぼくは目の前の茶碗を見つめた。テーブルを前にしてイスに坐り、白くて薄く、壊れそうな大振りの茶碗を目の前にして、ぼくはここへ来て初めて自分がイスに腰掛けていること、さらには、言わば、自分が自分の体に落ち着き舞い戻っているのだというような、一種の安堵の感情を味わった。

臘梅のお茶を口に含んだ途端、ふいに思い出されて来るものがあった。臘梅の花びらが一枚舌に粘り着き、それを上下の歯をもって唇の方へ挟み出そうとした瞬間だった。花びらの欠けらの一片から、かすかな香りが鼻の方へ漂って来たのである。何気なく吸い込み、その清くて甘く、生き生きとした新鮮な匂いが鼻に吸い込まれ、気管を通り、肺に満ち、思わずもう一度、深々と深呼吸した途端であった。同じ臘梅の花の匂いを吸い込みつつ、冬の日射しを浴びて、庭に面した縁側に坐っている自分を思い出したのである。その匂いは、庭の中を、一つの目に見えない流れを作りつつ、時折漂って来るようであった。清く、甘く、どこまでも新鮮で、冬の凍てつく庭の中を、匂いこぼれた早駆けの春の精の群れのようにひよひよと漂って来る。遠い花の国の祭り囃子の弦の音のように聞こえて来る。春の精が、春の花の巡礼が、しゃんしゃんと、生まれてすぐに死に絶える、たった一度の命を寿《ことほ》ぎつつ、漂って来る。ぼくはそれを何度も何度も吸い込み、そして何度も何度もそれを吐く。ぼくは花の匂いとなって庭を漂う。しゃんしゃんと春の精となって漂う。

「光《ひかる》、さあ、もう一度やるのだ」

そう言う声が背後から聞こえてきた。

「いい匂いだ。いいか、光《ひかる》、この匂いを忘れてはいかん。冬枯れの、この寒気のただ中にあっても、この気品、この毅然、この花の矜持というものを忘れてはいかん。わしたちも臘梅の花である。わしたちは、今もなお、冬の最中にいる。厳寒の、大寒の、冬のただ中にいる。臘梅の花は、十一月から十二月にかけて花の蕾を膨らませ、十二月の末から新年に向けて花を開かせ、一月、二月に至るまで、大寒を凌ぎ、厳寒を凌いで、春の訪れを先駆けて告げるのだ。それと同じだ。わしたちもまた臘梅の花である。今もなお、この異郷の冬のただ中にいて、大寒を凌ぎ、厳寒を凌いでいる。しかも大寒であればあるほど、厳寒であればあるほど、己の中の花の匂い、己の中の花の矜持は決然たるものになるのだ。いいか、光。今は、己の中に花の蜜を、花の矜持を蓄えるのだ。さあ、いいか、もう一度、舞おうぞ」

そう言う声が、厳しいそして懐かしい父親の声が響いている。

「東雲の空も
名残の都路を
空も名残の都路を

今日出でそめて又いつか
帰らんことも
かた絲の……」

背後の父親の、そう謡い出す声に促されて、縁側より立ち上がり、臘梅の花の匂いとなって、そぞろに、漂うように、摺り足をもって座敷へと向かった。

あれは、日本に生まれ、日本で育ち、日本の小学校の五、六年生だった時の、そんな少年だった時のふとした冬の日の一時が思い出されて来たようである。臘梅の花の匂いがその時のぼくを思い出していたのか、それともぼくがその時の臘梅の花の匂いを思い出したのか。今匂っているのは、匂っていると感じているのは、今の臘梅の花の匂いなのか。それともあの時の臘梅の花の匂いなのか。ただ、臘梅の花の匂いとなって、今の今、こうして匂い出ているがごとき、不思議な、懐かしい、植物的な浄福感とでもいうものに包まれているのだけは事実だった。

「あのう、何か、考えごとでもなさっているのですか」

目の前のセイレイ嬢が、まるで蓮の花の蕾がぱっと開いたかと思えるような、すがすがしい、真っ直ぐな視線をぼくの方に向けて話し掛けて来た。

「いいえ、はい、そのう、そうです。この茶碗の中の臘梅の花を口に含んだ時、思い出されて来たことがあるんです」

「それは、それは。で、何を思い出されたんでしょうか」

「少年のころのぼくです。庭に面した縁側にいて、その庭先から臘梅の花の匂いが漂って来ていて、それを嗅いでいた時のことです。その時、後ろの方から父親らしい声がして「さあ、いいか、光《ひかる》、また舞おうぞ」と言ったんです。それが思い出されて来たんです。どうしてだか分かりません」

「まあ、そうしますと、あなたは光《ひかる》という名前だったのですね」

「はい、もしかしたらそうかもしれません」

「で、その時何を舞ったのですか」

「『蟬丸』です。そうだと思います。『東雲の空も名残の都路を』という父親の声を思い出していましたから」

「まあ、『蟬丸』なのですか。あなたとあなたのお父様が『蟬丸』を謡いかつ舞うとは、それは、それは、何か不思議な因縁を感じます。というのも、この国では、特に、前王朝時代では、上流階級の家庭のお子さんたちはみんな小さい時から能のシテ舞いをもって仕つけられ、育てられ、その稽古に励んで来たと言われておりますから。中でも『蟬丸』は特に重んじられておりましたから、余計不思議な因縁を感じます」

「ぼくにはその辺のことにつきましては何も分かりません。ただ、そうですね。先ほど思い出した時に、父親の言葉まで思い出されて来たのですが、何か、父親が『異郷の地の』という言葉を使っていたのを、今の今ですが、不思議なことと思いました。なぜそう言ったのか、不思議なのです」

「不思議ですね。いや、もしかしたら、不思議でも何でもなくて、当然だったのかもしれません。あなたもあなたのお父様もその時異郷の地にいたのかもしれませんから」

「ぼくには分かりません」

いつの間にか、目の前にはいろんな料理が皿に盛られて並べられていた。ぼくの前にもセイレイ嬢の前にもあった。

「さあ、どうぞ。どれから食べ始めてもかまいません。順序はありませんので、ご随意にお取りになってください」

誠に見事な花尽くしであった。どの皿にもどの皿にも花の料理が盛られてあるのである。料理に添えられてあるものではなく、それこそが料理そのものであった。

セイレイ嬢が皿の上の料理について逐一説明してくれるのには有り難いやらびっくりするやらであった。

紅梅の花のお浸しがあった。水仙の花の蜂蜜漬けや胡蝶蘭の花の天ぷらがあった。

菜の花とワカメのゴマ和えがあった。バラの花びらを千枚練り潰して作ったバラの花のツクネがあった。竹の花の一夜干し、ヴェルサイユ宮殿のすみれの花のジャム、紅梅の花の赤汁、サフランの花の黄汁、アズキ粥、七草粥、豆乳、蘭乳があった。さらに、トーガラシとサンショーの実とワサビの根とバジルとジンチョーゲの花と松の実をすり潰して作った六味トーガラシがあった。モメン豆腐、キヌ豆腐、ルソン豆腐、スマトラ豆腐、トラジャ豆腐があった。シイタケのお吸い物、キクラゲのお吸い物、カトレアのお吸い物、ウドンゲの花のお吸い物があった。ナラ漬け、マカオ漬け、マニラ漬け、ジャワ漬けがあった。

そこへ、サーリー姿のメイドさんが二人大きなナベをキャスターつきの小テーブルに乗せてやって来た。

「さあ、これが今日のメインディッシュの豪華菊花ナベでございます。これを人々はパン・デ・クリサンセマムと呼ぶこともございます。中国では古来この菊花を食する風習がございまして、それがこの国にまで伝わったのでございます。さあ、どうぞ、見てください。取り皿を手に取り、箸とスプーンをもって、とりどりの菊の花を選び取り食してください」

ぼくは見た。直径五十センチほどの土鍋に溢れるばかりに山をなして大小さまざまな菊の花が浮かび重なり、ふつふつと煮えたぎる汁の中を華やかに動いていたのである。中央に大輪の菊の花が三個、さらにその周りに十個ほどの中輪の菊の花が囲繞《いにょう》し、さらにその周囲に無数の小菊が何層にも亘ってぐつぐつと浮き立っていた。大輪の菊はそれぞれ白と黄と紫の三色、その他の無数の菊も何色もの色に分かれてあった。

ぼくは空腹も忘れてその中のものに見入った。

「豪華でございましょう。菊花ナベというものはこの国の者でもめったに食べられないもので、年に一度か数年に一度しか目にすることのできない晴れの日の料理でございます。たとえ牛肉とか豚肉などの肉、タラやサケなどの魚の肉が入っていなくても、中のスープはフカヒレやツバメの巣やトリュフやマツタケや朝鮮ニンジンやカツオブシやチチカカ湖の岩塩などをもって、一週間煮出した極上のだし汁でございますから、人間にとってこれ以上栄養価の高いものはございません。ですから、そのスープを一杯飲むだけでも一日はもつのでございます。

そしてまたナベの中を見てください。単に菊の花が無造作に入れられているのではございません。これは、東アジアの最後の仏教でございます密教の中の教えを図式化しました胎蔵マンダラというものを、菊をもって象徴しているのでございます。輝かしき宇宙を象徴したものなんです。菊とは光です。星です。そして中央の三個の大輪の菊は、大日如来と阿弥陀如来と釈迦如来を表しております。周囲の中輪の菊は、すべての菩薩群、つまり文殊、普賢、観音、地蔵などの菩薩群を表しております。そしてさらにその外側に囲繞しておりますす無数の小菊の群れは、帝王や明王や羅漢や天人や人間やさらにはあらゆる動物あらゆる生物たち、地上の、天上の、宇宙のあらゆる存在を象徴しているのでございます。

いわば菊花マンダラ図でございますが、光のマンダラ図と称しても良いかと思います。恒星と惑星と衛星の一大星雲図でもありまして、光の相互放射体系を象徴したものと言えましょう。その中の一個の菊の花を食することは光を食すること、星の光を食すること、さらには星雲そのものを食することでございまして、言うなれば、その摂取行為によって宇宙マンダラ世界に参加し、あるいはその一部と化して活動し、それを生きて行くことにほかならないのでございます。つまりは、マンダラ宇宙を生きることにほかならないのでございます。大中小と形はさまざまですが、光であることには変わりはありません。光の大中小にほかならないのでございます。

さらには、東アジア的に言えば、中央の三大輪の菊花は孔子老子釈迦の三聖人を表したものと解釈されておりまして、つまりはですね、儒教・道教・仏教の融合を象徴したものですね。やはり、これも東アジアの総合的な世界観を象徴したものでございます。花ないしは料理を通して光の宇宙マンダラ世界を象徴したものでございまして、ナーダ国の最高の文化の達成と申しても過言ではありません。

さあ、どうぞ、このマンダラ料理をご賞味なさってください。菊花マンダラでございます。またここに出ております一品料理、何でも結構ですからお取りになってください」

セイレイ嬢はそう言うと、自らもまた前に並べられた小皿を取り寄せ、箸をもって口へ運んで行くのであった。

ぼくは目の前の大きなナベの中の菊を、ただただ呆然として見つめるばかりだった。中央の大輪の黄菊は盛り上がるようにして、千の花びらをぐるりと円を成して下から伸び上がり、寄り合い、中心に向かって千の舌を向き合わせて、何事か囁くごとく、艶に、密に、重なり合い、盛り上がり、すでに煮られ、茹でられてあるにもかかわらず、どこかいまだ毅然として、完璧な菊花の誉れを保っているごとくだった。

ぼくはそれを食する勇気はなかった。ただ感嘆久しくするばかり、わずかにナベの中の小菊を何個か取り上げて小皿に入れ、さらにスプーンでナベの中からスープを掬い取って、口に持って行った。

「どうか、中央の大輪の大日如来の菊の花をお取りになって賞味なさってください。

あなたはそれに相応しいお人なのですから」

ぼくはセイレイ嬢の言葉の意味が分からないまま、取り分けた小皿の中の小菊を食した。

小菊の柔らかい肉質の花びらの中から、いまだ失われず、生き生きと菊の花の匂いがじわっと口内に広がった。小さな菊の華やぎ、小さな菊の花の命を噛みしめた。もう一個口に運んだ。それは口の中で囁くような匂いを発し続けた。

そして海と山の生き物の精を集めたごときだし汁と共に菊の花を食するのは、実に絶妙な経験だった。たった三個の小菊の花を食しただけで、ほとんど空腹は癒されたのである。食事が香りだけだとされる多香世界とほとんど同じ天上界の食事とでも言えるものであった。

しばらくして、中皿ほどの大きさの皿にリゾット風の料理が盛られてあるのが出された。細長い米のリゾットが皿の上に左右に分けられ、右側に黄色いリゾット、左側に赤い色のリゾット、二色に分けて盛られており、かすかにバターとオリーブオイルの匂いが漂っていた。

「これはナーダ・リゾットと申しまして、かつてのこの国の華禅宗の僧院で育成された特産のサフランでございます。黄色いのが色即是空という種類のサフラン、赤いのが空即是色という種類のサフラン。それぞれの花びらを抽出して炊き込めて作った一品料理。題して、ナーダ・リゾットというものでございます。どうか、傍らのスプーンをもって、二色のリゾットを一つにかき混ぜてご賞味なさってください」

ぼくは言われるがままに、スプーンをもって皿の中の二色のリゾットをかき混ぜて、黄色と赤色のとりどりに混ざりつつあるのを口に運んだ。かすかに粘り気のあるバターとオリーブオイルの香りの中からサフランの匂いなのか、むしろどこかシナモンの匂いのような、つんと、遠い郷愁の伴った不思議な匂いのするのを感じたのである。

不思議なリゾット、不思議なサフラン、黄色が色即是空サフラン、赤色が空即是色サフランという二色のサフラン色に染まった細長い米の料理を、まるで夢幻の食事のごとく味わった。

リゾットのやや固い細長い米の粒を噛みしめつつ、そして色づけのサフランの名前が般若心経の中の言葉から取られていることを不思議に思っていると、ふいに口から「色即是空、空即是色、受想行識、亦復如是、舎利子、是諸法空相、不生不滅、不垢不浄、不増不減……」という言葉がすらすらと口を衝いて出て来たのに驚いた。しかもそれだけではない。自分の声に誘われるようにして一つの情景が見え出し、さらにその情景と共に一つの声が聞こえて来たのである。

正座しているぼくの右前に背をすっくと伸ばして、やはり、正座している父親の後ろ姿があった。その前の床の間に小机があり、その上では香が焚かれ、さらに小さな額入りの写真が立てかけてあった。

「観自在菩薩、行深般若波羅蜜多時、照見五蘊皆空……」

目の前の父親の後ろ姿がびりびりと震える。低い、野太い声がやや暗い朝の部屋の空気を引き裂く。

「後に続け」とも「覚えよ」とも言わない。

しかし朝起きて、口をすすぎ、顔を洗うとすぐに、奥座敷の床の間の前に坐って、ぼくを後ろに坐らせて、父親は般若心経を最後まで唱える。終わると、その場で一度座を崩してから抹茶を点てるのである。居住まいを正して、大振りの茶碗の中に茶筅《ちゃせん》を入れると、白い指先と一つになって茶筅がさあっと目が覚めるがごとき素早さで回転する。そしてすっと茶碗の縁に茶筅の元を押さえた上で､畳の上に立て､ずずっと､ぼくの方へ茶碗を差し出す。

「どうぞ」とも「飲みなさい」とも言わない。黙ってぼくは目の前の茶碗を取り、ぐいと濃い渋い茶を飲む。濃い渋い朝を飲む。いつもの朝のしきたりである。

「茶の湯は胸の覚悟一つだ。何事もこの覚悟一つで決まる。茶碗の中に茶筅を入れる。そして茶筅を回す。しかし茶筅を掻き回そうとするその一瞬に、胸の覚悟というものが自ずから籠められていなければならぬ。茶を飲むにもただ漫然と飲むのではない。それはもちろんただ飲むだけでいいのだが、茶碗を手に取り、目の前に両手をもって近づけた時、いざ飲まんとする刹那、その瞬間にも、胸の覚悟というものが籠もっていなければならぬ。それは茶の湯だけではない。先ほどの読経でもそうだ。般若心経は最初の「観」の第一声にすべてが掛かっている。だらりとしては駄目だ。漫然としては駄目だ。「かあん」と、初めての時の訪れを打ち叩くように、時というものから金の音を叩き出すように、「かあん」と唱える。そこに、その瞬間に、こちらの胸の覚悟を籠めるのだ。

能の仕舞いでもそうだ。たとえば、『蟬丸』でも、初めの「しののめの」という第一声が肝心だ。すらりと、鋭く、舌を緊張させて、声を押し出すのだ。その時の摺り足の第一歩、扇子の最初の一差し、そこにすべてが掛かっている。未知の空白に向かって一歩を踏み出す、その勢い、その気合いが肝心だ。それが胸の覚悟というものだ。それこそが禅の極意というものでもあるのだ。いつどこでもそれがなければならぬ。花はすべてそうやって生きている。しかも見た目ではそうは見えない。すらりと、艶やかに、無心である。それが花の見事さだ。胸の覚悟というものはそういうものだ。それこそ花の覚悟というものだ。光、いいか。それを学ぶのだ。いつかきっと帰る時が来る。わが祖国に帰る時が来る。異国の地にあって、学ぶべきものを学び、捨てるべきものを捨てるのだ。今はただひたすら胸の覚悟を深く心底に養い、煮詰めるのが肝心だ。聖胎長養《しょうたいちょうよう》二十年である」

なぜそんな場面が思い出されて来たのか、そしてなぜ父親の言葉が鮮明に思い出されて来たのか分からなかった。さらには、その時ぼくは何歳だったのかも分からなかった。ただおそらくはぼくが物心つくころからすでに同じような場面、父親と一緒に床の間の前に坐り、父親は般若心経を唱え、ぼくは必死に父親の唱える心経の文句を真似して口ずさみつつ坐っている、そういう朝の習慣というものが繰り返されていた。そして、そんな折、まったく同じではないにしても、ほとんど同じような言葉をぼくに向かって話し掛けることがあったのだろうと、それだけは言えるような気がした。

徐々に今自分の中から何かが開かれようとしている。何か秘密の帷が開き始め、その奥から過ぎ去ったぼくの過去が甦って来るような予感がした。

ただ、思い出されて来た床の間の台の上の写真らしきものは一体誰の写真だったのか。今の自分にはどうしても思い出されて来ないのだ。

最後に食後のデザートとして茘枝《れいし》の実が出されて、昼食は終わった。

「華禅」の店を出た時に、リゾットに使われていた不思議な名前のついた二種類の色のサフランについてセイレイ嬢に尋ねると、彼女曰く、

「そうでございますね。二種類のサフランに、黄色いのには色即是空、赤いのには空即是色という名前がついているのはたしかに不思議ですね。およそ想像もつかない名前ですものね。ですが、その謂われを尋ねてみますと、なるほどと肯けるものがあるのです。というのもサフランの命名者は、この国では有名な薬草家の先生でありまして、名は古蘭溪と言い、世に神農二世とも心経博士とも称されている人物でございます。薬草家にして植物学者、そしてまた易経と仏教に通じた博大な碩学でもあります。この国は亜熱帯の山岳国でありますから、未知の薬草がいまだ山岳地帯には数知れないほど存在しているとされています。博士も弟子たちを連れて山岳地帯に行っては採集探索を繰り返しているのですが、最近の森林開発により、日に日に森林は伐採され、国土は開発されて行くのに応じて、未知の豊かな森林資源、未知の植物資源が消滅して行くのを博士たちは憂慮しております。そのための反対運動を今まさに展開しつつあります。もう九十歳に近い高齢にもかかわらず奮闘努力されているのです。私の易学の先生でもあります。

また博士は花の新種交配に天才的な能力を発揮されておりまして、サフランの新種もまたその一例なのです。椿や蘭の新種交配につきましても熱心な努力を傾注しておりまして、前者の椿において、最近ついにベトナム種から交配して、金色の椿を花咲かせることに成功したと、そしてその新種に「観自在」という名前をつけたと報じられております。このように自分が交配した花の新種に般若心経中の言葉を用いることから、心経博士というあだ名がついたのでございます。

ガジュマルの木の枝につく寄生蘭を新種交配して、花の大きさが直径三十センチにも達する世界最大の蘭を開花させた時に、その蘭に「羯諦《ぎゃあてい》」という名前をつけて、世間をあっと言わせたこともあります。

「花は宇宙の心経である」とは博士の固い信念となっております。後でお会いなさってください。この都の郊外にあります博士の別荘「ヴィラ・アグラ」にご案内する時もあるかと思いますので。

さあ、それでは、次のところへ参りましょう。私たちの国の誉れでもあり誇りでもありますナーダ国立図書館（Nada Bibliothèque Nationale）に参りましょう。かのエジプトのアレキサンドリア図書館よりも古いとされる世界最古の図書館でもあり、しかも現代まで綿々と存続して来ました、歴史上稀有な図書館でもあるのです」

ぼくたちは地下の宇宙レストランから表へと出た。

セイレイ嬢は颯爽と歩いて行く。白いサーリーは温かい風を含んで、ふわっと広がり、きらきらと眩い、白い蘭の花びらに包まれたごとくに見える。

「光《ひかる》さん。これからは、そう呼んでもいいでしょう」

セイレイ嬢はそう叫ぶや、サーリーの衣を翻して石畳の歩道を駆け出した。今までの思慮深い聡明な女性というものを脱ぎ捨てたように、若々しい、ほとんど無邪気な少女の姿態、少女の声をもって、飛び跳ねるようにそしてこちら向きになって叫んでいる。

ぼくは光《ひかる》という名前なのか。どうしてそれをセイレイ嬢は知っていて、ぼくに向かってそう呼びかけたのか。

「さっき、あなたは、あなたのお父さんが光《ひかる》って呼びかけた時の話をしたでしょう。だからあなたは光《ひかる》」

高らかに、晴れがましく、セイレイ嬢はそう宣言するように叫んだ。そしてきらきらと若い美貌の顔から微笑を辺りに振りまいた。

ぼくは自分の身が一個の秘密の玉手箱のような気がした。そしてそのどこか小さな針先ほどの穴が開いて、白い半透明の煙を発して「光」という名前が漏れて出たようにも思われた。

　ぼくという存在が一個の謎であることには変わりはなかった。ちょうど今歩いているナーダという国が一個の広々とした外部の謎であるのと同じだった。

　ぼくはたった一人でここへたどり着いたのか。それとも誰か他の人々とたどり着いたのか。他の人々というのが居たとすると、その人々は今どうしているのか。

　ぼくは一個の浦島太郎なのか。そしてたどり着いた者が他にも居たとすれば、複数の浦島太郎というものが居たのか。

「いつか祖国に帰る時が来る」

　ふいにそう言った父の言葉が思い出された。ぼくは愕然とした。とすると、ここは祖国なのか。わが祖国なのか。ならば父と一緒に住んでいたはずの国は異郷だったのか。ぼくは一個の疑問符である。一個の玉手箱である。

　前をセイレイ嬢が歩いて行く。晴れやかである。軽やかである。天人であり、天女であり、羽衣であり、そしてミロのヴィーナスである。

十　宇宙哲学史と幻想哲学史

ナーダ国立図書館は、通りを隔てて国立美術館の斜め前方に建っている。古色蒼然として壮麗な大理石の建物であった。建物の屋根には巨大なドーモが三個並んでいる。図書館の正面は途方もなく大きな広場であり、数十段ほどの石段を登った所が図書館の正面入り口になっている。

入り口は白い巨大な円柱が四本一種の列柱を成して並び立ち、正面玄関の真上のアーチ型の上には左から右へと、NADA BIBLIOTHÈQUE NATIONALE を意味するらしい言葉が古体ラテン文字をもって彫りつけてあった。高さは普通の建物で言えば、五階建ての高さに匹敵するであろう堂々たるもので、間口五十メーター、奥行き百メーターほどもあるかと思われる長方形の建物であった。

石段の至るところに若者たちが七、八十人、三々五々じかに坐って、手に本を持って、西日を受けながら読書していた。

セイレイ嬢を前にして石段を登りつつ、その脇を通り、見るともなく人々の読んでいる本を見ると、ほとんどが横文字の本であった。女性も男性もほとんど白いサーリー姿で、時折本より見上げる顔にはどこか思い詰めた表情が窺えた。

「今のこの国の若い人たちの間では、まだ少数ではありますが、徐々に哲学がブームになって来ておりまして、パスカルやスピノザやライプニッツやベルクソンなどがよく読まれております。新しいところではアドルノやドゥルーズなどが読まれておりま す。あなたにはまだお分かりにならないかもしれませんが、この国は一個の政治危機を迎えております。私を含めて、今、若者たちがこの危機をどう克服しどう乗り越えることができるかが最大の関心事になりつつあります。かれらは、言うなれば、危機の哲学というものを共有しているんです。目の前の風景は一見しますと静謐そのものですが、危機の中の静謐さであり、危険の匂いのする静謐さなんです。この人たちの中から、第二のロベスピエール、第二のナポレオンが出現するかもしれません。スピノザ的ナポレオン、ナポレオン的スピノザが出現する可能性があります。中には、夜は狭いアパートの一室に籠もって、パンの耳を囓りつつ、スピノザの本を読み、ライプニッツの本を読んでは、未来のナポレオン、未来のトロツキーを夢見ている青年がいるのに違いありません。静けさの中にこそ enfant terrible が、恐るべき子供が存在しているんです。騒々しさは凡庸を生むだけです。あるいは凡庸は騒々しさを生むだけです。そこには思索が欠けているからです。深淵が欠けているからです。さあ、参りましょう」

セイレイ嬢はそう言いつつ石段を登って行った。

図書館の正面ファサードの壁面には巨大な五体の柱像が並んでいた。

「お気づきになりましたか。これは五人の人類の教師を彫ったものです。右から釈迦、孔子、ソクラテス、ゲーテ、一番の左側にイエス・キリストが並んでいます。そして、周囲におびただしい数の天人天女が浅浮き彫りに彫り刻まれて雲集しております。一個のナーダ・マンダラと言ってもいいかもしれません。さあ、中へ入りましょう」

内部は膨大にして華麗なドーモ、巨大な丸天井になっていた。

「ミケランジェロのシスティナ礼拝堂の天井画も顔負けの絵としか思えない、すばらしい絵ではございませんか。これはナーダ国最大最高の芸術家でありました顔子游先生の天地創造の絵でございます。金と銀による荘厳な装飾芸術と言っても過言ではありません」

ぼくはただ呆然と見上げるばかりであったが、驚きはそれだけではなくて、丸天井のドーモを上半分にして、下半分は古代の円形劇場のごとく、ぐるりと円形の無数の階段を成して下へ下へと下り、それぞれの階には長い机とベンチが延々と並べてあったのである。そしてぼくたちが今立っているフロアからは、三百六十度、四方へ、放射状に高い書架がそれぞれの奥へと続いていることが分かった。そしてそれは、上階にも下の階にも亘って書架が並んでいたのである。

「びっくりなされたでしょう。これがナーダ国立図書館の第一ホールです。このようなホールが三個ございまして、第一ホールは近現代のホール、第二ホールは中世のホール、第三のホールが古代と古代以前のホールになっております。

目の前のホールをどのように見ますか。そうです、コロンブスの卵です。卵が立った姿にほかなりません。宇宙の卵とも神の卵とも呼べるものです。上下、垂直方向を軸として回転する、一個の奇妙な形の銀河系星雲を象徴したものでございます。白い虚の空間ですから、ブラックホールではなくしてホワイトホールとも呼ばれております。そしてこの中央ホワイトホールが閲覧室になっている訳です。開架式の書架でございますから、それぞれの階の通路を通って、自由に書物を探し選び、そしてまた通路を通って中央の閲覧ホールにもどればいい訳です。円形階段式の一番の底を見てください。一個の白亜の彫像が見えるでしょう。あれはこの国特産のナラカ石をもって彫られ、刻まれた弥勒菩薩の像でございます。ナラカ石というのは、白い石質の中に金粉ないしは金片のごときものが含まれて浮き出ておりますので、世界でも極めて稀な石なのです。あの石像は日時計に似て、一個の弥勒時計と呼ばれていて、一年かけて一回転するようになっております。弥勒菩薩が目を覚ます五十六億七千万年まで動き続けるように設計され、半永久的な時計仕掛けの弥勒菩薩なのです。

この図書館はIDカードも許可証も何も要りません。また開架式ですので誰でも自由に探して読んで結構なのです。

なお、紙に書かれた書籍が基本的な蔵書ですが、羊皮紙に書かれたもの、パピルスに書かれたもの、竹簡に書かれたもの、石に刻まれたもの、甲骨や金石に刻まれたもの、芭蕉の葉に書かれたもの、貝多羅葉《ばいたらよう》に書かれたものなどもあります。さらに細かく言えば、象皮紙に刻まれた華厳経、鯨皮紙に刻まれた旧約聖書、蜥蜴《とかげ》の皮に刻まれたソロモンの書、陽炎の羽根に刻まれたヨブの記、虹に刻まれた新約聖書の残欠などもありますし、マストドンの牙に刻まれた古代アルタイ族のシャーマンの預言の書というのもあります。米粒こけしの顔に刻まれた般若心経もありますし、華厳の滝の氷柱に刻まれた妙法蓮華経や鯨の腹の中でヨナの綴った写経、タクラマカン砂漠の砂上に刻んだ孫悟空の詩経のいたずら書き、瞬時に神を褒め称えて瞬時に消え果てる天使の一群の残した言葉を刻んだアレキサンドリアの石、その他数限りもない言葉や文字に纏わる世界の七不思議百不思議千不思議を刻んだ遺物遺跡が保存されております。また逆に新しいもののもちろんあります。電子辞書、電子百科事典なども何種類もありますし、この図書館の総書籍数三百七十八万五千六百七十三冊をたった一個の電子記憶装置たる厚さ一ミリ、一センチ四方の正方形のメモリーカードにただ今収録中と聞いております。それが成就された暁には、芥子即三千（大千世界）という華厳経の宇宙の大真理を実現することになる訳です。喜ばしいことなのか悲しいことなのか分かりません。あらゆる人類の叡智が一片の塵に化し、極小のブラックホールに化するというのですからね。しかし、何事も宇宙は色即是空ですね。そしてまた空即是色ですから、すべては喜怒哀楽を越えたものかもしれません。

図書館の書物はナーダ国の使用語たる英語、中国語、スペイン語、日本語の四カ国語で書かれたものが中心になっております。また、もちろん、古語としてのナーダ語の書籍やヒンズー語、ポルトガル語、スワヒリ語、アラビア語、ギリシャ語、ラテン語などの古典語による書籍もございます。さあ、それでは図書館の中を歩いてみましょう」

眼前の閲覧室は宇宙の卵だった。上半分がドーモの丸天井であり、周囲のすべてに真珠貝が何万個何十万個となくはめ込まれてあり、徐々に上へ行くにつれてドーモは狭まり、上端は球を成してステンドグラスの窓になっていた。外の日射しを受けて、青く、赤く、黄色に、目もあやに、眩く照り輝き反射していた。

卵型の下半分は階段状にぐるりと何重にも長い一続きのテーブルと長いベンチが設置され、下へ行くにつれて徐々に円は小さく狭まり、そして一番底の円形部分に弥勒菩薩像が鎮座し、ゆっくりと回転しているとのことだった。下方のそれぞれの階には、上からは見えなかったが、閲覧室から四方に奥へと開架式の書架に通じているごとくだった。

ぼくはセイレイ嬢に促されるままに、ほとんどでたらめに右側の書架の並んだ方に歩き出した。セイレイ嬢はいなくなっていた。ぼくは夢遊病者のようにぶらついた。書架は天井にまで続き、書架と書架との間の通路は人が二人並んで通れるほどの空間ができていて、ほど良いスペースだった。床は石ではなくて木製であって、足音を吸収するような、しっとりと落ち着いた、しなやかな柔らかさを持った材質と独自の敷き方を兼ね備えているごとくだった。

書架は何十列も続き、奥行きは一定の長さで間を切りながらも、延々と四、五十メーターも続いていると言ってよかった。所々に移動式の鉄製の梯子が置かれてあり、また一定の間隔をもって下の階や上の階へと通じる狭い階段口が開かれてあった。書架の配置は背中合わせの書架ごとに、内容に応じて項目分けが成されているようである。目の前の書架は哲学のコーナーだった。書籍の配列は著者別のごとくで、内容はほとんど分からなかったが、たとえば、アドルノ全集の次にはベルクソン全集が続き、ヘーゲル全集の次にハイデッガー全集、カント全集の次にキエルケゴール全集、サルトル全集の次にシェストフ全集が続いているという風だった。

しかもここでは著者別の分類法が徹底していたから、たとえば、ヘーゲル全集のところではドイツ語の原文がまず最初に並び、次にフランス語訳、次に英語訳、次にスペイン語訳、その他の横文字の翻訳が続いていて、日本語訳、中国語訳もあった。さらには、ムカデの這った跡のごとき、右から左へ読むというアラビア語訳、次に古代エジプトのロゼッタストーンにおいて使われた絵文字のごときタッケイ文字によるヘーゲル全集、点字によるヘーゲル全集、竹簡に刻まれた中国語訳「精神現象学」の残欠部分、一メーター四方の金の箱に入れられ、金の板に刻まれた、シーザーの筆跡に倣うと英語で注記されたラテン語訳「美学」などが並んでいた。さらには、特に珍しいと思われたものに、「不眠症の孔雀のためのヘーゲル読本」というものがあった。手にとってみると、不眠症の孔雀のために、特にヘーゲルの「美学」の中の文章を選び、声に出して読んで聞かせるヘーゲル読本というものであるらしく、その版本はナーダ国であり、あくまでヘーゲルのドイツ語原文より抄出引用されたものだったが、ただ不思議なのは「美学」の文章を逆から読んで行くように印刷されていたごとくだった。序文によれば、編集方針はレオナルド・ダ・ヴィンチのアイディアに基づくとあり、編集者はナーダ国幻獣園付属獣医リグ・ヴェーダ師とあった。世には不思議な本があればあるものだった。

ぼくは書架の間を進んで行った。やがてやや広い空間のある場所へ出た。書架と書架の間の正方形の空間だった。周囲にはいくつかイスが置いてあり、中央には四角形の玉虫厨子のごとき書棚、高さは二メーター、それぞれの面には観音開きになった格子窓があって、中は十段ほどの段に書物が置かれてあった。青銅の精巧な作り、そして枠には玉虫色の螺鈿細工が施され、屋根には四方からせり上がったてっぺんに鳳凰のごとき金の鳥が辺りを睥睨《へいげい》していた。

そこには二、三人の若者がいた。それだけではない。図書館には書庫にも閲覧室にも、多くはないが、真剣な思い詰めたような若者たちがいたことである。

ぼくはここへ来て初めて疲れを覚えて、側のイスに腰掛け、目の前の玉虫厨子の書棚を見つめた。やがて立ち上がり、四角形の一辺に当たる書棚に近寄った。扉の下側に、さまざまな国語で中の書物のことが書かれてあるようだった。その中に日本語で

「宇宙哲学史」と書かれてある本があった。中を覗くと、同じ大きさ、同じ装丁の、てっぺんが金、表紙が皮革製の、豪華な書籍が並んでいる。何十巻あるか分からない。次の四角形の一辺の書棚を見ると、そこにもぎっしりと豪華な書籍が並んでいて、「幻想哲学史」と日本語で書かれた文字が見えた。

ぼくはまず「宇宙哲学史」の書籍の入っている扉を開けて、第一巻目を手に取ってみた。実に大きなほとんど百科事典にも匹敵するほどの部厚く豪華な稀覯本とも言える書籍だった。それは「宇宙哲学史」の総目録のごときものだった。

ぼくは目録に記載されている各項目の言葉にまず目を見張ってしまった。順序立って見た訳ではなかったが、でたらめに拾った項目だけでも驚くに値するものだった。

「アンドロメダ星雲哲学史」
「冥王星哲学史」
「ビッグバン以前の哲学史」
「ブラックホール哲学史」
「銀河系宇宙哲学史」
「光と闇の哲学史」
「他化自在天史」

「弥勒菩薩の語る宇宙哲学史」

「ETとミロクとロバチェスキーとホーキンスとアインシュタインとエイリアンの語る宇宙哲学史」

「エホバの語る宇宙史」

ぼくは謎と神秘に満ちた「宇宙哲学史」第一巻目を、いささか後ろ髪を引かれる思いで、元にもどして、玉虫厨子の次の書架に入っている書物を手に取ってみた。「幻想哲学史」と銘打たれた書物の第一巻目である。「宇宙哲学史」と同じく三十巻ほどあり、開巻冒頭のタイトルの左脇に一個のエピグラフが書かれてあった。


人間にとっての真実もミミズにとっては一個の幻想に過ぎない。

(ロートレアモン伯「マルドロールの歌」下書きノートより)


のっけから、ぼくは奇怪な警句とも箴言《しんげん》ともつかない言葉に度肝を抜かれてしまった。中を開け取り留めもなくぱらぱらとページをめくった。その不統一と不条理とでたらめさにたちまち眩暈を覚えた。

Ⅰ　動物分類法
一　皇帝に帰属するもの
二　芳香を発するもの
三　調教されたもの
四　幼豚
五　人魚
六　架空のもの
七　野良犬
八　この分類に含まれるもの
九　狂ったように震えているもの
十　無数のもの
十一　立派な駱駝の刷羽（はけ）をひきずっているもの
十二　その他のもの
十三　花瓶を割ったばかりのもの
十四　遠くで見ると蝿に似ているもの
（ホルヘ・ルイス・ボルヘス著『異端審問』「ジョン・ウイルキンズの分析言語」の

中に引用された中国の百科事典より）

Ⅱ　人間の唾液の中に潜むもの

一　毒蛇
二　両頭蛇
三　羽蟻
四　蛇
五　海龍
六　砂蛤
七　象鼻虫
八　龍
九　蟞
十　ヒトデ
十一　じゃのめ蝶
十二　蜘蛛
十三　角蜻蛉

十四　茶象虫
十五　蜥蜴
十六　痔
・
・
七十八　鬼かさご
七十九　山椒魚
八十　蛭
八十一　百足
八十二　蝮
（フランソア・ラブレー著「パンタグリュエル物語」・第六十四章より）

Ⅲ　宇宙創成論

「この宇宙はある幼い神が創ろうとして果たさなかった最初の試作品である。彼は自らの幼稚な仕事ぶりを恥じて投げ出してしまったのだ。それともそれは半人前で二流の神の作品で、先輩たちの嘲笑の的になったものだ。さもなければ、それは年寄って

耄碌《もうろく》したよぼよぼの神の製品で、その神の死後もまだ生きている。（デヴィッド・ヒューム「半箴言集」より）

Ⅳ　蚤の聖書

蚤のヨハネが荒野に現れて、罪のゆるしを得させる悔い改めのバプテスマを宣べ伝えていた。このヨハネはラクダの毛ごろもを小さな身にまとい、くびれた腰に蚊の皮の帯を締め、イナゴと野蜜を食物としていた。彼は宣べ伝えて言った。「わたしよりも力のあるかたが、あとからおいでになる。わたしはかがんで、そのくつのひもを解く値打ちもない」

そのころ蚤のイエスはガリラヤのナザレから出てきて、ヨハネからバプテスマをお受けになった。（ディオニュソス・アレオパギタ「地下の書」より）

Ⅴ　エマニュエル・カント氏の左足に寄生した水虫の告白録

Ⅵ　蚊の夢の中に登場した雲竜と風虎の対話集

Ⅶ　初めに虚無ありき。虚無と共に神ありき。神は虚無なりき。（ニーチェ箴言集より）

Ⅷ　宇宙はマーヤ（幻）である。（ウパニシャッド・奥義書より）

Ⅸ　宇宙七賢人による兜率天《とそつてん》夜話

兜率天の弥勒亭において弥勒、釈迦、孔子、ソクラテス、プラトン、達磨、マルセル・デュシャンの七賢人が話し合いをしていた。話題は「宇宙をどう救うか」であった。かれらは弥勒翁の作ったトロイモ焼酎を飲みながら、しばらくの間考えた。釈迦は沙羅の花を左手で弄びながら考えた。孔子は大きな頭をゆらりゆらりと揺るがせ、琴を弾きつつ考えた。ソクラテスは森の神のシレノスのごとき厳つい顔をして、目の前の大好きなブドウの実をたえず口に放り込みながらもぐもぐと考えた。プラトンはテーブルの周りをすこし気取って、能役者のようにすり足をしながらしずしずと考えた。弥勒翁はイスに腰掛け、いつもの得意のポーズである右足を左足の上に置き、右手の指先を片頬に優しく当てながら考えた。達磨はぎょろ目をさらに大きく見開き、耳たぶに達磨の姿を象ったミニアチュアーのイヤリングをつけて坐禅をしつつ考えた。マルセル・デュシャンは顔に白粉を塗り女装して、一人みんなから離れてテーブルの一番遠いところでチェスをしながら考えた。やがてかれらは一人一人答えた。

釈迦は「慈悲」と言った。

孔子は「仁」と言った。

ソクラテスは「汝自身を知れ」と言った。

プラトンは「イデア」といった。

弥勒翁は「五十六億七千万年待つのさ。時間はたっぷりあるからな」と言った。

達磨は「不識」と言った。

マルセル・デュシャンは「答えはない。そもそも問題はないのだから」と言った。

みんなが発言を終えた時、一同はトロイモ焼酎をもう一度飲み直した。そして弥勒翁の発意で、誰の意見が宇宙のエチカとして一番望ましいかと諮った。結論は弥勒翁の意見に決まった。

問い「宇宙はどう救うか」

答え「五十六億七千万年待つのだ。時間はたっぷりあるからな」

こうして七賢人はみんな大満足して七福神のごときいい顔をして眠りに就いた。

X　雲と蜜蜂の対話

XI　宇宙詩

留守と言え

ここには誰も居らぬと言え
五億年経ったら帰つて来る
（日本国高橋新吉の歌）

XII　人間は動物から見てすべて奇形である。

XIII　宇宙は蓮の花の姿をしている。

以上は「幻想哲学史」の目次のほんの一例であったが、奇妙奇天烈、支離滅裂な目次だった。詳しい内容は第二巻以下に紹介され詳述されているごとくだった。

次に、ぼくは玉虫厨子の書架の第三面の扉を開けてみた。そこには「ナーダ哲学史」のシリーズ本がぎっしりと並んでいた。今度は最後の一巻を手に取り、開けてみた。それはこの全集で引用され、論述され、登場した人物の索引でもあり紹介でもあって、年代順に記載されてあった。

最後の方のページの、ある意味で一番新しい人物群が紹介されている中に、「KUO SON RIN（光遜林）」という項目が目に止まった。光という名前はただ一つ思い出されて来た、父のぼくを呼ぶ名前だったのではないか。ぼくは吸い寄せられるようにして、その日本語の部分を読んだ。

ナーダ国シノワーズ県カナーン市に生まる。家系は歴代ナーダ国の史官を勤む。十代の末、北京大学に留学、四書五経および史記漢書等を研究す。その後、日本に留学、西洋哲学と仏教を学ぶ。西田幾多郎、鈴木大拙らの知遇を得る。一時帰国後、イギリスのケンブリッジ大学に転じ、ジョゼフ・ニーダム教授に就いて東洋史を学ぶ。帰国後、王立翰林院に入り、父祖以来の史官の職を奉じ、ナーダ国建国以後の正史たる「ナーダ史」の編纂作成に主席監修者として従事す。王立美術館、王立図書館館長、後にナーダ国宰相。

この人は父と何らかの関係があり、そしてそうだとすれば、ぼくにも関係のある人物なのか。それも定かではない。やはりよくは分からなかった。

ぼくは今何か荘大な謎の中にいるような気がする。そして徐々に解けかかり開きかけて来ているような気がするのであるが、それを解く鍵はまだ自分の中にはない。途方に暮れるばかりだ。

「ああ、ここにいらっしゃったんですか」

白いサーリー姿のセイレイ嬢がやや黴くさい書架の間へ、かすかな蘭の花の香りを伴って近づいて来た。周囲が華やぎ、生き返ったように感じられた。

「さ、参りましょう。みなさんがお待ちしております」

セイレイ嬢は謎めいたことを言った。ぼくは立ち上がり玉虫厨子の書架を離れた。

「ここで何か気づかれたことはありませんか」

元来た通路を歩き出しながら、前を行くセイレイ嬢が言った。

「この図書館が異常に静かだということに気が付きませんでしたか。閲覧者がほんの一握りの若者たちを除いてほとんどいないことです。前王朝までの今からおよそ三十年前までは、父から聞いた話では、ここを訪れ、閲覧し、思索することがナーダ国の人々の一番尊いそして一番願わしい目標だったそうです。しかしながら、革命が起き、王朝が崩壊し、軍部中心の体制が始まって以来、この図書館と隣接する美術館等は前王朝期の象徴とされ、たとえ崩壊は免れたとしても、長期間に亘って閉鎖され、ようやく最近になって閉鎖が解かれたのです。でも、利用者は前王朝時代の十分の一にも満たないとされております。

たしかに前王朝は一個の君主制であり貴族制でもありましたから、上下関係の厳しい封建制の下に、人民を搾取して来たことは事実だったでしょう。一方では、貴族制の持つ閑暇と余裕と優雅によって芸術文化宗教などの精神文明というものが生まれ育ち、保存され、開発されて来たことも偽りのない事実だったのです。そしてナーダ国の精神文化の象徴が、まさにこの図書館であり美術館なのです。それが破壊を免れたことはほとんど奇跡です。前王朝の王宮やそれに付随した建築群はほとんど破壊されてしまったからです。あなたと一緒に通って来ましたあの海辺の廃墟やバザーのあった場所こそ王宮のあった所なんです。現政権は前王朝を倒し人民を解放したと称しても、その勢いをもって前王朝までの精神文化を破壊し、なおざりにし、忘却して、それを受け継ぐことを怠り、前王朝の弊害たる奢侈、権力集中、上下構造のみを受け継ぎ、その保持に耽り始めております。一般人民を蔑ろにしていることは前王朝以上かもしれません。

人々の間に政治的経済的な不平不満が高まっています。しかし、この国の真の危機はむしろそこにはなく精神文化の崩壊と忘却にこそあるような気がします。そしてそのことに若い人々は気づき始めています」

ぼく自体が一個の小さな迷宮のごとく見えていたが、それ以上に、この国のことはそれを上回る大きな迷宮だった。言わば、ぼくはそんな二重の迷宮の中にいたと言ってよかった。ぼくにとっては、セイレイ嬢はたった一人の案内者であり、あのアリアドネーその人であり、あるいはむしろたった一本のアリアドネーの糸であると思えていた。ここがあのクノッソスの迷宮であり、中央に棲む怪物怪牛神の人身御供となって、そこへと今運ばれて行くとは思えなかったが、そこが一個の迷宮であることには変わりはなかった。

セイレイ嬢はぼくを待っている人がいると言った。とすればぼくが何者であるかを知っている人がここにいるということなのか。さらにはセイレイ嬢その人がぼく以上にぼくのことを知っているということなのか。それにそもそもセイレイ嬢なる女性は一体何者なのか。ふいにそれは一個の美しい謎の花束、一個の香しい迷宮と化した。ぼくたちは図書館の入り口を出て、石段を下りて行った。目の前には広大な石畳の広場があった。斜め左手、相向かいの建物は地下が宇宙レストランになっている国立美術館であり、左手は巨大な石造のゴチック式の大聖堂、右手にはこれも石造の壮大な建物、その中央入り口の上に二本の旗が交差するように掲げられてあり、おそらくは、それはこの国の中枢の政府機関のある建物に違いない。

セイレイ嬢は図書館の角を右に曲がった。通りの左側は官庁街のごとく、先ほどの大統領府にも似た大理石造りの建築群が続いている。右側はもちろん国立図書館である。彼女は図書館脇を素早く歩いて行く。やがて図書館は尽きる。通りを隔てて庭園のごとき、動物園のごとき場所が見えて来た。

「今、目の前に見えております庭園は動物園です。この国は太古の太古アジア大陸と陸続きになっておりましたが、地殻変動によって分離され、さらにもう一度の地殻変動によって、新大陸とも分離されて完全な島国になってしまいました。南島と北島です。したがってここ南島は旧大陸ではすでに消滅し、東の新大陸にもない珍しい動物植物の宝庫となっております。この国の人たちは幻獣園と称していて、世界でも極めて珍奇なFauna and Flora（動植物）を集めている場所でございます。今度はそこをご案内いたしましょう。さあ、それでは参りましょう」

セイレイ嬢はそう言うと、通りを渡り始めた。西日を受けてその横顔はくっきりと彫刻的な輪郭を浮き立たせて、これほど近くにいながらはるか遠く古代ギリシャの海辺を行く女神の神々しさに輝き、近寄りがたい神秘さを湛えていた。彼女はナーダの地から生まれたのではなくて、ナーダの海から生まれたのではないかとさえ思われた。しかしながら、これほどの完璧な美貌を持った女神のごとき存在が、どうして見ず知らずのぼくに対してこれほどまでに親身になって案内をしてくれているのだろう。

十一　幻獣園

人々が動植物園を目指して歩いて行く。夕方近くなのに入り口に向かって歩いて行く。そこには受付も料金所も門さえ見えず、人々は自由に中へ入って行く。セイレイ嬢の言うところの幻獣園の中には案内図も順路の標識もなく、通路が至る処に張りめぐらされていて、両側に熱帯ないしは亜熱帯の樹木の繁った下に鉄柵があり檻があり、さまざまな動物がいるようであった。

巨大な鉄柵の向こう、剥き出しの地面にいくつかの穴が開いていて、辺りに泥の塊がうず高く積まれてあるのが見えた。何も見えないと思った瞬間、一つの穴から一匹の巨大な蟻が顔を覗かせ、辺りを警戒しながら穴の前に出、巨大な口に銜えた泥の塊を地面に転がしたのである。黒い巨大な蟻である。よちよち歩きの人間の幼児ほどの背丈である。身長三十センチ、足はそれぞれ十センチほど、黒光りに光った頭、頭からくり出た二つの目は栗の実のごとく、なぜか目玉の中に細かい茶色っぽい細毛が一杯生えている。しかも、ぐるりぐるりと三百六十度回転するのである。口の先端の両側から鎌のごとく内に曲がった、鋭い牙が出ていて、それを使って泥の塊を抉《えぐ》り、支え、持ち上げて、地面に放り投げた。虫やその他の食い物を囓《かじ》り、食いつき、ちぎり食うのでもあったろう。胴体の後ろの尻からは、太い鋭い銀色がかった針が、ぎくりぎくりと二十センチばかり出たり引っ込んだりしているのが見えた。

栗の実の目もまた十センチほどにも突き出たり引っ込んだりしていて、こっちを見る時は、目玉の表面に生えた無数の細毛が睨み出た視線を伝わって、砂鉄のごとく、こっちの頬に突き刺さるような痛みを覚えた。

奇怪な巨大な黒蟻だった。

ある一つの区画には広いスペースに駝鳥が何羽かいて、自由に闊歩していた。しかしながらその姿形が異様だった。胴体の前の部分から二本の首がするすると上に伸びて、二つの首、二つの顔があったのである。言わば、双頭の駝鳥だった。しかも一方は巨大な赤い鶏冠を持って雄のごとく、一方はそれがなくてやや柔和な顔をして雌のごとくだった。そして雄の方はぐわっぐわっと太いバスの声をもって鳴くと、隣の雌と思える方がくわっくわっと優しいテノールの声を出し、ふいに雌の首は雄の首の方へとしなだれかかって二重三重とぐるぐると巻き付き、その先端の顔を雄の顔の直下に近づけ、甘くくっくっと鳴いたのである。雌雄同体の駝鳥とでも言うか、奇怪な駝鳥だった。

象の居る所へ出た。広大なスペースの剥き出しの地面に、巨大な象の糞が何十個も転がっていた。象舎から、そびえ立つような巨大な象がのっそりと現れた。巨大な鼻、巨大な耳、巨大な胴、巨大な足、それは通常見る象の二倍はあろうかと思われる巨象であり、しかも全身が四、五センチの長さの薄茶色の毛で覆われているのである。まるで、氷河期を生き延びて来たマストドンかマンモスのごとき怪象であった。鼻にも耳にも、頭部全体、尻尾にさえ、長い毛が生えており、特大の鼻を左右にゆらりゆらりと振り回しながら歩いて来たのである。

ところが、ふとした瞬間、こちらの目の錯覚か、歩いて行く象の尻尾が見えなくなったのである。極めてゆっくりと、尻尾の先端が目に見えない消しゴムのごときもので空間を擦り始めたごとく徐々に消えかかり、次に後ろ足が消されて見えなくなり、やがて、胴体の部分さえうっすらと消し跡を辺りに震わせながら見えなくなった。それと共に、前足も消え、耳さえ消え、さらに巨大な頭部もまたゆらりと消えて、ついには茶色い毛の生えた長く伸びた鼻だけが、左右に揺り動かしつつあるのだけが見えるばかりになった。そうやって鼻だけの巨象がしばらく地面の上を歩いて行き、ふっと、それも見えなくなってしまった。そしていつまで待っても二度と姿を見せなくなった。実に不思議な幻のごとき象であった。ぼくの周りには子供も大人もいて、それを見ながら、特別それを不思議とも思わず、子供など象の形をした綿菓子を頬張りつつ、「あ、消えた、消えた」などと平気で叫んでいるのだ。

ぼくは歩いて行った。セイレイ嬢はいない。

広いスペースの地面の上に、高さ七、八メーターにも達するかと思われる、巨大な蟻塚が、一個、二個、三個と並んでいるのが見えて来た。直径二メーターほどの巨大な円筒形の塚である。土でできているから蟻塚としか思えない。その至るところに穴が穿《うが》たれている。

ところが、その穴からつつっと出て来たのは白蟻などではなくて、白くはあったが、つるりと濡れた肌の、大きさ十センチほどの鼻の短い極めて小さい象であった。精巧に彫られた象牙製のミニアチュアのごとき小象であり、しかも全体はぷよぷよと柔らかい白い肌で、内臓まで透けて見えるほどであった。その小象が鼻に丸めた土の塊を外に転がり落とすと、またぞろ元の穴の中に消えて行く。やがてまた別の穴から同じ十センチの極小の白象が出て来て、鼻に丸めたバッタの足のごときものを地面に落とすと、穴の中に消えた。至るところの穴から出て来るものはすべて白象であった。それは蟻塚ではなくて象塚とでも言うべき奇怪な塚だった。

　順路も何もなかったから、ぼくはでたらめに歩いて行った。特別な鉄柵もなく、大きな背の高い熱帯樹の生えた場所が見えて来た。そこは湿度の高い蒸し暑い場所だった。樹木の上の方にオランウータンのごときものがいた。上の方の木の二股になったところに仰向けに寝そべり、顔の毛は眉毛も頬毛も白く、目は落ち窪み、口に歯はなく、極めて老いた森の仙人のごとき顔だったが、それがギターのごときものを抱え、腹の上に押さえて、何か、時折、指先をもってかき鳴らしているのである。

　ぼろんともじゃじゃんともべんべんともつかぬ、音楽でも何でもない、ただの音のようでしかなかったが、極めてゆっくりとした音の連なりから、どうした弾みか、きわめて間延びした音楽の干物のごときあるいは夢のごとくに通り過ぎる幻の音楽のごときものへと高鳴ることがあった。それは何か途切れ途切れの子守歌のごとくに聞こえた。目覚めかかっては弾かれ、眠りかかっては消え、音に合わせて歌うにも、実に間延びしては切れ、途切れ途切れの断続的な音の流れだったからついて行けず、歌うことなどできなかったが、奇妙なことに、そんなでたらめなオランウータンのギター弾きの音の中から、あるいは、むしろ、それに誘われて、ぼくの定かでない記憶の静寂さの奥から、何か一個の子守歌のごときものが聞こえて来るようだった。

ゆりかごの歌を……カナリアが…歌うよ………ねんねこ…ねんねこ…ねんねこよ

……

オランウータンが歌っている訳ではない。ぼくが歌っている訳でもない。またオランウータンの弾くギターに合わせて、誰かが歌っている訳でもない。ただ、ギターのでたらめな音の流れと共に、遠くから、そんな女性の声のごときものが聞こえて来るようであった。

ギターの音がしなくなった。ギターを腹の上に抱えて、森の仙人然とした老オランウータンは二股になった幹にもたれて眠ってしまったようだ。

まだセイレイ嬢は現れない。なぜか彼女の現れるのが待ち遠しかった。しかしこの幻獣園を通って行かなければ、彼女に会えないのかもしれない。いくつもいくつもの夢の中を通り過ぎなければ、彼女には会えないのかもしれない。どんな深い理由があるのか分からないながらそんな気がした。次の広い鉄柵の中には実に奇妙な動物がいた。非常に首の短いキリンがいたのである。いや、むしろ、首がほとんどないのである。胴体から直接頭部が突き出ているのである。それに足も短く胴体自体がそれほど大きくない。だから姿形からして小馬そっくりであり、小馬ほどの大きさのキリンなのである。皮膚は黄色い肌に茶色っぽい太い縞が何本も走っているから、あくまでキリンである。この種類のキリンは高い木の梢の葉を食べる必要はなく、地面に近い樹木の葉を、他の動物と争わずに充分食べて生きて来たから、首を長くする必要もなかったのか。そんなずんぐりキリンむっくりキリンが何頭も歩き立ち止まり寝そべっている。ぼくは歩いた。ペンギンのような姿をしたものが見えて来た。岩場の上や下に、何頭ものペンギンがいたのだが、それが全部真っ白なのだ。普通のペンギンならば黒と白の二色なのに、羽根を含め、姿全体が真っ白なのだ。鉄柵には「ナーダ・ペンギン」と書かれてあった。白ペンギンたちは一頭一頭離れ離れになって岩の上や下に立ちつくしていて、頭を垂れ、目をつむり、何事か考えごとをしているように思われた。

猿山が見えて来た。山を中心にして、その上や間や下のコンクリート敷きの上に、何十頭もの、大小さまざまな猿たちがいた。日本猿、チンパンジー、手長猿、尾長猿、キヌ猿、目の大きな猿、一つ目猿、マントヒヒ、オランウータン、ゴリラの子供など、その他さまざまな種類の猿がいて、坐っていたり、歩いていたり、グルーミングをしたりしていた。ところが、やがて、その内の何匹かが顎の辺りに手をやり、顔をめくり上げるごとき仕草をすると、それに呼応するように一斉に同じ動作を始めた。つまり全員が顔をめくり、顔を引き剥がしたのだ。すると、その下にあった顔はすべてチンパンジーの顔で、剥がした顔をくしゃくしゃにして放り出し、喜々として手を叩き、顔を見つめ合い、面白がった。どれも、何十種類もの大小さまざまな顔だったものはすべて仮面であり、言うなれば、チンパンジーの二重面相だったのである。チンパンジーが自主的にやったのか、ここの動物園のスタッフの仕掛けたものか分からない。しかし顔を脱いだ後の全員がチンパンジーだったとしても、全員がチンパンジーの顔を脱いだら、さらに別の顔が、たとえば、日本猿の顔なり尾長猿の顔が現れたとしたらどうだろう。それもあり得ることではないか。猿山の中のチンパンジーの群れを見ながら、ぼくは取り留めのないことを考えていた。

大きなパンダが二頭地面にじかに坐っている場所に来た。象ほどもある巨大パンダである。もう太りすぎて動けないとでもいうように、枯れ木の前に坐り込んで、目の前の大きな皿に入っているものを手づかみで食べていた。皿の中には、人の中指ほどの大きさの極小のワニの姿をした生き物が何十匹も泳いでいて、パンダはそれを手づかみで口に持って行き、むしゃくしゃと食べているのである。巨大パンダのワニの躍り食いというものだったか。

別の場所では熱帯樹が何本も生えていて、その下の方に、ミツユビナマケモノの姿が見えた。高さおよそ十メーターほどの横に伸びた枝に、三つ指の手を掛け、右腕をだらりと下へ下へと垂らして、地面すれすれのところにミツユビナマケモノがぶら下がっていたのである。十メーター近くも伸びた右腕を時計の振り子のごとく、極めてゆっくりと、ゆらあり、ゆらあり、三メーターも四メーターも前へ後ろへと体を揺るがせ動かしていた。目を閉じ、顔を仰向け、体を丸め、世界がなくなろうと、地球が破滅しようと、我関せずとばかり眠りこけているようだった。絶対怠惰というのか、絶対涅槃というのか、何万年にも亘る習性から、枝に掛けた右腕だけがこのように十メーター近くも伸びてしまったのか。

また別の場所では、地面にゾウガメがいた。巨大なカメである。それが立ち上がっているのである。地面を這っているのでもなく、地面に伏せているのでもなく、立ち上がって、甲羅の背中をこちら向きに、腹の部分を向こう向きにして、不動の姿勢で立ちつくしているのである。それが一頭、二頭、三頭もいた。こちらからは背中の甲羅しか見えない。二メーターほどの背丈であり、巨大な壁のごときものである。蒼黒い甲羅には何十何百本もの亀裂が走り、辿りがたい曲線が縦に斜めにくねり曲がり、神秘の甲骨文字を自ずから表しているごとくであった。三頭のゾウガメがそんな同じ姿をして立ちつくしているのである。いつまでも不動の姿勢であるから、いつの間にかカメとも見えずカメの形をした神秘の石像のごとくに思えて来た。どうしてそうしているのか分からない。

一匹の実に美しい白狐がいた。狼よりは小さく、鋭く痩せていて、ややつり目の、どことなく悲しく考え深げな表情に澄み渡り、そして何よりも全身、細かい艶のある白い毛に覆われていることが狐の持つ不思議さを際立たせていた。

鉄柵の中には白狐一匹しかいなかった。それは粛然とした面持ちで、とぼとぼと、こちらの方へ歩いて来ると、ふたたび踵を返して向こうへまたとぼとぼと歩いて行く。それは悲しい思い詰めた狂の気配を放っている。白いパスカル狐とでも言うか。思い詰め思い詰めしつつこちらに向かって来る。そしてまた遠ざかる。もっとも近づいた時、ぼくを見たような気がする。

実に美しい白い狐である。足など泥や埃など何一つ付けていない。ただ細かい繊細な産毛に覆われているばかりである。

恋しくば　たずね来て見よ　和泉なる信太《しのだ》の森の　うらみ葛の葉

そんな言葉がふと思い出された。一匹の白狐が狩人に捕らえられようとして一人の男に救われる。男は狐を連れて帰る。男には葛の葉という妻がいたが、男の留守中に死ぬ。狐は男の悲しむのを知って妻に成り代わる。男は狐とは知らずに妻とむつまじく暮らし、妻は月満ちて男の子をもうける。童子丸と言った。童子丸が五歳の時に元の妻の親が来るという。それを知った妻は狐であることを知られるのを怖れて、男や子供を置いて家を出る。葛の葉狐は、その時、家の障子に歌を書き付けて家を出る。

恋しくば　たずね来て見よ　和泉なる信太の森の　うらみ葛の葉

後に残された童子丸は母恋しの月日を重ねて、十歳の時に、歌の教えるままに和泉なる信太の森に母を尋ねて放浪の旅に出るというのだ。どうしてだかそんな物語が不意と思い出された。

ぼくは迷路と言っていい順路不明の園内を文字通り当てもなくさまよった。

臆病なライオンがいた。敷地の中央に一頭の大きな雄のライオンがたてがみを両脇に垂らして寝そべっていたが、その傍らに何匹もの猫がいて、その顔を猫になめられていた。

自分の尻尾をたえず噛みつくハイエナがいた。

マカラという動物がいた。全体が金毛で覆われ、頭部がワニでほとんど胴体がなくすぐに魚の背びれとなって、短い足をもって這い回っていた。

尻尾の長いチータがいた。長さ七、八メーターにも達するほどの太く長く白い尻尾を地面に引きずり、引きずり、綱引きのごとく、はあはあ言いながら、世界最速のはずのチータがのろのろと這っていた。

舌の長いラクダがいた。口からピンク色のねばねばした舌をべろんと伸ばして、自分の首に何回りもマフラーのごとく巻き付け退屈そうに敷地内を歩いていた。

地球上に夢がなくなって栄養失調になった獏がいた。痩せこけて腹は凹み頬は落ちて、息も絶え絶えに地面に骨を突き立てて横たわっていた。

「ドストエフスキー」とプレートに書かれた真っ白いフクロウが目をぱっちりと開けて、考え深そうに木の枝に止まっていた。どうしてそういう名前が付いているのか分からなかった。

「十年もの間冬眠から醒めない熊」とプレートに書かれた熊がいた。太い木の根元に足を投げ出して、黒い大きな熊が熟睡していた。

二羽の九官鳥がいた。鉄檻の中の木の枝に互いに離れて、二羽の細い黒い九官鳥が留まっていて、相手を見ずに、一羽が「人間は地球を食いつぶしてまんねん」と言うと、もう一羽が「そうでんな」と言う。そしてまたしばらくすると、後の一羽が「人間は地球を食いつぶしてまんねん」と言うと、前の一羽が「そうでんな」と言う。

芥川龍之介全集の本の一冊を開いてその一ページ一ページの紙をちぎっては食べちぎっては食べている河童がいた。

木に登った山椒魚がいた。体長三十七センチほどの大きな山椒魚が、横に生え伸びた木の枝に寝そべっていた。辺りには清々とした山椒の木の匂いが漂っていた。

十二　回亭夜話

「あら、あら、一人にしてしまって申し訳ありません。幻獣園は楽しかったですか」

セイレイ嬢が現れた。ぼくはほっとした。なおも続く迷路のごとき通路を巡り巡って、ふいに広々とした空間へと出た。広大な池だった。とにかく広い。周囲何キロあるか分からない。対岸は遥かである。中央に島が見える。鬱そうと樹木に覆われている。池の周囲は平たい広い道になっていて、人々が散策している。岸辺には石造りのベンチが一定の間隔で置かれ、人々が座って湖畔の風景に見入っている。ベンチとベンチの間には柳の木が植わっている。

島には一本の堤が通じていて、こちらから歩いて行けるようである。そこにも両側に柳の木が並んで植えられてある。

折しも落日が大きく赤く動物園の林の向こう、白亜のナーダ国立美術館の建物の端に掛かっていて、西空の上の雲を赤く染め、湖の表面をゆらりゆらりと赤まだらの空を湛えて金色に揺るがせている。

「これは中国にある杭州の西湖を模して造られた湖でございます。規模は遥かに小さいものですが、まさに中国式でございます。この国は地理的な位置から、船による東西交通の要所になっておりまして、古代からのナーダ国独自の文化に加えて、中国の仏教と儒教文化、インドのヒンズー文化、アラブのイスラム文化、スペイン・ポルトガル文化、遣唐使以降、対明貿易等を通じての、流れ弾のごとき日本文化等、実にさまざまな文化を吸収し受容して、実に不思議な融合文化を築き上げて参りました。たとえば、それは宗教や建築物によく反映されております。先ほど通りました広場の一角にはヴェニスのサンマルコ寺院を思わせる大聖堂、その脇の国立図書館は三つのドーモを冠したイスラム・サラセン文化のモスク、湖の中の島にあります孔子廟、湖の対岸、動物園と対になった植物園の中にあります華禅道場の日本式禅宗寺院、それらが何の違和感もなく並び建ちそれぞれの道を歩んでおります。

さあ、参りましょう。この堤を通って中の島へと進んで行きましょう。この湖は龍湖、島は玉島、この堤は西湖の蘇東坡堤に倣ったもので柳堤と呼ばれております。

龍湖には、ご覧の通り、さまざまな水鳥がおります。ここは白鳥の南限の地と言われておりまして、白鳥を始めカルガモなどのさまざまなカモやクイナやオシドリやその他数多くの水鳥がおります。中でも珍しいのは、ほら、あそこに見えるでしょう、ハゲタカまでもここに棲みつき何十羽も群棲することになって、禿げた頭をすっくと垂直に立て眼光鋭く辺りを睥睨し、と、ふいにその頭部を水中にくぐらせて魚などを捜すのです。でも他の水鳥たちを襲うことはなく共生しております。

さあ、玉島に着きました。周囲は岸辺に沿って柳の木が植わっておりますが、孔子廟の前の両脇には二本の楷樹が亭々として聳えて、美しい葉を広々と茂らせております。その後ろに、別棟ですが、かつて王族の方々の休憩所だった回亭がございます。回亭とは孔子の愛弟子たる顔回にちなんで建てられたものです。

孔子廟は屋根が見事です。ここは湿気の多いところでございますから、屋根瓦はすべて緑青が吹いて言うに言われぬ風情を醸し出しております。それに屋根の棟の両端から斜め下へ流れ落ち、先端に来てぴんと跳ね上がった稜線の見事さ、そしてその先端の昇龍のごとき龍頭の見事さは喩えようがありません。

しかしながら孔子廟を拝するためにここへ来たのではありません。さあ、背後の回亭に参りましょう」

ぼくは孔子廟の左側を歩いて行った。柳の木の間から龍湖の静かな夕景が見えた。日はすでに暮れかかり、湖面は今までの夕焼け空の残照を映すのみである。ひたひたと岸辺を打つ水音が聞こえる。かすかにさざ波立つ湖面に夕日の残片が金粉のように漂っている。遠くの岸辺に点々と白い水鳥たちがほとんど動かずに眠りこけているようである。

ふと湖面に白い途方もない影のようなものが映っているように感じられた。そう思えただけであるが、もう一度湖面を見つめ直すと、むしろ湖面に向かって下から鱗の胴体をくねらせて白くて長い龍のごときものが、うねり、うごめき、泳ぎ渡って行くような、不穏な天変地異を孕んだ怪異を感じたのである。

「さあ、どうぞ、回亭に着きました」

セイレイ嬢が先導するその先に、竹林に囲まれて、蒼い甍を頂いた小振りの瀟洒な建物が見えて来た。細くて丈の低い真竹からなる疎林といった趣の竹林であった。

建物の中にすでに何人かの先客がいるのが見えた。

セイレイ嬢が先に立つ。孔子廟の後ろ、竹林を左右に分けて小径を五、六メーター行ったところに回亭がある。木造の六角堂である。石の土台、その上の白壁、中ほどに丸窓、さらにその上の白壁、六本の木柱、青黒い瓦屋根、入り口の上の横梁に木の額が掛かり、「回亭」と墨黒々と書かれてある。六畳ほどの内部は中央に六角の木のテーブル、周囲の五つの側面に、それぞれ繋がった木造りのベンチが設置されてある。

内部に何人かの人々がいた。テーブルの向こうの席に二人の白髪白鬚の老人。五十代半ばと見える堂々とした口髭の見事な男。同じく五十代の男性。テーブルの両脇に一人ずつ分かれて、二人の二十代の屈強な眼光鋭い青年が居た。

「お連れしました」

セイレイ嬢はそう言って口火を切り、入り口の石段を一段登った。

「さあ、どうぞ」

テーブルの向こうに居た堂々たる男性が手を差し伸べて、ぼくに向かって相向かいの席を指さした。ぼくは言われた通り、何も分からないまま前へと進み、男性の指示するままに席を取った。そしてその左脇にセイレイ嬢が坐った。

青年の一人がつと立ち上がって、それぞれの柱の中ほどにあるローソクに火を灯していった。

すでに日は落ちている。ローソクの明かりがほおっと亭内を明るませ、さらに近くの湖面をもかすかに妖しく照らし出した。湖面は夜景に変わった。

「さあ、それではいいですかな」

正面の口髭の見事な男性が言った。

「娘がお連れしたこの人こそ亡き光遜林先生のお孫さんに当たる方であります」

正面の男性が極めて厳かに宣言した。長い間の記憶喪失の中から甦りつつある途中にあって、自分は何者かと可能な限り思い出そうとしていた矢先、男性の宣言はぼくの半覚半睡の朦朧状態を一挙に砕いてぼくを現実の世界へとさらけ出した。

ぼくは目の前の男性の顔を見つめ、さらに左脇のセイレイ嬢を見つめ直した。セイレイ嬢は心持ち頬を赤らめ、自分の本性が露わになってしまったことに恥じ入るごとく、今までの毅然とした美貌はかすかに薄らいで、父親の前にいる娘の表情となって縮こまっているように感じられた。

しかしぼくは真には足を地面につけてはおらず、長い間の漂流の果てに今なおいるような不安の中にいた。

「あなたは日本にいた時、林光という名前だったのではありませんか。そしてお父さんの名前は林謙一郎ではありませんでしたか」

　セイレイ嬢の父親はそうすらすらと言ってのけた。たしかに光という名前だけは思い出しかけていた。それが林光であるとは。ぼくは暁を前にしているような気がした。

「それはすべてあなたの祖父である光遜林の名前から取られたものだとあなたのお父さんから聞いております。そしてあなたの真の名前は光白林、あなたのお父さんの名前は光嗣謙です。そうですね。そろそろわたしの身分を明かさなければなりません。わたしはあなたの祖父の光遜林先生の二番弟子に当たる梁景山というものです。そして先生の一番弟子こそあなたのお父さんの光嗣謙なのです。わたしとあなたのお父さんとは、それはもう竹馬の友で、義兄弟のごとく何をし何を学ぶにも一緒に過ごしました。光家も梁家も中国は杭州の出身、その国にあって財を成したものです。両家共中華文明の血が流れております。そして光家は代々この国の史官を務め、先生は翰林院にあって、この国の文化およびこの国に流れ来たった中国文明の精華を花開かせようと苦闘したのですが、王朝の爛熟極まり、人心離反、ついには宰相としての先生の努力空しく王朝と運命を共にして処刑されました。

　そして先生の一子嗣謙さんは日本に亡命、わたしはこの地に残りました。以来今日までおよそ三十年近く、先生の遺志を汲んで、秘かに海を隔てつつも雁の便りを絶やさず、情報を交換し志を励まし合って来ました。

革命はつねに腐敗します。革命はつねに反革命を招来します。革命は成就した時は人心を収攬し安定させますが、権力を握ることによって権力そのものの持つ毒素によってかならず堕落し、人心から離反するに至るのです。この国も例外ではありません。革命政権は一時は人民の側にありましたが、革命そのものが王朝の軍部による軍事クーデターであったために、権力の美酒に酔いしれ人民を忘れた過激な近代化と富国強兵主義、王朝以上の独裁制を強め、国人の精神伝統の軽視、文化文明の堕落を見たのです。それはもはや座視することはできません。

ナーダ国は二つの島からなっております。北島《ほくとう》と南島《なんとう》の二つです。南島がこの山岳中心の島でありかつてナーダ王国のあった島でありました。北島はより平坦な平野部から成り立ち、商工業中心の現政権のある島ということになります。で、北島の軍政権が南島をも支配して来たのですが、以後徐々に北島独裁政権に飽き足らず不平不満の声は地下にあって高まりつつあり、南島の北島よりの分離独立の機運が徐々に高まって来ているのです。

わたしは一在野の人間に過ぎません。革命後この国に踏みとどまって遜林先生の遺志を受け継ぎ、一私人として光遜塾というものを開き、今では光遜アカデミーという私営の学校にまで発展、卒業生たちは毎年数百人を数えるまでに至りました。

この三十年、人々の間から好学の精神は消え失せ、若者は惰弱無気力、気概と向上の精神を失って来ました。わたしはそのことを予想し、一人立って、若者の中に自主独立の学問と気風を植え付けるべく孤軍奮闘して参りました。ようやくにして、今、あくまでそれは一部に過ぎませんが、若者の間に不平不満、悲憤慷慨の気風が広がり始めたかのごとき予感を感じるようになりました。

そこでわたしはあなたの父上である嗣謙さんに、機は熟した、わが祖国に戻れと檄を飛ばし帰国を促したのです。わが青春のただ一人の同志、義兄弟たるあなたの父上と、この国にあって分離独立と精神革命をより強力に推進して行こうと願ったからです。

ここにおられる二人のご老人は遜林先生の古い仲間でして、言わば前王朝の生き残りと申す方々、わたしの隣の者はわが光遜アカデミーの副学長、そして二人の青年はわたしの弟子であり卒業生でもありまた急進派の筆頭に位置する者たちです。

実を申しますと、ここのこの回亭であなたとあなたの父上を迎えて、ここにお集まりの方々と、一堂に会して衆議を決せんものと考えておりました。

ところが、ところがです。あなたとあなたの父上とは飛行機で隣国にまでやって来、他の仲間と合流、そこから小艇でここへ来る途中、まさに入国の直前、台風に遭い難破。あなただけが助かったのです。小艇は大破、岩場に漂着。あなたの父を始め、誰もおらず、付近にもその姿はついに発見することはできませんでした。その場所から大分離れた所にあなただけが打ち上げられ、人事不省、数日を経て助かったのです。たまたま娘の青玲、青いの青、王偏の玲と書いて、青玲と言います、その青玲が通りかかって、ご案内申し上げたのです。初めはあなたのことが分からず、失礼をしたと思いますが、私たちと連絡を取りつつ、ようやくあなたの身分を確認、ここにまで案内したという次第です。

しかしあなたの父上は遭難したと判断するほかはありません。痛恨の至りです。断腸の極みです。もはや何とも申し上げようがありません」

目の前の梁景山先生は語り終えた。その人がセイレイ嬢の父親であり、セイレイ嬢その人が梁青玲という名前であること、その他語られたすべては充分驚きに値する事柄であったが、最後の言葉に至って驚天動地のことが起こった。父が死んだと、父が海の藻くずと化したと。何と言うことか。信じがたいことだ。ぼくはまだ充分思い出していない。そこにまで思い至ってない。言わば、無理に思い至らされたとしても、やはり信じがたいことだ。

ぼくのパズル、ぼくの人生というパズルの中に、徐々に記憶のピースの一片一片を嵌めて行き、ようやく今、後数片残すのみとなった時に、一番大事なピース、父の顔のピース一片が欠けていること、もはや永久にそれを嵌め込むことができないことを知ったのだ。その一片のピースをもってぼくの人生というパズルが完成する土壇場になって、それが失われて無いというのだ。そこだけが永久欠番になったというのだ。

「実は、大破したボートの漂っていた岩場の近くに、これが、このバッグが発見されたのです。君の父上のバッグではありませんか」

セイレイ嬢の父親が足下からバッグを取り上げ、前のテーブルの上に置いた。

それはルイ・ヴィトンの小振りのスーツケースだった。四つの角がすり切れ、持ち手も傷み、水で濡れていて、表面はやや黒ずんでいた。ぼくは立ち上がり、スーツケースに近づき手触りを確かめた。まだ濡れていて、湿り気があり冷たかった。潮の香りがした。父愛用のルイ・ヴィトンであることがふいに思い出された。間違いなかった。父が亡命直前に祖父から形見として与えられ、大事な所用がある時はかならず持ち歩いていたものだった。一緒に出掛ける時は、ぼくが父に代わって手に持った。そのどこにも父の香り父の体臭はすでになかった。そしてそのことが父のいないことを愕然として知らしめた。背骨の奥から抑えようもなくこみ上げて来るものがあった。全身ががくがくと震えた。

「父のです」

震える声でぼくは答えた。

「そうですか。そうしますと、君の父上の唯一の遺品ということになります。ほかには何も発見できませんでした。確認のために中身を改めようとしたのですが、施錠がなされていて、開けることはできませんでした。何か開ける手だてはありませんか」

セイレイ嬢の父親は言いにくそうにそして冷静に言った。

ぼくは一種の脳震盪のごとき眩暈の中で考えようとした。考えることは痛かった。でも考えるほかはなかった。記憶の小さい黒い穴から一つのかすかな光のようなものが明けかかるような気がした。

羽田で飛行機に乗る前、「これは機内持ち込みができるのだから、光、お前が持て。スペアキーはお前に渡しておく」と言った父の言葉が思い出されて来た。だからぼくはそのスペアキーを持っているはずだった。しかし、すべて失ってしまっていた。いや、待てよ。もしかしたら、このベルトの、そうだ、ベルトの小型の貴重品ケースだけはまだ身に付いていた。この中にあるかもしれない。小型の同じルイ・ヴィトン製のケースの中を震える手をもって開け、そして中を探ってみた。小さな銀製のキーがかすかに濡れて底光りを放って、そこにあった。

「ありました」

一個の測りがたい戦《おのの》きが体中を駈け巡った。島に帰り、たった一人、己の持ち帰った玉手箱を開けようとした時の浦島太郎の怖れと戦きを感じたのである。ぼくはそれを持ち運んではいたが、中を覗いたことは一度もなかった。今それを開けようとして不可測の深淵に突き落とされるのではないかと怖れた。

かちりと低い重い確かな音を立てて開いた。

ぼくを始めとしてそこに居合わせた人々すべてが固唾を呑んで見つめた。

あれほど海水にもまれ浸されていたはずなのに、内部には海水の侵入した跡はなく、濡れた気配もなかった。中には透明なプラスチックの書類入れが三部あって、いろいろな書類が入っていた。

ベージュ色のリネンの布袋があった。GRIM ARTという円形のロゴマークがついているものだ。中に本が入っていた。

Plato : Republic

Daisetz T. Suzuki : Zen and Japanese Culture

Henri Bergson : Les Deux Sources de la Morale et de la Religion

三冊いずれもすでに背も表紙も傷み、紙も変色し、縁も崩れていた。しかしそれこそ祖父手沢の愛読書であり、父の亡命時に祖父から遺贈されやがては父の愛読書となり、ついにはぼくの愛読書にもなり始めていたものだった。

最後にルイ・ヴィトンのセカンドバッグがあった。鍵は掛かっておらず難なく開けることができた。

父の財布、二通の封筒、一通はすでに開封され、祖父から父に宛てられたもの、もう一通は表に「梁景山殿」と書かれた未開封のもの、くすんだ緑色の革表紙の手帳、小さい額に入った祖父の遺影などがあった。

未開封の書簡はセイレイ嬢の父親に渡した。

ぼくは周囲の人々の思惑などかまわず広げた物に見入った。まず長方形の手帳である。古い書物の装丁に倣った、固く、古く、くすんだ、Jadeという名にふさわしい、翡翠色の革表紙の縁に沿って二重の黄金の唐草模様を打ち込み、一番の外側は鮮やかな金、その内側はやや太めの沈んだ金が施されている。父から聞いたところによれば、それはパリの革細工の文具店グリム・アート特製になる手帳であり、ルネッサンス・スタイルのゴールド・ツーリングによる金の型押しを施した手帳であった。祖父から父へと遺贈されいつも父の机の上にあったものであることが思い出された。

小さいながらどこまでも渋く底光りのする重厚な肌触りは、高貴とも古雅とも言える光沢を放って掌に沈んだ。表紙はすでに長いこと使われて、細いかすかな亀甲の裂傷のごときものが至るところに走り、翡翠の底から、パウル・クレーのデッサン画たる「天使」の形を成さない顔のごときものが金色の線をもって滲み出ているようにも思えた。またさらに目を細めれば、「天使」の顔は二重写しになって、遠い祖父の顔の金色の影絵のごときものが浮き出ているようにも思われた。そして、むしろ翡翠の手帳そのものが古雅にして高貴な存在感をもって、掛け替えのない祖父の姿を象徴しているように感じられたのである。

手帳を開けてみた。第一ページ以降数ページに亘って漢文が並び、途中に来て英語で「NADA MEMO」と書かれ、下の方に光遜林と署名がしてあった。そして以降は英語、フランス語、中国語、日本語などをもって、罫線のないスペースにびっしりと文章が書き込まれてあった。おそらくはナーダ正史たる「ナーダ史」を執筆し完成するための文献や引用文やアイディアや草稿の下書きのごときものが書き付けられてあるかに見えた。

全文最後まで青い万年筆で独特の筆記体をもって美しく書かれてあった。最後の

四、五枚の白紙を残すのみの文章の最後に、やや乱れた大きな文字で、
Eli, Eli, Lema Sabachthani
と書き付けられてあった。それこそは十字架上のイエス・キリストが息絶えんとする直前に叫んだ言葉であったと伝えられているものではないか。

エリ・エリ・レーマ・サバクタニ。

神よ、神よ、などて我を捨てたまいしや。

処刑直前に、祖父は事業半ばにして死なねばならない己の運命の悲痛をここに書き付けたのでもあったろうか。

ぼくは貧血に捕らわれて目の前が真っ白になった。セイレイ嬢らしき姿が動いて、ぼくの体を抱えて右脇の空いた席に横たえてくれるのを感じた。

「光君」

そういう声が遠くから聞こえているようだった。

「光君」

そういう声がもう一度聞こえて来た。ぼくはようやく人心地がついて辺りが見え、耳が聞こえるようになった。

「この書簡は個人的なものだから全部は読めないが、みなさんに関係するところは読

んでみたいと思う。嗣謙君は言う」

　セイレイ嬢の父親が読み出した。

「君とぼくは少年の時から義兄弟の契りをもって、父光遜林の下にあって学問修行に励んで来た。しかし王朝滅び、父は処刑された。ぼくは亡命直前、孔子廟の回亭にあって最後の別れを惜しみつつ誓い合った。『二人相別れて臥薪嘗胆、機熟した暁には、ここで再会、父の遺志に従い新しい祖国の再興に参じよう』と。そして今、君の書簡に曰く、『王朝の逆臣クチン・ラヤ一派の軍部独裁は日を追って激しい。これを不満とする同志の声また激しさを増しつつある。君の合流を待って、国内の革命精神をさらに鼓舞しようと思う』と。もちろん、ぼくもその趣旨に賛同するにやぶさかではなく、一子白林と共に祖国に馳せ参じる覚悟である。が、究極、ぼくは君と意見を異にすると言わねばならない。ぼくは帰国後在野に徹したい。我が父光遜林の遺志を継ぐべく、国人の精神革命というものの振起に命を賭ける。日本天台の伝教大師の「一隅を照らす」の悲願に余命を捧げるつもりだ。一人をもって一人を照らす。一人をもって二人を照らす。そして父の悲願たる「ナーダ史」の完成を期したい。近々帰国できると思う。ふたたび回亭に再会、君や同志諸君や我が父の古き同志たる古氏などにも会って議論を尽くしたい」

「以上だ。以上が我が友光嗣謙の言葉だ。しかしその人はもういない。ただ、ただ、慟哭あるのみだ。わたしはわが右手を失った。わたしは左手のみをもってここに立ち上がらなければならない」

セイレイ嬢の父親は語り終えた。辺りが騒がしくなった。

「先生、誰が何と言おうと、もはや一刻の猶予もなりません。分離独立の第一声を上げる時です」

青年の一人が叫んだ。

「先生」

「先生」

若者が二人性急に弁じ立てた。

「学長、ここは穏便に事を進めていただきたい。あくまで体制内改革に徹するべきです」

隣の副学長たる人物が発言した。

「長老方のご意見をお伺いしたい」

セイレイ嬢の父親が言った。

「お主が遜林君のお孫さんかの。一度バザーで会いましたな。わしは李望。人呼んで邯鄲老人じゃ。『ご意見を』と景山殿が言うが、わしの意見はすこしも変わらん。わしは遜林君と同じ精神革命を徹底するのみじゃ。わしの家学は『易経』じゃ。わしは『易経』の精神をもって貫くのみじゃ。『易経』冒頭の一言「潜龍用いることなかれ」じゃ。まだ立ち上がってはならぬ。精神の熟成を待つ以外にない。わしらはまだ潜龍に過ぎん。潜龍用いることなかれじゃ」

白い長い顎髭の邯鄲老人が言った。

「君が遜林君の忘れ形見とな。いやあ、よう似ておるわ。その白い放心、神隠しに遇ったごとき遠い眼差し、いやいや故旧忘れがたしじゃ。わしも前王朝の遺臣の一人、古蘭渓というもの。わしもまた李望翁と変わらん。このナーダの国の一種の桜守、この国の大自然の守り人と言ったところだ。今の軍事政権と浅薄な物質文化の中にあって、ただ一つ、精神革命を深化させるのみ。早まってはならん」

顔の浅黒い、白い口髭の、禿頭の老人が言った。

「手ぬるい、手ぬるい、話にもなりません」

「老人は駄目です」

「先生」

「先生」

若者たちが共に叫んだ。

「光君、君の意見を聞きたい」

セイレイ嬢の父親が言った。

ぼくはただ呆然とするのみだった。何を言うことがあろうか。しかし何か言わねばならないということは分かっていた。

「ぼくはまだこの国に生まれていません。みなさん一人一人のご意見をただ、ただ、尊くお聞きするばかりです。でも、もしぼくに言えることがあるとすれば、ただ一つ、ぼくは父の無念、祖父の慟哭を生きるのみだということです。それしか言えません。そしてもう一つ、祖父の慟哭はどこから来たか、慟哭の底に何があったか、それを尋ねるだけです。ぼくはたった一人祖父の慟哭を生きたく思います」

それを言うのが精一杯だった。

十三　幻華園

ぼくは幻華園に来ていた。そこは龍湖に沿って、幻獣園と対になった植物園のようだった。植物園には、熱帯植物園や湿原植物園、シェイクスピア植物園、万葉植物園とかのほかに、華禅道場というのもあり、蟬丸座の能楽堂や、そして一番奥には光遜アカデミーというセイレイ嬢の父親、梁景山先生の経営する学校があった。

ぼくは梁景山先生の持てなしを受けて、何日か、その宿舎に泊まり、ここ数十日に亘る有為転変による激しい疲労を休めていた。その間、景山先生から、一日、書斎に呼ばれ、ぼくの父からの書簡の一部を披瀝してもらった。それはある意味で驚くべきものだった。父の死を暗示するがごとき予言的運命的な内容のものだった。曰く、

我々はかつて義兄弟の契りを結んだ。そして今その契りをさらに固め深めるために帰国することにしたが、その契りを永遠のものにせんがために、我が一子白林を君の娘である青玲嬢の婿殿に迎えてくれないかと。

たしかそんな文面だったと思う。そして景山先生はぼくに対して声を震わせつつ言った。

「わたしは何の異存もないどころか、わたしもまたそれを願っておった。わたしの宿願でもあり悲願でもあった。君が娘を良しとし娘もまた君を良しとしたならば、すぐにでも事を進めようと思う」

ぼくは途方もない白昼夢からようやく目覚めかかった時に、さらに別のむしろ馨《かぐわ》しい白昼夢に巻き込まれるのを覚えた。何でぼくがそれを拒もう。セイレイ嬢を拒むことがどうしてあり得ようか。ぼくはとっくの昔セイレイ嬢のサーリー姿の中に包まれていた。蘭の花の香りの薫習された白いサーリーの中にいた。セイレイ嬢をどうして拒むことなどあろうか。その時ぼくはただ一言「お任せします」と言うのみだった。

ぼくは幻華園と言われている庭園を歩いていた。いろいろな花があった。しかもそれらの花々はそれぞれの種類に応じて独自の正常な形状を示しているものばかりでなく、一種の逸脱した特異な形状を示すものもあって、不思議な華園でもあった。たとえばチューリップにしてもほとんどはごく普通のチューリップの形なり性質を持ったものだったが、中には、葉も茎もなく地面から直接花を突き出し咲き出しているものもあった。言わば、地面からじかに顔を出しているモグラ・チューリップとも言うべき不可思議な変態チューリップのごときものだった。さらには、その背丈が二メーター近くもあるジャイアント・チューリップのごときものが何本もあった。

さらにバラの花はと言えば、誰でも知っている花の形と枝と葉を備えたものがほとんどだったが、中には、垂直に上へと伸びて行くのではなくて、その幹その枝が四方八方地面の至るところをじかに這い伝わり群がり伸び、駆けずり回っているごとく伸び広がって、その先々で数限りもない花を咲かせていたのである。地面を這い地面に咲く不思議なバラの花であった。しかもその枝々は一種不穏な蠢きを感じさせ、それぞれの先端は鎌首をもたげて動き出そうとしているごとくにも見えた。

やがてしばらくすると、空中に不思議な光景が見えた。空華と言うのか空中花と言うのか、たとえば、木の幹に生えた寄生蘭というものがあるように、空中そのものに生えた花とでも言うべく、空中に何個かの花が浮きつつ咲いていることであった。それはヒヤシンスのごときもので、無数の細い根を伸び広がらせた球根が一個二個と空中に浮いていて、そこから上へ茎がすっくと伸び、すべやかな葉が何枚か斜め上へと広がりつつ、中央にぐるりと紫色の小さな花を鈴のごとく付けて咲き出ているのであった。実に何とも言えない不思議な空中感をもって浮いていて、何か目に見えない女神が降臨して、手ずから持ちつつ、かすかに打ち振るわせている紫金の鈴ではないかとも思えた。そうでなければどうして空中にヒヤシンスの花が咲いているのか想像もつかないからである。

今こうして幻華園を散策しながら、父の急死という悲しみとセイレイ嬢との結婚という喜びに代わる代わる襲われ、二つの矛盾した気持ちに翻弄されるばかりだった。そして不思議なことでもあり、あるいはむしろ当然のことだったかもしれないが、幻華園の中の普通の花から逸脱した奇異な花々に、むしろ心休まるのを覚えたのである。矛盾そのものだったぼくは目の前の幻華を親しく我が分身のごとく見つめたのである。いろいろな幻華を見た後に、ぼくは蓮の池に来ていた。龍湖よりははるかに小さく狭かったが、そこに数知れない睡蓮の花が咲き誇っていた。水面にひたと取りついたごとく、いろいろな大きさの円形の葉を広げ、中央に掌をやや丸め、広げかけたごとき、何弁かの花びらを水面の上に漂わせ、そしてわずかにそこから離れて、茎ごと背を伸ばし、水のたゆたいと共にたゆたい、水の静まりと共に静まり、眠れるがごとく、夢見るがごとく、太古からの命の花をこの一瞬に幻じて花咲かせているのであった。睡蓮の佇まいは水の下にもぐるでもなく、水の上に突き出るでもなく、水と共に睡り、水の睡りを睡っているごとくだった。それが池の上に何株も何株も広がり花開かせていた。水中に咲く藻の花でもなく、土の上に咲く他のすべての花とも違い、水の下の泥濘に根を下ろし、水中を伸びて水上に出、葉を水面の表面張力に完全に身を任せつつ、わずかに空中に顔を覗かせ、葉と花ごと、太陽の光を浴びる、ある意味で、極めて稀な、不思議な、それこそ幻華としか呼べない花であった。土と水と天を共に生きる幻華、土と水と天を一つに貫いて、そのすべての境界を突き破って生きる境界の花、それは何かヘルメスの花とでもいうべき印象を与えた。むしろ、あのヘルメス・トリスメギストスの花を思わせた。変身と変化の神ヘルメス、それを三倍にも重ねて生きる神ヘルメス・トリスメギストス、その多様を同時に生きる幻の華、そういう印象を持った。

群生している睡蓮の花の向こうに巨大なオニバスがあった。差し渡し一メーターどころか二メーターにも達するかと思われる葉を水面一杯に広げ、周囲の縁には細かいトゲのごときものを生やして、薄い果てもない、濃緑の銅鑼とでも言うべき豊かさをもって、かそけき妙なる音を放っているように思われた。その花もすっくと伸びて、水面のわが面影に見とれているようであった。巨大な葉の上にはカエルが何匹かいて、喉のところを半透明の白さに膨らませて眠っていた。喉の袋の中に真珠のようなものがあってかすかに光り揺れているようだった。

オニバスや睡蓮の間を一メーターにも達するような長い足を持った、黒い巨大なアメンボーがいて、足をほとんど水面に触れることもない不思議な跳び方をして、水面に映った空の雲をついばむがごとく口先をかがめてつっつっつっと横切っていた。

「こんな所にいたのですか。よくお休みになれましたか」

セイレイ嬢が近づいて来た。サーリー姿は変わらなかったが、髪の毛は長く艶をもって後ろに流れ、ラベンダーの爽やかな香りを放っていた。香りが少し変わったようにも思えた。いつもの自信と教養に支えられた毅然たる淑女振りはどことなく消えていて、婉然たる風情はそのままながら、かすかに一歩引いた控えめな態度がむしろ新鮮に感じられた。傍らのベンチにセイレイ嬢が座った。ラベンダーの薄紫の花に覆われるようだった。

「この国のこと少しは分かって来たでしょうか。私の案内ではさぞ行き届かないところが沢山あったかと思います。ご案内した所はほとんど前王朝ゆかりの場所ばかりでした。新しい、ここ三十年ばかりの、この国の姿はほとんど案内しませんでした。最初訪れたバザーは、もしかしたらとんでもない場所と思われたかもしれませんが、あそこは前王朝の王宮のあった所、そこを中心として王朝の生活とさまざまな活動がなされていた所。あのバザーは前王朝期の遺民の方々が催しているもので、一週間に一度開かれ、その日はNondayと呼ばれております。今のこの国の一週間のいずれにも属さない、すでに失われてしまった曜日、無曜日という意味でNondayと呼んでいる日なのです。想像と精神と荒唐無稽とファンタジーの文化の集う場所でございます。前王朝の文化をたえず偲び慕う祭日として設けているものです。古いナーダ、それが真のナーダです。そればかりをお見せしたように思います。新しいナーダは北島が占めております。南島が山岳地帯であるのに対して、北島は一種の平地の熱帯雨林地帯で、そこを切り開いて農地とし、バナナ苑とし、サトウキビ苑としてきましたが、ここ最近では軍部独裁の新政権の許に農地さえ開発され、一大石油コンビナートが建設され、至る所に海湾都市が出現しました。そしてそこを中心として、さらに情報と商業と政治と軍事施設の場所と化してしまいました。要するに、コンピューターをもって制御された先端技術王国を目指す合理と科学と軍事の地域にほかなりません。軍部独裁と先端技術の融合なんです。しかも、その支配を南島にまで広げようとし始めているのです。しかしその矛盾、その行き過ぎは徐々に北島でも自覚され認識され始めております。その技術、その産業、その収益のすべてが国民に還元されることなく、軍部あるいは政府関係者のみに吸収されてしまっていることが分かりかけて来たからです。何のための軍部独裁なのか。何のための膨大な軍事予算なのか。今では分からなくなって来ているからです。

それに反して南島はブドウとコーヒーとさまざまな果実を栽培する農作地帯、またシナモンとバニラとハーブと香辛料などの多くの薬草を栽培する薬草地帯、さらにその奥は未開発の広大な熱帯雨林山岳地帯、そして山林の内部には世界でも珍しいあるいは東南アジアではまさに希少なNadic Stoneと呼ばれております、一種のダイヤの産出するところでもあり、最近では世界でも注目を集めつつありますます貴重なレアメタルの宝庫となっております。コーヒーと果実とハーブとレアメタル、これが南島のそしてある意味でナーダ王国の富をなし富を支えて来たものです。コーヒーと言えば、南島の特産ブルー・ナーダです。今朝お飲みになったでしょう。いかがでしたか。あのブルー・マウンテンを遥かにしのぐ極上のコーヒーではありませんか。さあ、それでは、幻華園を見て廻りましょうか」

セイレイ嬢はふたたび、またいつもの婉然たる多弁に戻っていた。父親からぼくの父の書簡の、あの内容を告げられているのだろうか。告げられていながら、こんな風にさりげなく振る舞っているのだろうか。もしそうなら彼女はどう思っているのだろうか。

しかし淡いピンク色の口紅のぬめりを帯びた唇、目の縁のやや濃さを増したアイシャドーの翳りなど、もし父親から告げられていなかったらあり得ない変化とも思われたのである。その唇、その頬、その顔、その首筋、その髪、サーリーに包まれたその肉体、それらすべてから放たれているラベンダーの香しい薄紫の花びらの魔圏に巻き込まれ、取り込まれ、蕩かされて行くのを感じた。

「あのお、一つ、聞いていいですか」

ぼくは彼女の魔圏から逃れるようにして聞いた。

「あそこの睡蓮の中に、一本だけ、茎が三十センチほど水面から突き出て、濃い緑の茎太く、一個の巨大な花弁が五、六枚重なって見える、あの花は何ですか。ほら、あの花です。花弁の中に、黄色い雄しべをまるで睫毛のように纏わせて、人の目の形に黒ずんだ花芯のようなものが深々と鎮まり、しかもその花芯の目がうるんだように見える、あの花は何なのですか。あれも睡蓮の花なのですか」

ぼくは何か迂遠なことを聞いているような気がした。

「ああ、あれですか」

セイレイ嬢は何かがっかりしたように問い返した。

「ああ、あれはこの睡蓮の庭でも、五年に一度か十年に一度咲くと言われている奇妙かつ不吉な睡蓮の花の一種なのです。一名、ラクリモーサ・デイと呼ばれ、神の涙とも呼ばれて、その年に一個の危機が訪れると伝えられているものです。しかも同時に不幸と幸福をもたらすとも言われていて、実に不思議な奇花でございます。睡蓮と言いますと、睡れる蓮と書きますが、この花だけは花芯から抜け出し膨れ出して、一個の黒目となって、昼も夜も、寝ずに花芯爛々として危機を予感し危機を越えようと打ち震えていると言われているのです。ラクリモーサ・デイ、不思議な不眠の睡蓮なんですね。さあ、それでは参りましょう」

セイレイ嬢はそう言うと立ち上がって、歩き出した。セイレイ嬢の坐っていた辺り、匂いだけがセイレイ嬢のヒトガタとなってふっくらと艶めかしく取り残されているように思われ、去りがたかった。

道はやがて藤棚の下を通るようになっていた。奇妙なことに藤の古木は道の中央にあって、周囲十メーター四方に枝を伸ばし、広げ、繁らせ、人工の棚に支えられつつ、棚の下に何十本もの枝からほとんど無数と言っていい茎を垂らし、その茎から何十何百とない花の房を下へ下へと咲かし、咲き誇っているのであった。上から長さ一メーターにも達する薄紫の花の房がかすかに揺れ、かすかに香る下へ、セイレイ嬢が時にその花の房の先端が顔に触れながらもほとんど気にもせず、藤の古木の傍らにふと佇んだのである。その顔にやや斜め上の藤の花が映っているようだった。頬が揺れ肩が揺れた。ふとした瞬間に藤の花の房の方へ、透明にかすれつつ上の藤の枝から浮きつつ天下って来るものの気配がした。

「その、お父さんからぼくの父の手紙のことで何か聞きませんでしたか」

今聞かなければ永久に聞くことができないとさえ思えて来た質問を、唐突に、今や藤の花の精に化しつつあるかに見えるセイレイ嬢に尋ねた。

「ええ、聞きました」

セイレイ嬢はすらすらと答えて、そしてそのまま黙ってしまった。ぼくは待った。その次の言葉にまで達するには永遠という時が隔たり挟まっているような長さを覚えた。

沈黙したまま彼女は藤の古木の方へ歩いて行った。

古木はすでに中が空洞になっていたが、幹の表面はしっかりと生命を保ち、そこから周囲に張り巡らせた無数の枝や花に養分を送り続けているのだ。白っぽい、褐色の、ごつごつと曲がりくねった幹の肌は五百年の巨木のごとくに見えた。

「父が申しておりました。『わしのたった一人の知己を失ってしまった』と。その時、私は『でも、光さんがいるじゃありませんか』って言いました。すると、父は『そうだな、光君がいるな。ただ一人の忘れ形見。父親似、というよりはむしろ、祖父の光遜林先生そっくりの大器だ。あの控えめな初々しさ、茫洋とした純真さは只者じゃない』そんなことを言っておりました」

セイレイ嬢は斜め上の藤の花に顔を近づけ、ふと藤の木の肌に手をやりながら、婉然と言う。

「あなたはぼくのことをどう思っていますか。父の無礼な願い事をどう思っていますか」

ふっとそんな言葉が出てしまった。

「光さんは運命の人、悲劇の人、かけがえのない人」

とりつく島のない言葉を言った。

「でも、今はそれ以上のことは何も言えません。私は私のことが分かりません。そうです。光さん、この藤の古木に触ってみませんか。人間に人肌のぬくもりというのがありますよね。それと同じように木にも木の肌ぬくもりというのがあるんです。手を当ててみると、どことなく温かいんですよね。私は小さい時から、この藤の木の肌に触って、その奥からとくとくって樹液のようなものが上へ上へと上って行く手触りを楽しんでいました。でも今はそのことじゃなくて、私、今思い出したことがあるんです。父から教わった『古事記』という本の中にこういう話があったのを思い出したんです。もしかしたら光さんもご存じのことかもしれません。

イザナギノミコトとイザナミノミコトという二人の恋人が、アメノミハシラという大木の所に集い、イザナギノミコトは右から、イザナミノミコトは左から大木の周囲を回り始めた時、女の方が最初に『アナニヤシ、エオトコ』と言って相手を誉め、後から男の方が『アナニヤシ、エオトメ』と相手を誉めて契ったところ、やがて月満ちて子供が生まれました。ところが、ヒルコっていう不完全な子供だったので、海へ流してしまった。そこでふたたび、二人の恋人は大木の下に出逢い、右回り左回りに回り始め、イザナギノミコトが最初に相手の名を呼んで相手を誉め、次にイザナミノミコトが相手の名を呼んで相手を誉めた。すると、月満ちて生まれた御子は完全無欠の子供だった。そういうお話だったですよね。

私はいつの日かふたたび光さんとここにやって来て、この藤の花の木の回りを巡りながら、光さんが最初に私の名を呼んでくださり、次に私が光さんの名を呼ぶ、そういう日が訪れることを願っています。今はそうとしか言えません」

そう言うや、セイレイ嬢は何か自分から、自分の秘かな内心を告げる言葉から逃げ出すがごとく駆け出した。藤の花が房ごと浮いて駆け出したごとくだった。

「ぼくがイザナギノミコトだったら、あなたはイザナミノミコトになってくれますか」

そんな言葉が口から溢れて出て来た。引きずられるようにしてぼくも駆け出した。

「もし私がイザナミノミコトだったら、あなたはイザナギノミコトになってくれますか」

そう言う言葉が、まるでぼくのたった今言った言葉の谺《こだま》でもあるかのような遠さで聞こえて来た。セイレイ嬢は駆けて行く。ぼくもまたセイレイ嬢の後を追った。

十四　反革命宣言

ぼくはナーダ国立図書館に来ていた。一階の書庫の中心に、この前そこまで行って、セイレイ嬢と共に去った場所へ来ていた。人はいなかった。巨大な書物のカタコンベ、壮大な書物の地下墓穴にいるような気がした。いや、むしろ、人類滅亡の後に一人生き残って、膨大な書籍の蔵に閉じこめられているがごとき思い、そして、一冊一冊の書物の静謐極まりない佇まいの中から、人間の陽炎のごとき、ひたすらな怨念と祈念と悲願の籠もった、であればこそ、死に絶えることのない魂の忍び音が、殷々と果てもなく漏れているのを感じているがごとき思いに囚われていた。

ぼくは長いイスの一隅に腰を下ろして、目の前を見るともなく見ていた。この国へ来て、何日になるか、何十日になるか。まだ大激震の余震の中にいるようだった。まだ完全にはぼくに戻っていなかった。完全にはこの国に目覚めていなかった。三千年の眠りからふとした瞬間に目覚めかかった柩《ひつぎ》の中の若きツタンカーメン王のごとくだった。目の前には大きな長方形の玉虫厨子のような書棚があった。青銅製のそれぞれの枠、玉虫色の螺鈿《らでん》細工が施され、その頂きには青銅製の弥勒菩薩像があった。四辺に観音開きの格子が嵌められてあり、その中に書籍が並んでいた。この前は、四角形の扉の内の三個まで開いて、第一「宇宙哲学史」、第二「幻想哲学史」、第三「ナーダ哲学史」を開けてみたはずだった。しかし第四の扉はまだ開いてなかった。

ぼくはそれを開けた。そこには大きな古い翡翠色の革製の豪華な書物が、三段になった棚にぎっしりと並んでいた。背中に書かれた横文字にぼくは驚いた。「THE HISTORY OF NADA」と書かれてあったからだ。これがあの「ナーダ史」のことなのか。そしてぼくは急いで巻数を数えてみた。十九巻目まであった。すると、祖父が呪文のように言っていたという二十巻目は、この後に完成されるべき最後の一巻のことを言っていたのか。そして祖父は完成させることなく処刑され、父もまたそれを受け継ぐべくして果たすことなく遭難したということなのか。ぼくは第一巻目を手に取ってみた。ずしりと重い手触り。百科事典を思わせるサイズ。翡翠色のオールド・レザーの表紙。表の表紙は二重の金の唐草模様の型押し、その中央に、金燦々として、THE HISTORY OF NADA と沈み彫りをもって金の文字が刻み込まれてあった。冒頭のページにはナーダ国の国生みの神話のごときもの、さらにはその国生みの祖先の名前が新約聖書の冒頭のごとく書き付けられてあった。まさにナーダ国の神話の始まりであった。全文英文だった。そしてぼくは第十九巻目を取り出してみた。何か、前王朝までの歴史の記述のごとくに見えた。そうすると、前王朝の歴史はまさに祖父によってこそ完成されるはずだったのか。そして祖父の形見としてつねに肌身離さず持っていたあの祖父の手帳に、そのためのあらゆるメモが書き込まれてあったものなのか。しかもその手帳は、この「ナーダ史」の書物と同じ造本と装丁なのである。ぼくは愕然とした。ぼくの体の中の血がわあっと湧き出るのを感じた。史官の家の血が目覚めたごとくだった。祖父が果たさず、父もまた果たせなかったものを完成すべく、ぼくだけがここに至り、ここに生き残ったということなのか。

どこからか、図書館の外部だろうか、書庫の突き当たりの窓の方か、あるいは閲覧室へ通じる入り口の方から、騒がしい人声、遠い叫び声のようなものがかすかなうねりをもって響いて来る。図書館の前の広場で今日は革命記念日の式典が催され、南島ではこの場所、北島では国会前に、ナーダ国の多数の人々が駆けつけ、集まり、何千何万となく詰めかけているのであろう。大統領の演説もあると聞いている。そして同じ日にまた、現政権、現体制に対する人々の不平不満が集結し、秘かな批判勢力が結集しつつあるとも聞いている。いや、むしろ、中心にセイレイ嬢の父親の梁景山先生と同志がいたはずであった。そのためにこそわが父もまた亡命生活を打ち切ってここに馳せ参じるはずであった。そしてこのぼくにも梁景山先生はこの日の参加を強く訴えた。しかしぼくは断った。ぼくはまだこの国に真には生まれていない、真に足を着けていないのだ。いや、すでにこの国に来る前に、この国の人となる覚悟はできていた。が、しかし、やはりぼくは反革命の勢力の一員となって、体制の改革であろうと、反体制の革命であろうと、加わるつもりはなかった。亡き祖父の遺志、その遺業というものを果たすべく祖国を目の前に倒れた父の悲志、悲願を果たすべき遺命というものがあるだけだ。わが祖父は処刑直前に「われ王朝のために死するにあらず、わが王国の高き精神のために死するものである、高き高きナーダの精神のために」と集まった民衆に向かって叫んだと、セイレイ嬢の父親は先日書斎で会った時に話してくれた。祖父の時は、王国の高き精神のために死することが高き精神を生きることだった。しかし今、わが時は王国の高き精神のために生き延びることがその精神を生きることにほかならないのだ。祖父はそう命じているはずだ。亡き父もそう命じているはずだ。高き高きナーダの精神のために生き延びよと命じているはずである。単なるナーダ国の物語、単なるナーダ国の歴史のためにではなく、ナーダの国の高き精神の物語のために生きよと、それがわが遺志であると言っているはずである。そこまでは感じることができた。記憶喪失の中から徐々に抜け出しつつあるこの時そこまでは自覚されて来た。

遠く外の広場の方から低い叫び声のうねりのようなものが地鳴りを伴って響いて来るのが感じられる。大統領の演説が始まったのか。いや、そうではない。一人の単独の声ではない。複数の、いや、多数の声々の連なり、多頭のヒドラのごとき、多声のヒドラのごとき、声々のうねりが潮のように盛り上がり地鳴りと共に伝わって来るのである。

クオー・ソーン・リーン

クオー・ソーン・リーン

クオー・ソーン・リーン

………

そういう風に聞こえる声々が響いて来る。

もしかしたら祖父の名前たる光遜林を連呼しているのではないか。大統領の演説が始まると共に、一人が二人、二人が五人、五人が十人と、十人が百人と、声が声を呼んで大統領の声を覆い、包み、噛み破って「光遜林、光遜林」と広場に集まった人々の連呼が、地を這い、地に盛り上がり、風圧を伴い、黒煙さえ放って、轟き始めているごとくだった。

光遜林

光遜林

光遜林

そういう声と共に、そういう声に促されて、群衆は一個の生ける龍となったごとくに思われた。何かが起ころうとしている。何かが、長い間不発弾だったものが、今まさに爆発しようとしている。そういう予感がした。

その時である。近くから、背後から、女性の声が聞こえて来た。

「光さん。ここに、やはり、ここにいたんですか」

セイレイ嬢だった。顔をほてらせ、額に汗を滲ませて、足早に近づきつつ、叫ぶように言った。

ぼくは落ち着いていた。何か動じないものに繋がっているような気がした。

「光さん、あなたはどうします。父と共に何十人、何百人もの若者たちが立ち上がろうとしています。「光遜林」という掛け声、「光遜林」の旗印と共に、立ち上がろうとしています。それが聞こえませんか」

セイレイ嬢はいつものサーリー姿ではなく、ジーンズに白いシルクのブラウスを着て、艶を隠し、艶を捨て去ろうとするごとき決然たる美貌をもって目の前に立ちつくしている。

「ぼくはぼくの道に向かって立ち上がります。あなたのお父さんやその同志の方々の道ではないかもしれません。でも、ぼくもまた光遜林の旗印の下に、まったく別の道に向かって立ち上がります」

すらすらと言っている自分に驚きつつ、単なる自分ではない、底深い、磐石たるぼくの源底から、そういう声が放たれているのを感じた。

そしてそれだけではない。セイレイ嬢もまた今まで見せたことのない、必死の、艶を脱ぎ捨てた後の、裸の顔を露わにしてぼくを見つめているのだ。

「聞こえています。それでも立ち上がらないのですか」

美しい魂の抜き身のごとき瞳がぼくに迫って来る。

「ぼくはまだ臥龍です。まだ幼龍に過ぎません。深淵にこそまだぼくはいなければならないんです」

「立ち上がれと呼んでいます。それが聞こえませんか」

「聞こえます。でもぼくはぼくの道を行きます。たとえたった一人の荒野の道であっても、たった一人の深淵の道であっても、ぼくはその道を行くつもりです」

「ああ、やはり、光さんは、父が言った通りの人です。静かなる徹底主義者だと。それが一番怖いのだと。それがまた一番深いのだと」

「ぼくはただぼくの道を行きます。祖父が目指し父が目指した道を目指します」

世間の声でなく、世間から離れた荒野から、世間から離れた深淵から、聞こえて来る単独者の声に耳を傾けなくてはならないと、そこにまた祖父もいて父もいて、そこから声を放っているのだと、ぼくには感じられてならなかった。

遠くで、ばん、ばんという鋭く重い催涙弾を放つ音のようなものが聞こえて来た。軍隊か機動隊かの威嚇する空砲が至るところで響いて来る。不吉な、騒然たる声々が乱れ、散り、動き出すのが感じられて来た。

「あなたは決まっているんですね。覚悟ができているんですね」

「そうです。覚悟はできています」

「あなたはたとえそれがヴィア・ドロローサの悲しみの道であっても、そこを行くんですね」

「そうです」

「私はここへ来るまで、今の今まで、まだ迷っていました。父だって、広場にプラカードを掲げて若者と共に立ち上がったとしても、迷っているに違いありません。あなたはやはり私にとって運命の人、悲劇の人、今まで見たこともない暗い光の人、もうそれは変わらないのですね」

「はい、変わりません。高き高きナーダの精神のために生きるだけです。その完成その成就のために生きるだけです」

「たとえそれがヴィア・ドロローサの道であっても」

「はい、たとえそれがヴィア・ドロローサの道であっても」

セイレイ嬢はひたすらな涙目をもってぼくの顔を見つめている。それは何日か前にあの睡蓮の庭で見た不思議な睡蓮、水面からすっくと茎を伸ばして咲く、人の目を思わせるあの神の涙という「ラクリモーサ・デイ」の奇花を彷彿とさせた。

催涙弾の音がさらに高鳴った。そして人々の足音もまた高鳴った。

「私もまたあなたの道を歩きます」

そういう声がセイレイ嬢の必死の顔からこぼれ落ちた。

「ヴィア・ドロローサの道であってもですか」

「はい、ヴィア・ドロローサの道であってもです」

「お父さんやお父さんの同志の方々と離れることになってもですか」

「はい、父や父の同志たちと離れることがあってもです」

セイレイ嬢はしばらく黙っていた。そしてまた決意したように言った。

「父は昨夜言いました。光君はこの国で天涯孤独になってしまった。助けられるのはお前だけだ。どんなことがあってもお守りしろって。私はたった今あなたを試すようなことを申し上げました、ただ、ただ、あなたの心の底の心を知りたかっただけです。私もまたあなたの道を行きます」

そう言い放つセイレイ嬢のひたむきな決然たる瞳に籠もった涙は、やはりあのラクリモーサ・デイの花そのものであった。

「さあ、それでは一刻も早くここを去らなければなりませぬ。私、龍湖のあの回亭に通じる秘密の地下道を知っています」

セイレイ嬢はぼくの手をしっかりと握って「さあ」と言った。

ここに真のナーダへの道が始まると、ぼくはセイレイ嬢のラベンダーの花の香りに包まれつつ思った。

十五　ヴィラ・アグラ

ぼくは古蘭渓博士のヴィラ・アグラに来ている。そこは都からやや離れた白幽山の麓にひっそりと匿われるようにして存在している。セイレイ嬢が案内してくれたのである。白幽山は高温多湿の亜熱帯気候の恩恵を受けて、植物の宝庫であり、別けても薬草の多種多彩なこと世界でも稀であるとされている。であれば、神農二世とも言われる大薬草家の古蘭渓博士が、ほぼ三十年近く住みついているのも当然であろう。それに蝶も鳥も多い。野生の花が多いから、その蜜を吸うためでもあろうか。朝は大抵様々な鳥の声に起こされる。今まで育って来た日本の都会などでは聞いたこともないような、大きな、けたたましいとさえ言えるほどの賑やかさでもって囀《さえず》っているのである。何という鳥であるかは分からない。

日の出を待ち望んでいるかのように、夜明け前のある時間を期して囀り始めるのである。日が出た、日が出たと喜びに打ち震えて一斉に鳴き出すような感じである。大自然の不思議な喜びの歌とも感じ取れる圧倒的な囀りなのだ。しかも、しばらくするとその声はぱたりと止んで急に辺りは静かになる。それも不思議であった。ユダヤの伝説によれば、ある天使の一族は一斉に群れをなして生まれ、「ホザーナ」とたった一声、神を褒め称えるや、瞬時にして死に絶えると言い伝えられている。そのことをふとぼくは思い出した。ここで朝まだき囀り渡るおびただしい数の鳥たちが、一種類のものか多種類のものか分からないけれどもまさにそんな天使の一族に違いないと思われ、そして死に絶えることはなくて、毎朝、同じ時刻にやって来て、ご来光を告げる歓喜の歌を歌うのである。後で知ったことだが、それらの鳥たちは日本の鳥たちと違って、極めて色彩豊かで、原色に近い眩しいほどの羽根を持った鳥たちであった。したがって、羽根の色彩そのものが太陽を賛歌する歓喜の歌であると言っていいのだろう。

ここへ来てからほぼ一週間が経った。革命記念日にあの広場において行われた「分離独立」のプラカードを掲げてのデモ行進と、それに対する軍隊の催涙弾を放っての弾圧事件。その日国立図書館から龍湖の回亭へ、さらにそこから光遜アカデミーへと一旦戻り、セイレイ嬢と共にここへと脱出して来たのである。セイレイ嬢の父親はデモの主導者ではあったが、逮捕されることなく事は終わったという。

ナーダの国へ来てからどれくらい経ったろうか。一カ月経ったか二カ月経ったかはっきりとは分からない。難破して海岸に漂着。その時の人事不省、脳震盪などの後遺症による一種の記憶喪失症というものはまだ続いているらしく、自分のことものこの国のことも明晰に理解し、確実に把握し、詳細に思い出すことにまで至っていない。一種の白い茫然自失の繭の中にいる思いである。だから大自然の懐に抱かれたようなヴィラ・アグラにいることは、実に心地良く自分の茫然自失の繭をどこも傷つけず養ってくれるまたとない場所であった。蚕か何か珍奇な昆虫の繭のごとく、裏山の桑の老木の枝などに寄生して風に揺られているかのようである。何も考えられない。そしてまた何も考えたくない。意識は水中のコルクのごとく内部から浮き上がってしまう。上滑りし横滑りし漂い出してしまう。ぼくはまだ漂流者なのかもしれない。それどころか漂流物でしかないのかもしれない。漂っているだけである。流されているだけである。転がっているだけである。そしてまたその方が心地良い。意識も意志も意欲もなく、日常も習慣もない。喜怒哀楽もなければ、当然、悲しみも悔しさもない。ただ、長い白い茫然自失の繭である。白い茫然の繭であり白い自失の繭である。目を閉じれば白さが広がるばかりである。じんじんと白い耳鳴りが広がっていくばかりである。まるで、白い百年にも亘る時差ボケの中にいるようである。ぼくは遊魂であり離魂であり亡魂である。あってなきがごとくである。なくてあるがごときである。

ぼくは今ヴィラ・アグラの広い邸の東隅の一室を与えられて寝泊まりしている。三度の食事時はダイニングルームに行き、主人たちと一緒に過ごすのであるが、その他の時はすべて自室に引き籠もっているばかりである。十畳ほどの広い洋室にベッドとテーブル、バスとトイレの付属した部屋である。テーブルの上には英訳聖書と漢訳妙法蓮華経と英訳コーランが置かれてある。さらには、ここへ初めてやって来た時に主人たる古蘭渓博士から部厚い背革の書物を渡され、「これはここナーダの国の驚異の動物植物鳥類昆虫類などを集めた本です。お暇な時に読んでください」と部屋にまで持って来てくれたものである。それは『Le Livre Monstrueux』というフランス語のタイトルの書物で、「驚異の書」とでも訳せる書物だった。様々な動物植物鳥類などの写真入りの本であり、説明文はすべて英語で書かれてあった。

それは今のぼくにいかにも相応しい書物であった。茫然自失のぼくにぴったりの書物、遊魂の書、離魂の書、亡魂の書であった。遊魂となって遊び、離魂となって漂い、亡魂となって彷徨う、またとない書物であった。茫然と目を遊ばせていればいいのである。ナーダの国のあらゆる奇怪、奇花、奇獣、奇鳥、奇行、奇品、奇作、奇術などを網羅し紹介している書物らしい。自然界の奇怪、人間界の奇怪、宇宙界の奇怪など、奇怪と呼ぶことのできるあらゆる現象を、百科全書のごとく集録したものと言っていいだろう。

しかしながら、たとえ一種の驚異の百科全書と言えたとしても、ぱらぱらとめくってみた限り、書物自体がある意味で驚異の書物であって、百科事典のようにアルファベット順や項目別など、その他いかなる分類法いかなる区分法にも従っていないことであって、まさにでたらめ、混沌、思いつき、無秩序の限りを尽くしたものであった。言うならば、ぼくの現在の心的状態のごとく、書物自体が茫然自失の状態に陥り、脳震盪を起こし、記憶喪失になり、思いつくままに、思い起こされて来るままに、世界の不思議が記述されているごとくだった。つまりは茫然自失の書であり脳震盪の書であり記憶喪失の書であった。したがってこれほど現在のぼくに相応しい書物はないと言って良かった。

たとえば、冒頭の第一項目に、bird fly or bird butter fly or butter bird という見出しの項目があって、「鳥が飛ぶ」というのか「鳥のハエ」というのか「鳥蝶」というのか「蝶鳥」というのか「バター鳥」というのか「バターのように黄色い鳥」というのか。そもそもの初めから読者を混乱させ眩暈を起こさせるがごとき見出しであり、そのどれが正しく、そのどれを説明しようとしているのかが判然としないのである。ただしそこにある写真を見る限り、「蝶鳥」ないしは「鳥蝶」のことを説明しようとしているらしいということまでは分かる。限りなく蝶に近い鳥かあるいは限りなく鳥に近い蝶かが、谷川の岸辺の砂利の上に無慮数千羽もの夥しさで降り立って群がり、何物かしきりに砂利の中のものを啄んでいるらしい姿が写真に写し出されているのだ。黄色い羽根に葉脈状に紫色の筋が何本も走って縞模様をなし、顔は限りなく小さくほとんど蝶に近い顔で、嘴はなく、二本の触角のごときものが口の辺りから突き出ている。足はすでに鳥の足の形状を失い、蝶に近く、黒く、細く、弱々しく、柔らかく、しかも蝶とは違って、二本足である。胴は鳥の胴ではなく限りなく蝶の胴に近く、細く縮かんで、干物のごとく痩せ細っている。見たところは蝶を思わせるのであるが、説明に依れば、あくまで鳥の一種であって、卵から孵化するとある。しかも食性は昆虫とか植物の葉とかを食べるのではなくて、ナーダ国の特定の谷川の水底に存在する砂金を食べて生きているとされ、もっと細かく言えば、砂金に付着した極微の緑の藻、一種のミトコンドリア菌を食べて生きているというのである。説明はさらに続いて、その蝶鳥（bird butter fly）の落とす糞がまたとない貴重なレアメタルとなるのだというのであり、つまり体内に摂取された砂金と緑藻（ミトコンドリア菌）とが体内の特殊な消化液と混合し化合して排泄され、一種摩訶不思議な糞石（coprolite）となり、砂金以上のレアメタルになるのだというのである。

鳥たちは、なぜか、砂金の出る谷川の岸辺の砂地から離れた場所の平たい岩場の上に糞を落とし、それが長い年月を経て、一説には数万年を経て、糞石化され、岩場一帯に一種の翡翠を思わせる微細な苔の化石のごとくになって堆積していることが発見されたのである。さらには、驚くべきことに岩場全体が糞石の岩から成り立ち、糞石の岩場であることさえ明らかになったというのである。まさに bird butter fly coprolite、通称 bird butter fly copro stone。訳して、鳥蝶糞石の発見ないしは誕生であった。その谷川は今は立ち入り禁止区域となっていて、鳥蝶あるいはその糞石の乱獲は禁じられているということである。

それがレアメタルである所以は単に貴重な金属であり宝石であり、現今世界を席巻しつつある電子産業の先端技術製品の中核部品に必要な金属であるばかりでなく、それがミトコンドリア菌を含んでいるが故に、遺伝子やDNAや人間の生命維持装置などに関係しているがためであるとあった。つまり、先端的遺伝子工学、先端医療研究、たとえば、ガン細胞撲滅のための治療医学、飛躍的な長寿薬への開発等に極めて有効な役割を果たすことが期待されているからだと言われている。それはまだナーダ国のほかには、もっと言えば、ナーダの旧王朝の関係者以外には知られておらず、世界にとっては一個の未知の物質と言ってよかった。もっとも糞石はナーダ国山中に埋蔵されているレアメタルの内のほんの一部にすぎないと但し書きがしてあった。

しかし、ぼくには糞石よりも鳥蝶そのものの生態の方が興味深かった。何千もの群れをなして奥深い谷川の岸辺の砂地に舞い降りて、黄色と紫色のマダラになった羽根を震わせつつ、陽光を浴びて、千の虹、二千の虹を浮き立たせ、谷川のせせらぎと一つになって砂地に金の触手を突き込み、濡れた砂金を漁る、無数の眩い命の群れのはためき。それにただただ見とれるばかりだった。数万年を経てあるいは数十万年を経て、鳥が蝶にまで退化したのか、それとも蝶が鳥にまで進化したのか、その永劫の異種混合の奇跡には驚くばかりであり、その一種幻想的なハイブリッドの混沌は眩しい限りであった。

次の項目を見ると、すぐ前の bird butter fly とは何の脈絡もない、いかなる繋がりもないと思われる内容のことが述べられてあるようであった。今度はフランス語である。L'entrée dans le paramonde という見出しが続いていたのである。「異世界への入り口」とでも訳すのだろうか。密林の奥深くぽっかりと巨大な穴が開いていて、直径三十メーターの円形の穴がやや斜めにごつごつと岩を連ねて、下へ下へと続いている写真が写っている。中は真っ暗である。場所は、ナーダ国は南島のほぼ中央にある山岳地帯の一番の主峰ナラカ山を取り巻く密林地帯にあり、その発見は偶然であったとされる。密林地帯周辺の村々に毎夕おびただしい数の蝙蝠が空を覆って襲来し、餌を探し餌を捕らえて帰る現象が何百年以上にも亘って繰り返されるのが観測された。それを不思議に思った村人の何人かの者たちが蝙蝠のやって来る方角に向かって密林地帯を横切りナラカ山の麓に到着し、蝙蝠の巣くう穴そのものを発見したというのである。村人たちは探検隊を組織して、本格的に洞窟探検を開始し、深さ百メーターほどの穴を綱を頼りに下って、ホールのごとくになった底にたどり着いた。岩場の壁に無慮数十万の蝙蝠が吸い付きぶら下がりしているのを見つつ、そこから四方に分かれて広がる横穴に向かって、数人ずつ組を成して、分け入ることを開始。その内の一隊が、水流をなして流れる洞窟の谷を潜行することおよそ三キロの地点に到着して、一個の地底王国の廃墟を発見したというのである。途方もない巨大空間にポンペイの遺跡のような、アンコールワットの遺跡のような、大理石の巨大建築群の遺跡が半ば崩れて延々と続き広がり残っていたのである。その一番外側の壁面、つまり遺跡群の一番外側の洞窟の壁面に、高さ二メーターほどの浅浮き彫りの壁画が彫られ、横に沿って延々と数キロに亘って彫られ続けてあった。その絵を通して、かつてそこに一個の高度の文化文明を持った一大王国が存在し、この地下で王国の生活が繰り広げられていたことが判明したのである。しかも、人間と蝙蝠と象の共同生活とでもいうものが描かれてあった。不思議と言えば不思議な光景であった。人間は小さく、背丈は一メーターほどのごとく、蝙蝠は小笠原蝙蝠とほぼ同じ大きさで、単に王国の空間を飛び回っているだけでなく地面の上を這いないしは歩いてもいて、人間に仕えているごとくであった。象はと言えば、極端に小さく人間の大きさとほぼ同じ一メーターほどの背丈であって、それがやはり人間に仕えているごとく、人間の生活の中に溶け込み、一頭一頭自らの意志によるものなのか、水を運び、食料を運び、煮炊きまで人間の手先となっていたというのである。食事時にはテーブルに坐った人間の周りに何十何百もの蝙蝠や象たちが囲繞し取り囲み、料理や飲み物を給仕しており、食後のくつろぎの時間には、蝙蝠と象の奏者による音楽会が開かれて、何百羽もの蝙蝠たちが洞窟の壁面に思い思いに足をもってぶら下がり、羽根を広げて、それらをハープのごとく震わせつつかすかな幽邃の音を奏でているごとくであった。そしてその下の地面の床には何十頭もの象たちが居並び、立ちまたは坐って、一頭一頭がアルペンホルンを鼻に巻き付け、口に銜えて、一斉に音を出し、音楽を奏でている光景が描き出されていたのである。それぞれの壁面には燭台が描かれていて、火が灯され燃やされている様子まで描かれてあった。説明文を読むと、地下王国では何百年何千年にも亘って堆積し、半ば石化した蝙蝠の糞石が一種の石炭の働きと性質を帯びていて、燃料に使われ、燭台にも灯され、食事の調理にも使われることができたというのである。一個の不思議は、浅浮き彫りの絵の音楽の演奏会の空間に、何頭かの象が飛んでいることであった。それは実際の光景を描いたものか、作者の想像によるものか分からなかったが、象は軽々と飛んでいて、限りなく蝙蝠に近く、二つの耳を限りなく蝙蝠の羽根のごとく大きく広げ、わっさわっさと震わせて飛んでいる。鼻は長いが極めて細く、尻尾はあるもののやはり細く、しかもそれは飛ぶ際の平衡感覚を備えているかのように左右に揺らすのである。そして中でも不思議なのは、細い鼻に横笛のごときものを巻き付け、すでに牙のない口のところに銜えて、音楽を奏でているごとき光景であった。摩訶不思議な飛天象の姿、妓天象の演奏する光景であった。象が限りなく蝙蝠に近づいた姿なのか、蝙蝠が限りなく象に近づいた姿なのか。この地下大陸ではそのような異種混合というものが発生しているのか。それとも、異種混合の動物を想像して描かれたものかは分からない。

壁画にはまた大きな蝙蝠が壇上に立って、大勢の人間たちが椅子に腰掛けて手に様々な楽器を持って控えているのを前にして、羽根を振り上げて指揮を取っているらしい場面が描き出されているのもあった。その他、家屋の中や通りの端で人間が一人または何人かで楽器を奏でている場面が描かれており、音楽がはなはだ盛んであったことが想像される。また、空間に蝶が舞い鳥が飛んでいるところまで描かれているところを見れば、人間中心の世界ではなくて、人間とその他様々な生きものたちとが和合して生きている社会が現実としてか想像としてか描かれていると言ってよかった。

壁画の真下には、絵文字らしきもののほか、それとは別の文字やギリシャ文字が横書きで併記されて延々と書かれてあり、あたかも描かれている絵の説明書きのごとくだった。なぜかナポレオンがかつてエジプトから持って帰ったロゼッタストーンやオベリスクの尖塔に書かれた絵文字とほとんど同じようだったから、この王国の栄えたのはエジプトのファラオ王朝と同じ紀元前数千年の頃のことであり、エジプト王朝と流れを同じくする王朝ではなかったとしても、同じ頃成立してほぼ大きな文明の夜明けを迎えてエジプト王朝とほぼ同じ絵文字を使っていたことが窺えるのである。

英語の説明文を読むと、絵文字はフランスのルーブル美術館の学芸員たるシャンポリオンのロゼッタストーンのヒエログリフ解読に刺激され、その解読法に従って、十九世紀の中葉、ナーダ国の考古学者たちによって解読されたとあった。エジプト・ヒエログリフに対して、ナーダ・ヒエログリフと命名されたとされ、前者が絵文字と民衆文字とギリシャ語の三種類の言語で併記されていたとすれば、後者では絵文字と当時の王朝の原ナーダ文字と当時ヘレニズムの世界的な普遍言語だったギリシャ語の途方もない崩し方言とも言えるもので書かれていたと見なされ、シャンポリオンの解読法によってナーダ・ヒエログリフも解読され、それに応じて併記された文字もまた当時の王朝の公用語であったことが判明。さらには、ギリシャ語がヘレニズムの文明東漸に伴い、このような東洋の果てにまで伝わりつつ、一種の変わり果てた最果てのギリシャ語方言であることも判明したというのであった。

そして絵文字と崩しギリシャ語の双方から、その王国が ou-topos と呼ばれていたことまでも判明したのであった。英語の説明文によると、ou-topos は後に ou-terra とも言われ、ou はギリシャ語で non または no の意味であり、topos または terra は land または place であるから、ou-topos または ou-terra とは non-land または non-place であり、今風に言えば、non-continent になると語られている。さらに、ou-terra は後世 mou-terra とも nou-terra とも訛って呼ばれて、太平洋の海底に沈んだムー大陸ないしはヌー大陸の伝説的な存在を想像させることにもなったと蛇足を付け加えている。

いずれにせよ、紀元前数千年前にナーダ国の地下またはそこから繋がった海底の果てもない地下空間に ou-terra なる地下王国が存在していたと言うのである。

そしてそこでは蝙蝠が一種の女神として崇拝され、特に、三本足の蝙蝠として描かれ崇拝され崇められたとある。また音楽が最高の学芸であり芸術であるとされ、市民生活のすべては音楽を中心として営まれていたとも語られている。

ou-terra 王国に関する記述はなおまだ続いていて、『Le Livre Monstrueux』の先をもっと読みたい衝動に駆られていたのだが、その時一人の老人がドアをノックして部屋に入って来た。ぼくは書物を閉じた。

古蘭溪博士であった。老人ではあったが、矍鑠《かくしゃく》たる元気そのもの。頭は禿げ、耳にまで達する長い白い顎髭。肌は日焼けして赤黒く照り輝き、四角い顔、目は強い眼光を放ってしかも鷹揚。筋肉質の大男で、素足に特製らしい葦の草履を履き、腕は日焼けしているばかりでなく、指の一本一本がごつごつと太く逞しい。博士という雰囲気はどこにもない。むしろ野人であり野性の人と言った方がいいだろう。満面笑みを湛え、何かと言えば大笑いをする、いわゆる豪放磊落を絵に描いたような人物である。人を食っているばかりか自然を食い宇宙を食っている。そんな面構えである。

「光君《ひかる》、どうじゃ。すこしはのんびりできたかの。時間はたっぷりある。何しろまだ五十六億七千万年あるからの」

古蘭溪博士は平気で独り言のごとくそう言い呵々大笑した。

「有り難うございます。でもまだ夢の中にいるようです。自分の身体の中の十分の一ぐらいしか目覚めてないような気がします」

「いやあ、それでいい。それでいいとも。十分の一だけでも目覚めていれば大したもんだ。思い出されてくるまでいい。急がなくっていいさ。人間にとって覚醒は永遠の目標だからの」

「覚醒というのはやってくるのですか」

そう言ってから、ぼくは他愛もない愚問であることに気が付いた。

「人間は覚醒への旅人だ。しかもすでに忘れてしまった覚醒への旅人だ。わしらは、二度目の、いや、もしかしたら三度目かもしれん、その三度目の人生を旅してるのだな。気取って言えば、デジャ・ヴュの旅人と言っていい。すでにわしらは覚醒しているのだ。ただそれを忘れているだけさ」

「そうでしょうか。ぼくは、よくは分かりませんが、第三間夢期の中にいるような気がします」

「ほお、光君。面白いことを言うの。そうか。第三間夢期か。君だけじゃない、わしらも含めて、人間のすべて、この地球、この宇宙のすべては第三間夢期の中にいると言うか。いやあ、愉快、愉快だぞ。この前の第三覚醒期と次の第四覚醒期の間の長い長い無明の夢、幻の期間にいると言うことか。光君。お主、中々いいことを言いよる」

「いいえ、ぼくはそんな大それたことを言ってるのじゃありません。ただ、まだぼくは目覚めていないんです。自分が自分にぴたっと一つになっていないんです。自分の中へ入ろうとすると、ぴょこんとまたコルクのように浮き上がってしまうんです」

「そうか。そうであろうの。まあ、急ぐことはない。ここでゆっくりと養生すればいい」

「ぼくはまだツバメの雛のような気がします。情けない話ですが、申し訳ありません。今しばらくここでお世話になります」

「いやあ、かまわん。いくらでもここにいるがいい。何しろ、お主は光遜林君のたった一人の孫息子、たった一人の忘れ形見だからの」

「光遜林と言いますと、あの……」

「そうさ、君の祖父に当たる人だよ」

「先生はぼくのその祖父という人を知ってらっしゃるんですか」

「知ってるどころじゃない。前にも言ったような気がするがの。わしの無二の親友というか、わしの兄弟子、三つ年上の学友だった。懐かしい友、今はもういない幻の友だ。いやあ、いろいろ思い出されてくるわい。わが南海塾の筆頭に位する天才児だった。南海塾というのはの、このナーダの国でも有数の人物を輩出する飛びきりの学塾だった。周南海先生の主宰する学塾でな。何しろ先生はの、中国は清王朝末期、王朝打破を目指す革命の志士たちの一人で、譚嗣同、章炳鱗、梁啓超らと共に戦った人。譚嗣同は処刑、後者の二人は日本に亡命したのだがの、周南海先生はというと、一人、台湾へ逃れ、後に、さらに南方への逃避行を続け、ナーダの国にたどり着いたという訳だ。捲土重来を謀るべく画策したが、ついに断念。ここに骨を埋め、志を百年の後に託したのだ。ここへ亡命してすぐに知り合い、教えを乞うた訳ではない。むしろ、数十年を経た後になって、この人ありと、若い者に徐々に知られるようになったのだな。わしらはその時二十代の若者。先生はすでに白髪の六十代だった。人と出逢うというのは、それは不思議なものだな。出逢いはまったくの偶然だ。単なる公的な環境の中ではない。読書とか新聞とか雑誌とか、さらには大学の教室とかで出逢うものではない。むしろ山野に隠れてはいるが、しかもどこか人を惹きつけずには置かない、隠然たる魔力を持った人物に対する、若者特有の嗅覚によって発掘されたと覚しい出逢い方であった。わしらの仲間がふとした偶然でそんな噂なり風評を聞いたのだ。それで二人三人となく連れだって、山里に隠棲した先生のところへ押しかけたということだ。しかもその時の仕掛け人というか第一発見者が君の祖父の光遜林君だった。わしや、君も回亭で会ったろうあの邯鄲老人、ここへ君を案内してくれたミス・ナーダのセイレイ嬢の父君のそのまた父親などの先頭にいたのが、君の祖父に当たる光遜林君だった。

　光君、いやあ、懐かしい。君の祖父はの、そりゃあ、秀才だったの。いや、天才児と言っていい。しかもだ、わしら仲間たちに妬みやら競争心やらを少しも感じさせない爽やかさを持っておったから、余計脱帽だな。むしろ君の祖父と机を並べ同じ学舎にいられるということは何とも言えぬ光栄だったの。君の祖父のことはいずれゆっくりと話をする機会があるだろう。それどころか、いつでも話題にしたいほどだ。

　そうだ。ここでもう少し、わしらの先生である周南海先生のことを話しておきたい。先生はな、ここへ亡命する前まで、『易経』の読み直しを続けておった。遠大なものだ。大にして途方もないものだ。『易経』という書物の中に漢民族の魂を見、漢民族の光を見て、その中に漢民族の復興の唯一の拠り所を求めたと言っていい。わが周南海先生はその『易経』の研鑽を「沈潜の秘術」と命名した。まさしくそれ以外ない命名であろうな。わしら弟子たちは、君の祖父と共に、先生の命名した「沈潜の秘術」なる言葉をフランス語で気取って「L'arcane de l'abîme」（ラルカーヌ・ドゥ・ラビーム）と言い換えて先生を秘かに呼んだものだ。以後、「沈潜の秘術」はわしら周南海先生の学塾の旗印、合い言葉となった。人間はどのような時代、どのような環境にあっても、この沈潜の秘術を持たねばならないと励まし合ったものだ。むしろ生涯に亘る沈潜の秘術をこそ良しとしなければならぬと一人一人思い込んだものだ。

沈潜の秘術とは悲願である。この悲願、この沈潜の秘術こそが次の時代、いまだ訪れぬ永遠の未来を真に開くものだ。わしらはそれを周南海先生から学び取った。

大袈裟に言えばの、光君、いいかね。宇宙そのもの、大自然そのものが、刻一刻と沈潜の秘術を尽くし、それを生きておるんじゃの。その一端、その片鱗を、鏡のごとく、写し取ったものが『易経』ということになると言ってもいいかの。

まあ、切りがない。それでの、光君。あんたの祖父たる光遜林君は、言うなれば、沈潜の秘術を究めつつ、『易経』の哲学を人事ないしは人間界にどう生かしたらいいか。つまりは、それに従ってナーダの国の人民の精神の向上と解放をどうやったら可能にできるかに賭けての、もっとも困難な道たる政治と倫理の世界に飛び込んで行ったという訳だ。まさに『易経』の作者たる周王朝の創始者文王と、その祖述者たる孔子の正統なる後継者の道を継承したのだな。つまり『易経』を人間界の中で実践しようとしたのだの。それに引き替え、わしなどは逸れて外れて、文王孔子の道の異端者でな。言うなれば、『易経』を自分なり人間界なりに留めず、より大きく大自然界の中で考えようとしたということじゃの。ナーダの国の大自然がそれをわしに促し誘った。この大自然を見よ。この大自然界の動物植物、その他数限りもない自然現象のすべてを見よ。その中に生きて働いている易の摂理、刻一刻の陰陽の結び付き、繋がり合い、その生きて働く見事な生命の変容を見抜けと誘って止まなかったのだ。光君。わしは光遜林君のその後の眩いばかりの活躍と後進に対する計り知れない影響、最後の悲劇とをただ拱手傍観するのみで、何一つ手助けし、援助をし、一致協力して、事に当たるということをしなかった。わしの一代の不覚であった。だがそれもこれもわしの選んだ道である。後悔はしておらん。彼も必然の道を歩き、わしも必然の道を歩いたということだからな」

古蘭渓博士はそう言って呵々大笑した。八十過ぎてなお矍鑠、頭は禿げ、顎髭は白くて長く、手も顔も皺だらけ、まるで幹の肌もひび割れて枯れながら、表面からは若い細い枝を十本も百本も萌え出し、その若枝から初々しい花を咲かせる桜の老木さながら目は生き生きとし、好奇心は枯れることなく、満面に笑みを湛えて、無尽蔵の話題を次から次へと繰り出して止まないのである。ぼくはただただ驚嘆するばかりだった。ふと思いついて博士に質問した。先ほどまで数ページを読んだばかりの『Le Livre Monstrueux』のことを尋ねてみた。

「そうか、そうか、興味を持ってくれたかの。それは良かった。世界は驚異に満ちておる。宇宙は一冊の驚異の書である。まさに Le Livre Monstrueux じゃの。その本の中に載っているものは世界のほんの一部の驚異に過ぎん。しかも、第一巻目はこのナーダの国のことが書いてあるのじゃ。よくぞ関心を持ってくれた。ありがたいことだ。そこでじゃ、その本のことじゃがの。わしがまだ若い時、と言っても、まあ、六十代の終わり頃かの。わしのところへ集まっておった若い連中との長い間に亘る座談討論研鑽の合間に持ち上がった一つの巨大なテーマを物にしようと発案され、決議され、実現されたものなのだ。

いやあ、懐かしい。そのことを思うと懐旧の情に堪えん。若い連中は十二、三人いたかの。ナーダの国でも飛びきりの連中だ。十代後半から二十代の若者たち、その中には君のお父さんもいたのだ。いや、もしかしたら連中の筆頭に位するもの、リーダー格の若者だった。その名を光嗣謙と言う。いやあ、懐かしいの。それにもう一人、梁景山君。ほれ、君をここへ連れてきたお嬢さんの父親じゃの。

かれら若い連中はここへ来て、勝手知ったるわが家のごとくに振る舞い、談論風発、それは、それは愉快な日々を重ねたものだ。連中はわしのこの寓居をな、勝手に名前を付けての。まずわしを神農二世と名づけ、それから「Neo Deo Geo Research Center」と命名したのだ。連中は、略してＮＤＧと言っておったがの。神農二世つまりNeo Deo Geoというつもりらしい。まあ、何事も言わしておけばいいがの。

連中はナーダの国の自然の不思議、ナーダの国の人々の不思議、ナーダの国の歴史の不思議というものに、改めて気が付き自覚し、ナーダの国のそれら無尽蔵の不思議、無尽蔵の驚異というものをここに網羅し集大成しようじゃないかということに思い至った。その結果がこの『Le Livre Monstrueux』という一大驚異の書物の出現となった。であるからして、それはナーダの国の驚異から始まったものであるが、それだけじゃない。徐々に広がり、この東洋の驚異、引いては、世界、宇宙にまで至る大驚異の百科事典として成立したものだ。実にすばらしい奇跡の書物と称しても過言ではない。

しかしの、この書物ももちろん驚異の書そのものではあるがの。そして、これからゆっくりと時間を掛けて読んでもらいたいと思っているがの。しかしながら、そこに集められておる驚異も、ナーダの国の驚異のほんの一部に過ぎん。しかも、活字なりイラストなり写真なりによる間接的な再現であるからして、驚異のインパクトは自ずから弱くなっておる。であるからして、君、いいかの。これからわしと一緒にじかに君の目で見、君の足で歩いて、ナーダの国の自然の驚異というものに触れて欲しいのだ。まだ未発見、未知なるものがナーダには数知れず存在しておる。自然も未知、人間も未知、歴史も未知。言うなれば、ここには、いまだ生まれざる曙あまたありと言ったところなのだ。

　君の祖父つまり光遜林先生はナーダ国の最後の王朝の時の宰相でもある。同時にこの国の文化文明を担う中心的な人物であり、ナーダの歴史の、言わば正史たる「ナーダ史」を完成すべく最後まで努力され、志半ばにして王朝と共に処刑された歴史家でもあった。そしての、君の父君たる光嗣謙君は、わしたちと共にナーダの自然史というものを完成しようと努力しつつ、王朝崩壊と共に日本に亡命。これまた志半ばにして、ナーダ帰郷を謀るも嵐に遭って没した人である。かつて光嗣謙君の亡命した後に、わしたちはその志を生かすべく、あるいはその志を共に果たすべく鋭意努力し、ついにここに『Le Livre Monstrueux』の完成を見たのだ。それもこれももう随分前のことになるの。

　光君、君はまだ春秋に富んでおる。君の財産は未来である。これからじゃ。祖父の志、父君の志というものがある。歴史家というものは単なる学者であってはならぬ。単なる研究者、単なる考証家であってもならぬ。ましてや好事家、雑学者、野心家などであってはならぬ。身を捨てる覚悟がなければならぬ。沈潜百年をもって良しとする覚悟がなければならぬ。叡智を養い、識見を磨き、すべからく沈潜の秘術を養わなければならぬ。

光君、急いではいかん。歴史家はアダージオ・ソステヌートである。聖牛の歩みを歩まねばならぬ。歴史家はまさに沈潜の秘術者である。またそうでなければならぬ。つねに時代の深淵に居てけっしてその表に出てはならぬ。まさに時代の深淵の潜龍でなければならぬ。『易経』の冒頭の一句こそ、周王朝の創始者にして『易経』の作者たる文王の真姿を自ら述べたものにほかならぬ。「潜龍用いることなかれ」とな。深淵に潜んでいよと、深淵に臥せておれと、そう覚悟しそう命じておるのだな。まあ、『易経』のことは邯鄲老人に任せておけばいいがの。邯鄲老人つまり李望君もまたわしらの仲間だったからの。

それにしても、わしは光家三代、君の祖父、父君、そして君と、相知る栄誉を持った。感動である。運命である。光栄である。そして君だ。光君だ。わしは君と知り合ってまだ何週間も経っていないがの。君は不思議な若者だの。何と言うか、透明な神秘である。柔軟な硬骨漢である。老成の少年である。静謐の短刀である。眠れる駿馬である。神秘の逡巡である。この上もなき優雅さと、この上もなき稚拙さと、この上もなき浪漫の持ち主である。いや、何と表現していいやら皆目分からん。実に可愛い、実に懐かしい、実に愛おしい若者だの。そして三百六十度の可能性を秘めておる。未知の花である。未知の曙である。いやあ、君を見ておると、人生が楽しくなる。君には弥勒の気配がする」

ようやく古蘭渓先生の話が終わった。ぼくはその話の半分も理解できなかったが、その温情、その包容、その遠大の気には打たれるものがあった。

ぼくについて触れた最後の言葉など、ぼく自体がまだ自分のことを完全に自覚し、自身にまで至りついていないのだから、よくは分からなかった。ただただ恐れ入るばかりだった。

「先生は神農二世であると言われているのを耳にしましたが、それはどういう意味なのですか」

ぼくは前後の脈絡もなくふとそんなことを思いついて尋ねてみた。そうだ。ぼくは、ぼくのすべては、前後の脈絡もない時空間にまだ投げ出されたままであるような気がする。この国へたどり着いて何日が経ったのかすらよくは覚えていない。この国の前後の脈絡が分からず、自分自身の前後の脈絡も分からず、目の前の人物の前後の脈絡も分かっていないのだ。ただ、今自分は、何というか、悲しい放心とでもいう、薄い半透明の繭のごときものの中にいるらしいことだけは感じられる。それだけは分かる。悲しい疲れ、悲しいだるさ。いや、やはり悲しい放心である。目を閉じると、自分はそんな悲しい放心の繭の中にいるのを実感する。むしろ繭の中にいつまでも浸っていたい気さえする。自分はその悲しい繭の中から、どのような自分となって飛び立とうとしているのか。どのような蟬、どのような蝶となって羽化し変身し飛翔しようとしているのか。

「光君、いいかね」

そう言う声が目の前から聞こえて来た。

「わしに質問しておいて、どこかへさまよっておる。わしの言うことに全然耳を傾けておらんの。この前もそうだった。君は実に不思議な若者だの。何と言うか、君は神隠しに遇った子供のようだ。ここに居てここに居ない。身はここに居て、心はどこか違うところに連れ去られている。まさに神隠しだの。わしは心理学者でも何でもないし児童心理学だの青年心理学だのに特別関心がある訳でもないがの。君を見ていると、一体君という若者は何であろうかと考えたくなるし、またそう考えるように仕向けてくるのだ。実に稀有な人物じゃ。実に澄み切った深淵とでも言うか、甘美なる謎と言うか、繊細なる密林と言うか、無垢なる迷宮と言うか、何とも形容のしがたい若者じゃの。しかもそれでいて、何とか形容したくなり、形容するのを誘い、何とか掴み取りたい、何とか表現したい、何とか追究して理解したいとわしたちに迫って来る不思議な若者じゃの。いやあ、実に愉快じゃ」

「申し訳ありません。ぼくは今のぼくが分からないんです。今までのぼくも分からないんです。ただぼおっとこの世に浮かんでいるだけのような気がします。申し訳ありません」

「いや、いや、そのままでいい。むしろ、そのままでこそいいのじゃ。君はやはり神隠しに遇ったような子供じゃの。神様は君みたいな子供が好きなのだ。そう思うよ。わしはイギリスに留学しておった時に、大英図書館でドストエフスキーの英訳本、そうだな、『カラマーゾフの兄弟』とか『白痴』とかを読んだことがあるがの。前の本に出て来るアリョーシャ、後の本に出て来るムイシュキンとかの主人公は、なぜか今でも記憶に残っている。ドストエフスキーという御仁は永遠の子供というか、無垢なる少年とかいうものを、不思議な直感をもって特別に取り上げ、特別に愛し、愛惜措くあたわざる筆致をもって描き尽くしておった。そのことが今でも不思議なことに思えてならない。作者はそういう少年たち、まあ、ムイシュキンなどはもう青年で少年の年齢を過ぎていたがの。でもな、やはりかれも少年の魂を持った人物だった。だから、わしはかれらを少年たちと呼んだ。でな、そういう少年たちをな、他の世間のほとんどの大人たちとは別世界に生きる人物として描いているのだ。それどころか、同年代の他の子供たちと比較しても違う世界に生きている、ある種特異な人間として描いているのだな。それが面白かった。特に、わしには心引かれる取り上げ方でもあった。非常に純真で無垢で、ほとんど聖なるという言葉を使ってもいいほどの、この世の塵埃というものを浴びていない少年なのだが、しかも、ここが不思議なところだがの、かれらはそうでありながら、この世のすべての汚れや塵埃や罪悪、さらにはそういうものに取り憑かれた人物たちのすべてを一切取捨選別せずにそのまま受け入れるのだ。しかも、自分はそういう者からすこしも汚されないで、純真無垢に生きているということ、これが不思議なのだ。ドストエフスキーの小説には救いようのない悪人罪人極悪人が次から次へと出て来るがの。かれらすべてがなぜかアリョーシャとかムイシュキンとかにどうしようもなく惹かれ、好きになってしまうばかりでなく、アリョーシャたちもまたかれら極悪人たちを受け入れ愛し好きになってしまうということなのだ。これがわしには分からんし、また不思議でもあり謎でもあり、有無を言わさず惹かれてしまうところでもあるのだな。たとえば、アリョーシャだ。かれは欲望のままに生きる大野人の父親とか同じ血を引いたとも思われる長兄のドミートリー、巨大な情熱、巨大な肉欲に振り回される情欲の巨人たる長兄のドミートリーとか、それと正反対の次兄イヴァン、「神はいない、故にすべては許されている」と一切を原理的に考え抜く、知性の巨人たる次兄イヴァンなど、彼らすべてを無条件に受け入れて大好きだと言うのであり、そしてそんなアリョーシャに接してはかれらすべてもまた自分を忘れて好きになってしまうのだ。

ロシアには古くから、聖なる白痴とか無知文盲の聖なる子供とかに対する不思議な信仰、不思議な親愛というものが綿々として伝わり、根付き、生き続けて来たという話をわしは聞いたことがあるがの。ドストエフスキーはそのような、言わば、民衆の中に生き続けて来たロシアの霊性、ロシアの大地の霊性というものを、アリョーシャとかムイシュキンとかの人物の中に宿し、生き返らせて、描いたとも言えようかの。幼子イエスというもの、ロシアの場合、おそらくは、白痴や無知文盲、無限のお人好し、無力、非力とかの、一種の透明な十字架を背負った幼子イエスというものへのどうしようもない深い信仰、親愛、懐かしみ、そこに遥かな小さいメシアの芽を、幼いメシアの魂を読み取り、含み宿らせ、抱き締めようとしたのではなかろうか。

でな、どうして今こんなことをわしが言い出したかというとな。君のことを思うと、今言ったような人物たちのことがふと思い出されて来るのだよ」

「ぼくはまだぼくが分かっていません。正確に言えば、生まれて以来、自分というものが分からないままに生きて来たのかもしれませんが、この国へやって来た時に、難破上陸した時です、ほとんど完全に自分自身と切れてしまったような気がします。ぼくの中心へ向かう道が絶たれてしまったような気がします。ですから、今のぼくには二つの未知の道が目の前に開けています。言うなれば、二つの謎に満ちた迷宮に向かう未知の道です。一つはぼくという迷宮です。もう一つはナーダという迷宮です。二つは別々の迷宮かもしれませんしあるいは同じ一つの迷宮なのかもしれません。ぼくという迷宮をたどって行き、解き明かすことができるようになれば、自ずからこのナーダという国の迷宮にも行き着き、解き明かすことができることになるのかどうか、それは分かりません。おそらくは別の迷宮なのでしょう。いずれにせよ、目の前には二つの迷宮が立ちはだかっています。もうそろそろ立ち上がって歩き出し、その中へ入って行かなければいけないのでしょう。それなのに、今のぼくは相も変わらず茫然自失、手をこまねいて目の前をぼんやりと見つめているだけです」

「いや、光君、君にはセイレイ嬢というアリアドネーがいる。たとえ君自身が立ち上がり迷宮へと踏み込まなければいけないとしても、その中を行くための糸、手引きの糸というものをかならずやセイレイ嬢が与えてくれるはずだ」

「そうでしょうか」

「そうだとも、セイレイ嬢には天性の聡明さというものが具わっておる。利発、聡明、機敏、溌剌、そういう天性の長所に恵まれておる。まさにアリアドネーだ。もしかしたら君にとってのアリアドネーであるばかりでなく、ナーダの国にとってのアリアドネーであるかもしれん。いやはや、何とも不思議なお姫さんだな。溌剌として馥郁、若くして博学。色気があって知性そのもの。優雅にしてそれを突き破る野性。雅で艶、蛇で鳩、そういう神秘にして艶冶《えんや》なる矛盾そのもの、それがセイレイ嬢なのだ。彼女はわしのこのヴィラ・アグラに何年も住み込んで、わしの学問、わしの経験知識の一切合切を吸収し、学び取った。わしの学舎には幾人もの学生諸君がおる。大半は男の子だったがの、その中でも彼女は抜群でな。彼女と肩を並べるものは一人もいなかった。だから彼女はいつも男の子の憧れの君でな。それはそれは華やかなものだった。でもな、そういう時の彼女は他の男の子と同じ振る舞いをする。つまり、男の子の間に交じってまったく男の子のごとく振る舞い、平気でじゃれ合って、思わせぶりの色気を振りまかない。溌剌として男の子たちを手玉に取るといった趣きがあった。だから、男の子たちも気持ちの矛先を折られて、素直に彼女の言いなりになった。爽やかである。颯爽としている。思わせぶりがなく、機転が利いて、自在である。セイレイ嬢は実に不思議な娘御だな。もしかしたら、若い時から、自分の未来というものをしっかりと掴み、自分の将来に対する揺るぎないヴィジョンというものを持っているのかもしれんな。わしの今の秘かな直感だがの、彼女は君を待っておったのかもしれん。

彼女や君の祖父の時代から父親の時代を経て、言うなれば、三代に亘って、君たちは運命の固い赤い糸で結ばれておったのかもしれんの。今にして思えば、そうも予想できる。もちろん、彼女はそれを自覚してはおらんかったろうがの。そうだ、君、わしに向かって先ほど何か質問したのではないか。それを思い出したぞ。何であったかの」

古蘭溪博士に言われて、博士の話を聞きつつ、陥り始めていた一つの夢の世界からふいにまたこの今の現実に舞い戻ったような気がした。

「そうでした。申し訳ありません。勝手に放心し、勝手に妄想の世界にうろついていました。この国へ来て何人かの人に博士の存在を聞かされ、ぜひ会うようにも言われ、その際、皆さんは博士のことを神農二世と言っておりましたので、じかに博士からそのことを聞こうと思いました」

「そうか、そういうことだったのか。たしかにわしは世間の人からよくそう言われ、また君のように聞かれたことがままあったがの。それを否定することも肯定することもわしには興味がない。むしろ、わしもまた神農という人物には興味がある。だから、いくらでも話したいものだ。

中国の古代、ほとんど神話の時代と言ってもよかろうが、伝説では中国の始めは三皇五帝によって統治されておった。その内の一人が神農で、炎帝とも言われておったということだ。何事も始めは人を治めるよりはむしろ自然を治める、自然を知る、自然を手なずけることから始めたのだな。言わば、その象徴的な人物と言うか、半神半人とでも言うべき存在が、神農だったという訳だ。この時の自然というのは、川や谷などではなく、また天の星や月でもなくて、人間の食に関する自然、つまり、山や森の中の草木、採集の対象たる一切の植物一切の草木だったのだな。それを知る必要があった。そして、真っ先に先駆けて実行したのが神農だったという訳だ。かれは野原を駈け、森に入り、谷に下り、山に分け入って、一本一本の草、その葉その茎その根を調べ、一本一本の木、その葉その幹その根その皮を調べ、食えるものか食えないものか、薬か毒か、調査し、検査し、区分けし、分類し、名前をつけ、記録し、採取し、保存し、伝達して行ったのだ。したがって、かれは草木の間に分け入り踏み込みしていたから、たえずその葉や枝や棘やに傷つき、手足や顔や頭やに生傷が絶えず、薬か毒か味わうために口は破れ、舌は裂け、毒に喉は痺れつつ、なおも、山の奥に入り込んでは、半死半生のわが身を顧みず、調査探検を続けたということだ。後世、かれが医薬と農業の神様と呼ばれたのも当然だの。かれはおそらく山の人であり、山のすべてを知り尽くし、山の植物動物土壌気候などのすべてを知り尽くし、それら一切と一体となって生きておったのだろうな。何よりもかれは山の生き神さまだったと言っていいだろう。

　今から思えば、かれは一人の人物ではなくて、複数の人物を合わせた総称であり、幾世代にも亘る人物たちの総称であったと思う。神農とは神農集団、神農隊であり、有史以前の千年以上にも亘る長期の、そしてその間の千人以上に亘る多人数の神農人《しんのうびと》の総称であったと言っていいかもしれんな。一人じゃない千人の自然探検家、百年じゃない千年の自然探検家たちの存在が隠れているような気がするの。

　中国は現在、南部ばかりが森の国であり山の国であるがの。今から五千年前ないしは一万年前までは、北部もまた森の国であり山の国であったと見ていいだろう。ところが、中国文明というものが、特に北部黄河流域全体を中心として森を切り開き、樹木を伐採して、森を枯らしてしまったのだな。中国は元々は森の国であり、森林に覆われた国であったはずだ。だから、神農たちは中国全土、南北のすべてに亘って、森の国、山の国を跋渉し、探索し、踏破し、森を掻き分け、樹木の中を分け入り、樹木の性質、草木の性質、植物の一切の性質を調査し、探査し、採集し、記録し、その知識、その情報を蓄積して行ったのだ。その膨大な、おそらくは、数千年数万年に亘る蓄積の結果生まれたのが漢方医学であり、漢方の薬草であったのだな。その一端が中国の本草学であり、古くは博物学であり、現今の植物学として発展し来たったものだ。しかし人類は中国の膨大な漢方植物学というものをほんの一部しか生かし切っておらんの。その一部でさえ知っておらず、理解しておらず、それどころか、平気で無視し、軽視し、すでにそこには何も学ぶところはないとして軽んじてやまないのであるが、浅はかなものだ。浅薄な傲りである。知らぬが仏である。漢方植物学は無尽蔵である。測り知れない生命学の宝庫である。それは森の学問であり、山の学問であり、樹木草木一切の生命の学問である。総じて言えば、まさに地球学問である。地面に触れ、草木に触れ、その色、その香り、その息遣い、その薬味、その毒味、その生きた味わいをそっくりそのまま伝えている生命の知識である。現代人はそれを忘れ去った。現代人はそれを馬鹿にした。現代人はそれを捨て去った。草木を忘れ、樹木を忘れ、森を忘れ、山を忘れた。自然を忘れ去り、自然から遠ざかり、自然を失った。

中国の神農たちは太古の中国で活躍しただけではない。おそらくは、内陸を渡り、西漸して、ギリシャ文明の成立する遙か以前、ミケーネ文明の時代に、ヨーロッパ大陸へと入り、いまだヨーロッパ全体が森に覆われていた時に、その森、その山に入り、草木、樹木の間を掻き分け、分け入って、薬草を知り、毒草を知り、中国で果たした役割をそこでもまた果たしたに違いないのだ。その一端がギリシャ神話の中にアスクレピオスという医薬の神様として残っているのだな。ギリシャのアスクレピオスは中国の神農の末裔である。あるいは少なくとも神農の同類である。

　そしてな、君の育った日本にも、神農の末裔が伝わっておるのだの。すなわち『古事記』に登場する、あのスクナヒコナノミコトのことだ。かれは、記録によれば、ウツボ舟に乗って、一説には、エンドウ豆のサヤに乗って、海を渡って来たというからの。だから当然、極めて小さい身体だったのだな。そして日本の国生みの主たるオオクニヌシノミコトの同志となって、日本中を駈け巡ったというのだ。草木を究め、樹木を究め、薬草はどれ、毒草はどれと、区分けし、分類し、採集して行ったのかもしれん。

　要するに、神農とは自然の恵みを発見した人であり、同時に自然の恵みをもたらした人でもあったのだな。神農とは聖なる自然であり、聖なる自然家でもあったと言ってもいいだろう。神農とは、英語で言えば、sacred nature であると同時に sacred naturalist でもあったと言ってもいいかもしれん。あるいは今風に言えば、sacred ecologist と言い換えてもいいかもしれん。

　そうだ、わしは思い出したぞ。君の国に、言うなれば、最後の神農さんがおったぞ。つまりだ、あの南方熊楠という御仁だ。御仁を最後として神農さんは絶滅したの。わしはそう思っている。そう確信しておる。あの御仁こそまさに最後の神農、神農二世だったな。わしなど足下にも及ばない。聖書的に言えばの、その人の靴の紐を締めることさえ畏れ多くてできないほどだ。いやあ、懐かしいわい。わしの師匠と同じ仲間だった孫文先生をな、ロンドン時代に熊楠さんはよく援助し、共に学び、同じ釜の飯を食った仲間だったと聞いておる。そしてな、わしがイギリス留学時代、大英図書館に通った頃、師匠からそのことを聞いて、大英図書館に行けと言われた。特にそこに保管されておった熊楠さんの英文論考の載った雑誌「Nature」とか「Notes and Queries」を読んで、熊楠さんの凄さを知り、一念発起。苦労して日本語を修得し、熊楠さんの書籍を読破して行ったものだ。その時わしはすぐにこの人こそまさに神農だと直感したな。つまりこの人物こそ sacred naturalist だと、sacred ecologist であると直感したのだ。

熊楠さんは二つの大自然の飽くなき探検家であり享受者であったと思う。まず第一番目の大自然とは、言わば人間における内なる大自然とでもいうもの。すなわちだ、あらゆる書物の中に積み重ねられ堆積されて来た知識の総体、広大な知識の密林とでもいうものへの飽くなき探検家であり享受者であった。第二番目はもちろん外なる大自然そのものへの飽くなき探検家であり享受者であった。世界への放浪を終えて日本へ帰国した後の後半生において、本格的に始まったといっていいだろうな。言うなれば、書物から自然へ、言い換えるならば、書物という第二次的な自然から文字通りの第一次的な自然そのものへと突き進んだといってもいいだろう。書物の中に自然の写し絵を見て取り、やがて写し絵において見えて来た、本来の自然そのものへと探検家の足が向かったのだな。熊楠さんは森林に魅せられた男であり、迷宮に魅せられた男であった。まず初めに書物という森林、書物という迷宮に引き寄せられ、次にその向こうに見えてきた自然という真の森林、真の迷宮に魅せられて行ったという訳だ。書物と自然のいずれかに魅せられたという人間は史上いなかった訳ではない。しかしだよ、そのいずれにも魅せられ、同時にそのいずれにも手を染め、深く入り込み、そうやって、言わば、人生を棒に振ったというような人間は、まあ、史上絶無だろうな。熊楠さんを除いてはわしは聞いたことがない。英語にpossessedという言葉がある。君なら知っていよう。そのまま日本語に訳せば、「所有された」となる。つまり、何物かに自分が丸ごと所有された、自分が何物かに奪い去られたということになるだろうが、普通は「取り憑かれた」という意味で使われておるようだ。わしは熊楠さんを思うたびに、その英語を思い出すのだ。唐突ながら、ドストエフスキーという作家の書いた本に「悪霊」というのがあるだろう。英訳本ではまさに「The possessed」(「取り憑かれたものたち」)と訳しており、何に取り憑かれたかは言ってない。それを日本語では「悪霊」と訳しておる。つまりな、日本語では「取り憑いた」悪霊の方を主とし、英語では「取り憑かれた」人間の方を主として訳したということかの。しかし、わしは英語の方がいいと思う。何に取り憑かれたかをはっきりと言わないで、とにかく何ものかに取り憑かれている人間たちに焦点を当てているからの。そっちの方が不気味である。実際にその本を読んでみると、「何ものかに取り憑かれている」人間たちを執拗に描いていたからの。つまり、自分が何ものかによって丸ごと所有され、奪い去られて、夢遊のごとく生きている人物たちが登場しているからの。しかし、取り憑いているものが明示的に「悪霊」であると言ってしまっていいものかどうか。もしかしたらドストエフスキーはそれだけではない、それ以上のものを含め、それ以上のものを暗示しつつ、名づけた題名だったかもしれんとわしは思っておる。

いやいや、わしの脱線を許してくれ。わしの言いたいことは熊楠翁もまたその「The possessed」の一人であったということだ。それが言いたかった。翁もまた「取り憑かれた人たち」の仲間の一人であったということだ。では、熊楠翁は一体何に取り憑かれていたか。世間的に言えば、あるいは普通人から見れば、悪霊のごときものに取り憑かれた、極めて異常な、はみ出しの、謎めいた人物であったと言っていいかもしれん。しかし、ずばり言ってしまえば、翁は人間も書物も含めて、宇宙という迷宮、大自然という迷宮に取り憑かれ、魅せられ、魂を奪われ、丸ごと自分のすべてを所有されてしまった人間だとわしなどは思っておる。それが凄いのだ。大自然の飽くなき探検家であり享受者であり、その意味で積極的な能動的な生き方をしたと見えながら、よく見るとどこまでもどこまでも大自然に誘われ、引き込まれ、魅せられ、取り憑かれて行ったのであるから、言わば、完全な受動者、大自然に抱擁されし者、己を虚しうして大自然と一体となりし者ということができよう。これが凄いのだ。自然の飽くなき探検家というのも凄いことは凄い。しかしだ。それを越えて、名前もなく、人間でさえなく、己を虚しうして大自然に分け入り、大自然に抱擁されたものは空前絶後であり、例外中の例外である。言わば、神隠しに遇ったようなものだ。神に愛されたものだ。そういう意味では、大童子であり、大赤子であり、大白痴であると言ってもいいかもしれん。実に懐かしい、実に慕わしいの。熊楠翁は、何もかも越えて、何もかも捨てて、可愛げのあるところがあったの。人間はそこまで行かんといかんな。可愛げのある人間が最高であり最後の人間であろうの。熊楠翁はそういう御仁だった。しかしな、わしが世間で神農二世と言われておるというのはうれしいことだ。少なくとも、ナーダの国で言われておるとは何よりも光栄のことだな。というのもだ。ナーダの国はな、歴史的にも民族的にも地球的にも気候的にも自然の面においても極めて複雑で多面的で混沌として矛盾を抱えておる。古代と中世と近代が併存し、古いものと新しいものが並び立ち、熱帯と亜熱帯と温帯が併存し、キリスト教とイスラム教とヒンズー教と儒教と仏教とが混じり合い、ベトナム人とフィリッピン人とインド人と中国人とスペイン人と日本人が併存し、また互いに混血しており、言語的にも、ナーダ語と英語とスペイン語とヒンズー語と中国語と日本語が同時に話され、読み書きされ、溶け合い、一種のハイブリッド語までが形成されておる。言わば、外なる大自然と内なる人間の大自然というものがいまだ豊かに保存され、生存し、生き続けている世界で稀有な国であるからだ。特にナーダの国の自然と気候は、わしには、どうも熊楠翁の住んだ熊野と極めて似通っていると思えるのだ。それが不思議でならない。不思議な結縁であり不思議な因縁を思わずにはいられないのだ。熱帯の密林そのものではないが、海洋性の亜熱帯の広葉樹林帯、無尽蔵の植物と生物と、中でも微生物と羊歯類と苔類に恵まれ、その宝庫であるということ。もしかしたら熊野よりももっと大規模であり太古自然的であり、人跡未踏であり、未知未聞の生物の一大棲息地域かもしれんから、元祖熊野であり原熊野でありまさにUr-Kumanoであると言ってもいいかもしれん。であるからしてわしはこの国の大自然のただ中で生まれたことを最大の喜びとしておる。とすれば、わしは神農二世と呼ばれることも無上の光栄ではあるが、むしろ熊楠二世と呼ばれる方がわしには嬉しい。

さあて、光君、いいかの。神農談義はこんなところで終わりにしようかの。光君も、わしと一緒に、というか、わしの許に集まっておる若い連中のグループがあっての、かれらはわしの神農ぶりを面白がって自分たちのグループを神農隊と呼んでいるがの、その神農隊と一緒にナーダの森林地帯、ナーダの山岳地帯を踏査し探険する企てに加わらんか。ナーダの国は南島と北島と分かれて、今、分裂分断の危機に瀕しておる。北島の軍事政権の関係者、支配者連中および大半の大人たちは経済開発主義と世界同時的なグローバリズムに染まり、それを盲信しておる。そして多くの若者たちは先端エレクトロ製品の虜となって、浅薄にして空白、多忙にして虚妄なる生活を送っておる。それに半ば従いつつも、今はないかつての壮大にして豊かな生き方というものを、もう一度復興し再興しなければならぬという危機的な精神を持ち始めた少数の人間、少数の若者たち、特にここ南島の青年たちがほんの少しずつではあるが、数を増し、寄り合い、指導者を求め、グループを作り始めたのだ。今までわしはここで孤独を満喫しておったが、こんな僻陬の地にも若者たちがやって来て、何ものかを始めようとしている。わしは後何年生きるか分からん。すでに八十を優に越えておるからな。しかし連中はわしを寝かしておかん。であるからして、わしはわしで勝手に自分の道を進むばかりで、それでいいのなら、わしについて来いと言っておる。どうだ。光君、一緒にやらんかの」

十六　アリアドネーの君

ぼくはここへ来てから徐々に、何と言うか、ぼく自身に近づきつつあるような気がする。植物の草や花や木々が時の進むにつれて、あるいはむしろ、時よりもほんのわずか遅れて、極めてゆっくりと、茎を伸ばし、幹を伸ばしつつ、やがて葉を茂らせ、花を咲かせるように、自分に備わった本然の未来の姿へと近づきつつあるのを感じる。しかし、それは自覚というものではなく、一種の植物的な意識とでもいうものであり、一本一本の植物が、言わば、絶対的な記憶に従って本来の自分へと近づき成長して行くように、ぼくの今の浅い意識では考えもつかない、それよりももっと深い、絶対の記憶なり絶対の意識というものに導かれながら、いまだ知らない、ぼく自身に近づきつつあるような気がしてならないのである。ブナの木の実が下に落ちて、落ち葉などの柔らかい腐葉土の中にくるまれ、匿われて、やがて、時を得て、芽を出し、茎を出し、双葉に分かれて、地上へとその先端を伸ばし始める、その不思議な命の萌え出ずる刻々を、今のぼくは味わい、その瞬間の命の呼吸というものを分かち合っているような気さえしているのである。

自分に近づきつつある。不思議な気持ちでもあり不思議な感覚でもあるが、そうとしか言いようのない、ドングリの実の絶対の安心とでもいうものに包まれている。そして今のぼくが、たとえば、都会の片隅などではなくて、山の麓の草木と樹木の中にいるからこそ、そのようにも感じられていることもまた間違いないことだろう。

ぼくがここに来ているのは、おそらくセイレイ嬢とその父親の計らいによるものであろう。そしてもっと想像を働かせれば、その父親とぼくの父との秘かな共通の計らいがあり、さらには、ぼくの祖父やセイレイ嬢の祖父や古蘭渓博士たちやその仲間の遠い果てもない繋がりと連携と意志による計らいというものが働いていると言うこともできるのだろう。それら尊い意志と配慮のお陰でぼくは今ここにいる。

ぼくは日本人の母とナーダ人の父との間に生まれた混血児だという。そしてさらに驚くべきことは、ほんの最近古蘭渓博士から聞いたことだが、父もまた、かつて祖父が青年のころ日本に留学し、京都で知り合い後に結婚した日本人の女性との間に生まれた混血児だったというのだ。したがってぼくはより多く日本人の血が勝っているのかもしれない。ぼくという存在は、そのようなナーダと日本の途方もない複合言語と総合文化、多民族的なハイブリッドの複合意識を宿し、それを担っているのかもしれない。

「光《ひかる》さん、光さん、居ますか」

その声は忘れようはずはない。まさにセイレイ嬢の声であった。

「あらあら、まだベッドの中なの。さあ、もう、起きて。十分お休みになったでしょう」

ドアがさあっと開いて、眩しい声が一斉になだれ込んで来た。午前の太陽を後ろに後光のように輝かせて、眩しく、香しく、セイレイ嬢が駆け込んで来たのである。すでに白い長いサーリー姿ではない。細身のジーンズ姿で、上はクリーム色のシルクのシャツ。胸元はボタンを一つはずし、首に金のネックレスをつけ、長い髪の毛は無造作に後ろに束ねている。そして顔は、そうだ、顔は前と少しも変わらず、うつつに見、夢に見ているのとまったく変わらない若々しい美貌。血色のいいややピンク色の漂う、白い肌。額にも頬にも汗を滲ませ、駆け込んで来た勢いのまま、ある種の馨しい熱気というものが、ちょうど満月に月の暈が纏い付くように、その顔に漂い、朧《おぼろ》な艶やかさをもって包み込んでいる。やや細面の、張りのある顔。奥二重の深い艶なる眼。口元の、どこか負けん気の、婀娜っぽい、挑発的な色気。まさにこれぞセイレイ嬢だ。それは変わらない。また変わってはならないものだ。ぼくみたいな、いつも半分眠りかかった優柔不断の男、ぼくという迷宮、ぼくを取り巻くナーダという迷宮の中にいて、五里霧中、暗中模索、目なくして見、耳なくして聞き、足なくして歩き、手なくして探り、無力無惨なぼくという男には、このような半ば強引な、有無を言わさない、艶やかな知性と聡明な色気を持ったアリアドネーのような女性、しかもどこまでも明るく、眩しい、アマテラスオオミカミのような女性が絶対に居なくてはならない。また居て欲しい。

「もう十分眠ったでしょう」

「いいえ、まだ寝たりません。自分の芯にまで到達するにはまだ眠りが足りません」

「何をおっしゃるの。そう言うなら、ご自分の核心に達するにはまだ目覚めが足りないと言うべきです。そうでしょう。さあさ、起きてください。眠り姫というのはあっても居眠り王子というのはおりません。お尻に根っ子が生えてもいいのですか」

「寝太郎というのがあります」

「まだ寝ぼけてる」

「たしかに寝ぼけてるのかもしれません。でも、明晰に寝ぼけているということもあるのかもしれません。それに弥勒菩薩は、半跏思惟、次の世界に出現して、そこにまた新しい光をもたらすべく、五十六億七千万年の間眠っていると言われております」

「それは兜卒天《とそつてん》という世界でのことです。ここの地球の話ではないでしょう」

「いいえ、同じです。大きな一つの宇宙のことです。兜卒天も地球も同じ宇宙、同じ世界です。そんな気がします。新しい光を生み出すには、たとえば、五十六億七千万年の沈潜、五十六億七千万年の思惟が必要だということだと思います。ぼくはまだほんの数カ月の沈潜、ほんの数カ月の思惟を行っているだけに過ぎません。沈潜が足りません。思惟が足りません。睡眠が足りません。つまりは、深い無意識の実践が足らないのです」

「でも寝ているだけでは沈潜はできません。思惟はできません。起きて、目覚めて、覚醒して、明晰に、明瞭に、ありありと思惟して初めて、弥勒菩薩の本願に叶うのじゃありませんか」

　セイレイ嬢は負けていなかった。部屋の中をまだ興奮気味で歩き回り、ぼくをきっと見つめ、射抜き、天井を見上げ、腕を突き出し、両手を握りしめ、婀娜っぽい、挑戦的な、目つきと口元をもって、挑み掛かって来るのである。それがぼくにはこよなく嬉しい。セイレイ嬢は糸を持っている。迷宮を導く金の糸を持っている。やはりアリアドネーだ。

「そうだ。光さん、いいですか、本当に、もう起きてください。こんな無駄話をしている暇はありませんよ。博士から聞いていませんか。今日は、博士と神農隊の皆さんと、ヴィラ・アグラ近辺の山岳地帯を探索調査する日ですよ。そうですとも、光さんも一緒に行くんです」

セイレイ嬢はぼくのベッド脇に近づいて来て、ぼくの手を取り、さあと言って、起き上がらせた。二十歳になるかならないかの、若く、溌溂とした、それだけ一層、本人も意識していない、女体の色香を発散させて、ぼくに迫った。

「神農隊って何ですか」

ぼくは半ば上の空で、ほとんど関心のないことを尋ねた。

「あら、博士から聞いていません。博士の教え子というかお弟子さんたちというか、若者の集まりのことです。私もその一人、あなたもその一人ですよ」

「言葉は聞いたことがあるような気がしますが、その謂われは聞いたことがありませんでした」

「Sacrée Agra です。私たち人間の一人一人、どんな生物も、植物も動物も自然界のすべてのものも、突き詰めて行けば、Sacré です。Sacrée Agra です。聖なる存在です。

聖なる命の根源を生きているものです。人間は生態系の最後に位する、言うなれば、生態系の頂点に達しているはずなのに、その最後であり頂点であるからこそ、生態系のすべてを支配しそこに生きて貫通している大生命の根源から一番離れてしまった存在なのです。そしてそれに気が付くことなく、現代のここにまで至ってしまったんです。私たちは自分から一番遠くにまで離れてしまったんです。自分から遠ざかってしまった存在なんです。そのことに気づき、逆の歩み、自分たちの命の根源に帰ろうとする一つのあり方を即刻実践しようというのが博士の考えであり神農隊の行動なんです。自分の中の Sacrée Agra を、私たちの外部たる大自然の中に発見し、そこに至るべく、分け入って歩み続けようとするのが神農隊の役割なんです。外は内です。内は外です。

ですから、すでに何年も前から実行され実践されて来た聖なる旅、聖なる道というものを、博士を先頭にして山に分け入り、谷に分け入りして続けているんです。光さんもその一人です。もう、それは決まってるんです」

実に奇妙なと言えるほどのセイレイ嬢の独断であり、専断であり、運命的な発言だった。ではあったが、ぼくは当然のごとく受け入れて、むしろ喜んで受け入れている自分に気が付いて驚いたほどだった。

十七　風鈴の偈

「いやあ、よお、皆さん、集まってくださいました。実に愉快じゃ。さあ、さあ、十分に腹ごしらえをしてくだされい」

古蘭渓博士が満面笑みを湛えて発言した。

ぼくは博士の母屋の食堂に来ていた。大きな部屋にいくつかテーブルが並んでいる中の、中央の大きな丸テーブルを囲んで、一方の端に博士が坐り、囲むようにして、左右両側にぼくたち何人かの若者がゆったりと並んで坐っていた。博士に一番近い右側の席にセイレイ嬢が坐り、その脇にぼくが坐り、その左隣りに五、六人の若者たちがぐるりと並んで坐っていたのである。朝食はセルフサービスになっていて、部屋の一隅の長いテーブルに用意されてある様々な料理やら飲料を勝手に選んで持ち寄り、これまた思い思いに食べ始めていた。

ぼくは固いフランスパンの一切れ二切れを皿に取り、オレンジマーマレードをたっぷり入れた紅茶を持って坐り、紅茶にパンを浸しつつ、一口二口、夢ともうつつともつかない茫然たる思いの中で食事を取り続けていた。隣のセイレイ嬢の方から香しい匂いが漂って来る。ラベンダーか何かの混じった香水のようだ。実に爽やかである。かすかに芯があって、きつい強い花の意志とでもいうものを放っているようである。思わず深呼吸をする。軽い陶酔と眩暈を覚える。あまり深く吸い込むのが一瞬憚れるような気さえした。何かセイレイ嬢の肉体の一部を無断で吸い込んで削り取るがごとき侵犯の思いを感じたからだ。

開かれた南側の窓から爽やかな風が入って来る。日本より遙かに南方の土地なのに、日本と違って湿気というものがないためか、温度は高いにもかかわらず、蒸し暑く感じない。それに風鈴の音が聞こえている。南側の窓の辺りから聞こえているようである。ガラスの風鈴ではなくて鉄製の風鈴らしい。ガラスの風鈴だと音の響きが短く、音の輪なり渦なりが遠くまで達しない内に、ちりんちりんと止まってしまう。言わば、エコーがない。短く切れる。つと絶える。余韻がない。子猫のじゃれるがごとき可愛気はあるが、ある意味で風情はない。一方、鉄製の風鈴は異なり、音に細い鋭い芯があって、それを中心として、しかもあくまで小さい音の輪を突き出しつつ、どこまでも、ひりいいいん、ひりいいいいんと、低い、鋭い、余韻をもって響き渡るのである。それは響き切る。響き貫く。響き通す。だから今聞こえているのは鉄の風鈴である。それはどこまでも澄んで響いて行く。耳を貫いて耳を澄ませ、心を貫いて心を澄ませて行く。心の中のどことも知れない奥処《おくが》にまで達する。耳に孔を開け、心に孔を開ける。爽やかな鋭い傷を付ける。ひたと心を打つ。心を穿つ。何かよくは分からないが、セイレイ嬢の肉体から漂うラベンダーの匂いを思わせる、清い、どこまでも澄んだ、強い、芯の通った香りと似通っている。不思議な感応であり不思議な交感であった。

その時まったく不意にと言っていいくらい唐突な一つの言葉が思い出されて来た。

渾身口に似て虚空に掛かり　東西南北の風を問わず
一等に佗《た》が為に般若を談ず　滴丁東了滴丁東《ちちんつんりやんちちんつん》

どうしてこういう言葉や文章が思い出されて来たのか分からない。そしてまたどうして覚えていたのかも分からない。ただ、自分の耳に聞こえて来ている鉄の風鈴の音に誘い出されて来たのかもしれないということまでは分かる。そこにまではたどりつける。もしかしたら風鈴に関係しているのかもしれない。いや、むしろ、まさしく風鈴のことを言っているのかもしれない。風鈴と言えば、全身が口そのものであり、しかもそれは虚空に、つまり空間に掛かっていて、風が来れば、東西南北どこからの風であろうと音を出すではないか。ただ今思い出した言葉では、一等に佗が為に般若を談ずと言っている。ここが分かりにくい。等しくそれを聞くものに般若を語るというのだ。般若とは何であるか。これが問題だ。真実と言うか、真理と言うか。それはいいとして、最後である。ちちんつんりゃんちちんつん。これは風鈴の音だろうか。般若が確かに問題だ。だけどそれはそのままにして置いてもいい。何か、これは実に気持ちのいい言葉だ。繰り返したくなる言葉だ。

渾身口に似て虚空に掛かり　東西南北の風を問わず
一等に佗が為に般若を談ず　滴丁東了《ちちんつんりゃん》滴丁東《ちちんつん》

そうだ、思い出しかかっている。般若だ、般若がキーワードだ。「般若心経」だ。祖父とぼくは、日本に居て、鎌倉に居た。毎朝、家の奥座敷の床の間の前に座って、床の間の祖父の写真を前にして、「般若心経」を唱えたのだ。部屋の障子を開け放ち、ある時は早春のジンチョウゲの花の匂い、ある時は梅雨の頃のクチナシの花の匂い、ある時は秋のキンモクセイの花の匂い、ある時は師走から正月にかけてのロウバイの花の匂いを嗅ぎながら、父と並んで「般若心経」を唱えたのだ。それが思い出されて来る。そして多分その時のことだろう。父は、今ぼくが思い出している言葉を紹介し、引用したのだったろう。

「『般若心経』二百六十二字を一言で言うと」と言って、その詩を紹介したのだ。思い出されて来る。

「渾身口に似て虚空に掛かり　東西南北の風を問わず
　一等に佗が為に般若を談ず　滴丁東了《ちちんつんりゃん》滴丁東《ちちんつん》

　実にいい詩だ。これで『般若心経』は尽きている。これは「風鈴の偈」と言われているもので、風鈴のことを引き合いに出しながら、般若の働き、宇宙真実の働きを説いたものだ。実にいい。しかし、光《ひかる》、いいか。これを風鈴のことだと思ってはいかん。即今、光のことであり、わしのことなのだ。光が風鈴である、わしが風鈴である。わしら一切、森羅万象はまさに渾身口に似て虚空に掛かり、何をし何を言っても、風鈴である。わしら一切の働きは風鈴である。わしら一切の働きはちちんつんりゃんちちんつんである。東西南北の風を受けて、ちちんつんりゃんちちんつんと働き出すのだ。そしてな、わしら一切の働きは般若の働き、般若の声を放っておる。般若とは何ぞ。

仏の智慧、すなわち、仏の瞬間瞬間の活溌溌地の働き、宇宙生命のこれしかない刻々の働きを言うのだ。宇宙はちちんつんりゃんちちんつんである。たしか、この詩は中国は宋の時代の如浄禅師の言葉だと聞いている。鎌倉時代の道元禅師が入宋、天童山の如浄禅師に就いて修行し、修行成って、帰国の際、悟りの印可証明のごとくにして与えた詩であったと言う。後に道元禅師はそのことを主著『正法眼蔵』のほとんど冒頭の一章「摩訶般若波羅蜜」の中で紹介したのだな」

祖父の遺影を前にして、毎朝『般若心経』を唱えた後に、まだそこに正座したまま、父はそう語り出したことがあった。

ちちんつんりゃんちちんつんか。そういう風に聞こえていたとするなら、如浄禅師という人の聞いた風鈴はこの場で聞いている鉄の風鈴ではなくて、ガラスか磁器か何かの風鈴ではなかったろうか。今聞こえているのはあくまでひりいいいん、ひりひりいいいいんと聞こえている。悲しいまでに澄んだ、清い、鋭い、長い、音の穂先の尖った、どこまでも響き渡ってやまない音の突き進みだ。

「博士、いいですか」

ぼくは、それこそその場の雰囲気その場の前後左右などお構いなしに声を放った。

「博士。今、風鈴が鳴っていますね。それを聞いてぼくは思い出した言葉があるんです。以前父が語ってくれた言葉ですが、こういうものです。

渾身口に似て虚空に掛かり　東西南北の風を問わず
一等に佗が為に般若を談ず　滴丁東了《ちちんつんりやん》滴丁東《ちちんつん》

というものです。父は、これは中国は宋代の如浄禅師の詩だと言いました。ぼくはまったく偶然にこの詩を思い出したのですが、博士はこの詩の作者である如浄禅師という人をご存じでしょうか」

ぼくは朝食の和やかな場を乱すようなことをまったく唐突に言い出してしまった。博士を始め若者たちは食事するその手を休めて、一斉にぼくの方を見つめた。むしろ半ば迷惑そうに責めるような目をして見たのである。

「ほう、そうか。風鈴に気が付いてくれたか。それはありがたい。実はの、ほれ、あそこに掛かっている風鈴はの、かつて、君の祖父たる光遜林君が日本に留学していた時に、日本の夏の風物詩の品として送ってくれたものなのだ。実は、わしに一個、ここにいるセイレイ嬢の祖父に当たる梁建徳君に一個、さらにわしらの仲間だった邯鄲老人たちに二個、計四個送ってくれた内の一個なのだ。何でも日本の東北に産する南部鉄というものから作られたものだそうな。たしかに良い音色をしておる。わしにとってもここでの夏の風物詩の一つだった。しかも、光君。いいか、驚くな。いや、まさにこれが驚かないでいられれようか。実は、わしもいささか驚いているほどなのだ。それはの、風鈴の下に糸がついていて、小さい短冊が下がっているだろう。誰でもいい、あそこのあの風鈴をここへ持って来てくれんか」

「はい、私が取って来ます」

セイレイ嬢がすばやくそう言って立ち上がった。

「セイレイ君、ありがとう」

博士はセイレイ嬢に向かって言った。

「さあ、ここを見てみい。短冊の上だ」

博士は立って、手ずから風鈴を持ってやって来て、ぼくの前に差し出した。

ぼくはやや固くて細い短冊の表面を見た。少しばかり黄色く変色していたが、そこには何か文字が小さく書かれてあった。次のごとき文字が浮き出ていたのである。

渾身似口掛虚空　不問東西南北風
一等為佗談般若　滴丁東了滴丁東

直筆らしい細かい字をもってそのような漢詩が書かれてあった。

「光君、驚いたろう。たった今君が口ずさんだ詩がここに書いてあったのだからな。わしも、実は、驚いている。わしがこの風鈴を聞き、風鈴の短冊に書かれた詩を知っているのは、わしにとってはごく自然であり当然なんだが、君が同じこの風鈴を聞いて同じ詩を口ずさんだということはまさに驚きに値する。世には偶然の一致ということが存在するのだな。しかし、本当を言えば、必然の一致というものかもしれぬ。何もかも君の祖父たる光遜林君の遠い計らいなのかもしれんな。いや、そうだ、それに間違いない。いやあ、懐かしい。茫々として夢幻の懐かしさだ。

光遜林君の家系はな、ということは君の家系でもあるがな、代々紹興酒で有名な紹興の出身だった。しかも、まさに紹興酒で巨大な財を築いた酒造家であった。近くには南宋の都だった古都杭州あり、港に寧波あり、さらにその南には天台山あり、その山並みの一つに如浄禅師の居た天童山があった。

光君、いいかな。みんなも知っておくといい。紹興酒に光酒というのがあるんだ。それこそは、光家のまさにブランド中のブランドであってな。日本酒に大吟醸あり、ワインにシャトーあり、ブランディにナポレオンあり、シャンパンにヴーヴ・クリコがあるのと同じ、紛うことのない銘酒であった。フランスワイン中の絶品たるソテルヌの白を思わせる透明な琥珀に近い光沢があって、どこからか光が射しているような天上の輝きを持った液体。三十年から五十年の間甕《かめ》に寝かせて初めて取り出され、言わば、時間そのものが熟成されて底に蜜蝋化されたものと言えようかの。

しかし光家に一つの悲劇が起こった。清王朝の、たしか、康熙帝の次の御代の事だったと思うがの。光酒の名声が宮廷にまで及んで、献上せよとの詔勅が下された。それはある意味で光栄この上ない申し出であったはずなのだがの。光家は名だたる漢民族の名家であって、しかもな、ここが肝心なのだ、そうであるが故に光家は、非漢民族の清王朝に快く思わぬ明代以降の、いわゆる明の遺臣たちの秘かなアジールの場所、一箇の梁山泊、つまりは隠れ家になっていたのだな。湖南省の山岳地帯に潜んだ反清の隠者王船山先生の流れを汲む一派。明代の文趙明・鄭板橋の流れを汲む一派。さらには、揚州八怪の文人画家の流れを汲む一派などの秘かな反清グループというものが、不定期に集い、心底に抱いた遠い志を確認し合う場所だったのだな。しかも光家は同時に一般の客に酒を販売し、提供もする酒楼でもあったから、当局が光家における反権力的動向というものを嗅ぎつけていたとしても、すぐさま一斉検挙なり家宅捜索といったことを強行する訳にもいかなかった。そこでだな、当局は光酒に目を付けたという訳だ。光酒を献上せよ、清王朝に献上酒として差し出せとの詔勅を発したのだ。一種の懐柔策だな。しかし光家はそれを断った。体よく蹴った。「わが光酒は宮廷に献上できるほどの銘酒ではございません。いまだ卑酒」と言って、申し出を辞退したというのだ。光家の当主はさすがだな。単に反清の同志たち、後の排満光復(満州族たる清王朝を排除し倒して漢民族の光を復興する)運動へと連なる、もっとも初期の源流的な同志たちに酒楼を提供していただけではない。当主そのものがすでに隠然として反清の志を持っていたのだ。

当局は再三献上を要請したが、そのたびに光酒は卑酒にして献上に値せずと辞退した。

光酒は卑酒として一挙に名声上がり、卑酒一杯、卑酒二杯、卑酒三杯と、酒楼は近来、遠来の客の声に溢れて、遠雷の喚声、壁を震わせ、窓を震わせて、かしましく、至るところの天下の豪傑を呼び寄せることになった。当局の懐柔策は裏目に出たのだな。そこで当局はたちまち化けの皮を脱いで、光家に向かって弾圧の牙を剥き、酒造の停止、酒楼の営業禁止の命令を出すに至った。さらには追い打ちを掛けるようにして、光家に対して国外追放の暴挙に出た。しかし光家の当主もさるもので、主家としての営業はすべて廃止した上で、同族の人たちないしは従業員たちに酒造酒楼の権利を譲渡した。その上で、当主自らは親族一同引き連れ、寧波の港に豪華客船を二艘用意させ、一艘に当主以下の一族およびその眷属《けんぞく》すべての人間たち、もう一艘に光酒を始めとする紹興酒の全種類を千樽、金銀財宝を百函、積みに積んで、南海遥か、このナーダの島に向かって船出したということであった。

何でも紹興に残った光家同族の流れの中から、かの有名な魯迅先生の家も出たということだそうな。

ナーダ国に到着以後の光一族の興隆と繁栄は言うまでもないことだ。君の祖父に及んで繁栄は極点に達したと言っていい。そのことについてはまた話す機会があるだろう。ところで、ええと、わしは何を話すはずだったかいの。そうか、そうだ。光君の先祖代々居を構えていた所、紹興近辺のことだった。南に天台山あり、天童山ありの風光明媚限りない所であった。天台山と言えば、国清寺に寒山拾得なる畸人《きじん》が出た。拾得がその寺小僧、寒山が寺に出入りする乞食坊主、後代、この二人はいわゆる文人画の画題としてよく取り上げられ描かれたものである。その内の寒山は詩人でもあった。寺にやって来ては壁に書いたり、石碑に書いたり、台所の柱に書いたり、落ちた瓦に書いたり、朴の木の落ち葉に書いたりして、書きっぱなしの詩を残したに過ぎないのだがの。後に拾得が拾い、住職の豊干師匠が見れば、それが奇想天外、融通無碍の、天来の詩ばかり。驚いて掻き集め、書写して、後世に伝えたということだ。

さて、ここが大事なところだ。世に言う寒山詩なるものは、唐元明の各時代にそれぞれ何度かに亘って上梓されて来たのだが、清代に至り、光家の当主、ほれ、さっき言ったろう。あの光酒献上を拒んだ反骨の当主、そうだ、今思い出したぞ。その名を光尊冲と言った。君の先祖の名前だぞ、よく覚えておきたまえ。その光尊冲がだ、寒山詩の湮滅を恐れて、豪華限定版を財に任せて製作、一族縁者に謹呈したというのさ。世俗に生きるものは常に胸中寒山を棲まわせていなければならぬと言っていたということだ。よほど寒山詩の愛好者であったと見える。その内の何冊かは今でもナーダ国立図書館に秘蔵されておる。わしも以前見たことがある。

それからもう一つ。いやはや、ようやくわしの言いたい事にたどり着いたぞ。わが光尊冲先生はな、天童山の寺によく出掛けてはこれまた財に任せて、本堂の修復やら書庫の整備、天童山中興の祖たる如浄禅師の石碑の建立等を企画し施工したそうだ。でな、石碑に刻ませた言葉こそがまさに如浄禅師の「風鈴の偈」だったのだ。

渾身似口掛虚空　不問東西南北風
一等為佗談般若　滴丁東了滴丁東

しかし一族揃って亡命する際、石碑を運んで行く訳にも行かず、石碑の文面を拓本に取って、ナーダの国にやって来たということだそうな。光君、君はその拓本を見たことがあるかね。実はわしもまだ見たことがない。君の祖父の代々受け継いで来た邸宅は革命軍によって焼き尽くされてしまって今はないが、しかし、この国における光家の莫大な遺産というものは全滅したということはないとわしは見ておる。事実、わしたちの居るこの山の所有者はいまだ光家であって、山中の何カ所かには光家のアジールと言うか、山荘と言うか、隠れ家とでも言うものが何カ所もあって、その遺産、古文書、書画骨董の類が秘蔵されているはずだとわしは思っている。

風鈴の偈の由来は以上の通りだ。拓本はこの山のどこかにある山荘に秘蔵され、埋蔵されているかもしれん。見つけ出して、それを元にふたたび石碑を建立しようではないか。ところで、そうだ、忘れておった。寒山は薬草の専門家でもあった。何しろあの天台山は薬草の宝庫だったからの。そしてな、わしは寒山流の薬草家でもあるのだ。

いやあ、長い間、しゃべってしまったな。スープが冷えてしまったろう。済まん、済まん」

十八　NONVÉCU 哲学

ぼくたちは出発した。古蘭渓博士を先導にして、セイレイ嬢とぼくと若者数名がそれぞれ服装を整えて、博士の家を出発した。しかしながら、実際はセイレイ嬢が先頭に立っていたのであって、博士や若者たちを従え、そして最後のしんがりのぼくをたえず励ました。

博士の住居たるVilla Agraは、山の麓というよりはむしろ、麓より大分上に上がった山中にあった。そこから細い険しい道を掻き分けて登って行くのは、ここのところほとんど歩いたことのないぼくにとっていささか困難を極めた。しかし、足や膝や腰やその他体のすべての部分が、長いこと遠ざかっていた運動と呼吸のリズムとでもいうものを与えられて、ぼくにも分からない深い無意識の喜びを感じて、眠っていた肉体の習慣を徐々に取り戻そうとし始めているごとくだった。

古蘭渓博士の門人とも言える五、六人の若者ともようやく口を利くようになった。

三人は中国系、二人はインドネシア系、もう一人はインド系の若者だったが、いずれもナーダ国人であることに変わりはなかった。その言葉もそれぞれの出身の言葉だけではなく、公用語としての英語とさらに第二外国語としての日本語を自在に話すことができていた。また若者たちの宗教についても、ナーダ国特有の多言語多民族国家を反映して、イスラム、ヒンズー教、仏教、儒教等に亘り、自由に話し合えることが分かった。おそらくはそれこそ多言語多民族国家の最大の特質であり利点であったろう。新しい国家のあり方であり、新しい地球国家のあり方であり、新しいモデルとなるべき利点でもあったろう。

なお、かれらはなぜかぼくに対して一種の遠慮なのかあるいは博士やセイレイ嬢の内々の情報を得た上でのことか、何とはない、一歩引き下がった謙譲の礼をもって対するような雰囲気を漂わせていた。「ああ、この人があの光遜林先生のお孫さんか」といった風な、驚きの目を持って見上げているような感じがした。しかしぼくはどう対処していいか分からずただ丁寧に受け答えするばかりだった。

ふいに途中疲れを覚えて、山道の端の岩の下にへたり込んで仰向けに休んでしまった。そして空行く雲を見つめながら、そして遠くでセイレイ嬢の元気な声を聞くともなく聞いていた。

「光さん、まあまあ、こんなところでまた寝てしまって。だらしないったらありゃしない。ほら、寝太郎さん、もう起きてくださいな。もうじきに凄い先生に会えるんだから。目が覚めるわよ。古蘭溪博士の無二の親友の山荘にじきに到着するのよ。しっかりしなさいってば」

セイレイ嬢が息を弾ませながら降りて来て、ぼくの方に手を伸ばしつつ馨しい声を放った。仕方なくぼくは立ち上がり、セイレイ嬢に手を預けながら登り始めた。

ぼくたちは山の急な斜面の真下に出た。そこは四方松林に囲まれ覆われた、やや広い平坦な場所であった。左手の山の一部がじかに岩肌の剥き出しになっており、そそり立つ花崗岩の絶壁をなし、ごつごつと恐るべき威容を見せてぼくたちを威圧していた。中央の真下が切り抜かれて、アーチ型の入り口になっていた。

セイレイ嬢は平気で中へ入って行く。古蘭溪博士がその後に続く。

「いやあ、久し振りじゃのう」

博士は一種の行者姿の白装束に身を固め、手には白い、手垢のついた金剛杖のようなものを持っていた。つねに外に出て山歩きをしている者の習いで、顔は厳つく、日に焼け、逞しい老翁の顔を見せていた。

洞窟の内部へ入ると、そこは大きくくり抜かれたホールになっていて、天井はドーム状、わずかな声や足音さえ逃さずに拡大されて響き渡った。

ホールの三方にはまた入り口が穿たれ、それぞれ部屋の空間が広がっているようだった。セイレイ嬢は一番右手の入り口に向かい、勝手知ったる態度をもって中へ入って行った。入り口の右脇の岩肌には「地球文明工学研究所・第一室」と白く文字が刻まれてあった。

部屋はホールほどには大きくなかったが、それでも広く、天井はやや低く、至るところに実験機材やらコンピューターなどがテーブルや棚に置かれてあった。正面中央の壁寄りに大きなテーブル、そこに一人の老人が座っていた。部屋には蛍光灯が灯されて明るかった。山奥の洞窟内に電気が通じていることが驚きであった。

老人が立ち上がった。痩身痩躯、背が高く、細面、メガネを掛け、まばらな白髪。実験用の白い作業服を着て、ゆっくりとぼくたちの方へと歩み寄って来た。色浅黒く、眼窩深く、黒目は輝き、どこかインド系の出身を思わせる人物であった。

「古蘭渓殿、お元気そうで何よりじゃ」

老人は第一声を放った。

「今日はお主にサプライズがあるぞ」

博士が応じた。

「はてさて、何事かの。まだこの世に驚くことがあるかの」

「それがあるのだ。この若者を見てみい。誰か分かるかの」

「さて、さて、誰じゃろう」

「いや、アナン博士なら分かるだろう。光遜林殿のお孫さんじゃよ」

「そうか、そうか。やはり、そうであったか。噂はすでにここへも届いていたがな。まさか本人が目の前に出現するとはまさにサプライズじゃの。いいや、そうだったか。懐かしいの。いや、それはそれとして、まあ、よくお出でくださった。どうか、お楽に、どこぞお座りくだされい。さあ、それでは、みなさん」

「光君、では、紹介しようぞ。この老人はな、地球文明工学研究所の所長さんのアナン博士じゃ。ナーダ国第一の碩学と言ってもいい御仁ですわい。祖父はインドにあってガンジー翁やタゴール翁と共に反植民地闘争に加わった代表的知識人であったが、イギリス帝国の弾圧にあって、ここへ亡命。その子、つまり、博士の父はインドに帰国し、インド独立を見た後に、ヴィーヴェカーナンダ師たちと共に新しいヒンズー教ルネッサンスを推進し復興した傑物じゃった。博士は父と祖父の後を承けて、言わば、その総合を成し遂げたと言っても過言ではないかの。ヒンズー教の根幹をなすウパニシャッドとその聖典たるバガバード・ギーターを柱として、そこから生まれた壮大なヴェーダンタ哲学を自家薬籠のものとしておる。その目はつねに開かれていて、宗教は仏教からキリスト教、イスラム教、学問は西洋哲学から東洋哲学全般。今は、西欧文明東洋文明の統合とその後の新しい文明成立へと日夜思索し、研究し、実験しつつあって、その果てもなき探求心、果てもなき研究心は止むことがない。な、そうであろうの、博士。いいか、光君。博士から、以後、良き刺激、良き発想、良き創造の機縁を与えられるといい。さあ、今度は博士からサプライズがあるだろう。それもとんでもないサプライズがあるかもしれんて」

「そうか、光遜林君のお孫さんとな。いやあ、誠に夢を見ておるがごとき思いだの。光君と言ったかの。お主の祖父たる光遜林君とこの古蘭渓君とわしはの、それはもう、金蘭の交わりと言ってもいい仲だった。ナーダ国の真の文明真の文化を打ち立てようと、継承と深化と強化を推進しようとわが命を捧げようとしたものだったが、お互い、志半ばでその望みは潰えた。しかし、本当は、まだその志、その闘いは終わっていないんじゃの。

光君は噂によれば、父君と共に日本から里帰りを図ったと。そして、父君は難破して死去されたと聞いておる。悲痛極まりないことじゃった。しかしながら、それでも、いやあ、懐かしい。若き日の光遜林を前にしているがごとき気持ちになる。先ほどの古蘭溪君のわしの紹介など話半分に聞いてくだされい」

アナン博士はそう言ってから、テーブルの上に置いてあった古い書物を持ち出して、ふたたびぼくたちの方へ歩いて来て言葉を継いだ。

「お主、この書物が分かるかの。ゲーテの『ファウスト』の初版本じゃ。いや、もっと言えば、ゲーテ自身の直筆の草稿本じゃ。ゲーテ後半生五十年にも亘る血涙をもって書かれた稀覯本じゃの。しかも、これは『ファウスト』第二部に当たるもので、最後のページにな、ほれ、この通り、こんなことが書かれてある。元はドイツ語だがの、こうである。

『現代は混乱した不条理の時代である。わたしがファウストという奇妙な建物を造るのに払った長年の努力や骨折りもほとんど酬われる見込みはない。わたしの作品は難破船のように粉々に砕かれて海岸に打ち上げられ、時代の砂に埋もれてしまうのかもしれない。混乱や対立や争いを一層混乱せしめる理論のみが世の中を支配しているのである。だから、なおさらわたしたちにはわたしの持っているものを、わたしにまだ残されているものを、できるだけ高く高めて行き、言わば、わたしの特質を昇華せしめることがもっとも差し迫った仕事と思われるのである』と。

さあ、どうじゃ、光君。これがゲーテの最後の言葉なのじゃ。わが『ファウスト』

は一個の難破船だと言っているのだ。難破船となって粉々に砕かれて、海岸に打ち上げられ、ただ時代の砂に埋もれてしまうだろうと言っているのだ。そしてな『ファウスト』という奇妙な建物を造るのに払った長年の努力というものが、ついには酬われる見込みはないと予言しているのだ。これこそゲーテの悲劇的な実感であろうの。いつの時代も凡庸なる小さきものの対立と争いによる混乱と不条理の時代である。だからして、そこから屹立した偉大なるものは時代の目には見えん。時代の有象無象から無益な難破船のごとく扱われ、邪魔者扱いにされ、粉々に砕かれて時代の砂と塵埃の中に埋もれてしまうばかりと断言しているのだな。偉大なものはつねに難破船である。偉大な人間も偉大な作品も偉大な文化も難破船である。難破船であり忘却船であり埋没船である。スピノザに言わせれば、Everything great is hard and rare である。つまり偉大なものはすべからく困難にして稀少であるとな。『ファウスト』しかり『神曲』しかり『ドン・キホーテ』しかり『リア王』しかり『オディッセー』しかり、それが図書館にあろうと書斎にあろうと、そしてまた古典として世界文学全集として文庫本としてあろうと、それが難破船であることには変わりはない。忘却船であり埋没船であることに変わりはありゃせん。見えておらんのじゃ。気づいておらんのじゃ。

後世のわしらはそれを救出せねばならん。救出こそ後世のわしらの使命である。また使命でなければならん。どうじゃの、そうは思わんか。光君始め、ここにお集まりの諸君、そうは思わんかの」

そう言って、アナン博士は目を膝の上の羊皮紙の書物の上に落として沈黙してしまった。

「いいかね、光君、これはまだ序の口に過ぎん。博士、構わないから、今研究途上、実験途上の、一つの成果、一つの実験品を紹介せんか。若い諸君にいい刺激になるだろうからの。それこそサプライズ、驚天動地の作品を見せてやってくだされい」

古蘭溪博士が言った。

しかしアナン博士の言った言葉のすべてが、ぼくには強烈な謎と奇怪な悲痛さを湛えた魔力をもって迫り、その場に釘付けにして離れがたいものにした。

「そうか、そのことか。では、光君を始め、みなさんに、わしたちの実験の内容をほんの一部ながら紹介しようかの。まあ、世間はわしらの実験研究をほとんど例外なく奇妙奇天烈、荒唐無稽と見なしておるだろうがの」

博士はふたたび立ち上がって、部屋の各所に置かれたガラスケースの中を指さして語り出した。

「いいですかの。このガラスケースの中の皿に載った顆粒状の物体はの、実に美しいじゃろ。わが地球文明工学研究所の作製になるcultural rare metalと称するものじゃ。つまり、文化文明のレアメタルというものでな、わしが地球文明工学研究所の所長として、幾多の研究員と共に開発しておるものの一つでござってな。そのレアメタルじゃがの、ルビー、エメラルド、サファイア、クリスタル、ダイヤ、ラピスラズリー、ターコイズ、キャッツアイ、オパール、ヒスイ等の、色と形を持っておるがの、すべてが眩いばかりのブラックホール体であるのじゃ。しかも何のブラックホール体かと言うとじゃの、古来、地球上に出現しそして消滅したあらゆる文明、あらゆる天才たちの生み出した作品と精神をブラックホール的に吸収し凝固し圧縮し縮小し極微化して成った結晶体というものでござる。しかもじゃ、宇宙のブラックホールというものが、極小は極大、極大は極小であり、極小の中に極大を含んでいるもの、つまりは極大の壮大なる質量を内蔵しているのと同じく、この極小の結晶体はその中に極大の質量を含んでいるものじゃて。

わが地球文明工学研究所の研究員たちの二十年ないしは三十年の総合開発によって、古くはシュメール文明、チフリス・ユーフラテス文明、ミケーネ文明から、下ってエジプト文明、ギリシャ文明、ローマ文明、夏殷周の中国文明、アズテカ・インカ文明などの建築、彫刻、絵画、装飾、碑文、宗教、哲学、思想、詩歌、文学の中に封じ込められた生命力、精神力、想像力というものを言語化し映像化しつまりは抽出し凝固し凍結し結晶化して、レアメタル式に顆粒状化したものでござる。言わば、極小の記憶装置ＵＳＢの極小の宝石をただ今みなさんは見ている訳でござる。世のすべてのものは滅ぶ。これは事実ではあろうが真実ではないの。人間の作り出した文化文明もそうじゃ。そこに籠められた人間の生命力、悲願力というものは滅ぶものではござらん。それをわれらは nonvécu《ノンヴェキュ》と称しておる。いまだ生き尽くしていないものという意味じゃ。あらゆる文明にはいまだ生き切ってないもの、いまだ生き尽くしていないものが存在し残存しているものでござるて。それをこそふたたび生き始め、生き継いで行かなければならんのじゃ。それを今ようやくここにブラックホール的金平糖に封じ込め抽出し、ついに救出することに成功したのでござる。これがそれでござる。まさに This is it でござる。これこそあらゆる過去の文明の中のカタストロフィーの残骸の中に生き残った nonvécu なるものの結晶体にほかならないものでござる。太古インドではその奥義書たるリグ・ヴェーダの言葉をもって、それを「いまだ生まれざる曙あまたあり」と喝破しておる。あらゆる文明には「いまだ生まれざる曙」なるものが「あまたある」ということじゃ。この曙を救出しなければならん。埋もれた曙を赫赫たる曙にせねばならん。明日はつねに過去にある。明日の曙はつねに埋もれた過去にある。今ここにあるのは文明の曙の結晶体にほかならん。さあ、光君たち、いいかな。この顆粒はの、曙のブラックホール、文明のブラックホールと称していいものでござる。いまだ生き尽くされてない文明の遺伝子が封じ込められておる。これらのガラスケースの中には、およそ五十の文化文明とおよそ五十の埋もれた偉大な人類の作品のエッキスが球状になって転がっておる。過去より現在にまで世に現れたすべての偉大なるものは、二流の偉大である。二流の作品であり、二流の人物である。真に偉大なるものは世に隠れておる。いまだ世に埋もれ、いまだ世に生まれていないものでござる。すべての偉大な文明、すべての偉大なるものは人類の歴史の岩辺に打ち上げられ、砂に埋もれた難破船であるとは、ゲーテのつとに喝破した名言でござる。

そしてな、わしたちの研究開発事業は次の段階、つまり、この極小のUSB、見られた通りの美しい宝石たるこれらMnemosyne《ムネモシネー》の石、記憶の女神の石を再現するコンピューター装置を開発中でござる。これがなくてはまさに宝の持ち腐れであるからの。しかしもう時間の問題に過ぎん。実現間近である。ともあれ、小皿の上の直径七、八ミリの、燦然と輝いておるスピリチュアル・レアメタルにはの、極小のブランドNONVÉCU《ノンヴェキュ》という烙印が押されておる。まあ、こんなところである。わしの研究のほんの一端を紹介したまでである」

そう言って博士は言葉を一度切って、ふたたび語り出した。

「何事も速成は偽者でござる。一代で成し遂げたものは一代で滅び、二代で成し遂げたものは二代で滅ぶものでござる。三代にて成し遂げて初めて四代五代と続いて行くものでござる。いいかの、諸君。長久と久生を心がけてくだされい。この国の国是《こくぜ》は「聖胎長養」でござる。ナーダ国は三十年ほど前存亡の危機にあった。内戦と内乱の長い混乱の時代を経て、ようやくポスト・ナーダ国としての安定の端緒がここに整うことになった。しかし、前ナーダ国王朝の真の遺産、真の文化伝統、真の文化文明の生命力というものは忘れられ、捨てられ、砂浜に埋もれたままになっておる。わしは前ナーダ王朝の生き残りでござる。その遺産の滅亡をひたすら悼むものでござる。今の時代はの、前仏すでになく後仏いまだ来たらざる悲しみの中間の時代にほかならん。しかし前仏は真にはまだ滅んではおらんのじゃ。前ナーダ王朝の前仏は nonvécu《ノンヴェキュ》 として忘却と埋没の淵に沈んでいるだけである。いいかの。光君を始め、若い諸君、お主たちの中に眠っておられる前ナーダ王朝のいまだ滅びざる遺産を蘇らせ、生き返らせ、生き始めてくだされい。救出こそ真の革命でござる」

　博士の話の中にはある種悲しい懐かしさというか悲劇的な懐かしさというものが感じられた。しかもそれが一種の予感のごときものに包まれて、そうであれば一層切実なものとしてぼくの胸に迫った。

　ガラスケースの中には、様々な大きさの宝石が小さな宝石箱の中、白いビロードの布に嵌め込むようにして置かれてあった。基本的にはパール形のものが多かったが、ルビーあり、サファイアあり、エメラルドあり、オパールあり、クリスタルあり、ヒスイあり、サンゴあり、その他まだまだいろいろな種類の宝石があった。それらはあくまで博士言うところのMnemosyne《ムネモシネー》の石としての機能を持っているのだろうが、見た目はやはり単なる高価なる宝石としか見えなかった。

　ルビーの色をした宝石を入れた箱の下のプレートに「Faust & Others」と書かれてあるのが目に付いたので、そのことについて博士に質問した。

「光君、いいところに気が付いてくれた。そうか、そうか。Mnemosyne《ムネモシネー》の石、つまりmnemonic stone《ニーモニックストーン》の運用の仕方ないしは利用法について、みなさんにまだお話ししていなかったの。これはあくまで宝石であるからして、指輪にして指に嵌めておくも良し、ペンダントやネックレースにして首に飾っておくのも良し、イヤリングやピアスにして耳に刺しておくのも良し、宝石箱に入れておくのも良し、その他、袋やペンシルケースなどに入れて携帯するのも良しでしてな。はてさて、実際の運用であるが、極めて簡単じゃ。この石は三千種以上の、ほぼ無数のセンサーを内蔵しているからして、こちらからどのような指示なり働きかけにもすぐさま反応して要望に応えてくれるものでござる。たとえば、指輪のニーモ、つまり mnemonic《ニーモニック》 stone《ストーン》 のことでござるがの、それを目の前に翳して英語で「speak」と言えば、即座に英語で話し出してくれるのでござる。目の前に白い用紙を置いて「write」と言えば、指輪のニーモは即座に反応して、話すがごとくにして、文字を白紙の上に刻み込んでいくのでござる。たとえば、たった今、光君の指定したニーモについて言うならば、これはその中に Faust の原文を始めとしてあらゆる言語によるその翻訳文が含まれているばかりでなく、Faust の前の原 Faust、先行したすべての Faust 文献が含まれております。さらには、ゲーテの Faust に関する、ゲーテ以後の世界中の研究評論解釈等のあらゆる文献までが含まれていて、こちらの要望に即座に反応して、目の前に、音声なり文字なりによって、提出してくれるのでござる。

　しかもこのニーモの中には「Faust & Others」とありますように、Faust 文献に限らん、あらゆる世界文学の古典なるものが網羅され内蔵されて、たった今申したごとき要領をもって、自由自在に取り出し利用し活用することができるのでござる。ホメロスあり、ヴェルギリュウスあり、ダンテあり、ラブレーあり、シェイクスピアあり、セルバンテスあり、バイブルあり、コーランあり、リグ・ヴェーダあり、バガバード・

ギーターあり、論語あり、易経あり、古事記あり、万葉集ありして、それらすべてが、先ほど申したファウスト文献と同じ要領をもって一切の関係文献が含まれて利用できるようになっております。これがこの小さきニーモ一つで可能なのであります。つまり、この極小のUSB、ニーモそのものの中にコンピューター機能が内蔵されているが故に、コンピューターそのものが要らないのであります。このリングニーモ一つあればすべては事足りるのでござる」

アナン博士の長い不思議な話はこうして終わった。それにしてもNONVÉCUという思想、あるいはそれを救い出そうとする救出の思想というものが、かくも新しい、言わば、二十一世紀的な先端技術、精神工学的な技術によって達成成就されようとしていることは驚きに値するものであった。しかもそれが九十歳になんなんとする老人を中心にして、何人かの若い技術者たちによって遂行されつつあるのはさらに驚くべきことだった。

「NONVÉCUということについてもうすこし詳しく話してください。それは生き尽くされていないこと、あるいは生き尽くされざるものということを意味しているのですか」

ぼくは率直に分からない点を問い尋ねるだけであった。

「わしはそういう人を待っておった。そういう質問を待っておった。過去の先人の業績なり思索なりにおいて、いまだ生き尽くされていないもの、いまだ考え尽くされていないものを第一に指して使ったものであるがの。もう少し発展して言えば、過去の先人方においてすでに生き尽くされ考え尽くされていて、しかも、不幸にして、何らかの理由で、埋もれ、隠され、埋没していたものを、現代の人が発見し、発掘し、明るみに出し、救出するということ。この二つのことを指して言っているのです。一つは過去の先人たちの業績そのものの文字通りの NONVÉCU、もう一つは我々現代の人が、過去の先人たちの埋もれ忘れられている業績というものを生き継ぐこともせず、生き尽くそうともしていない現代人の NONVÉCU をも指して言っているのです。

過去はつねに生き尽くされざるものの廃墟です。あるいはすでに生き尽くされ、考え尽くされていながら、歴史の闇の中に埋没し湮滅《いんめつ》してしまったものたちの廃墟です。したがいまして、わしたちの使命は過去の廃墟の中から NONVÉCU を発掘し、救出し、顕彰することにあるのです。それを救出してふたたび生き継ぎ生き尽くすことにあるのです」

「そうしますと」

ぼくはかすかな興奮に駆られながら言葉を継いだ。

「救出の思想というのは単なる過去の復元ないしは過去の先人の埋もれ忘れられた業績なり思想なりの救出ということだけではないのですね。救出してさらに生き継ぐ、さらに正しく継承し発展させるということも含まれているのですね。ふたたびそれを生き始めるということですね。救出の思想は再創造の思想と考えていいのですか。絶えたるを継ぐということは絶えたるを再生し再創造するということと考えていいのですか」

「いやはや、光君と言ったかの、鋭いご指摘じゃの。その通りであるばかりでなく、まさにその通りでなければならん。よくぞ看破してくれた。わしたちの使命はNONVÉCUの再創造にあると言い換えてもいいかもしれん。いやはや、いいご指摘じゃった」

「そうしますと、NONVÉCUは過去のものではなくて未来のものですね。いまだ生き尽くされていないもの、いまだ知られざるもの、いまだ意識されざるもの、いまだ生まれざるもの、いまだ考え尽くされていないものの、さらなる発見、さらなる究明、さらなる創造、さらなる生き尽くし、さらなる考え尽くしへの努力を意味していると考えていいのですか」

「いよいよもって、鋭いご指摘じゃの。そうでなければならん」

「博士の NONVÉCU ということについてのお話を伺って、何だか、ぼくは目が覚めました。そうして、ぼくは勝手にそれを敷衍《ふえん》して、こんな風に思ってしまいました。博士には怒られるかもしれません。人間はすべからく NONVÉCU の存在と考えていいのではないでしょうか。人間はすべて、つねにいまだ生き尽くされざるものと考えてもいいのではないでしょうか。そうして、たった今ですが、天啓のように思えて来たものがあります。むしろ、ぼく自身こそまさにその NONVÉCU の存在そのものではないか、そうとしか考えられないのではないか。ぼくの中には膨大な未知がありま す。途方もない未開発地域があります。膨大な荒野、膨大な眠れる領域、膨大な前人未踏域というものが広がっているような気がしてならないのです。ぼくはまだぼくにたどり着いていません。ぼくはまだぼくを生きていません。ぼくはまだ遠い跫音《あしおと》、ぼくの遠雷、ぼくの谺に過ぎません。

NONVÉCU はぼくを打ち据えました。NONVÉCU はぼくであると、ぼくは NONVÉCU であると、一個の痛覚をもって打ち据えてくれました。感謝あるのみです」

「しかし、光君、君は単刀直入に自分こそ NONVÉCU 存在であると言い切った。これには参ったな。わしはそこまで思い及ばなかった。NONVÉCU というものを外に見ておった。わしこそまさに NONVÉCU 存在であると、そこまで徹底しなければいいかんな」

とアナン博士は感慨深そうに頷いた。

「いいえ、生意気なことを言って申し訳ありません。ただ、ぼくは膨大な未知の領域というものに囲まれていることを感じていて、その岸辺に佇み、途方に暮れているだけなんです。ですから、その知らない領域の一部でもいいから、こじ開け、孔を開けて、未知を既知にしたいんです。ぼくはぼくを広げたいんです。ぼくでない領域がひたひたとぼくの岸辺に打ち寄せ、足を洗っているのが感じられるんです。ぼくの中のNONVÉCUは膨大なんです。それが痛く冷たくひたひたと足を浸しているんです」

「急ぐこともあるまいて。自分の中、世界の中の広大なNONVÉCU大陸に向かって、これからまさにその第一歩を踏み出そうとしていると思えばいい。これほど素晴らしい第一歩はござらんて。ところで、もう一度ゲーテにもどることにしますがな。わしはゲーテが大好きでござる。その総合性、その普遍性において、自分を排除せず、世界を排除せず、それどころか世界のすべてを生かし、共に生き、その果てもない一体性を生きたゲーテが大好きでござる。ゲーテは自分の中の、世界の中の、果てもないNONVÉCUをどこまでも生き尽くし、考え尽くし、極め尽くそうと努めた第一人者であった。その意味では、自分の使命は自分の中の、世界の中のNONVÉCUを極めることであると思い定めていたとも言えますな。したがって、ゲーテはNONVÉCUどころか、その正反対のDÉJÀ-VÉCU《デジャヴェキュ》の存在、ないしはTOUTES-VÉCU《トゥッツヴェキュ》の存在であるとさえ言えるような気がしますな。つまり、すでに生き切った人、すべてを生き切った人とも言える存在であったとな。しかしそれは後世のわしら凡人たちの見方であろうな。本人はまだまだNONVÉCUの大陸に囲まれていると、それを極め尽くし、それと一体となって生きてはおらんと考えていたでしょうな。

　まあ、それはともかく、ここでただ一つ確実に言えることは、そのゲーテさえ、後世においては、自分の生き方や自分の作品自分の業績などのすべてが後を継ぐものもなく、理解もされず、忘却の中に埋もれて行くであろうと、自分もまたNONVÉCUの存在と化して行くであろうと思い定めていたであろうということですな。

　わしのNONVÉCUの思想、救出の思想というものは、直接的にはゲーテの悲痛な叫び、悲痛な予言の言葉を読んだ時から始まったのです。ゲーテを救い出さなければならん、『ファウスト』を救い出さなければならんという極めて単純な決断から始まったのです。

　もう一度ゲーテのあの言葉を読ませてください。こうあるところです。

「現代は混乱した不条理の時代である。わたしが『ファウスト』という奇妙な建物を造るのに払った長年の努力や骨折りもほとんど酬われる見込みはない。わたしのこの作品は難破船のように粉々に砕かれて海岸に打ち上げられ、時代の砂に埋もれてしまうのかもしれない。混乱や対立や争いを一層混乱せしめ助長するような理論のみが世の中を支配しているのである。だから、なおさら、わたしたちはわたしの持っているものを、わたしにまだ残されているものを、できるだけ高く高めて行き、言わば、わたしの特質を昇華せしめることがもっとも差し迫った事と思われるのである」

ほかでもありません。この言葉からわしのNONVÉCUの思想、救出の思想の構築が始まったのです。そしてまったく不思議なことですが、ゲーテのこの言葉を読みかつ思い出すたびに、わしはベートーベンのピアノソナタ第二十九番『ハンマークラビア』の第三楽章アダージオ・ソステヌートの楽章を思い出すのです。あの果てもない、限りもなく澄み切った、そしてどこまでも、いついつまでも、千里の先にも、千年の先にも、透き通り、澄み通り、透徹して行く、天上の悲痛さとでもいうもの、天上へと向かうがごとき、静謐な悲痛さ、あるいは、悲痛な静謐さとでもいう、あの限りもなく緩やかな、きぬぎぬの音曲の世界を思い出すのです。悲痛というものがこれほど清浄と浄福と溶け合った音曲はありません。悲痛というものはほとんどは濁るものです。しかしここにあっては悲痛はついに限りもなく澄み切ったのです。清澄の内にどこまでも流れて行くのです。

ゲーテの先の言葉は、まさにアダージオ・ソステヌートをもって奏でられているのだと言っても過言ではありません。それでは一つ、みなさんにリングニーモを使って、ゲーテの言葉を聞いてみましょうぞ」

アナン博士の長い長い話は終わった。大講義であり、大発見であり、大見識であり、大法話であった。生まれて初めて聞く思想の開陳であり、哲学のフロンティアとの遭遇であった。

「光君、いいかの。そこのケースの中の宝石箱リングニーモ7Gと書いてあるものを取ってくれたまえ。さあ、それだ。いいかの、それをまず指に嵌めてみて下されい。どの指でも結構だ。そう、そう。そしてですぞ、声で聞きたいか文字で見たいか決めてから、決めたことを声に出してリングニーモに向かって命令してくだされい。そうそう。では、たとえば、こう言ってくだされい。ゲーテの『ファウスト』第二部、森鷗外訳、読んでくださいと」

ぼくは博士の言われるままにそう繰り返して声に出し、右手の薬指に嵌めたリングニーモを目の前の空間に差し出し振ってみせた。

すると驚いたことに空間のどこということもなく、声が響き出され、話し掛けるようにして、ぼくたちの前に、ゲーテの『ファウスト』の言葉らしきものが聞こえて来たのである。しかもそれは森鷗外が訳した通りの日本語のままに語り出したのだ。

第一幕

風致ある土地　ファウスト草花咲ける野に横たわりて、疲れ果て、不安らしく、眠りを求めている。

黄昏時　精霊の一群、空に漂いて動けり。優しき、小さな形のものどもなり。

アリエル（歌う）

「雨のごと散る春の花
人皆の頭の上に閃き落ち
田畑の緑なる恵み青人草に
かがやきて見ゆる時、
身は細けれど胸廣きエルフの群は
救はれむ人ある方へ急ぐなり。
聖にもせよ、悪しき人にもせよ、

幸なき人をば哀とぞ見る」

最初のト書きのところは男の声で、そしてアリエルの歌うところは女の声で、言葉が聞こえて来たのであった。

みんな驚きの喚声を上げた。ぼくもセイレイ嬢も他の若者たちもただ嘆声を上げるばかりだった。しかも、博士がその時点でぼくの指先のリングニーモに向かって「ストップ」と言うと、声はたちまち止まった。そして「第二部の最後を読んでください」と言うと、やや間があってから声が聞こえ出した。

合唱する深秘の群れ

一切の無常なるものは
只影像たるに過ぎず。
曾て及ばざりし所のもの、
ここには既に行はれたり。
名状すべからざる所のもの、

ここには既に遂げられたり。
永遠に女性なるもの、
我等を引きて往かしむ。

ふたたびぼくたちの間から喚声が起こった。

「わが地球文明精神工学研究所において現在推し進めております、これらリングニーモを始めとするNONVÉCUルネッサンス運動は、まだ緒に就いたばかりでござる」

アナン博士はまた言葉を引き継いで語り始めた。

「そのために若い研究者諸君は世界のインターネットを通じて、あらゆる関連文献を博捜し集成しダウンロードして、その発展と開発と完成に向かって、日夜努力と精進を続けておるところでござる。わしもまたそれらの総合者として先頭に立っておりますす。この国のナーダ国立図書館を始め、イギリスの大英図書館、フランスのビブリオテック・ナショナール、アメリカの各大学の図書館、日本の国会図書館、その他、世界のあらゆる図書館、博物館、文書館、歴史館等と提携し、協力し、協賛し、討議し、検討し、開発し、発掘して、わが運動を推進しておるのでござる。実を申しますと、わが地球文明精神工学研究所なるものは、元々、光君、いいかの、お主の祖父たる光遜林殿の発案で企画されたものでな。わしとここにおられる古蘭渓殿がそれに賛成して、言わば三人組によって開始されたと言えるものであった。ところが光遜林殿は、みなさんも知っての通り、非業の死を遂げられ、古蘭渓殿はより多くこのナーダ国および地球全体のジオロジー的エコロジー的な問題へと視点を広げ、さらに自然科学的な方面へと救出思想を展開して行ったのであったから、自然とわしのみが中心となって、わが運動を引き継ぎ、発展することになったものじゃ。しかし、わしたち三人の意志はここにまだ生きておる。わしは光遜林であり古蘭渓である。古蘭渓はまたアナンであり光遜林である。つまりは、光遜林はアナンであり古蘭渓であるということじゃ。のう、古蘭渓殿。いやあ、わしらの事業はまだ始まったばかりじゃ。老いてはおられん」

アナン博士は語り終えた。そしてその鋭い炯々《けいけい》たる眼差しをぼくの方に向けてかすかに微笑んだ。しかし、痩身痩躯、白髪白髭、その人の体全体からは、不可思議な、神韻たる霊力のごときものが放たれ、ぼくを射て止まなかった。白い細い氷壺の精神のごときものにぼくはただただ圧倒されるばかりだった。

十九　光蘭

　ぼくたちはアナン博士の許を離れた。ぼくは一個不思議な感動と不思議な放心の中を歩いて行った。NONVÉCUと救出の思想とは実に魅力的、実に誘惑的な思想であり、壮大無比な思想であった。しかも、このような山中の地下洞窟において、世界における最先端の思想と技術によって、Mnemosyne《ムネモシネー》の石とその一例たるリングニーモの製作に従事している人たちがいるとは驚天動地以外の何物でもなかった。

　ぼくは後ろ髪を引かれつつ、一行の一番後ろを歩いて行った。

　ぼくこそNONVÉCU存在である。この確信はもはや牢固たるものとなった。そしてさらにナーダの国もまたぼくにとってはNONVÉCU存在であった。そしてそこまで思い至った時、天啓のごときものがぼくの頭の中を走った。

　ぼくの父、ぼくの祖父こそNONVÉCU存在の最たるものではないか。そしてぼくはその父と祖父のNONVÉCUを改めて生き尽くさなければならない、その最後の最後まで生き尽くさなければならないのだと。

ぼくは出発という言葉を思い出した。晴れやかな解放感の風に吹かれるのを感じた。何か膨大なNONVECUの大陸に向かって出発するのだ、という爽やかな決意のごときものが心中から湧き起ったのである。

前方をセイレイ嬢が登って行く。ナーダの国に着いてからほとんどすべて、セイレイ嬢に導かれ、案内され、教えを受けてここまで来たと言ってよかった。ふと先ほどのリングニーモの中から聞こえて来たゲーテの『ファウスト』の最後の言葉が思い出された。

永遠に女性的なもの
我等を引きて往かしむ

ぼくにとって女性と言えるものがいるとすれば、今の目の前にいるセイレイ嬢しかいない。ぼくにとってはその人こそは永遠に女性的なものの代表であるのかもしれない。そしてたしかに彼女はぼくの手を取るようにして道案内をし、ここまで導いて来てくれたような気がする。今だってそうだ。セイレイ嬢が案内しているのだ。しかし「永遠に女性的なもの　我等を引きて往かしむ」と言った時の「永遠に女性的なもの」とは一体何なんだろう。この言葉でゲーテは何を言いたかったのだろう。たしか、ファウストを光り輝く世界へと導いて行く女性はヘレナかマルガレーテだったような気がする。そしてその模範となったものはダンテの「神曲」の中でダンテを天上の世界へと導くベアトリーチェだったはずである。そしてさらなる祖型をたどって行けば、ギリシャ神話の中のアリアドネーに行き着くのかもしれない。クレタ島の迷宮に住む牛王に、毎年人身御供としてギリシャの若者が捧げられていたのを、ギリシャの王子テセウスが牛王退治のために迷宮に行こうとして、アリアドネーより糸を与えられ、それをもって入り、牛王を退治した帰途、その糸を頼りに脱出することができたという。まさにその話のヒロインたるアリアドネーこそは、その祖型であり、人間の歴史上初めて「永遠に女性的なもの、我等を引きて往かしめた」事件だったのではないかと思われる。このアリアドネー、ベアトリーチェ、マルガレーテの系譜の中に、ゲーテによって命名された「永遠に女性的なもの」が流れているのは間違いない。とすれば、それは救出としての「永遠に女性的なもの」ということになるのだろうか。そこからさらに言えることがあるとすれば、ここにこそアナン博士のいわゆる救出の思想の源泉、その祖型に当たるものがあったと言えるのではなかろうか。

人生は NONVÉCU である。生まれて絶えず自分の中、社会の中に投げ出されて、迷い、彷徨し、迂回し、忘却し、逸脱し、偏向し、放浪し、流転しつつ、つねにどこにあっても生き尽くすべきものを生き尽くさず、途中に挫折し、中断し、脱線して、半端な生をあたふたと生き急ぐだけの、浅く、中途半端な、すからんぽの人生を送っているに過ぎないのだ。これが NONVÉCU の人生というものだ。

人生は NONVÉCU である。さらに言えば、人生は迷宮である。そして迷宮とは NONVÉCU である。自分というもの、人生というものを生き尽くしていないということ。絶えず迷い、途方に暮れ、戸惑い、立ち止まり、行きつ戻りつ、前方が見えず、足を踏み外し、闇に立ち往生し、自分の道を真っ直ぐ進んで行くことができないということ。この NONVÉCU の迷宮に糸を授け、その糸を頼りに、迷宮を抜け出す導き手というものが「永遠に女性的なもの」ということになるのだろうか。

アリアドネーからベアトリーチェへ、ベアトリーチェからマルガレーテへ、マルガレーテからさらにぼくにとってはセイレイ嬢へと連なる、「永遠に女性的なもの」はたしかに救出としての「永遠に女性的なもの」に違いなかった。しかし、いまだ人生なり自分というものを十分に生き尽くしていない、あるいはもしかしたらそれを生き違えているかもしれないぼくにとっては、誘惑としての「永遠に女性的なもの」のようにに思えても来るのである。

セイレイ嬢の手の指先、手の甲の白いしなやかさ、ジーンズにぴたりと包まれた足のしなやかさ、項の白さ、耳朶の柔らかさ、顔全体の白いたおやかなふくよかさ、目の涼やかな色香、鼻のすっくとした稜線、唇の赤い艶やかな皺々、不意を衝く声の艶やかさ、セイレイ嬢の肉体のすべては、白い謎であり、白い艶やかな誘惑体であり、白い艶めかしい迷宮そのものであった。

ぼくは止めどのない片々たる思いの中を漂った。最近ほとんど歩いたことのないぼくにとって山登りは苦しかった。セイレイ嬢も古蘭溪博士も他の若者たちも、極めて軽快に颯爽と登って行く。羨ましい限りだ。早くセイレイ嬢のところへ追いつきたい。しかし息切れがするばかりだ。情けない。一行の中でぼくが一番の老人かもしれない。ぼくは言わば老いた迷宮であり老いたNONVÉCUであった。

「光《ひかる》さん、早く来てよ。うん、もう、遅いんだから」

上の方からセイレイ嬢が叫んでいる。山道からはずれて、山の茂みの中へみんなと入り込んでいるらしい。

何か地響きがする。どこか遠くで滝のようなものが音を立てているようである。ぼくはセイレイ嬢の姿を目で追った。

眼窩の奥の黒い眼差し、彫りの深い顔が汗でほてって、木漏れ日にきらきらと輝いている。その顔は中国系というだけではない、スペイン系とかインド系などの血が混じって出来上がった不思議な混血の妖しさを帯びているようである。セイレイ嬢はぼくにとって女性であるが故にあくまで謎であったが、その混血の不思議さによっていよいよ妖しい謎に包まれて来ているようだった。ナーダという迷宮の中を行くための糸を授けてくれているアリアドネーだったが、同時にセイレイ嬢その人が艶めかしい迷宮そのものであり、艶めかしい不思議な混血のアリアドネーそのものであった。

「光君、いるか、みんなも見るといい。ここは世界にも稀なる妖しい植物の宝庫だ。さあ、見てみい」

古蘭溪先生が叫んでいる。

湿気の多い亜熱帯の鬱蒼たる木々の生い茂った山の中である。樹木、葉群れ、ひこばえ、その他あらゆる植物の鬱々たる密生にぼくもまた分け入った。

「この辺り一帯はな、蘭の原産地、世界でも一番古い蘭の発祥地でもあって、しかもここは一個の島国であり、ユーラシア大陸から古くして別れてしまった孤島であるからして、古い蘭の種類がそのまま。つまり、古いままで残り原生している地上類を見ない場所でもあるのだ。もしかしたら未発見の蘭種が見つかるかもしれんぞ」

蘭の花があるということは、その他の花もあるということであった。いろいろな花の香りが漂っているのが感じられた。もしかしたらその中にはセイレイという人間の女性の形をした蘭の花の匂いもまた混じり、溶け合い、その芳香を競い合っているのかもしれなかった。

しかしぼくはふと思った。古蘭溪という名前の先生が、まさにその古蘭の原生地の真ん中に立っているのだ。これほど不思議な現象はないだろう。もしかしたら先生の名前は元々古蘭溪というのではなくて、別な名前だったのを、この場所に来て世界で初めての数々の古蘭の花の種類を発見して、そして近くに深山幽谷があって、自らに古蘭溪の号を改めて与えたのではあるまいか。そこに幽邃なる物語が隠されているかもしれない。後で聞いてみたいような気がする。

「光さん、ここへ来て。一緒に古蘭を探しましょう。この山は蘭の原生種の宝庫なんですって。前にも、古蘭溪先生に連れられて来たことがあるの。それは、それは、世にも珍しい蘭の花があるのよ。光さん、この白幽山に来てから、すこしは元気になったでしょう。眠り姫から生まれた寝太郎さんみたいに、ぼおっと寝ぼけた夢太郎さんもここへ来て目が覚めたでしょう。

私は蘭好きの蘭癖。古蘭溪先生の影響ですっかり蘭狂いになってしまいました。蘭というのは、どんな蘭でも異常なところがあります。蘭というのは、花の中でもさらに異常で逸脱を極めたものです。花の中のさらなる突然変異だと考えられます。異常で逸脱で過剰で妖艶です。奇跡で神秘で迷宮です。その意味ではまさに花の中の花と言えます。

私はそのような蘭にどうしようもなく惹かれてしまうんです。私は蘭癖です。蘭狂です。蘭狂いです」

セイレイ嬢は最初はぼくに向かって話し出したに違いなかったが、いつの間にか、最初の自分の意志を忘れたように、ほとんど独り言のごとくに呟いた。まるで花が何に向かってという訳でもなく自然と己の香りを周囲に放ち漂わせているように、匂いの言葉あるいは言葉の匂いを発散させているごとくにしゃべり続けていた。彼女の言葉は言の葉ではなくて、言の花、言花《ことばな》そのものであった。

ぼくは初めは彼女の言葉の内容に惹かれ酔わされていたのだが、やがて、彼女の言葉そのもの、声色、発音、唇から匂い立つ声の艶めかしさとでもいうものに酔わされていった。そして、彼女の顔と唇と声と言葉と話の内容たる蘭とが、まさに一つに溶け合い混じり合い融合して、蘭の化身となって馥郁と香り出ているように思われてきた。

「みなさん、いいですかな。この秘境、この幽谷にはまだ蘭の新種があるかもしれんのです。未発見の蘭、古種の蘭、原種の蘭が存在しているかもしれんのです。どうか、慎重かつ丹念に探してみてくだされい」

古蘭渓博士が遠くで叫んでいる。みんな、それぞれ離れ離れになって、山の傾斜になった場所を、湿気の厚く垂れ込めた中を、息を切らせて、よじ登り、滑り下り、横に這った。

ここは温帯と熱帯の中間の亜熱帯地域なのだろうか。様々な樹木が混成していて、縄文杉のごとき巨木が何本もの太い根を周囲の地面に這わせながら、磐石、宇宙樹のごとく鎮座しているかと思えば、クヌギ、ナラ、ラワンのごとき落葉樹がある。すでに熱帯の気を受けて、タコの木、ガジュマルの木のごとき異様な熱帯樹もあれば、半ば朽ちて苔むした倒木あり、様々な名の知れない樹木の子供たち、若芽、若葉、若木の類が高い樹木の下に群がり生えているのだ。斜面一帯の地面は落ち葉に埋まり、ほとんど腐葉土のごときものになっていて柔らかく、その上には、例外なく、あらゆる種類の苔が生え広がり密生していた。

どの樹木にも、根元には苔が覆い、さらには、何のとも知れない蔦や蔓などが猛烈な勢いをもってよじ登り、しがみつきつつ這い登って生えているのが見えた。

近くから絶えず滝の音らしい音がどうどうと響いていて、足下の地面そのもののまで、そのためであろうか、震動している。

苔むした倒木の上から一個の蘭の花が咲き出ているのが見えた。これほど大きな蘭の花を見たのは初めてだった。直径三十センチほどもあるだろうか。花びらは全体が白く、中心からは一個の花ベロのごときものが筒型に細長く伸びて来ていて、中は空洞、徐々に紫色を濃くして奥へと沈み込んでいる。内部には極細の毛とも針とも生毛ともつかぬものが、奥に向かって生えていた。枝も茎も葉さえなくて、倒木の苔むした表面からじかに花として咲き出ていたので、倒木に誰かが直接突き刺したか差し込んだかして、一見したところでは、言わば、挿し木か生け花のごとくに見えた。しかしよく見ると、やはり、それは倒木からじかに生え出ているのであって、倒木自身を幹とし茎とし根とし、あるいは、また一個の養分として、花を咲かせていると見えた。

「それはメガ・アントス・オルキデウス（Mega Anthos Orchideus）と言います。日本語にしますと、大蘭花神と言い換えることもできて、それはそれは蘭の中でも大変貴重なもので蘭の神様と呼ばれているものです。ちょうど様々なキノコが朽ち木の中から生えて来てそれを栄養として生きているように、この蘭も倒木の中に一本の太い根を中心に無数の毛根を張り巡らせており、枝も茎も倒木の中にあります。葉はもちろんありませんが、というのも、倒木の上に生えた苔そのものが葉に代わって光合成をしてるので、葉は要らないのです。したがいまして、今や倒木と別々に存在しているのではなくて、蘭と倒木とは一心同体、言うなれば、倒木の花と言ってもいいのです。倒木を根とし茎とし幹とし葉としている蘭です。一年に一度秋の季節に咲きますが、養分としての倒木を完全に吸収し吸い尽くすまで生きて、毎年一度花を咲かせるのです。倒木の寿命は九十九年近くとされていますので、まさにこの蘭は九十九年咲き続けることになります。さらに倒木には、たった一個のメガ・アントス・オルキデウスしか咲くことはできないのですね。

そして、花芯からはとても馨しい匂いが出て来ます。それは、それは、もう、私たち人間には強烈過ぎます。近づくものをすべて酔わせ、狂わせ、常軌を逸するようにさせてしまうのです。ある意味では極めて危険な花です。ですから、あまり近づいてはいけません。致死量に近い匂いを発散させていると考えるべきなのです。しかも抵抗しがたい、誘惑的な匂いなのですから。大抵の生物、鳥や昆虫などは抗しきれず、花の匂いに誘われて、花芯の中に吸い込まれて、中に湛えられているアルコール性の液体に溶かされて死に絶えてしまうことになるのです。一度吸い込まれた犠牲者は脱出しようとしてどんなにもがいても、筒型の花芯の内壁に下に向かって生えた無数の毛根のために這い上がることはできず、ただ滑り落ちるばかりです。ですからこの蘭は一種の食虫蘭の一種と考えられますが、食虫はしないんです。虫など食べないんです。そんな卑しいことはしないのです。だから、虫や昆虫は勝手に誘惑されて死ぬだけなんです。強烈な匂いに耐え、ちょうどその匂いに釣り合いの取れた嗅覚を持って近づくことのできる昆虫種が存在します。それはオーキド・ビー（Orchid Bee）と呼ばれていて、いわゆるスズメバチやクマバチの原生種なのですが、体長十センチにも達する蜂の内の最大種なんです。羽根はほとんど透明にして翅脈《しみゃく》が黄金に輝き、胴体は黒と金の縞模様。目は大きく張り出て渦を巻き、口には左右二本の長い触手を持ち、そして何よりもその一大特徴たるものは針がないということです。スズメバチなどが巨大な針と毒性をもって有名であり恐れられているというのに、その先祖とも言うべきオーキド・ビーは針がなく毒性を一切持たないということとなんです。どうしてそうなのか、元々そうだったのか、進化を遂げてそうなったのか。古蘭溪先生の説では、後者の原因、進化を遂げて、針や毒性をなくしたと言っております。それというのも、先生曰くですが、オーキド・ビーは飛行極めて敏速であること、食物はメガ・アントス・オルキデウスのみにて競争者がいないこと、巣が山岳地帯の最高樹たる泰山木またの名をLaurier Tulipier Nadaicと言います喬木の頂上近いところに作るからであると言っております。要するに敵がいないのですね。あらゆる種類の蜂の中で、これほど仁徳と調和と穏和な性質を持った蜂はいないのです。自分の武器、自衛手段なり攻撃手段たる一切の武器を捨て、闘争本能を越えてしまったからです。

この大蘭花神、Mega Anthos Orchideus があらゆる種類の蘭の中で最大の奇種であり最大の夢幻の花であるのと同じように、この蘭の蜜を唯一の生きる糧にしていますOrchid Bee もまた、あらゆる種類の蜂の中で最大の奇種にして最大の夢幻の蜂であると考えられます。

光さん、上を見上げてください。ほら、真上の、高い、二本の木の間に、何か花のようなものが揺らいでいるのが見えるでしょう。もしかしたらはっきりとは見えないかもしれませんね。でも、どうか目を凝らしてしばらく見ていてください。一種の厚い蜘蛛の巣のように見えるでしょう。あれが、実は、蘭の花なのですよ。極めて透明、極めて薄い、ほとんど蜘蛛の巣のようにしか見えないのですけど、やはり蘭の変種なんです。Orchidée《オルキデー》 Arachnéenne《アラクネアンヌ》とも蜘蛛の巣蘭とも呼んでおります。樹木の幹の苔むした部分に寄生した寄生蘭からさらに発展し変異を遂げた、極めて新しい、一種の突然変異的な蘭の奇種、つまり、空前絶後の空中蘭に外なりません。樹木と樹木、枝と枝の間が三十センチ以内しか離れていない空間に、一方の樹木の幹なり枝なりから、三十センチ以上にも達する細い毛根が何本も伸びて、先端が風などによってもう一方の樹木の幹なり枝なりに触れて巻き付き、そして自らも元の幹なり枝なりに何本もの毛根を巻き付かせつつ、そこから徐々に離れて、根、茎、葉などから成る蘭の花本体が空中に浮かび立ちます。極めて扁平な、薄い、円形の、白い花びらが透明な蜘蛛の巣のごとく空中に揺れ、浮き立ち、留まり続けるのです。幹や枝に寄生している場合よりも、より多く空中の湿気を吸収できるからだと考えられるようです。これも古蘭溪先生の推定したところによります。不思議なのは、台風などの時に風によって幹や枝がどんなに揺れても、空中蘭の両端の長く伸びた、言わば、蜘蛛の巣の糸のごとき、何本もの白い毛根が切れもせず、柔軟にして強靱な性質を持っていて、伸びたり縮んだりしているからなのだそうです。

ほら。光さん、あそこ、見てください。あそこです。あの高い、二本の木の枝の張り出ているところに白く見えている花があるでしょう。あれです、あれがまさに空中蘭なのです。ほら、太陽の日の反射を受けて、黄金に輝き、眩しい、一個の円形の天球図のように、いいえ、むしろ、眩い円形の仏日のように、照り渡ってるでしょう。あれが蜘蛛の巣蘭なんです」

セイレイ嬢は言葉を切って、ぼくに向かって上方の空の一角を指さした。枝と枝の間の空間に、まったく蜘蛛の巣と同じではないが、形状と様態がたしかにそれに近いと思わせるものがあって、蜘蛛の巣蘭とはよく名づけたものである。白い、細い、支根とでも言えるものが何本も四方に伸びて、枝に取りつき、絡まり、巻き付いて、しっかりと固定し、空間のほぼ中央に薄い花びらを円形に広げて、蘭の花が、やはり薄い葉を二枚従えて、咲き出ているのだ。それは揺れている。震えている。白く、黄金に、後光のごとく、仏日のごとく、眩く、輝いているのだ。

そして、ふと思った。すぐぼくの脇に立って、一緒に空を見上げているセイレイ嬢こそ一個の妙なる空中蘭ではないかと。その類い稀な、生きた、爽やかな、人間の空中蘭とこうして共にできていることに一個のあり得ない奇跡というものを感じたほどであった。

もしかしたら今見上げているあの蜘蛛の巣蘭は、一つの淡い透明な薔薇窓のごとくにも見えていて、そこを通して、その向こうに、遙かな至高天のごとき天界への透明な通路が開かれているのではないかとさえ思えたことであった。

ベアトリーチェ……。

何の脈絡もなくそんな名前が口を衝いて出た。

「そう、そう、光さん。今、博士は一つの実験をしているところなんです。寄生蘭から空中蘭が派生し展開されて来たように、空中蘭から、さらに、もう一つの新種、もう一つの空前絶後の突然変異の新種を開拓して交配し、発見して生み出そうと試みているんですよ。それは浮遊蘭というものなんです。空中蘭からさらにその次の浮遊蘭というものを展開したいと考えているんです。空中蘭と言っても完全に空中に浮いている訳ではなくて、蜘蛛の巣のように他の樹木の枝などに巻き付いて花を咲かせているのですから、まだ一種の寄生蘭の一種に外ならないものです。ですから、そこから一個の飛躍をして、完全に他に依らない、自立して浮遊する蘭の新種を生み出したいと考えたんですよね。そのヒントは、博士によるとアルソミトラという植物で、種子は翼の種子と呼ばれていて、高い木の枝から空中を風に乗って浮遊して、遠い地域に着地して種子を落とすというもの。それは、それは、極めて薄い二枚の白い羽根のごときものを広げて、中央にかすかに黒い種子を内包して、ほとんど羽根を動かさず、すっと、どこまでも、滑空して行くのだそうです。

　それにヒントを得て、博士は一個のOrchidée《オルキデー》 Alsomytorae《アルソミトラエ》という変種を生み出したいと考えたんですね。まさに浮遊蘭です。空中蘭から発展したもので、体型は限りなく薄く、体重は限りなく軽く、空中の樹木の枝に巻き付いた何本もの支根がある意味で限りなく細く、しかも支えていられる程度には太く、そして時至って、つまりは、種子が完成して、ふっと支根が切れるか枯れるかして、枝を離れて、空中に浮遊するというまったく新しい空前絶後の浮遊蘭、Orchidée Alsomytorae の新種交配、新種発見の試みを今実験中なのです。

それは想像するだに心がわくわくして来ます。思ってもみてください。薄い、白い、直径十センチほどの円形の浮遊蘭の花が、何個も何個も空中に、空飛ぶ円盤のように、花のUFOのように、空華のように、夢幻花のように、太陽の光を受けながら浮き立ち、漂い、滑空し、どこまでも飛んで行くさまを想像してください。こんな素晴らしい現象が世に存在するでしょうか」

セイレイ嬢がそう言って語り終えた時に、踵を合わせるようにして、遠くから古蘭渓博士の声が聞こえて来た。

「おおい、君たち、こちらへ来たまえ。いいものを見せて上げよう」

上の方、山の斜面の大きな太い縄文杉とおぼしい大木の脇に立って、博士が下のぼくたちに向かって声を掛けた。

「ここだ、ここだ」

ぼくたちは博士のところへ近づいた。

「ここのこの杉の根元を見たまえ。ほら、見えるだろう。根元に寄生して、一個の胡蝶蘭が伸びているだろう。一種の寄生蘭ではあるが、胡蝶蘭種で木の根などに寄生しているものはほとんどない。したがって例外的な胡蝶蘭であり、かつ、これほどおびただしい花を咲かせるものはまず絶無であろうな。あいにくまだ花は咲いておらず、蕾の段階であるが、蕾だけでも見てごらん。蘭の高さは一メーター五十センチほど、懸崖式に上から斜め下へと、おびただしく蕾の群れが垂れ下がっているだろう。わしにしても、この胡蝶蘭が咲いているのをたった一度しか見ておらんのだ。ここへはしょっちゅう来ているのだが、中々開花の時期に遭遇することはない。一年のいつ咲くのか、一日の内の何時ごろに咲くのか、中々突きとめられなかった。それが最近ようやく分かって来た。晩秋の十一月末の真夜中、満月がちょうど胡蝶蘭の真上に来た時に咲き出すということが分かりかけて来た。今日はそのために来た訳ではないから、たとえ今日は九月の下旬であるからして、開花の瞬間に出会えないことは分かっておった。

　たった一度満月の夜の胡蝶蘭の開花の瞬間を、わしは何日も何夜も待ちに待って、まあ、世紀の瞬間だな。それに遭遇したことがあった。蕾にしておよそ六十個、こぶし大の大きさで、重なり合うようにして密生し、前へと張り出すような勢いがあった。亜熱帯の密林のごときこの場所にも満月は昇り来たって、胡蝶蘭の真上に来て、その光が蒼く冷え冷えと蕾の一つ一つに降り掛かって来たと思えた時、胡蝶蘭の全体が、ある瞬間、さあっと、ひと揺れしたのです。そして直後、下の方の列になった蕾の群れが、しゅしゅっと音を発して、そうです、音を発したのです。しゅしゅっと一斉に蕾は蕾を破って、花びら同士を打ち合わせたように花開いたのです。そして最下段の蕾が花咲いたかと思うと、もう上へ上へと、蕾の群れはこれまた一斉に、しゅしゅっ、しゅしゅっ、しゅしゅしゅっと、花びらを擦り合わせては音を発しつつ、花開いて行ったのです。その時、蘭の花は一斉に、花びら同士をシャッフルしたごとく揺れさざめき、茎全体を震わせ、上下に、白く、蒼く、しゅわっ、しゅわっ、しゅわっと、ほとんどその花びらを真上の満月に向かって仰向けるようにして、花びらの上に満月の光を載せて頂くようにして、花ごとの月とでも言うように、一個一個に照り渡り、冴え渡りして、月を仰ぎ、月を称えるごとく咲き渡り、しかもです、その時まったく突如としてと言っていいかもしれません、花の一個一個から、いとも妙なる香りが立ち上ったのです。まさに妙なる香り、こちらの鼻を清め、息を清め、心を清め、肺臓を清め、体全体までも清めて行くがごとき、深い、艶なる、花の命、蘭の命の髄を砕いたごとき、絶妙なる香りを発したのです。そして直後、上から、ほとんど一斉に、蘭の花の群れは、まるで今まで上空を列を成して飛んでいた雁の群れがふいに列を乱して、一斉に急降下することがあるのとほとんど同じ有様で、しゅしゅっ、しゅしゅっと、もう一度、花びら同士を擦り合わせつつ、空中に、辺りに向かって花びらを振り飛ばし、飛び散らせたのです。花を開いてから花を落とすまで、つまり、開花から落花まで、二分とは掛からないほどの、短い間の出来事でしたのです。それは満月を称えたのでしょうか。自らの命の開花を称えたのでしょうか。または別の神秘な理由をもって咲き散ったのでしょうか。いずれにしましても、奇跡の瞬間でした。わたしはその時それを天使蘭と名づけました。別名Orchidée Hosannaeとも名づけました。というのも、わたしの聞いたところですが、古いユダヤの伝説に、ある特殊な一群の天使の群れが存在していて、一度におびただしい群れをなして生まれるや、次の瞬間、「ホザーナ」、「ホザーナ」、「ホザーナ」と、神を褒め称える言葉を三度発して、直後、瞬く間に、死に絶えて行くというのです。わたしはその時のこの胡蝶蘭の姿を見て、ふいに思い出したのです。天使蘭としか、ホザーナ蘭としか、Orchidée Hosannaeとしか言いようがないではありませんか。残念ながら今日はまだ時期尚早であり、それに夜ではないからして、奇跡の瞬間に遭遇することはできませんが、次の機会にそれを取っておきましょう」

博士はほとんど独り言のように言い続けていたが、やがて言い終わるとまたその場を離れて、山の斜面を上に向かって登り始めた。ぼくたちも銘々に別れて、蘭の花を探すべく歩き出した。

しかし、ぼくは博士の語った話と、話の中の奇跡の胡蝶蘭というものに大変な刺激と関心をそそられた。博士の話の対象だった目の前の胡蝶蘭は、たしかにまだ蕾の段階で花を咲かせる時期に達していなかったのだが、ぼくはある種の極めて微妙な問題を感じ取った。胡蝶蘭が長い間蕾のままでいるということと、時節到来するや、この場合で言うと、博士の言うところでは、十一月の下旬の満月の夜のある瞬間ということになる訳であるが、言わば、その瞬間の開花との間、つづめて言えば、未開花と開花との間に、一つの極めて微妙な不思議とも問題とも言えるようなものがあるような気がしたのである。

未開花の状態というのは、言わば、潜在能力の状態、ある一つの能力が潜在状態になっているということであり、開花というのはその能力が現実化され顕在化される状態なり行為である。つまり、蘭の花の潜在性と顕在性との間の関係には、曰く言い難いある物語が秘められているような気がする。花は花を咲かせて終わりなのだろうか。花の潜在能力というのは花を咲かせる能力のことを言うのか、したがって花を咲かせてその能力は終わるのだろうか。花のポテンシャリティ（潜在能力）は花開いて消滅するのだろうか。一見するとそして常識的にもそう思われるのであるが、花というものは巧緻であり、自然の持つ極めて神秘的な奥深い詐術が秘められているように思われる。花の能力は花咲くことではない。花の潜在能力は花咲くことではない。つまり、花は咲いてその能力を消尽するのではない。花は咲いて、植物としての能力、植物としての生命力を、実として、種子として、次世代に残すのである。植物は潜在能力（potentiality）のまま生き、そして花という一種の誘惑術を使って結実し、ふたたび完全な潜在能力のカプセルとでもいうべき種子を未来に残して行くのである。

したがって、花の能力は花咲く能力ではない。蘭の花の潜在能力というのは花咲く能力ではなくして、その生命力を言うのである。芽吹くのも蕾を付けるのも花咲くのも実を結ぶのもすべてまったく同じ生命力の現実化であり、潜在能力の開花である。したがって芽即開花であり蕾即開花であり、花即開花であり、結実即開花であると言ってもいいのである。そしてその生命力、潜在能力は種子として次の世代へと継続され残存されて行くのである。植物のポテンシャリティは花咲くという神秘の誘惑術、あるいは神秘のサバイバル術によって結実した種子の中に保存され、受け継がれて行くのである。

植物は花咲くことが目的ではない。実を付けること、実を結ぶこと、結実こそがその目的である。生き延びること、延命、サバイバルが目的である。自分の生命力、自分の可能性、自分のpotentialityを実の中に残すことが目的である。

しかしそれにしてもやはり花は自然界の錯乱である。自然界の逸脱であり、媚態であり、目くらましであり、乱酔である。自然の詐術である。

ぼくはそんなことを漫然と考えていた。花の中にいて花のことを考えるなんて無粋の最たるものだ。

上の方に居るセイレイ嬢を見上げた。これ以上ない美しい蘭の花だ。夢幻の花だ。変幻の花だ。艶なる人間種のパフィオペディラムだ。

しかしぼくは相変わらず無粋なことを考え続けた。

ぼくのpotentialityは何なんだろう。ぼくの潜在力、潜在性というものは何なんだろう。ぼくの中に花を咲かせ実を結ばせるpotentialityというものが存在しているのだろうか。ぼくはどんな花を咲かせ、どんな実を結ぶというのだろうか。単にまだ若いから将来のことが分からないというだけではないような気がする。ぼくの現在だってまだよくは分からず、ぼく自体が一体何者なのかさえよくは分からないのだから。

しかし突然まったくおかしなことを思った。ぼくは何のとも知れない混沌たるpotentialityの塊であると、アナン博士言うところのNONVÉCUの塊であると、目が覚めるほどの確信をもって思ったのである。いまだ生き尽くされていない潜在力の塊のごときもの、いまだ眠り続けるデュナミスの塊のごときものの、身中に疼き蠢き胎動するのを感じたのである。

　ぼくは一個の球根である。一個の巨大な途方もない球根である。父から託され、祖父から託された、謎の、神秘の、魂の球根である。父の中の果てもないNONVÉCU、祖父の中のさらに途方もないNONVÉCUの、いまだ多量に宿った魂の球根こそぼくであり、それをこれから育て、養い、芽吹かせ、茎を伸ばし、葉を繁らせ、その果てに大輪の花を咲かさなければならぬと、一個の宿命のごとき思いが身内から滾《たぎ》り立ったのである。

　自分が一個の精神の蘭の花であるならば、父を受け継ぎ、祖父を受け継いで、途方もない、逸脱に逸脱を重ねた、異常に異常を極めた、壮大無類の、巨魁の精神蘭を咲かせてみせようとさえ思った。

「おおい、諸君、こっちへ来たまえ」

　そんな声が遠くから聞こえて来た。博士が叫んでいるのである。

　何かまた発見したらしい。

　ぼくたちは博士の許に集まった。巨大な樹木を背にして博士は立っていた。

「諸君、あれが見えるだろう。あれだ。この木の上の方、横に枝が張り出しているだろう。その一メーターほど先のところから下へ向かって、二本の白い根というか茎というか、ずっと下がって来ているのが見えるだろう。ほぼ二メーター近い長さのやつだ。しかも、それが揺れている。一番下の先端部分を見たまえ。二本の根の先端が互いに五センチほど離れて、何かを支えているように見えるだろう。その何かが、諸君、見えるかの。かすかに輪郭のごときものがたどれるかもしれん。そうだ、それこそがまさに光蘭とわしが名づけたものだ。Orchidée de lux とも名づけた。これはナーダでも中国でも日本でも世界でも類を見ない、突然変異によって生まれた蘭の変種だろうな。

しかもそこには一つの秘密があってな。日中、太陽の光を浴びている時には姿を隠し姿を見せないのだ。つまり、光を受けている時には見えない。光がなくなって、日中でも日陰になったり、日没以後の夜間になると、姿を見せ始めるに至るのだな。

わしは初めはその現象、その原因が中々分からなかった。しかしようやくこの頃判明しかけて来た。一種独特な光合成を行っていて、光を受けると、光に徐々に反応して、光に溶け合い、光に同化して、自らの姿を見えなくし透明になるのだと。そういうことが分かりかけて来た。つまり、光蘭は光合成による透明蘭であるとな。しかも普通の光の三倍もあろうかと思われるほどの、濃密な光の集合体というか、眩い白光体となって輝き渡っているのだ。ただしどうしてそういう現象が起こるのか、どうしてそのような現象を引き起こすことになったのか。その理由、その謂われはまだ分からない。

まるで真夜中に満月の光を浴びて、竹林にある一本の竹の茎にかぐや姫が宿り、そこだけ眩く光輝いているごとく、これは日中ではあるが、今の今、日光を浴びて、眩しく、きらきらと、白光を発して、輝き渡っている。言わば、蘭の花が一個の媒体となってある量の光を吸収し受容し、空中に透明な光の蜜のごときものを出現させていると言おうか。まさに光蘭の出現なのだ。理由なり原因なりが分からないだけに余計神秘であり、謎であり、奇跡に近い現象なのだな。まさしく眩い空《くう》、眩い虚、眩い無にほかならん。

しかも日陰になれば徐々に姿を現し、元の白い蘭の花の姿を見せ始めるのだ。ここはいつもかならずしも日光の射しているところではない。むしろ、光を浴びることのない場所である。上を見れば分かるだろう。樹木と樹木の間、枝が交差し、葉が上を覆いして、光を受けることの少ない場所である。であるからして、日陰の時は、白い大輪のパフィオペディラムとなって目も彩な蘭の花なのであるが、日中のほんのわずかな間だけ、日光を浴びて光源体のごとき光蘭となって輝くのだ。

もしかしたら日光が少ないあまり、日光を浴び、日光を身に受けるのが極めて稀であるために、光を待ち受け、光を喜び、光に酔い、光に戯れ、光に酔いしれ、ついには光に同化し、光と一つになって、輝き渡ることになったのでもあろうか。そんな風にわしは推量しておる。

いずれにせよ、これこそはまさに光蘭である。そしてな。わしはまた勝手に、光君、いいかの、この蘭、この光蘭こそは光君にふさわしい蘭であると。つまり、光蘭即光君、光君即光蘭であると思っておる」

光を惜しむかのように、いまだ光源体となっていて、眩く透明に輝き渡っている、博士言うところの光蘭をぼくたちは見つめ続けた。

自然とは実に不思議だ。

「しかもだよ。いいかね、諸君。この光蘭はだね」

そう言って、博士はまたぼくたちに向かって話し始めた。

「言わば、光の光度によってまさに千変万化するのだ。光の強度とも言えるが、光の無限のグラデーションに応じて、色彩もまた無限にグラデーションさせて行くのだよ。日陰になったり、日が陰って来るにつれて色彩は徐々に白さを増し、花は輪郭を増し復活され、幻のパフィオペディラムへと姿を現して行く。そして日没となり夜になると完全な暗闇になるのだが、不思議なことが起こるのだ。つまりだ。この花はまるで夜光虫のごとく、日中吸収した光を保っているがごとく、白い姿を保ち、白い輪郭を現して咲き続けているのだ。しかもだよ、まだその先がある。夜、月が昇って来るとだよ、月光に照らされて、言わば、月光に反応して、輪郭はあるものの、徐々に透明に、徐々に透き通り始め、蒼く、淡く、瑠璃に輝き、玲瓏として、幻の蒼蘭の不思議を現成するに至るのだな。実に美しい。実に妖しい。それを見たのは世界でわしぐらいのものか。いや、君たちにも見せてやりたいものだ。光の変化が花の変化を生み出すのだ。光の千の変化に応じて花の千の変化が生まれて来るのだから、まさに『易経』を地で行くようなものだ。であるからして、これは易経蘭と言ってもよく、易蘭と言ってもいいかもしれんな。易の作者たる周王朝の文王もこれを見て「乾なるかな、乾なるかな」と嘆声を発するだろうし、孔子もまた「天なるかな、天なるかな」と嘆声を発することでもあろう。

光蘭は三十日を一期として咲き終わる。短いとも長いとも言える花の一生だな。そして球根の中に生き続け、三年の後にふたたび芽を出すのだ。いやあ、蘭はすばらしい。夢幻の花であり無限の花だな。種類は尽きないしいまだ進化発展を遂げつつある未来の花と言っても過言じゃない」

博士がそう言うのを待たずして、セイレイ嬢が叫んだ。何かを発見したらしい。

「ほら、これを見てよ。ここところ。すこし離れてるけど、同じように見えてもまったく違う。それどころか、種そのものが違うみたい。ほら、これと、これと。博士、これ、何なんですか」

セイレイ嬢が博士を呼んだ。ぼくたちもそこへ近づいた。

「おう、それか、それか。こっちのはの、ハナカマキリと言ってな。見たところまったく蘭の花そっくりの形をして、じっと昆虫などが来るのを待ってるのだよ。ほら、ここに目が二つあるだろう。羽根が二枚左右に開いて花びらの擬態を見せている。アリとか蝶とか蜂とかが飛んで来るのを待ってるのさ。

ところで、もう一方のこれはまた実に珍しい蘭の種類でな。カマキリランと言う種類のもので、一種の食虫蘭だな。ツボ型の花芯のところがカマキリの口になっていて、雌しべ雄しべから極めて濃密な香りを発散させて昆虫たちをおびき寄せ、昆虫がその口元にやって来るや、ぱくりと口を大きく開けて一呑みしてしまうのだ。実に獰猛な食虫蘭だ。獰蘭、猛蘭、狂蘭と言ってもいいほどだ。

しかも見たまえ。ハナカマキリもカマキリランも十センチ四方の大きさ、やや緑がかった白い色彩で、どちらもあくまでカマキリの形状を示しているから、どちらがどちらであるかほとんど識別ができないほどなのだ。樹木の幹の苔や蔦の生えたところから生え出ているから余計識別はできないのだ。いやはや自然界は摩訶不思議である」

「本当、自然は摩訶不思議よね。それに博士は何でも知っていて、摩訶不思議博士よ。ねえ、みんな、そうよね」

セイレイ嬢がにこやかに叫んだ。セイレイ嬢もまた摩訶不思議だ。人面蘭体というか人面蘭心というか、その不思議さは推し量れない。摩訶不思議蘭というほかない存在だ。

二十　平均律クラヴィーア曲集

ぼくたちは蘭の咲き誇る山の斜面をゆっくりと登って、道幅の狭い山道に出て、それに沿って歩き始めた。セイレイ嬢が先頭、すぐ後を博士が、さらにその後を何人かの若者が続き、最後にぼくがしんがりを務めた。周囲、大木は少なくなり、やや小振りの幹や枝が変にいじけ、曲がりくねった灌木が所々に生えているばかり、辺りはやや開けて明るくなった。

下を見ると谷間が見え、その端の麓近くに博士の居住するVilla Agraの二棟の白い山荘が見えた。しかしながら、不思議なことに、今歩いている山一帯もまだVilla Agraの一画に過ぎないような、何か人と自然とが協和した、山里の雰囲気が感じられてならなかった。山の南斜面であるから、山全体が太陽の日射しを浴びて、豊かに思う存分伸びをしているごとき解放感があり、それだけではなく、よくは分からなかったが、一種の懐かしさまで感じられたのである。ここへ来たことは一度もなかったはずなのに、何度も訪れたことがあったような、深い、遠い、血の疼きのようなものさえ感じたのである。ここは日本ではなく、中国でさえなく、ほとんど亜熱帯の南方の島であるのに、déjà-vuを感じてしまうのである。

セイレイ嬢はどこにいても王女のように振る舞う。それもごく自然であり親密であり、親しく懐かしく、誰に向かっても如才なく鷹揚であり、しかも自ずから威があり艶があって、周囲の者は抗すべくもなく従ってしまうのである。同行した五人の若者もまたそうである。セイレイ嬢の指示に従うのを喜んでいるごとく、唯々諾々として、言わば、進んで彼女の指示を待っているごとくであった。若者たちは、出身はそれぞれ違っていたが、共通語として話す言葉は英語か日本語であった。そして彼らはすべて古蘭溪博士の許に一種の留学のごとくにして滞在していて、その研究、その学問、その生活のすべてを吸収し修得すべく努力していると見えた。

ぼくはまだここへ来て間もないことでもあり、この国へ難破してたどりつき、その時に負った身心に亘る後遺症のために、自閉的な放心と他人に対する気後れなどによって、中々他人となじめず、若者同士の屈託のない一体感というものが持てなかった。しかし、彼らの博士やセイレイ嬢に対する尊敬の気持ちというものは自ずから好感が持てて、何とはなしに嬉しかった。

「ほら、着きましたよ。光さん、こっちです」

遙か遠く、光眩しい山の上の方から、セイレイ嬢の声が聞こえて来た。この道はセイレイ嬢の居るところへと続いているごとくであった。

そこは谷川の一つの支流に沿って、大きな山の凹みのごとき山間の斜面に作られた細い道の先端の所だった。だから一個の終着の場所ではなくて、道はさらに続いていて、細い平坦な小径を辿って行くことになった。一種の山懐《やまふところ》のごとく凹んだ斜面を、回るようにしてどこまでも進んで行くのである。前方にセイレイ嬢が見え、博士が見え、若者たちが見えた。谷川の一番奥まった凹みのごとき所に、白い滝の落ちているのが見えた。それほど大きな長い高い滝ではないが、岩場を白い水しぶきを上げながら、たえず下へと豊かな水が落ち続けているのである。今行く細い小径を行けばそこにたどり着けるのだろう。しかし道は徐々に平坦さを増しながら、広く大きくなっていった。そして滝の右手へと近づくと、わずかな平地があって、奥に崖を後ろにして一種の山荘のごとき古い建物が見えてきた。木造家屋ではあろうが、白い厚い漆喰壁に頑丈な赤い瓦屋根で正面が左右あり、二つの大きな張り出しのフランス窓になっていて、右端が入り口になっているようであった。人は住んでいないようだったが、廃屋とは見えない。古い建物ではあろうが、むしろ瀟洒な平屋の洋館とでもいうべき趣のある外観を見せていた。

「さあ、光さん、早くこっちへいらして」

そういう声がきらきらと眩しい。午後の日射しが前庭の広場に反射している。セイレイ嬢の声が聞こえ、セイレイ嬢のほてった顔が艶めいているのである。うぶなサロメである。無自覚のサロメである。妖艶の卵である。きびきびと決然として艶やかである。

「この建物はどなたの建物と思いますか。光さん、さあ、考えて」

ぼくに分かる訳はなかった。ぼくは思案顔にもなれず、途方に暮れるばかりで、しどろもどろ戸惑っていると、

「ここはねえ、いい、光さん。驚かないでよ。あなたのおじいさまの隠れ家だったのですよ。It's your grandpa's hermitage」

ぼくはただ茫然とするばかりだった。

「今は博士が管理しております。人は住んではおりませんが、空き家ではなくて、あなたのおじいさま光遜林先生の精神がいまだ宿っている一種の聖地なんです。私たちは博士と共に月に一度は訪れ、管理し、整理し、掃除して、保存に努めているんです。ですから、ここは Your grandpa's hermitage であるだけではなくて Dr. Koranke's hermitage でもあり、そしてまた、おこがましいですけど、Our own hermitage でもあるんです。実は、博士の今主宰し研究しておられます研究所、あの山の麓の Villa Agra Institute は、光遜林先生の、言わば、第一の別荘だったのですが、難を避けて、さらに奥地に第二の隠れ家を造ったと言われております。それでは、みなさん、中へ入りましょう。博士から、まず、最初、お入りください」

そう言って、セイレイ嬢はキーを取り出し、一番右脇の白塗りの厚いドアを開けた。

「さあ、どうぞ」

ぼくたちは中へ入った。そこは十二、三畳ほどのホールとも洋間とも言える部屋だった。柱や梁など太い黒いケヤキ材が使われ、その間は漆喰の白壁になっていた。入って右手にフランス窓式の出窓、左側、正面に向かって、やはり、大きな、フランス窓の出窓になっている。中央にやや大きな長方形のテーブルがあり、周囲に何個かの木製の椅子が置かれ、正面に対した奥の壁空間の右側にライティング・テーブルがある。中央に暖炉たるマントルピースがあり、その左手にピアノが置かれてあった。暖炉の上の壁には、一種の三幅対の肖像画とも言うべき人物像が掛かってある。

「遜林君の愛した三人の歴史上の人物だよ。光君、分かるかな。あんたの祖父の、言わば、生涯に亘るIdolだ。一番右側がソクラテス、次の真ん中の人物は孔子、その隣の一番左側がゲーテだ」

古蘭渓博士は部屋の中をゆっくりと歩きながら話し続けた。

「そうだ、光君に話しておこう。このピアノのことだがの。まあ、セイレイ嬢始め君たちはすでに知っておられるから、聞き流しておいてくれたまえ。光君、いいかの。このピアノは光遜林君愛用のピアノでの、ナーダ王国の政務を預かり、はたまた、歴史編纂と果てもない学問研究に寧日なき多忙の中、ここに忍び来たっては、一滴の甘露を得たごとく、ピアノを弾いたものであった。西洋音楽に通じていたことはもちろんであるから、ショパンでもベートーベンでもよく弾いたがの。しかしながら、何よりも一種の音楽的エッセイと言うか、音楽的なモノログと言うか、自分の思いをピアノに託し、即興的な作曲を試みることが多かったのだな。しかも光遜林君の独自なところは、ドビッシーのごとき自然の描写でもなく、ショパンのごとき情緒の描写でもなく、バッハのごとき魂の表出というのでもなくて、中国の歴史上の人物、まあ、言うなれば、悲劇的な人物を音楽的に語るのだな。漢詩に詠史というジャンルがあって、歴史上の悲劇的な人物を取り上げて、その人への感激なり尊敬なり憧憬なりを詠嘆し詠い上げる詩の伝統というものがあるのだ。遜林君はまさにその詠史というものをピアノをもって詠いかつ語るのだ。

わしはその内の一つだけ聞いたことがある。何でも、中国は魏と晋の間、乱世に継ぐ乱世、王朝交代の目まぐるしい時代の最中、竹林の七賢人を代表とする七人の反時代の人物たちがおったのだ。でな、その中の中心人物、嵇康または嵇叔夜先生と言う魏王朝に繋がる人物が居た。魏王朝が内部の軍閥司馬氏によって崩壊滅亡して、司馬氏の開いた晋王朝が始まったのであるが、それに従わぬ魏王朝の遺臣が言わば竹林の七賢人だったのだ。その内の一人がまさに嵇叔夜先生であり、もっとも激越な反逆者であったが故に、晋王朝に捕らわれ、獄囚の人になり、ついには、衆人環視の中で処刑されることになった。処刑直前、獄吏の許可を得て、琴をもって弾じたのが「広陵散」であり、弾じ終わって、「秘曲われと共に絶つ」と言いつつ首を刎ねられたと言うのだ。

まさにその嵆叔夜先生を遥かに偲んで作った曲が「嵆叔夜先生に捧ぐ」という曲であり、「詠史曲集」の中の第一番目の曲であった。それをわしは聞いたことがあるのだ。自分では「単なる即興曲に過ぎない」と言っていたが、実に深い内容を含んだものであって、冒頭の第一楽節を聞いただけで、一挙に聞く者の肺腑を抉るに十分であった。悲歌というのは、エレジーというのは、かくのごときを言うかと、その時、わしは思った。

わしはピアノは弾けんから、ここで今再現することはできないが、もしかしたらその曲を含めて、即興曲を集めた「詠史曲集」の楽譜なるものが、この別荘のどこかに残されているかもしれんな。光君。もし君がピアノを弾けるなら、いつか、「詠史曲集」を探し出して、ここで弾いてくれんかの」

ぼくはここへ来る前に、セイレイ嬢が語ってくれたわが祖父の処刑直前の胡弓演奏のことをふと思い出した。あの時弾いた曲はたしか嵆叔夜先生の「広陵散」だったと言う。「広陵散」という曲の謂われは詳しくはもう覚えていないが、セイレイ嬢によれば、魏王朝のために殉じた遺臣たちの悲劇を悼んで作られた曲らしい。とすれば、言わば、音楽による悲劇の伝承というものが脈々と伝えられ、秘かに宿されていることが分かる。魏王朝の遺臣の悲劇を詠う「広陵散」を、魏王朝の簒奪者司馬氏に反抗して同じ遺臣たる嵆叔夜先生が反逆罪をもって処刑される直前、琴をもって弾き、そして、遥か後世、ナーダ王朝の滅亡に際して、王家の者たちと共に処刑されようとして、その直前、祖父はまた同じ悲曲「広陵散」を弾いたというのである。そしてここに今そのような嵆叔夜先生のことを詠った「詠史曲集」というものが存在していたというのである。何と言うことか。悲劇の伝承、悲曲の伝承というものがかつてあったのであり、秘かに匿われるようにして、そして今は、ほとんど誰にも記憶されないままに、ここにあったということが、ぼくには、ほとんど愕然たる思いをもって胸に響いて来たのである。

しかしぼくにはそのような悲劇の伝承、悲曲の伝承というものを祖父から父へ、父からぼくへと伝える運命というものがあるのか、そのような宿命の下に生まれているのか、確然と思い至ることは今の今できなかった。むしろ、祖父の悲劇はふたたび繰り返されてはならないと思うと同時に、祖父の中途にして挫折した悲志とでもいうものの、悲劇的な果てもない大志というものは受け継がなければならないと思えて来たのであった。

いずれにせよ、祖父の作曲したという「詠史曲集」というものを探し出して、ピアノをもって弾いてみたいと、初めての願望とでもいうものが鬱勃と萌え出るのが感じられた。

ぼくは祖父のピアノに近寄り、黒い蓋を指をもって触れ、おもむろに開けてみた。そこからピアノ特有の、キーなどの持つ、湿った、硬質の匂いが立ち上がって来るのを感じた。その瞬間、ふいに思い出した。まったくふいに思い出したのである。鼻が、鼻の奥の、気管支が、胸のすべてが、匂いを吸い込んだ途端、その匂いの届く限りの、言わば、体の隅々までが思い出していたのである。今吸い込んだピアノの匂いとまったく同じ、かつて気管支の奥、肺臓の隅々、さらには呼吸と一緒に体の隅々まで沁み渡っていた、同じピアノの匂いを呼び覚まし、匂い起こし、混じり合い、一つになって甦り、かつての同じピアノの匂いを吸い込みつつ、ピアノの前に坐っていた子供の頃の自分に戻っていたのである。それだけではない。同じピアノの匂いを嗅ぎつつ、傍に母が居て、そうだ、母が居たのだ、その母のそこはかとない香水の匂いまでが、生きた残香のごとく甦って来たのである。目の前に母の白い細い手の指が揺れ動き、ぼくのたえず間違う指を止めさせ、「こうするのです、まだ分からないのですか」と、そういう母の声まで思い出されて来たのである。

「ベートーベンは忘れてもいいのです。モーツアルトでさえ忘れて構いません。ましてや、ブラームス以降はすべて忘れて構いません。でもバッハだけは別ですよ。バッハ一人、あなたは研究し吸収しさえすればいいのです。バッハ一人から後の音楽のすべては流れ出ています。それまでの西洋の音楽のすべてがバッハの中に吸収され、消化されているからです。そしてそれまでの音楽はまたバッハを通して後の音楽へと広がり、生き延び、花咲いて行ったからです。音楽のすべてはバッハの中にあります。バッハはその一代に亘ってすべての音楽の捧げ物を後代に残したのです。そしてですよ。バッハの数ある作品の中でも、そのような音楽の備蓄所ないしは音楽の宝庫は「音楽の捧げ物」や「フーガの技法」や「カンタータ」などの教会音楽作品でさえなく、バッハが大勢の子供たちのために家庭にあって一種のささやかな音楽の入門曲として作ったとされている「平均律クラヴィーア曲集」なのです。その中に音楽のすべてが入っているのですよ。それこそがパパ・バッハによる後の世界のすべての人たちへの音楽の贈り物だったのです。あらゆるメロディ、あらゆるハーモニー、あらゆる曲想、あらゆる調性の宝庫です。いいですか、光、それはシレノスの箱でもなく、パンドラの箱でもなく、まさにミューズの箱なのです。優しく、透き通り、平らかで、静謐極まりなく、どこまでも澄んでいて、敷居もなければ境界もなく、誰でも拒まず、誰でも入ることができ、そこに入れば誰でも自分でいられ、自分にもどれることができるのです。日常のままでありながらどこか聖なる日常であり、自分のままでありながらどこか聖なる自分であり、ごく普通の音でありながらどこか聖なる音なのです。

それは一個摩訶不思議な「音楽のケノーシス」というものです。ケノーシスというのは「へりくだり」です。人間が人間に対してへりくだるという意味も含めることができるでしょうが、本来は聖書の中の「ピリピ書」の中に出て来る言葉です。そこにはこういう言葉が出ています。「イエスは神の形であられたが、かえって己を空しうして奴僕《しもべ》のかたちを取り、人の姿になられた」とあります。つまりですよ、イエスは元々は神でありながらへり下って己を空しくして人間の奴僕となったということです。ここから出た言葉です。文字通りには、ケノーシスは「己を空しくする」ということです。ですけども「へりくだり」と言い換えても構わないはずです。ですからケノーシスは神のへりくだりです。神が己を空しくしてへりくだりイエスになったのです。しかも人間の奴僕とあります。単に人間になったというのではありません。人間の中でも最下等の奴僕になったというのです。イエスは神が己を空しくしてへりくだり、人間の奴僕となった者です。一番高い所に居た者が一番低い所にへりくだって、自分の上のすべての人間、すべての存在を支え抱え救い出そうというのです。これがイエスの秘跡です。イエスは神のへりくだりです。神のケノーシスです。しかも人間にとって一番辛い一番耐え難い、人間にとって最大最悪最悲惨な苦しみ、十字架に磔《はりつけ》になったのです。これが己を空しくするという意味です。これがへりくだりの意味です。これが人間の奴僕になるという意味です。へりくだり、己を空しくして、この世の人間の一切の悲惨、一切の苦難、一切の号泣を十字架に磔になることによって引き受けたのです。これが神のへりくだりです。これが神のケノーシスの意味です。

バッハの「平均律クラヴィーア曲集」の中のすべての「前奏曲とフーガ」は「音楽のケノーシス」です。そこにある音はすべてごく普通の音でしかありません。何一つ、際だった、特別な音ではなく、その音の一つ一つはどこにも神秘も崇高さも宿してないような気がします。ごく普通の日常の音です。ですが、どこか、人々の気が付かない、深い夜の静寂に、天から落ちてきたような、己を空しくしてへりくだってきた、聖なる音の気配が漂っているのです。バッハは自分の中を「己を空しくしてへりくだってきた聖なる音」が通り過ぎるのを聞き分けしっかりと掴み取り聞き取って、指の動くままに、ピアノの鍵盤の上に伝えて行ったのかもしれません。それはへりくだりの音楽です。己を空しくしてへりくだった神の音楽です。その音を聞くすべての人の奴僕となった音楽です。一番低い所にいてすべての存在者を支え抱え持ちこたえている音楽です。ですから、その音は人間のすべての痛いところ、凝り固まっているところ、かじかんでいるところ、麻痺しているところ、不通のツボを押さえ、温め、撫で、通じさせてくれるのです。言わば聖なる指圧です。すべての麻痺を解いてくれるのです。すべての不通を溶かしてくれるのです。

それは神のへりくだりの音楽です。己を空しくした聖なる音楽です。そこにはバッハさえいません。作曲者さえいないのです。しかしながらすべての存在の悲惨すべての存在の苦悶の所にいて、その悲惨その苦悶を光へと溶かしてくれる音のライトセーバーのごとき音楽です……」

そのような母の声が、ぼくの斜め後ろの椅子に座って、ぼくのへたなピアノのレッスンなど忘れて、ほとんど問わず語りの勢いをもって、滔々と語り出している母の声が思い出されてきたのである。

しかもそんな時ふと振り向くと、そこには白い美しい面長の母の顔があって、安心すると同時に、母の顔の中の二つの目がいつも閉じられていることに気が付き、「ああ、そうだ。母は盲目になってしまわれたのだ」と、突き上げるほどの勢いをもって、悲しみに捕らわれたことまで思い出されてきた。

母は盲目のピアニストだった。ふいに今そのことに愕然として思い至った。生まれつきそうだったのではなく、むしろピアニストになってから、四十近くになって、そうだ、ぼくがようやく十歳のころになって、原因不明の眼疾に冒されて、徐々に視力を失っていったのだ。そうすると、あの時、いや、いつも、ぼくのピアノの傍にいて、逐一、ぼくのピアノの音を訂正してくれていた時はすでに盲目だったのだ。おそらくは、ぼくを自分の身代わりとしてピアニストに育てようとするがごとき得て勝手な浅はかな考えではなくて、少なくとも身内の中に自分と一緒になって、ピアノによって思いを語り喜怒哀楽を語る、そういう道連れを欲しがっただけなのかもしれない。

母はなぜかバッハにこだわった。しかしどうしてなのだろう。いつも問わず語りに語り出す話の多くは、先ほど思い出されてきたように、決まってバッハのことに触れてくることが多かった。ぼくがピアノを学び出してから数年経ってからではあったが、当然のように、ぼくにバッハのあの「平均律クラヴィーア曲集」を、ぼくの力量など考慮せず、習わせ始めたのだ。しかもエコーのペタルをはずして、音が流暢に流れて周囲へ響き出さないように、余韻をもって流れ出さないように、ぽつんぽつんと切れたように弾かせようとした。

「バッハの音は天から垂直に落ちてくるんです。横に広がってはいけない。ぽつんぽつんと一個の音の塊、一個の音の霊のように、天から垂直に落ちてくるんです。だからできるかぎりそのように弾かなくてはいけないんです。バッハの音は音の霊の胡桃です。

特に「クラヴィーア曲集」の中の第一巻第八番変ホ短調です。崇高な音の胡桃です。崇高そのものの胡桃です」

そんな事をいつも繰り返し繰り返し語り出したものだ。でもどうしてバッハにこだわったのだろう。現代から近代へ近代から近代の始まりへ、サティやドビッシーからブラームスやシューマンやショパンへ。さらにはそこからベートーベンやモーツアルトへ。そしてそこからついにはバッハへと、どうして溯って行ったのだろう。普通のピアニストだったらその逆だったはずなのに。

「光さん、あなたのお祖父様のピアノで何か弾いてください」

セイレイ嬢がぼくの切れ切れの思い出の流れを晴れやかに切断した。

「父からあなたのお母様はピアニストだったと聞いておりました。ですからぜひ弾いて下さい」

「そうだ。光遜林君のために、それからここに居るわしたちすべての仲間のために、何か弾いてくれんか」

古蘭溪博士が口添えした。

ぼくはピアノの前に坐った。これが祖父の使っていたピアノである。ぼくの体の中には祖父の血が流れている。さらには盲目のピアニストだった母の血が流れている。

しかしながら、たとえそうであったとしても、ぼくはピアノが弾けるのか。ぼくはまだ完全にぼくではない。ぼくはまだぼくの半分も、いや四分の一もぼくへとたどり着いていない。ぼくはまだぼくの中をさまよっている途中である。本当はどこかの病院に入って、長期の療養なりリハビリなりを続けていなければいけないのかもしれない。ぼくは自力でぼく自身に達しようと努めている訳ではなくて、この国にたどり着いて、流されるままに生きているに過ぎないのだ。本当はそれではいけないのかもしれない。

ぼくはかつてピアノを弾いていたのは事実らしい。ピアノに触れてそのことを思い出し、そんな時傍らに母がいたことも思い出したからだ。しかし今ピアノが弾けるかどうか、どんな曲を弾いていたのか、どんな曲を思い出せるのか、それは分からない。このピアノが一個のパンドラの箱であって、それを弾き出すと、過去の一切の悪しきものが飛び出してくるとは思えないにしても、一個の玉手箱のごときものであって、それを開けたならば、過去の一切の事柄が煙のごとく襲いかかって来て、ぼく自身を過去の重みでもって一挙に老けさせ老人のごとくにさせてしまわないとも限らないとも思えて来る。

ぼくはこの国の海辺に難破して打ち寄せられて、気が付き、這い上がり、海岸を歩き出した時に、セイレイ嬢がたまたまそこに居て救い出してくれたことは、目の前の事実として認識でき、それ以前のことがたとえ今徐々に思い出されて来ていたとしても、難破した瞬間にぼくの記憶がなくなったのではなくて、もしかしたらそれ以前から記憶はなくて、一種の長い間の記憶喪失症の年月を生きてきていたのかもしれないとしたらどうなのだろう。一種の忘却の人生を送って来たとしたらどうなのだろう。としたらそんな忘却の人生、半覚半睡の人生の中を溯って、どこへ行けば、ぼく自身にたどり着けるというのだろう。何度でも同じことが甦って来る。ぼくは今このナーダの国という迷宮の中にいるだけではなくて、ぼく自身という、もっと近くでありながら、もっと不可解な内面の迷宮の中にいるということになるのだろうか。ぼくは今もしっかりとした地盤、確乎たる地平に足を着けているという実感がない。だから目の前に現に繰り広げられていると感じている事柄も、それ以前のあるいはそれ以外の記憶にない世界と同様に、夢幻のごときものとしか思えないのである。それとも人間という存在は巨大な果てもない忘却の闇黒世界の只中にいて、ほんの一隅の覚醒、ほんのわずかな認識の明かりを頼りに、それをなぜ与えられているのか分からない一個のアリアドネーの糸のごとく、それをただ一つの頼りとして、おろおろと手探りしている存在にすぎないのだろうか。

それにいろいろなことを知っているということ、いろいろなことを記憶しているということ、目の前のいろいろなものが見えているということ、そういうすべての知識や記憶や知覚というものさえ、もしかしたら巨大な果てもない忘却の闇黒世界の一部にすぎないのではないかとさえ思えて来る。一個の真の覚醒、一個の真の明るみに較べたら、やはり一個の暗闇、一個の忘却に過ぎないということではないか。そういう風にさえ思えて来る。しかしながら一個の真の覚醒、一個の真の明るみというようなことを措定し思いついているということもまたある意味で不可思議である。どうしてそういうものが存在し、また存在しなければならないとするがごとき直感がぼくの中に植え付けられているのだろう。それもやはり不思議である。

「光さん、どうしたんですか。何を考えていらっしゃるの」

そういう声がすぐ近くでした。セイレイ嬢の声らしい。ぼくは我に返った。

「光君、まあ、急がなくていい。時間はたっぷりあるからの。時間というのは一つではない。たとえば、ノミの時間というのもあれば、ネズミの時間というのもあれば、世界の時間、地球の時間というのもあれば、さらには、太陽系の時間、宇宙の時間というのもある。時間は多種多様なんじゃの。宇宙の時間というのもまた多様なんじゃの。一つだけ言えば、弥勒の時間というのもあるのだ。弥勒のたったの一夜が何と五十六億七千万年かかって、それで弥勒の一夜が明け、目覚めるという訳だ。であるからして、弥勒さんの次の一日がまた五十六億七千万年あるというのだ。人間のことだけ考えていると実にせわしないがの、宇宙時間、弥勒時間というのを考えてみると、果てもない時間になる。だから、時にはそんな弥勒時間のことを考え、弥勒時間に生きなければいかんの。だから時間はたっぷりあるのだ」

古蘭溪博士が極めて悠長なことを言った。なぜだか知らないが、それでぼくはすうっと気が楽になった。

手が動き、指先が動いた。ピアノのキーの上をゆっくりと両手の指先が動き始めた。何の曲を弾き、何を弾こうとも思わずとも、指先は自然と動き出していて、キーを選び始めていた。一個の極めて重い極めて低い音が響き出されてきた。たった一個の短調の音ではあったが、その中に数限りもない音の粒子、音の霊の気配というものが籠められ、漂い出してきていて、それだけで一個の世界、他の音階のすべてを含んだ、一個の音の世界のごとくであり、自分の一番深い精神のツボを過《あやま》たず押さえ、むしろそこから響き出されて来ているような音であった。自分の指先はどうしてそれを覚えているのだろう。そしてその後、一番目の音の木霊のごとき、一番目の音の余韻のごとき音の連なりが響き出され、主音の後を追うように、極めてゆっくりと、一種のアダージオの悠長さをもって、続いたのであった。ぼくの指先は何かのヨリマシに憑かれているように、音を選び、音を追い求めて、ピアノのキーに触れ続けた。しかしそれはぼくの、何というか、魂の指先のごとく、ぼくの深いところに届き、しかと触れ、そこから深々と、重く、湧き出、忍び出て来ているごとくだった。

「不思議だな。それ、その音。わしは、まさにこの部屋の、そのピアノから、かつてじかに聞いたことがあった。そうだ。光遜林君がまさに同じ、その曲というか、その音を弾き続けたのを思い出したのだ。それ、バッハじゃないか。バッハの、何と言ったかな、そうだ、「平均律クラヴィーア曲集」の中の一曲ではなかったか。「前奏曲とフーガ」とか何とか言ってたな。光遜林君がよくそう言って弾いてくれた曲だったからの。そうだ、思い出したぞ。遜林君はな、弾き終わると、呟くようにいつも言ったものだ。It's my favorite. It's the best Bach. No.8 E-flat minor とか、何かそんなことを言っておった。しかし、不思議だ、実に不思議だ。光君が、君のお祖父さんのよく弾いていた曲をこうして突然弾き出したということは、実に、何とも不思議ではないか。なあ、諸君」

ぼくが、というか、ぼくの指先が弾き終わった時、古蘭渓博士が驚いて言った。しかもそれを聞いてぼくの方こそさらに驚かざるを得なかった。どうして同じ曲を同じピアノで弾いたのだろう。ぼくの中に祖父が通り過ぎ、ぼくの中に甦って、ぼくの指を奪って、同じ曲を弾き出したというのだろうか。

おそらくこの曲は母から習い、母から手ほどきを受けて、言わば、指先は暗譜したままを弾き出していたのであったろう。

ふいに、ぼくは「音の霊の胡桃」という母の言葉を今の今思い出した。先ほど弾いた曲がバッハの曲だとしたら、その曲の冒頭の一音こそ、母の言う「音の霊の胡桃」に当たる音だったのではないだろうか。そして母はそれをぼくに習わせ、修得させ、ぼくの心に、ぼくの魂に、植え付け、刻みつけるがごとく、何度も何度も厳しく教え込んだのだったろうか。

バッハの音楽は音の霊の胡桃。

そう言い続けた母の言葉が今更ながらまた甦り、その声まで聞こえて来るような気がした。

しかしながら、それは母が、母だけが言い出したことだったのだろうか。そうだったかもしれないが、祖父のよく弾いていた曲だと古蘭溪博士が知らせてくれたとすれば、もしかしたら、バッハ好きというのは祖父から父へ、父から母へ伝わり、そして母からぼくへと伝わったということが起こっていたのかもしれない。しかしそれは実に驚くべきことだった。あまりにも突飛なことであり不連続と飛躍に満ちた物語だった。

ぼくはふと古蘭溪博士に疑惑を投げかけてみた。

「あの、博士、一つお聞きしてもいいですか」

ぼくはピアノの前に坐ったまま、博士やセイレイ嬢たちの並んで坐っている広間の中央に向き直り博士に質問をした。

「ぼくの父も小さい時にピアノを弾いていたことがありましたか」

「そうか、そのことか。弾いていたとも」

博士はそう言うや立ち上がり、部屋の中を歩き出しながら話し始めた。

「だが、そのことを話せば長いことになるがの。いや、長くなってもかまわんな、話そう。わしたち、つまりだな、わしと君の祖父の光遜林君とここにいるセイレイ嬢の祖父である梁建徳君の三人組のことだがの。ちなみに言えば、セイレイ嬢の祖父であられる梁建徳君はの、中国の清末民初に活躍した梁啓超という文人、あの有名な「清代学術概論」なる論著を書いた人物であり、清王朝滅亡のための革命の一翼を担ったと言ってもいい人物であるがの、その人と家系を同じくする中国の名家の出身であった。

　でな、わしら三人組はそれこそ水魚の交わりであり、一個の義兄弟のごとき固い結びつきをもって誓い合い将来を期していたから、若い時からしょっちゅう顔を合わせていた。何しろ、この国唯一の大学たるナーダ王立アカデミー、英語名で言えば、The Royal Academy of Nada、略して、ＲＡＮじゃ。その三羽ガラスとも三秀才とも言われておった。中でもダントツだった者が光遜林、次が梁建徳、最後がわしだった。光遜林は人物が大きく、いわゆる、清濁併せ呑むていの度量の大きい男で、経綸の才と学術に長けていてな。将来この国を担う最大の若者と第一番目に数えられておった。人物や歴史を見る目があって、政治家と歴史家とを兼ね合わせたごとき識見と力量の持ち主であった。次の梁建徳はな、一種の類い稀な行動家というか決断家というか、まことに青年らしい覇気と実行力に満ちた男でな。誰からも好かれ、スポーツマンでもあり、大して勉強も努力もしないのに、成績は抜群。理解力が極めて速かった。実業家か政治家になれる男だった。最後にわしだが、何をしようという目標も何もなく、ちょうど自然が人間にはよく分からない夢を見ているという風に見えるところがあるとすれば、そんな自然というものの抱く夢を見ているがごとき、茫洋とした若者であってな。いわゆる現実から一歩も二歩も踏み外れたところに生きていると言ったバカ男であった。ただ自然と一緒にいるのが大好きな、自然と共に一人でいるというのが実に心地の良い、果てもない自然児というところだった。

さて、光君。君の父親のことだったの。でもな、その前にやはり、君の祖父の光遜林のことにどうしてももうすこし触れない訳にはいかんの。みなさん、いいかの。もうすこし我慢してわしの話を聞いてくれんか。

そうだ、わが光遜林のことだ。世には光り輝く御子《みこ》という人間がいるのだな。まさに光遜林はそんな青年だった。眉目秀麗と言えば極めて月並みだが、まさにその通りの青年なのだが、静かで寡黙なのにもかかわらず、けっして人を寄せ付けないというのではなく、太陽が黙って輝いているごとく、おっとりと温かく、傍にいるだけで誰でも温かく落ち着いていられ、何を聞いても即座に答え、しかも自分の博識とか知識を空気のごとく呼吸して、あくまで自然でこだわることも誇ることもない。そしていつも考えている。何を考えているのだと問うと、ふっと我に返り、晴れやかな顔をこっちに向けて、いや、済まん済まんと言って我々の会話の中にもどる。しかし遜林は考えているのだ。それも考えの果て、思索の果てを、何というか、考えの触手、思索の触手の届き得るその果て、そのぎりぎりの限界の先を見つめているのだ。そんな印象をいつも受けた。いまだ考えたことのないものを考え、いまだ知らないことを知り、すでに自分が知ってしまったもの、自分が考えてしまったもの、つまりは自分の知識だの博識だのはすでに生きてしまった過去の遺物のごとく放り出し、裸の無一物となって、意識の限り、思索の限り、膨大な未知の世界、膨大な不知の世界に挑戦しようとしているのだな。空間的に言えば、世界の未知、宇宙の未知。時間的に言えば、過去の未知、未来の未知というものにたえず眼を向けて光り輝いていたのだ。いつだったか。三人一緒の時、それぞれ、自分を一言で言えば何と言うかと、言い合ったことがあった。その時な、遜林はな、「ぼくは百不知童子だ」と言い放ったよ。我々はびっくりして、「君なんか百科全書派の男だ。むしろ百知童子、千知童子ではないか」と言ったのだが、本人は「いや、ぼくは百不知童子さ」と言い張ってきかなかった。遜林はどこからそんな言葉を持ち出したか聞きもしなかったが、世界の知よりも世界の不知というものに惹かれ、それにたえず挑戦する気概というものをつねに持っていたのだと、今ならば言えるがの。大した男だった。我々はナーダ王立アカデミーを卒業すると、三人揃って、中国の北京大学に留学した。激動の北京、激動の中国の只中に身を投じたのだ。北京大学はいまだ清朝考証学の牙城だった。段玉裁のあの「説文解字注」全盛時代であり、中国古代の文字や漢字に関する途方もない考証学、正確無比の学問が中心だった。しかし、時代は徐々にそこで養われた歴史に関する好奇心、一種の歴史主義というものが芽生え、古代の歴史、古代の思想への関心というものが胎動し、いわゆる孔孟の世界だけではない、中国正統学問たる儒教によって圏外に疎外され圏外に打ち捨てられていた諸子百家の思想への関心が甦り始めていた。墨子だの韓非子だのが蘇ってきたのだ。そのような潮流の中へわしら三人は何も知らずに巻き込まれたのだ。中でも、清朝考証学の泰斗たる段玉裁の孫に当たる龔自珍《きょうじちん》という詩人の存在とその詩、別けても、彼の過激激烈な生き方は以後の若者をはなはだ鼓舞したものだ。孔子のいわゆる狂狷の甦りのごとき人物だったからな。祖父の段玉裁でさえこの孫について「風と発《おこ》り、雲と逝き、一世を不可とするの（気）概あり」と言ったほどの男だった。わしらなど、中でも、遜林君はほとんど酔えるがごとくにその詩に耽溺、その詩に明け暮れた。その一つ、いやあ、今でも覚えているぞ。

九州の生気　風雷を恃《たの》む
万馬斉しく黙す　ついに哀しむべし
我は勧む　天公抖擻《とそう》し
一格に拘せず　人材を降さんことを

つまりだな、こういう詩なのだ。

中国の若き命は風雷の興るのを待っている。しかもこの時人民は押し黙り火の手を上げようとしない。悲哀の極みである。天よ、今こそ、奮い立って、破格、風雷の人物を世に降さんことを。

どうだ、諸君、いい詩ではないか。これを読んで奮い立たない若者はいないだろう。事実、わしたちはすべて奮い立った。「九州の生気風雷を恃む」、九州生気恃風雷、この第一句が実にいい。これで決まりだ。全世界の若者は風雷を待っているのだ。大自然の生きとし生けるものはすべて風雷を待っているのだ。そして結句において、清王朝末期の人心の頽廃、王朝の腐敗の只中、その頽廃腐敗を打ち破るべく、若き命を奮い立たせ、万馬たる人民を立ち上がらせるべく、破格、風雷の人物よ、出でよと、言わば、第一声を発したのだな。祖父の段玉裁がわが孫を評して「風と興り雲と逝き、一世を不可とするがごとき気概あり」と言ったのは適評だ。龔自珍とは、風となって興り、雲となって動き、まさに風雷決起の青年である。万馬押し黙る世界を叱咤し、一世を全否定するがごとき気概を持った若者であった。この言葉に後の康有為、譚嗣同、章炳麟、梁啓超、魯迅先生、後の毛沢東などは奮い立ち決起したのだな。わしたちナーダ国の者でさえ奮い立った。

しかし、その頃のことを言い出したら切りがない。簡単に言おう。つまりだな、やがて遜林君は歴史に向かい、わしは自然に向かい、梁建徳君は政治に向かって行ったのだ。言わば、三人はそれぞれ違った道を歩み始めたのだが、目指すところは同じであった。祖国、ナーダの国をいかに良くするか、この一事にあった。そして帰国した。が、遜林君だけは、さらに日本に留学した。日本に行き、京都大学に入学した。そしてな、そこで一つの出逢いがあった。所謂京都学派と言われているグループとの付き合い、別けても、中心人物たる西田幾多郎との出逢いだ。特に西田哲学とその基本を成した禅の哲学との出逢いだったと言う。つまりだな、ここから遜林君の禅への傾斜が始まったと言ってもいい。

いやはや、わしの長話もそろそろ終わりにせんといかんな。これで最後にしよう。つまりだな、ここで遜林君に奇跡的なことが起こったのだ。西田幾多郎の所で、九鬼周造という哲学青年に出逢ったのだ。まだドイツから帰ったばかりで、後に『「いき」の構造』という本を著すことになる若き学者だったが、この若者と意気投合、そして青年からヨーロッパの哲学のこと、芸術のこと、音楽のこと、文学のこと、詩のことを聞き、学び、知ったのだ。そして特にドイツ音楽の中にあのバッハが出てくるのだ。光君、ようやくここでバッハが出てきた。いやあ、長かったな。つまり、九鬼氏を通してバッハに繋がったのだ。西洋音楽は宗教音楽から生まれていること、そして近代に向かうにつれて西洋音楽は一種の脱宗教音楽へと向かいつつあったが、宗教音楽と脱宗教音楽との結節点、その越えがたい境界にいたのがバッハだったということ。そして音楽は真の音楽にまで深まりあるいは高まるためには一種の新しい宗教音楽というものが必要であり、それを含んでいなければならないということ。それなくしては音楽の故郷、音楽の魂というものが失われるという結節点、そのぎりぎりの境界線にいたのがバッハだったということなどを氏から伝授されたというのだ。そしてな、氏の下宿で、何と、バッハの曲を蓄音機というものを通して聞いたという。その曲こそ「平均律クラヴィーア曲集」だったのだそうな。

遜林君は、元々、胡弓や琴などはお手のものだったが、それにピアノが加わり、そしてピアノをもってバッハの『平均律クラヴィーア曲集』を弾き始めたという訳だ。でな、それが息子さんの、つまり、光君の父君に伝わり、父君から、おそらくは日本に亡命後に会って後に光君の母君になる女性へと伝わって行ったと言っていいのではないかな。

そうだ、思い出したぞ。光遜林君が処刑される何日か前、ここで、そうだ、この山荘で宴を開いたことがある。そしてな、宴たけなわになった時、遜林君が子息つまり光君の父親に向かって、ピアノを弾いてくれと頼んだ。ああ、思い出したぞ、まさにそこのピアノに向かって子息が弾き出したのが、たった今光君が弾いたのと同じ曲だった、ほとんど同じ姿勢、同じ体つきで弾いたのだ。あのバッハの、遜林君言うところの「The best Bach No.8 E-flat minor」だった。同じ曲を光君が弾き、父親が弾き、祖父が弾いたのだ。何という奇跡か。まさに人生は走馬灯のごとしだ」

「有り難うございました。父のこと、祖父のことがすこしずつ分かって来ました。そうしますと、祖父は日本に留学した後に祖国ナーダに帰国したのでしょうか」

「そう、そういうことになるがの。ただし、遜林君は一度帰国はしたけれども、ふたたび、今度はイギリスに向かったのだよ。遜林君の志はすごいものがあった。それも若くしてドイツに留学した九鬼周造氏の影響があったかもしれん。イギリスのケンブリッジ大学に入ったのだ。そこのジョゼフ・ニーダムという碩学に就いて、言わば、学問の総仕上げを行ったという訳だ。もしかしたら諸君も知っておろうが、ニーダム教授は『中国における科学と文明』の大著を物した大学者だった。その人の許にあって、改めて、まさに中国の科学と文明というものを学び直したのだ。

帰国した時はすでに三十歳になっていた。学成り故郷に錦を飾る仕儀となった訳だが、当人は極めてのんびりしたもので、われわれ学友に向かって、事もなげに、こう言ったよ。

In my Cambridge days, I used to be bathed in Bach. I did nothing but swim in Bach. Bach was not a little stream, but a grand river, unexhausted, unfathomed, unknown, unseen, unheard. It was just a phenomenon.

これは遜林君一流の駄洒落でな、バッハというのはドイツ語で「小川」という意味らしいのだ。だから、遜林君は「おれはケンブリッジでは小川で水浴びばっかりしておった」としゃれて言った訳だ。そしてさらに言葉を継いで、「バッハは小川どころか大河そのもので、いまだ汲み尽くすことも、その深さを測ることもできない、未知、未見、未聞の大河であり、まさに、自然現象そのものである」と言い切ったのだな。それはな、バッハを聞かなければ耐えられないほどの大勉強を、ケンブリッジで続けていたということだろうな。わしらはみんなそう思ったよ。

とにかく、遜林君はすぐさま王立アカデミーに入って教授となり、王命により、正史「ナーダ史」の編纂事業に取り掛かったのだ。それと王立図書館の再整備の事業も一任された。いやはや、遜林君の前には途方もない事業が目白押しに待ちかまえていたのだな。

遜林君はそのすべてをやりおおせた。その上で、言わば、最後の仕上げとでもいうごとく、この国の宰相までも引き受けたのだ。プラトンのいわゆる哲人宰相だ。

遜林君は実に不思議な人物だった。忙中閑ありというか、胸中閑日月ありというか。どんなに仕事に追われ、どんなに俗事に没頭しておっても、どこか常にのんびりした所があって、悠揚として迫らないのだ。言うなれば、遜林君の中にはもう一人の遜林君がいて、遊んでいるんだな。かつて中国の宋の時代に周濂渓という大文人、大哲人がいたがの。その人のことを、友人の詩人黄山谷が評した言葉がある。こういうのだ。

「胸中洒落《しゃらく》にして光風霽月《せいげつ》の如し」と。まさにこの言葉が遜林君にも当てはまる。胸中洒落なのだ。胸中洒落にして、雨上がりの後の夜空の月の光のように澄み切っているのだ。どんな時にも、どんな切羽詰まった時にも、どんな危機迫る時にも、どこか悠々として胸中洒落なのだ。それだけは我々の誰一人真似はできなかった。まさに洒《しゃ》落坊《らくぼう》遜林だった」

古蘭溪博士の話は終わった。実に長い延々たるものだったが、ぼくには計り知れないほど重みのある意義深い話だった。

「光さん、お話があります。いいですか、皆さん。博士もいいでしょう」

突然、セイレイ嬢が声を発した。博士の長話が終わるのを待っていたかのように、口を切ったのである。

「唐突で申し訳ありません。先日の革命記念日の父たちのデモは鎮圧されました。でも、幸いに一人の逮捕者も負傷者も出ずに終わりました。父たちの徹底した運動方針のお陰です。不服従無抵抗の精神です。名乗りを上げるだけでいいという精神です。しかしながら、当局は改めて、父たちの動きに監視の目を向け始めたと言ってもいいかもしれません。植物園近くの学塾はもちろん続けておりますが、秘かに、今、父たちの一部のグループ、NEO NADA RENAISSANCE、略称、NNRグループは、この山中の一角に籠って、集中的な講義と修行を行っております。反抗の狼煙を上げるというよりはむしろ、これからの長い長い不服従無抵抗の精神による国民の精神的な変革運動に耐えるべき忍耐力を養うための修行を行っております。分離独立を主張してやまない急進的な学生たちを説得して、国民の意識革命という長期に亘る戦術転換を図った結果です。軍事優先、技術優先の現在の政治的時代的風潮を変換しようとする運動です。Civil Disobedience の始まりです。かつてインドのガンジー師が始めた市民的不服従運動の幕開けです。父だけではありません。ここにおられる古蘭渓博士や今日お会いしたアナン博士の渾身の説得のお陰です。

明日私たちはこの山中におります父たちのグループに会うことになっています。光さんも行きませんか。古蘭渓博士もここにいます先生のお弟子さんたちも参加します。あの日以来私は父に会っていません。光さん、参加できますか」

セイレイ嬢の話が終わった。それはあまりにも突然だった。ただ驚くばかりだった。答えようがなかった。ただ奇妙な言い方であるが、ぼくは一刻でも早く、一歩でも近く、ぼく自身に近づきたかった。いまだ未知の、いまだ半迷宮の、いまだ玉手箱状態の、いまだNONVÉCU状態のぼく自身に近づくことだけがたった一つの願いだった。ただ、それは、また奇妙な言い方であるが、ぼくだけではできない、内面を探って自分のことをひたすら考えてみただけでは、ぼく自身に近づくこともたどり着くこともできないであろうということは分かっていた。ぼくは今ぼく自身にとって一人のアリババだった。ぼくという洞窟、ぼくという地下宝庫に達するには、その秘密の扉や秘密の鍵を発見しなければならず、そしてそれらを発見した後、次に、それを開ける秘密の呪文を知らなければならなかった。アリババであれば、「開けゴマ」と「Open sesame!」と唱えればよかったのだが、ぼくを開ける呪文はまだ未発見のままだった。であるからまず秘密の扉や秘密の鍵、秘密の呪文にも等しい父や祖父やぼくの家系などのすべて、さらには、セイレイ嬢の父や祖父のこと、古蘭渓博士やアナン博士のことのすべて、ナーダの国のすべてをまだまだ知る必要があった。たしかにすこしずつ、夜が極めてわずかに明け始めるようにして開明され、明るみに出されつつあるのを感じてはいた。しかし、いまだそれは半暮明の中にあった。

であれば、たとえ極めてわずかな手がかりでもそれに取りすがりして、わが秘密の扉を開ける秘密の鍵を手に入れなければならなかった。とするなら、セイレイ嬢の父に会って、父のことや祖父のことをじかに聞く必要があった。絶対にその必要があった。

「会わせてください。貴女のお父さんに会っていろいろ聞きたいことがあります」

ぼくは言葉少なに答えた。

「博士、これで全員の意志は決定しました。光さんをお連れしたことは良いことでした。今まで私は光さんの逡巡、未決定、迷い、曖昧、不決断、夢想など、一言で言えば、優柔不断のすべてを何か光さんご自身の欠点ではないか、生まれ付いてのご性格なのではないかと、失礼ながら思っていましたが、確かに、もしかしたらそういう点もなきにしもあらずとも思いますけど、でも何か、それは光さんの今置かれた状況と境遇による一時的な心境ではないかと思えるようになりました。あるいは、かえってそういう心境と気持ちの方が正直であり偽らざる心境であり、そうでしかあり得ない実感だとも思えるようにもなりました。

　その上、もしかしたら人間の真実として、光さんの今の逡巡、未決定、迷い、曖昧、不決断、夢幻、夢想の中からこそ、一見したところ、男らしい、潔い、勇気に満ちた即決即断よりもはるかに射程距離の遠い、そしてもはや揺るぎない磐石の決意、至高の目標というものが生まれ出、光り出て来るのかもしれないというような気がして来ました。父の政治的な決断でさえ、ここ一年や二年の思索ないしは計画に基づいたはずではないでしょう。私だってもしかしたら父の決断に従っているだけで、本当の自分自身の考えに考えて至りついた決心なり決意というものを持っている訳ではないのかもしれません。でも一つの決定を出していただいたこと、私たち一同嬉しく思っています」

　セイレイ嬢が言った。

「そうだとも。何事も機が熟するということが必要じゃな。でな、機が熟するということも、人によって時期が違うのかもしれんて。早い人もおれば遅い人もおる。しかしいずれにせよ、機は熟さなければならん。光君は確かに遅いらしい。言うなれば、遅咲きの人、あるいは、中国の古い言葉を使うならば、聖胎長養だな。光君は機が熟するのに長い期間が必要らしい。単に、光君は、言わば、難破してこの国の海岸に打ち寄せられて大けがをし、そのために一時的な記憶喪失的な後遺症を背負っているというだけではなくて、光君の心の中にはいろんな神経回路、いろんな精神回路というものが盛んに入り乱れ錯綜し成長し熟成され、あらゆる方向に向かって芽を伸ばし、回路を伸張して、いまだその帰趨を知らないという途方もない聖胎長養の只中にあるのではないか。そうも思えるな。光君の魂の中には、一個の巨大な言語エネルギーとでもいうものがうねりにうねり、渦を巻き、いまだ形を成さず、また形を成すまでに整理され秩序づけられないまま、一個の言語の深淵、言語の坩堝となって、胎動し、蠢動し、盛り上がり、うねり上がっている真っ最中なんだと思う。光君の中にはそんな巨大な言語エネルギーがあるのだな。そう見える。光君はいまだ巨大な言語エネルギーの混沌の中にいるのだ。まあ、混沌と深淵の中に当分沈潜し、潜伏し、潜まっていればいいさ。要するに、光君はアラヤが大きいのだ。聖胎長養、そうだな、光君は寝太郎さ。まだ寝てていい。

　そうだ。思い出すぞ。光君の祖父の遜林君もまた、若い頃から寝太郎と言われておった。あれほどの大秀才でありながら、小さい時から、その行動、立ち居振る舞い、日常の行住坐臥のすべてにおいて遅いのだ。のろまだった。呆けたように、夢見たように、神隠しに遇ったように、どこか心が目の前にないのだ。まさに正真正銘の寝太郎だった。それを思い出すな。神経回路がとんでもないところを駆け巡っているのだ。夢想の人、空想の人、想像力の人だった。だからして、学業だって極めて長期間に亘っておった。このナーダの国、中国、日本、イギリスと、国内国外の大学に通うこと十年以上に亘ったのだ。それでも三十になってイギリスから帰ってからも、「おれはまだ学業半ばである」と言い続けておった。大器晩成というか、遅咲きというか。スロースターターだった。いやあ、懐かしいな。光君を見ていると、遜林君が目の前に生き返ったようだ。この世は夢幻能だな」

古蘭溪博士が独り言を言うようにため息混じりにつぶやいた。

「セイレイさん。ぼくたち、貴女のお父さんたちに会うための準備がありますので、研究室にもどります」

若者の一人が言った。そう言えば、ぼくは自分の傍らにかれらが居て、かれらにとって、なんら関心も興味もないぼく自身のことばかりが話題になりまた話題にしていたことに気が付いて恥ずかしくなった。

一人は張さんと言って、中国系の青年だった。中肉中背で、色は浅黒く、短髪で、顔は引き締まり、見るからに敏捷。いつも何かに身構えているごとく、目は鋭く、ジーンズと色物のシャツを着ているだけのカジュアルな服装であるが、空手かカンフーをやっているかのごとく、「やあっ」と言いざま、体全体を一個の翼として天井にまで飛び上がることもできるような静かな瞬発力を秘めている感じである。寡黙にして敏捷、何か頼りになる青年であった。セイレイ嬢から聞くところによれば、彼女の父の門下生でもあり、古蘭溪博士の門下生でもあって、最近北京大学を卒業して帰郷したばかりであり、政治学と植物学とエコロジーのそれぞれ異なった三学に通じた異色の若者であるとのことであった。なお、祖父光遜林の熱烈な崇拝者であるとも聞いていた。それかあらぬか、ぼくを見る目は、どことなく親愛の念とその逆の失望の念が交互に入り混じっているようなところがあった。自分が崇拝する人物の孫であるとすれば、近づいて知り合いになりたいと思う反面、傍らで見ていれば、茫然たる記憶喪失者の情けない寝太郎でしかないと失望するほかはなかったからだ。それだけではあるまい。美人で溌剌たるセイレイ嬢と長い間一個の共通の仲間であり同志であったはずであって、そんな彼女をまるで運命のいたずらのごとくふいに現れて横取りするような、まるで二人の関係が運命によって前々から決定されていたように事が運ばれていることが、何となく不満でありしゃくに障るところでもあったのだろう。そんな感じがする。無理はない。ぼくだって同じ立場だったら同様の反応を示しただろう。

一人はクリシュナと呼ばれているインド系の若者で、背が高く、黒髪で色黒、眼窩深く黒目が鎮まり、鼻が異常に高く、哲学とか叡智とかいうものが初めてここに人の顔として刻み出されたとでも言うがごとき、ほとんど完璧な青年の顔だった。ジーンズに粗いモメンの青いシャツを合わせ、おっとりと穏やかな面持ちである。一歩踏み出すにも考えに考えて踏み出し、手を前に出すにも考えに考えて差し出すというがごとき、思索的な振る舞いをした。青年はアナン博士の孫であり、別の意味で学問における秘蔵っ子であるということであった。インドのコルカタで近代最高の思想家たるヴィーヴェカーナンダの衣鉢を嗣ぐ学者たちに就いて、ヒンズー教とその宗教を支えているベーダンダ哲学とウパニシャッドを研究し、それに基づいて、まったく新しい宇宙学、まったく新しい地球学というものを構築しようと日夜思索を重ねているということであった。

しかしながら二人とも一個の哲学青年ではあったが、いわゆる象牙の塔に引き籠もって研究をする旧来の学者ではなくして、哲学が行動を促し、行動が哲学を促す類いの、まったく新しいタイプの哲学青年であった。二人ともネオ・ナーダ・ルネッサンス・グループ、いわゆるNNRの一員でもあった。

「光君、いいかの。今日はまだもう一つ君に訪ねて欲しいところがあるのだ。これからセイレイ嬢に案内してもらおうと思っている。この山のすぐ上にある場所だ。セイレイ嬢、頼むぞ。わしも行くがの、その前にちょっと張君たちと明日の打ち合わせをしておきたいことがあるので、ちょっと待っててくれんか。そうだ、隣の部屋が遜林君の書斎兼書庫になっておるから、そこで休んでいてくれたまえ」

二十一「ヴェニスの石」

ぼくは一人残された。セイレイ嬢も古蘭溪博士も若者たちも部屋を出た。ぼくは古蘭溪博士に言われるままに隣の部屋に通じるドアを開けて中へ入った。

部屋はおよそ二十畳ほどもあろうか。極めて広く、窓側に大きなテーブル、部屋の中央に二つの長いソファ、そして、真ん中の小テーブルを囲んで一人用のソファが二つ置かれていた。部屋の三面の壁には天井にまで達する書棚があり、十段ほどに区切られた棚にぎっしりとすき間なく書物が立ち並んでいた。二、三カ所に木製の梯子が書棚に立て掛けられてあった。洋の東西を問わない、見事に整理された、蔵書の宝庫であった。ぼくはゆっくりと、そしてまた陶然と、書棚に沿って途方もない書物の並びを眺めながら歩いた。

『春秋左氏伝』、『史記評林』、『漢書』、『後漢書』、『世説新語』『二十二史』、『資治通鑑』、『十八史略』、『史通』、『文史精義』などの中国の歴史書と並んで、Edward Gibbon の『The Decline and Fall of the Roman Empire』(『ローマ帝国衰亡史』)、James George Frazer の『The Golden Bough』(『金枝篇』)、Arnold J. Toynbee の『A Study of History』(『歴史の研究』)、Joseph Needham の『Science and Civilization in China』(『中国における科学と文明』)、Oswald Spengler の『The Decline of the West』(『西洋の没落』)などの西洋の歴史書が、それぞれ全巻揃えの全集の体裁をもって寸分のすき間もなく並んでいる。固く深い紺の表紙の上の金ないしは銀の背文字が、遥かな歴史の彼方から千里眼のごとくじっと潜まりつつこちらを見つめているように感じられた。

やがてぼくの目を釘付けにしたのは、南面の窓際の大テーブルのやや右手後ろの壁の書棚の中段の辺りに並ぶ洋書の全集らしきものだった。およそ四十巻はあろうか。念のため近づいてみた。Ruskin という文字や Library Edition とかいう文字が背のところに見えた。

ライブラリー・エディションのラスキン全集かもしれなかった。1900という数字もあったから、1900年以後初めて編纂された決定版でもあったろうか。ぼくにはそれがラスキン全集であることが驚きであると同時に、歴史家でもあり政治家でもあった祖父がラスキンの全集を持っていることがむしろ意外であり不思議でもあった。ぼくは大版の豪華な全集そのものに圧倒されて手に取る気が起きず、その下の段に並んでいたラスキンの別の書物らしいものに目を止めた。全六巻の『Modern Painters』（１９００）、全十一巻の『The Works of John Ruskin』（１８８０）、全三巻の『The Stones of Venice』（１８７３）、その他何巻かのラスキンのらしい本があった。思い立って、ぼくは『The Stones of Venice』の中から無作為に一冊を選んで、手に取ってみた。ずしりと重い。大版である。中を開くと第一冊目であった。上段にペン書きでもって書き込みがしてあった。豪華菊判の稀覯本にも拘わらず、言わば、平気で書き込みを行っているのだ。

プルーストもまたサンマルコ広場のイスに坐り、このThe Stones of Veniceを読みつつ、前方遙かサンマルコ寺院のドーモの先端に輝く夕陽の反映を見た。ぼくも見た。運命愛。永劫回帰。自己放棄。

運命愛と永劫回帰と自己放棄という青い言葉が目に迫った。歴史家であり、政治家であり、後のナーダ国の宰相となる一人の人間の、何という奥深い心情がそこに表れていることだろう。なおその上に多彩な詩情とでもいうものさえ漂っていることが何よりも不思議でならなかった。またそんな書き込みが祖父の生きた心根というものをありありと伝えて、ひとしお懐かしさを覚えた。

ただそれだけではなかった。開いたページの間に一枚のノートの切れ端が挟まれてあったことだ。それは二つ折りにされて差し挟んであった。手に取ってみると、祖父の手書きのメモのごときものだった。しかもそのすべては日本語で書かれてあった。端正な筆跡であった。

サンマルコ寺院のドーモの先端に夕陽の光が照り返し、それを黄金に薄紫に染めているのを見た瞬間、ふいにこの世のものならぬ、異界の美しさ、異界の光、異界からの光のごときものに貫かれるのを感じた。が、それだけではなかった。むしろ、その異様な西日の光を浴びているほとんど同じ風景、同じドーモのある風景が思い出されたのだ。ナーダの国の王宮の真ん前にある聖母教会のドーモ、それが落雷に遭って中央の尖塔が崩壊し、以来、ほとんど廃墟に近いままの聖母教会のドーモ、それに夕陽の当たっているほとんど同じ異様な夕景が思い出されてきたのだ。

その瞬間、心底深く何ものかが崩れ消えて行くのを感じた。わが心深く、さらにはそれよりももっと深い背骨の奥から、抑えようもなく、涙の潮のごときものが澎湃《ほうはい》として湧き起こり、溢れ出し、込み上げて来るのを感じたのだ。それは滔々として湧き起り、私の中の日常の意識、ケンブリッジ大学に残って、ヨーロッパの文学、歴史、哲学を生涯に亘って研究する学者の道を行きたいと夢見る身勝手な欲望、身勝手な夢を押し流して行くのを感じ取った。涙の潮がわが自我を崩壊させたのだ。瞬間、私は己が死んだのを感じた。と同時に、不思議なことであるが、私はまったく新しい己に、しかも果てもない、限りのない、大いなる己へと生まれ変わっているのを涙の内に感得した。

不意にナーダの窮状が思い浮かんだのだ。このヴェニスのサンマルコ寺院を模して建築されたという聖母教会の崩れたドーモ、ナーダに居た時には平生見慣れていて日常の景色でしかなかった廃墟のドーモを通して、その向こうに、ナーダが、遠い、東洋の果ての、弱小のナーダの国が、なぜか、孤児のごとく、手を差し伸べつつ、己に向かって、必死に、悲痛に、叫んでいる声が聞こえた。孤児ナーダ。孤身ナーダ。孤立無援のナーダ。それが声を発したのだ。必死に、悲痛に、己に向かって叫んだのだ。その瞬間、まったく不思議な問いが、絶対の問いとでもいうものが己に迫った。

これが私の運命というものか。これが私の運命だったのか。

直後、己の中から鋭い声が叫び出た。

そうだ。これこそお前の運命である。運命だったのだ。そうか、であれば、良し、その運命をもう一度、いや、何度でも受け入れて行くばかりである。たとえそれが不運であろうと困難であろうと不可能であろうと受け入れて行かねばならないのだ。そうだ。ナーダに帰るのだ。己を捨て己のすべてを捨てて帰らなければならないのだ。孤児ナーダが待っている。孤立無援のナーダが待っている。ナーダに帰らなければならぬ。

そしてもう一度断固とした声が言い放った。

これが運命愛というものか。そうである。これが運命愛というものである。これがヨーロッパで学んだ唯一究極の真実である。

お前の運命愛はヨーロッパの至愛至高の文化の財宝、精神の財宝を貪ることではなくして、ただちにナーダに帰ること、遠い、弱い、卑小の国ナーダ、孤児ナーダ、孤立無援のナーダに帰って、危機に瀕したナーダ国の精神の復活にわが身を捧げることだ。

それでいいか、ああ、それでいいか。

ああ、それでいい。われはその道を選び、その未知の道を切り開いて行くのみである。生涯掛けて、生き返り、死に返りつつ、永遠に至るまで。
（ヴェニス、カフェ・フロリアンにて）

ぼくは愕然とした。震撼とした。何か見てはならないものを見てしまったのだ。祖父の素顔を、祖父の若い時の素顔を、そのもっとも決定的な瞬間を見てしまったのだ。何ということだろう。サンマルコ広場に面したカフェ・フロリアンのテラスに坐って、ラスキンのこの『The Stones of Venice』を読みつつ、ふと見上げた前方のサンマルコ寺院の尖塔のてっぺんが、西からの夕陽を受けて、黄金にそして薄紫に染まっているのを見た瞬間のことが書かれてあるのだ。その瞬間のことが、その瞬間の摩訶不思議な祖父の心中の変容が、一個の魂の変容、魂のMetamorphosisのことが端正な王義之ばりの行書体のペン書きでもって綴られてあった。ぼくはそれを見た。見てしまった。もしかしたらぼくが初めて見たのかもしれない。とすると、祖父が未来のぼくに宛てて書かれた途方もない奇跡的な遺書、奇跡的な予言の書でもあったのだろうか。今のぼくのこの瞬間を、ぼくがこの書物を開くのを、言わば、百年もの間待ち続けて、そしてかならず開くであろうと確信しつつ、ノートの切れ端に綴ったものなのだろうか。

祖父はケンブリッジ大学卒業の年の夏をヴェニスで過ごしたことがあったのだろう。そしてサンマルコ広場のカフェ・フロリアンにあって、奇跡の Metamorphosis を遂げたのだ。そしてその瞬間の秘義をたった三語で言い表したのだ。運命愛と永劫回帰と自己放棄と。

運命愛とは自分が死ぬことなのか。自分を泣き尽すことなのか。自分というこちたき小世界が崩壊することなのか。そして素裸のまま、突如として、自分よりも遥かに大いなるものに向かって、それと一体となることなのか。そして祖父にとって突如としてナーダが声を発したのだ。はるかに大いなるものとして、しかも傷つける大いなるものとして、声を発し己を呼ぶ声を聞いたのだ。そのことを、目の前のサンマルコ寺院の夕映えのドーモのこの世のものならぬ美しさが思い出させ、そこへと覚醒させる機縁となったのだ。自分などどうでもいい、孤児ナーダ、孤立無援ナーダのために身を捨てるのだと。

ヴェニス、サンマルコ寺院、夕陽のドーモ、運命愛、永劫回帰、自己放棄………。

Death in Venice. Rebirth in Venice. Metamorphosis in Venice.

小なる己が死に大いなる己へと生まれ変わった、祖父の奇跡のメタモルフォシス。その時、祖父を貫いていたのは、ナーダという運命共同体の鼓動であり奔流でもあったのだろうか。自分の中にありながら、日常隠れて見えざるものの声でもあったろうか。そしてそれが危機に晒されているということの突如としての覚醒だったのだろうか。もしかしたら運命愛というのはナーダの時と一つになるということ、あるいはナーダの危機と一体となるということだったのではないか。ふとぼくは勝手に推量した。

しかしながら、祖父が今ここに生まれ変わって現れたならば、「光よ、あの時わしの心を貫いたのは、不憫なナーダ、哀れなナーダだった。身を捨ててもナーダを何とかしなくてはならないと思ったのさ」と言って、大袈裟なぼくを笑ったかもしれない。

ぼくは本を手に持ったまま南面する大机に向かい、イスに腰掛け、しばらく窓越しに外の風景を見つめた。ぱらぱらと本のページをめくった。そこにかすかに空気の揺らぎのようなものが起こり、鼻の先をかすめるのが感じられた。換気のよくない部屋の、やや湿った、黴の匂いに近い、しかしながらそこにまでは達しない、冷え冷えと淀んだ、部屋の大気の匂いの揺らぎのようなものだった。部屋の周囲の壁を埋め尽くした万巻の書物の発する、そして書物の中に封じ込められた、言わば、人間の精神の呻吟の息遣いのごときものが忍び出ているような気配だった。

しかし、それだけではなかった。めくるページそのものの中から、周囲の匂いに溶け込みつつも、ふとした瞬間にそれから抜け出て、もっと強い、もっと刺激的な匂いがきいいんと漂い出しているのが感じられたのだ。それは、今ぼくが手にしてめくりつつあるラスキンの『The Stones of Venice』そのもののページの紙の中から匂い立っているらしい。紙の匂いではなくて、紙の上に印刷されてある活字のインクの匂いらしい。１８７３年の出版とあれば、今から百年以上も前の出版であり、その長年月の時間の遙かな隔たりの遠くから、今なおその匂いは消え失せずに表面に残っていて、言わば、永遠の押し葉のごとく今も生き生きと匂い立ち、かすかに甘く、しかもどこか硬質の、心なしか焦げたような、そうだ、時間そのものが焦げたような、刺激的で、少し薄みがかった、乾燥したシナモンのような匂いを湛えつつも、匂いの潮騒となって紙の奥から匂い上がり、漂い上がって来るのである。たった今匂い立っていながら、消え失せた記憶の奥底から漂い上がって来るごとく、重い、不思議な、混沌たる記憶層を揺るがせ、引き剥がしながら、近づいて来たのである。

本の匂い、過去の匂い、匂いの玉手箱、魂の深淵のシナモン、匂って来る、忍び出て来る、立ち昇って来る……。

「光、いいか」

そういう声がどこからか聞こえて来る。

「光、いいか。お前の祖父は、政治家である前に歴史家であった。そしてな、歴史家である前に詩人であった。祖父は常々言っておったぞ。歴史家は何よりも詩人でなければならぬとな。歴史を見る目が正しくあらねばならぬことはもちろんであり、常に科学的で実証的であらねばならぬことは第一前提ではあるが、歴史は自然現象ではない。あくまで人間の事象であり人間精神の現象であるからして、人間を見る目は科学者の目である前に詩人の目でなければならぬと言っておった。歴史を彩る人間、歴史を形作る人間に対する、熱い透徹した共感がなければならぬとな。詩人というのは詠う相手との絶対共感であり、魂の融通無碍であり、同一化行為であるからだ。そんなことを常々言っておったぞ」

父の声だった。その時の声、その時の光景までが甦って来た。手にはなぜか今と同じラスキンの『The Stones of Venice』を持っている。そのかすかな匂いの中にいるのである。庭に面したベランダに、小テーブルを挟み、父と向かい合ってイスに腰掛けていた。父の声がまた聞こえて来る。

「『史記』の作者司馬遷は自らの悲劇の一生をもって、過去の中国の歴史、その中のあらゆる人間たちの悲劇を絶対の共感をもって描き出したのであり、そして人間にとって共感というのはより多く悲劇の共感であり、己と相手との悲劇性の共感にほかならない。したがって、歴史記述というのは、歴史の中に消えた不運の人物たちの悲劇性を掘り起こし、顕彰し、より多く光を当てることによって、相手の悲劇を光あらしめる行為にほかならない。司馬遷の『史記』はその一大典型にほかならない。人間は悲劇である。歴史は悲劇である。しかもそのように人間や歴史を見抜くためには、歴史家そのものが悲劇の人でなければならぬ。それに基づく悲劇的な感受性の持ち主でなければならないのだな。人間を、歴史を、悲劇として徹底的に見抜き徹底的に描き尽くす、その悲劇性と徹底性の中から、ちょうどギリシャ悲劇の中で主人公が悲劇の絶頂まさに没落しようとする時にコロスと称する合唱隊が痛切人の腸を断ずるばかりの詠嘆の歌を奏でるごとく、アリストテレスはそのコロスの詠嘆によってギリシャ悲劇はたとえ悲劇であっても一個の浄化というもの、一個のカタルシスというものを観客に与えるのだと言ったが、まさにそれと同じ浄化、同じカタルシス、ニーチェのいわゆる一個の形而上学的な慰めというものを歴史記述に与えるのだ。『史記』はまさにそのような形而上学的な慰めに満ちているのであり、その一大典型、一大原型にほかならないのだな。なぜそうであるかと言えば、その作者たる司馬遷はな、友を弁護して皇帝の怒りに触れ、宮刑という去勢の刑を受けた悲劇の人であり、絶対共感の詩人であったからだ。中国の後の史書たる『漢書』や『後漢書』も優れた史書ではあるが、『史記』とはやはり違うのだ。どこが違うかと言えば、『史記』には悲劇による浄化、つまりは、あの形而上学的な慰めがあるのに対して後の二書にはそれが感じられないからだ」

父はぼくの理解を越えたことを平気で語り続けている。あるいはぼくが理解できるかどうかなどということに委細かまわず、そんな気遣いなり配慮なりをする暇もないごとく、ある熱情ある狂熱にすら取り憑かれて語り出しているようである。自分の父でありぼくの祖父である人の悲劇的な生涯がつねに心にあって、それに取り憑かれ、命じられて、語らなければ済まないというごとく、一種切羽詰まった緊張感の許に、ほとんど一人語りのごとく話し続けているのである。

「光、いいか。お前の祖父が処刑されるおよそ十日前のころだ。すでに処刑は確定し、祖父は自分亡き後の公私に亘る一切の事後処理というものを済ませた。王国の滅亡の後の遠い行く末ないしは遙かなる復興を腹心の部下や長い間に亘る同志でもあった財務大臣たる梁建徳氏や古蘭溪氏やアナン博士らに託し、秘書官によって、日本大使館を通して、わしとわしの母の二人を、処刑前に日本へ亡命させる非常策を練り、かつ実行させたのだ。わしはその時、ケンブリッジ大学から帰って来てまだ二年も経っていない時だから、二十五だったかな。母と二人、上海経由で日本に脱出した。父の、つまり、お前の祖父のだ、かつて日本に留学していたころの師でもあり、先輩にも当たる鈴木大拙師の縁故と周旋をもって鎌倉に落ち着いた。師の住庵である東慶寺近くの、山ふところに抱かれた景勝地の一軒家であった。すぐにわしは気に入った。その一軒家こそ、お前とわしとこうして暮らしているこの家のことだ。いいところだろう。しかし、単に景勝地というだけではない。なぜすぐに気に入ったかというと、ナーダにいた頃よく父と行って住んだ白幽山の山荘とまさに瓜二つの風光、景色、佇まいだったからだ。

父の処刑とナーダ王国の国王一族の処刑のことは、後になって知ることになった。わしはどうすることもできなかった。母はそれを知ってピストル自殺を遂げた。わしは天涯孤独となった。母はわし宛てに遺書を書いた。時節到来の暁かならず祖国ナーダに帰国、父の遺志を継ぎ正史『ナーダ史』を完成せよと血書をもって書き付けてあった。

父の処刑のことは覚悟をしておった。しかし母の死は、膝元にいて、その突然の自決は青天の霹靂であった。想像を絶し、わしを奈落の底に突き落とした。なぜ死んだのか、なぜわしを残して死んでしまったのか。同じ死ぬなら、祖国にいて父の後を追って死ぬこともあり得ただろうに。なぜ、息子たるわしと共に亡命して、生き延びて息子と共に捲土重来を謀るはずの、その命をどうして絶つ必要があったのか。理解に苦しんだ。本当を言えば、いまだに理解に苦しんでいる。父と王国に殉じたのだと頭では理解できても、心では理解できず、そしてまたこんな傍にいて意中を察することもできず、その死を止めることもできなかったことがいまだもって後悔されてならない。しかしいずれにせよ、わしは一人きりになってしまった。天涯孤独とはこのようなものか。亡命とはこのようなものか。母の葬儀を終えて、母の位牌を部屋の床の間の一隅に置き、父と母の写真を並べて、深夜一人、それに眺め入った時、不意に、父の後を追い、母の後を追おうと、込み上げて来る思いに捕らわれた。しかし同時に、その衝動を押しとどめるもう一人の自分がいた。父の後を誰が継ぐ、母の遺志を誰が継ぐ、母はなぜ死んだか、母はなぜ遺書を書いたか。わしの中のすべての考えすべての意識は千々に乱れ途方に暮れ、その困惑と混乱の極み、不意に、心の奥深くから、それらすべてを押し流すがごとき勢いをもって、嗚咽のごときものが湧き起こり、押し広がり、溢れて来て、わしの肉、わしの骨、わしの髄、わしの身心のすべてを滔々と水流となし涙の奔流となして、溶かし崩して行った。わしの自我が崩壊した。わしの記憶が崩壊した。わしの意識が崩壊したのだ。この世もあの世もなかった。生も死もなかった。自分も世界もなかった。何かすべての境、すべての籬が崩れていた。父の写真が目の前にあった。母の写真が目の前にあった。父も母もすぐ近くにいるようだった。何か違った風景、前と違った風景の中へと抜け出ているように感じられた。天涯孤独となったが、天涯孤独ではなかった。泣いて泣いて泣き尽くした果てに、自我は崩壊し、自分は消滅し、その果てに、天涯孤独は天涯孤独のまま広い世界に抜け出ていた。父も母も目の前にいるのだ。時節到来の暁、祖国に帰還、父の遺業を継ぎ、正史『ナーダ史』を完成せよという母の遺言がわが心中を満たした。その遺言とまともに向かい合った。そのような決死の自覚を促し、不退転の覚悟を促すためにこそ母は自決したのだと独り思った。

すぐさま山を下りて、東慶寺の大拙師のところへ駆け込んだ。わしは思いの丈をすべて打ち明けた。

師は言った。

「そうか、泣いたか。声を上げて泣いたか。全身をもって泣き、全心をもって泣いたか。そうか、それでよかった。泣くことは死ぬことだ、死に尽くすことだ、死に尽くして蘇ることだ。泣け、泣け、泣け」

そう言って、わしの手を取って、共に泣いてくれたのだ。

以降、大拙先生はわしの蘇りの師となった。わしの大泣き先生であり、大死先生であり、大蘇生先生となった。そしてまた、大拙先生の斡旋で大学の講師となり、英語や哲学を教えることになった。

わしは生まれ変わった。本当の自分に目覚めた。本当の自分の使命というものに目覚めたのだ。父の遺命、遺志を継ぐということだ。いまだ生き尽くすことなく逝った父の遺業を完成させること、あの『ナーダ史』を完成させることであることを自分一人に向かって誓ったのだ。ナーダ王国の滅亡と父の悲劇的な死の真の意味とその真の姿を描き尽くすことを、自らの使命とすることだ。

無一物をもって亡命したのだから書物など何一つなかった。わしは以後書物の蒐集を始めた。幸い、資金は父が秘かに日本の銀行に預けておいたから豊富にあった。わしはそのすべてを書物に注ぎ込んだ。父の山荘書庫とでもいうべきあの白幽山下の部屋を模して作り変え、何から何まで同じ作り、同じ結構、同じ書庫、同じインテリアにして、そしてさらに同じ書物を集めて行った。そうして、わしの世界読破、歴史読破が始まった。たとえ父を超えることはできなくとも、父に迫ることはできる。そして迫って行かなければならない。その決心、その覚悟をもって、読書を開始したのだ。父は常々言っていた。歴史家はまず詩人でなければならぬと。科学者であるよりも哲人であるよりも、まず詩人でなければならぬと言っておった。そのことは初めは分からなかった。五年経ち十年経ちして、ようやく、かすかに分かり始めた。父の言わんとするところのものは、歴史家は当然科学者でなければならぬ、そして次に当然哲人でなければならぬ、がしかし、その前に根底に詩人の魂、詩人の絶対共感がなければならぬということが分かりかけてきた。人間の歴史は純粋客観をもって見なければならぬ、と同時に、純粋主観をもっても見なければならぬということだ。司馬遷だってそうだ。前にも言ったが、もう一度言おう。あの壮大な中国の歴史書たる『史記』でさえ、まさに司馬遷の絶妙な純粋客観の精神によって、実証され論証され論述されていながら、中国の歴史の底に、不遇という人間の悲劇を見て取ったのだ。そしてそのおびただしい不遇者の顕彰と発掘こそが、歴史家の唯一の使命であり、また最大の仕事だと見なしたのだ。そして何よりも、孔子その人を不遇者の最大最高の典型と見なしたことだ。これこそが司馬遷の詩人たる所以であり、純粋主観の持ち主たる所以でもあった。詩人とは悲劇の幻視者であった。さらにはその悲劇の救出者でもなければならなかった。歴史家はまず詩人でなければならぬ。わしは父のこの言葉を唯一の支えとして生きて来た。

　それはそうと、今、光、手にラスキンの『The Stones of Venice』の本を持ってるだろう。わしは日本に亡命するに当たって、父の書物、わしの書物をただの一冊も身に付けて来なかった。亡命とは無一物のことだからな。ただ、わしは父の重んじる書物の名前をほとんど覚えていた。何を読み、何を重んじるか、よく肝に銘じていた。だから日本に来てしばらく経ち、母の喪にしばらく服した後、大学の講師を勤める日常を取り戻すと、父の書物の蒐集、父の書斎の再現、父の遺志、遺業の継続を開始したのだ。

そしてな、山荘の父の蔵書の中に洋の東西を問わないおびただしい歴史書に混じって、ラスキンの全集があった。それだけではない、それとは別にラスキンの各種の単行本まで揃えてあり、三冊本の『The Stones of Venice』があった。父は歴史の研究の合間に、よくその内の一冊を手に取り、書斎の前のベランダに出て読み耽っておった。大版のページをゆっくりとめくり、見るともなく見つめ、目を閉じ、眼前の風景を眺め、やがてまたページの上に視線を落とす。父は国王に伺候し政務を執る合間、何日かを休んで、よくわしを連れて山荘に行き、研究と読書に明け暮れては、わしとベランダに出て休んだものだ。その時にはかならず手にラスキンの『The Stones of Venice』を抱えているのだ。父はそんな時よく一人語りのごとく言い出したものだ。「歴史家だけが歴史家ではない。ましてや、大学などの歴史を専門とする歴史学者などが歴史家ではない。さらにはいわゆる歴史書を書いたものだけが歴史家であるということもない。たとえば、このラスキンだ。ラスキンは世間では、美術批評家とか美術思想家とか呼ばれておる。あるいは単に、批評家とか思想家と呼ばれておる。歴史家とは誰も呼ばない。まあ、人を既定のジャンルなり枠組みに入れて分類しても始まらない。第一、かれはどのようなジャンルにも属さない御仁だった。あらゆるジャンルに亘り、あらゆるジャンルを含み包括し、総合している御仁だった。近世、大学ができてから、学問が駄目になった。ジャンル分けをし、専門分野を固定し、学問領域を分類し、言わば、返す刀で自らを分類化し細分化し、蝶の標本のごとく自らを標本箱に展翅してしまった。

学問は偉大なる素人から生まれる。学問は本来越境し総合し、果てもなく神経回路を伸ばして行く偉大なる素人から生まれるのである。ダーウィンしかり、マルクスしかり、ヴィコしかり、ゲーテしかり、そしてラスキンしかりである。

学問は本来混沌としたものである。荘子の譬えをもって言おう。ここに混沌という一人の神がいた。ある時何人かの友人が来て、「君には目鼻がないから不便だろう」というので、混沌の神の身体に目や鼻や耳などの孔をあけてやった。ところが、混沌神は、友人の目の前で、たちどころに、倒れて死んでしまったというのだ。

近代以降の学問は、本来の生きた混沌に孔をあけて分類し、細分化して、死物同然のものとしてしまった死物学問である。近代以降の細分化された学問は、もう一度本来の生きた果てもない総合の混沌性を取り戻さなければならない。専門の学者はあの偉大なる素人の目を取り戻さなければならない。

学者は学者である前に、歴史学者は歴史学者である前に、偉大なる素人でなければならない。つまり、歴史家である前に詩人でなければならない、哲人でなければならない、ということだ。たとえば、ラスキンだ。この御仁は荘子の言う混沌神だ。偉大なる素人だ。詩人であり哲人である。分類を拒み、孔をあけられることを拒み、標本化を拒み、展翅されることを拒む御仁である。この『The Stones of Venice』を見てみい。この本には香りがある。馥郁たる匂い。不可思議な、文質彬彬たる、得も言われぬ匂いがある。これぞまさしく文明の匂いである。人間が熟成した最高の蜜、人間の精神と魂が錬り上げた最高のエッキスがある。

ラスキンは単にヴェニスを語り、ヴェニスの建物を語っているだけである。しかしそうしながら、自ずから、ラスキンの精神や魂、あの混沌神が働き出し、滲み出し、流露して、ヴェニスの建物を通して、ヴェニスの歴史や西欧の歴史を語り出し、やがては、人間の歴史全体をも語り出すに至るのである。ヴェニスの魂、ヴェニスの詩を語り出すのである。そして人間の魂、人間の詩というものを語り出さねばいられないのである。

ヴェニスは不思議極まりない都市だ。奇怪で幻想的で例外的で、人類が作り出したもっとも不可能な都市だ。歴史の端緒と終焉を同時に含んで、静謐を極めた都市だ。すべての人はそこを訪れると詩人に成る、哲人に成る。例外はない。歴史の端緒を考え歴史の終焉を考えるように誘って止まないからだ。ゲーテが訪れ、ラスキンが訪れ、プルーストが訪れ、トーマス・マンが訪れて、かれらのすべてはそこで詩人に成り、哲人に成った。かれらが詩人であり哲人であったからではない。ヴェニスが詩人であり哲人だったからだ。ヴェニスはすべてのものを、その色とその匂いとその魂をもって染め出すのだ。トーマス・マンは『Death in Venice』を書いた。わしは『Death in Venice』を生きた」

そんな父の声がまだわしの耳朶に残っている。

父はヴェニスがこよなく好きだった。父はこの本の中で歴史家という自分を忘れて、それ以上に詩人に成れ、哲人に成れたからだ。

そんな父を見て育ったわしもまたラスキン派になり、ラスキンの『The Stones of Venice』が好きになった。亡命の時に父の蔵書のどの一冊も持って行くことはできなかったけれども、この日本に来て、真っ先に購入した書物はラスキンの全集であり、ラスキンのこの『The Stones of Venice』だった。わしは日本で父の一生を改めて反芻し、再生し、生き直すことを始めたと言っていいだろう。父はつねに口癖のように「ナーダ史は亡命史だ」と言っていた。「一国だけの歴史で成り立っている訳ではない。むしろ多数の民族の、多数の優れた人物がナーダへ亡命して来た歴史であり、同時にまたナーダのあまたの優れた人物が他国へ亡命した歴史でもある」というのだ。だから、光、いいか。つねにこの亡命という一字、exileという言葉を忘れるな。ナーダはすべて亡命から始まると言ってもいいのだ。

お前には唐突だろうが、わしの好きなジョイスの作品に『若き日の芸術家の肖像』という本がある。その本の最後の方で、主人公の青年スティーヴンが、己の祖国たるアイルランドを離れる時の決意を友に向かって語る言葉が出て来る。silenceとexileとcunningの三語だ。つまり、沈黙と亡命と巧緻、それが自ら選び取った芸術のための唯一の武器だというのだ。そして続けて、「ぼくは孤独になること、追放されることを恐れない。過ちを犯すこと、大いなる過ちを犯すことを恐れない。生涯に亘る過ち、永遠にまで至るほどの過ちを犯すことさえ恐れない」と宣言するのだ。

光、いいか。お前もまたスティーヴンの、あるいは、むしろジョイスのこの言葉

「silence, exile, and cunning」を生涯肝に銘じて過ごせ。父もそうした。わしもそうした。だからお前もそうするのだ。silence, exile, and cunning の三字を生きるのだ。沈黙と亡命と巧緻と。父が生涯を賭けて取り組んだ「ナーダ史」を完成するには、この silence と exile と cunning が必要なのだ。そして恐れるな。生涯に亘る過ち、永遠にまで至るほどの過ちをも恐れるな」

そんな言葉が今、手に持っているラスキンの『The Stones of Venice』の書物のページの間から匂い出し立ち上って来る。

silence と exile と cunning。沈黙と亡命と巧緻と。しかもジョイスはそれを挙げて芸術のために文学のためにそうすると言ったというのだ。父はどうだったのか。そして祖父はどうだったのか。父も祖父もやはり同じ道を選び、同じ道を突き進んだというのか。それでは何のために silence と exile と cunning を選び取ったのか。祖父はたとえ晩年に王立図書館の館長として、次に王国の宰相として、公的または政治的な生涯を選び取ったとしても、心においてはやはりあの silence と exile と cunning の精神と志を貫き、それをもって「ナーダ史」を完成させ、成就させようとして来たのか。そして同じ道、あるいは祖父よりはもっと困難な道を父は運命として受容し、忍苦と沈潜の長い日々を日本で過ごし、やがて来るであろう祖国帰還と祖国での「ナーダ史」

完成というものを願っていたのだろうか。しかし帰国寸前の難破によって父は死亡、

その志は挫折した。とするならば、ぼくは一体どうすればいいのか。祖父が果たさず

そして父もまた果たすことができなかった「ナーダ史」の完成を、ぼくこそが最後に

果たさなければならないのか。そのように運命づけられているのか。

手に持ったラスキンの『The Stones of Venice』のページの間からふたたびかすかな印字の匂い、硬質の、焦げた、シナモンの入り混じったごとき匂いが立ち上って来た。懐かしい匂いだ。単に本の匂いというものではないらしい。その匂いを嗅ぎつつ、父と共に過ごした日々。父が持ち、ぼくにも誕生日プレゼントとして送ってくれたこの書物を、共に読み、それを手にして語り合った長い日常の、あの日々の、時の移ろいの匂いとでもいうものがただひたすら懐かしく匂い立ち、思い出されて来る。すでにない父、すでにない祖父の魂の匂い、父や祖父の思い出そのものの匂い、それが今、匂い立っているのだ。ぼくには政治家と歴史家と哲人と詩人を兼ね備えた祖父、そしてまた哲人と詩人を兼ねた父、その二人の血筋を受け継いだとしても、その素質の何一つ受け継いだとも思えない。もしかしたらその内の詩人の素質だけが、たとえば、今手にしているラスキンのこの『The Stones of Venice』のページの間から立ち上るかすかな残り香のごとく、このぼくの中に漂い残されているだけなのかもしれない。光

家の血筋の残り滓、その底に残った血筋の澱《おり》に過ぎないのかもしれない。ぼくは光家の詩ということになるのか。しかしながら、ぼくがたとえ何者であろうとも、光家の、祖父の、父の遺業というもの、果たすことなく逝った祖父たちの未成就の仕事を果たさなければならない。光家のNONVÉCUというものを、光家のいまだ生き尽くされざるものを、このぼくの詩を通して、このぼくの詩人の筆をもって果たし、成就し、最後に至るまで生き尽くし書き尽くさなければならない。しかしぼくの詩とは何か。どうしてぼくは詩ということに思い至ったのか。ぼくの中の詩とはどういうものなのか。ぼくの中の詩人性とはどういうものなのか。

そのとき、書斎のドアを勢いよく開け放ってセイレイ嬢が入って来た。

「光さん、さあ、行きましょう。ほら、立って」

ぼくは立ち上がり、ラスキンの書物を書棚の所定の場所に収めた。

「白蓮精舎《びゃくれんしょうじゃ》のお師匠さんのところへ行きましょう。ここからすこし登った山です。すぐに会えます。あなたのおじいさまや古蘭渓博士のお師匠さんでもあり、あなたのお父さま、私の父のお師匠さんでもある人です。それはもう大変な方です。すでに百歳を越えてなお矍鑠としてお元気でいらっしゃいます。この白幽山の主のような方です。長春老師と言います。光さん、どうか、国宝のような人、霊宝のような人に会って、元気をもらってください。若者の元気も尊いですが、それはじかの動物的な元気に過ぎません。だけど、百歳の老人の元気というのは霊的な元気。同じ「げんき」という言葉でも元の気と書く方ではなくて、天地玄黄の玄に気をつけた玄気。そういう玄気を与えてくれる人です。霊的玄気、滅びない一種摩訶不思議な玄気です。よぼよぼになっても玄気、おろおろしていても玄気、しわくちゃになっていても玄気、霊のたばしる霊の玄気です。それは私たちの魂にじかに響いて来ます。じかに打ち付けて来ます。永遠の玄気というのがあるのかもしれません。さあ、それに打たれに行きましょう」

セイレイ嬢は一方的であった。蘭の花の香りのごとく一方的であり、ラベンダーの花の香りのごとく一方的であった。ぼくはその香りに流され、焚きしめられるばかりであった。セイレイ嬢はいつも単刀直入であり、艶なる謎であり、ぼくをあらぬ方へと拉し去る妙なる花の匂いの洪水であった。

祖父の書斎の探訪はまだ終わっていない。それはまた後刻取り掛かる宿題となった。ぼくはセイレイ嬢の後に従った。古蘭渓博士も他の若者もいなかった。

ぼくたちは山荘を出た。

二十二　白鳥の高貴なる卵のごとき睡蓮の花の蕾

セイレイ嬢が前を行く。ジーンズのズボン、白いシャツだけの極めてシンプルな姿である。軽快な身のこなし、強い香水の匂い、そして何よりも、黒く長い髪の毛と時折その合間からほの見える項の白さが際立つ。初めて会った時の妖精のごとき変化自在な魔力、夢幻とも言えるような清い妖艶さはないが、そのような自分の肉体の発する魔力などすこしも気が付かず、あるいはそれをかなぐり捨てたごとき颯爽とした歩き方をもって、前を行くのである。しかしながら女性の魅力ないしは魔力というものは、男性として自分がほんのわずかでも望んでいるならば、ほんの一瞬かいま見える項の白さとか指先のやや透明な白さとか、黒い髪の毛の匂いなどから、その魔力というものが発散され匂い出ているごとくに感じてしまうのである。それに一々反応してしまうのである。やはりセイレイ嬢は謎の女体である。神秘な肉体である。面と向かって顔を見、言葉を交わしている時よりも、こうして前を行く後ろ姿を見つつある時、かえって、その印象は強まるのである。面と向かえば、言葉なり顔の表情なりは、同じ謎を秘めているといえどもややそれは透明であり、理解可能な謎としてその魔力なり魅力はやや薄れるのである。しかしながら後ろ姿というものは、言葉も表情も仕草も意識も現れず、それによって支配されてもいないので、セイレイ嬢の知られざる姿、自ら意識もせずに発散している謎の肉体性、神秘の女体性《にょたいせい》というものが、言わば、裸形で露わになっているように感じられるのである。しかも衣服で覆われているが故に、より多く想像を刺激するのであり、かすかなジーンズの下の尻のしなやかな動き、かすかなへこみ、かすかなふくらみ、その丸まりと円転は自ずから想像を刺激して止まないのであり、言わば、セイレイ嬢の視線が及んでいないが故に、こちらの想像の自由を許すのである。そこにはより多くセイレイ嬢の未知の肉体の沃野が広がっている。

しかしそれは風のように捉えがたい。花の匂いのように掴みがたい。実体というより虚体である。現実というより幻実である。それが前を行くのである。

やがて大きく緩やかな山懐《やまふところ》のような平地にたどり着いた。山門の前に立つ。「白蓮精舎」と草書をもって書かれた扁額が、真上の梁に横に高く掲げられてある。山門をくぐると、白い静謐さに吸い込まれそうになった。前方は三方共に山に囲まれ、中央は広々とした丸い池、ぐるりとその周囲には小振りな紅葉の木が一定の間隔をもって植えられてあり、小径は白い玉砂利である。

それを前庭として、正面には、山を背にして堂々たる瓦葺きの本堂が、およそ間口十間、ゆったりと奥深く鎮まり返っている。山門脇には鐘楼、本堂の右脇には庫裏と覚しき建物が、後ろへとやや控えめに並んでいた。本堂の左脇、屋根付きの廊下を通って、小さな庵のごとき平屋の小邸が見えた。

「さあ、光さん、着きましたよ。白蓮精舎です。老師に挨拶をしに行って来ます。ここで、ちょっと待っててください」

ぼくは池の端にあった木製のベンチに腰掛けた。そして改めて、池の表を見つめ直した。午後の日射しを受けて、水ぬるみ、眠るごとく安らっている。水面の至るところ、やや広い面積を占めて、睡蓮の葉の群れが伸び広がり、わずかに盛り上がり、動くともなく動いている。それらの葉群の間から白い睡蓮の花が何個か咲き出ているのが見えた。白い。芯に近いところがかすかに色づいてはいるが、あくまで白いのである。何ものにも喩えようもない白さである。しかも生き生きとした、かすかな息遣いさえ聞こえて来るような白さである。だらけた白さではない。周囲の様々な色と混じり合い、繋がりあって、濁りの優った白さではない。あくまですっくと白いのである。毅然たる白さである。自然は純粋に凝るとここまで白くなるのか。静謐さは極まるとここまで白くなるのか。睡眠は極まるとここまで白く成り優るのか。白い静謐である。白い睡眠である。白い無である。

時折その葉群れ全体がかすかに動く。それに応じて睡蓮の花そのものまでが魘《うな》されたごとく花びらを震わせる。葉群れの水面の下からほんのわずか揺らぎを立てながら小さな緑亀の顔が現れ、やがて自分もまた魘されたごとくふたたび水面の下へと消えて行く。

睡蓮の花はふたたび静かになる。ふたたび眠りこける。

不意にぼくは一つの散文詩を思い出した。まったく不意にである。まるで目の前の水面下から睡蓮の花を通して匂い出たかのように思い出されて来たのである。

私は長いこと夢のごとくうつつのごとく、緩やかに舟を漕いで行った。いつの間にか目は呆然として漕いでいることも忘れ、時の微笑《えまい》の流れる辺り、内なる空《くう》を彷徨っていた。動くともないけだるさの中、ふと、舟のたゆたうかすかな音、浮き出た櫂《かい》の上の文字の輝きに、私は我に返った。舟は止まっていた。

そんな文章で始まる散文詩。そうだ、たしかマラルメの散文詩だった。しかもそれは誰かの訳した文章ではなくて、ぼく自身の訳した文章だった。日本では何人もの学者が訳していて名訳とされ定訳とされて揺るぎないものだったはずなのに、ぼくはなぜかそれを読んだだけではマラルメの詩そのものを自分のものとした気がせず、原文を読めば読むほど原文だけあればいいと思えると同時に、自分で訳してこそそれを読んだのだという確信を得ることができるはずだという思いに駆られたのである。何度も翻訳に挑戦し、試行錯誤を繰り返し、日本語に訳すというよりはむしろ、自分の言語にするのだという独断をもって勝手な訳業を自分に課した。何通りかある内の一つが、今、ふっと思い出されて来たような気がする。

文中の私は緩やかな川を舟に独り乗り、とある貴族の館の前庭に通じる河岸にもやい、漂いつつ、ふと、そこが思い人の女性の住まう館だと気が付く。いや、むしろ、それを深く思いつつ舟を進めたのでもあったろうか。水際は実に静かである。川の引き込まれて行く向こうには館の池が望まれる。そこに女性は見えない。しかし思いの籠もった目には、池の端、池の向こう、館の辺り、そこかしこに女性の気配が漂うのを感じてしまうのである。確実に居るというよりはむしろ、そこには居ないかもしれないということがかえって居る気配を引き寄せ、ありともない女性の姿を誘い出すのである。居ないからこそ自由に出会えるのである。自由に、放縦に、濃艶に、思い

存在によって不在を、現実をもってイデアを、可能をもって不可能を描き歌うのである。しかも、たとえ目の前のものがいかにありありと目に見え、ありありと手に取れるがごとき様相を示しているとしても、つまりはその存在性はいかに確実のごとく見えているとしても、むしろそのような存在性というものは一時的なものであり、一過性のものであり、仮想のものであり、転変有為のものであり、かえって、現に今存在していないもの、いまだ目に見えないものの方こそ実在し、永遠なるものであると言おうとしているごとくなのである。非在こそ実在、不在こそ存在、欠落こそ充実、そういう不可思議な存在逆説を言おうとしているかのごとくである。

マラルメは憧憬を歌うのである。希望を歌うのである。渇望を歌うのである。求めても求めても永遠に達成しがたく、永遠に獲得しがたく、永遠に手の届かぬ憧憬の絶対の対象を歌うのである。非在とは絶対である。不在とは絶対の存在である。このマラルメの永遠の憧憬、永遠の渇望の深さ、強さ、激しさ、言わば魂の憧憬力、魂の渇望力によってその非在を歌う詩、不在を歌う詩はそうやって命を発するのであり魂を発するに至るのである。

しかもマラルメは目の前の稀有なる美しい存在をもって、絶対の非在、絶対の不在を歌い、眼前にそれを髣髴たらしめるのである。あるとしもないたゆたいであり、なきがごときたなびきであり、夢うつつの揺らぎ合いである。

であればこそ、舟もやう舳先に漂うがごとく花開いている睡蓮の花を、まず絶妙な譬喩《ひゆ》をもって刻み取ってみせる。

「わが孤独の夢想の中に漂い来たる処女なる不在」と歌い、

「ふと目の前に現れた魔の睡蓮の花」と歌い、

「わがイデアなる睡蓮の花」と歌うのである。

そしてさらに、

「いまだ飛翔の翼を広げない白鳥の高貴なる卵のごとき睡蓮の花の蕾」

「池の畔をそぞろ歩きする、いまだ見ぬ女性の、立ち止まって、好んで辿る、心の霊妙なる安らぎ、霊妙なる空にのみ満たされた睡蓮の花の蕾」

と歌うのである。睡蓮の花をこれほど見事に歌い、これほど絶妙に歌った詩をぼくは知らない。しかも目の前に存在する睡蓮の花を歌いながら、しかもそれを通して、言わば、それ以上のことを歌おうとするのである。存在を通して目に見えぬ非在の美しさ、不在の至尊を歌うのである。

睡蓮の花の蕾を見て、そこに、いつの日か白い翼を広げて飛翔する白鳥の高貴なる卵を思うのである。さらには、憧れ続け求め続けて、なおもいまだ見ぬ女性の心の霊妙なる安らぎと霊妙なる空の孕まれているのを思うのである。しかもそれを一枝折り取り、夢想のトロフィー、夢想の戦利品のごとくしかと傍らに置きつつ、空しき帰路に就くというのである。

不在をこれほどありありと実在として描き切った詩をほかにいまだ見たことがない。非在の美は清い。不在の美は清潔である。すべてのものは非在でこそ美しい。すべてのものは不在として語ってこそ美しい。美はストイックでなければならない。ストイックな美だけが美である。あるいはストイックな美というものが存在するのである。マラルメはそれを描いた。それを知っていた。その極意を歌ったのである。

美の現実存在というものはない。美は現存ではない。美は不在においてこそ成立する。

マラルメの「白い睡蓮」の詩は白い睡蓮の美を歌ったのではない。むしろそれを通していまだ見ぬ女性の美を歌ったのである。白い睡蓮の女性の美を歌ったのである。しかもそこには睡蓮の花しかない。女性は存在しない。睡蓮の花はいまだ見ぬ女性の白い魂を宿し、女性の霊妙な心の安らぎ、霊妙な空のみから成り、それによって膨らんだ花の蕾である。さらには、そこには女性も存在しない、睡蓮の花も存在しない。ただ、不在の女性を歌い、不在の女性の魂を宿した睡蓮の花を歌う言葉だけが、後に詩人の心裡に残り、心裡に漂い、存在するのみである。マラルメにあっては言葉だけが実在である。マラルメは第二のプラトンである。第二のイデア憧憬者である。イデアなる絶対の美はいまだ来ぬものである。あるいはすでに在りすでに消えたものである。人類の時はつねに空位の時である。空位の時にあってはただ言葉だけが実在である。仮の実在である。言葉だけがすでに消えそしていまだ来ぬイデア、絶対の美をつねに心裡に髣髴とさせるのである。マラルメはそれを究極生きたのである。徹底自覚したのである。

マラルメは最後のプラトンであった。最後のプラトニストであった。

マラルメの美意識は不思議である。あるいはむしろ特異であり、例外的なものかもしれない。あるいは西洋でのみ、あるいは西洋のこのマラルメの生きた世紀末的な世界においてのみ成り立つ美意識なのかもしれない。しかしやはり、これほどまでに突き詰めた究極の美というものは存在したことはないのかもしれない。ぼくはそういうマラルメが好きだ。清潔である。ストイックである。現実に淫していない。言葉だけを信じているとしてもその言葉にも淫していない。自分のものというのを何一つ持っていない者の清潔さである。虚無を生きる者の清々しさである。言葉以外何ものをも所有しておらず、しかもその言葉さえわがものと僭称してはいない者の恬淡《てんたん》さである。

目の前の池の水面に、濡れた、濃い緑の、人の掌を開いたほどの大きさの、丸い睡蓮の葉が縁をぎざぎざと震わせ、互いに縁を接しながら何枚も並んで、何千年もの時の積み重なった古の銅鏡のように深々と浮かび出ている。その中に、くっきりと白い、辺りの空気を斬るがごとき鋭さをもって、何弁もの花びらの先端を斜め上に突き出しつつ、睡蓮の花が何個も咲き出でている。睡蓮の花は睡っている。白く、鋭く、くっきりと睡っている。幾世代、幾千年もの間、花から花へ、次々と伝えられて来た花の睡眠の積み重なった白さを湛えつつ、千年の日射しを吸い込み、千年の青空を吸い込み、眠りの中を水の夢、風の夢、空の夢の過ぎるのに身を任せつつ、千年を睡り万年を睡って来たのである。

ふとぼくはセイレイ嬢を思った。ぼくをここに残して去って、今は居ないセイレイ嬢のことを思った。今もセイレイ嬢は謎である。目の前の睡蓮の花のごとく謎である。神秘の花の謎であることに変わりはない。ぼくの知らない日射しを浴び、青空を仰ぎ、ぼくの知らない花の睡眠を重ね、その中でぼくの知らない数知れない花の夢、風の夢を見、空の夢を見、言わば、目の前の睡蓮の花の遊離魂のごとく、白く、艶やかに、忽然と現れ、忽然と消え、その声その仕草のすべて、息を呑む唖然たる鋭さをもって、立ち居振る舞うのである。

花を見ることはできる。しかし花の中に入ることはできない。セイレイ嬢を見ることはできる。しかしその人の中に入ることはできない。艶やかな花の謎である。艶なる花の迷宮である。

睡蓮の花を見つつ睡蓮の花の睡りを睡ればいいのかもしれない。セイレイ嬢を思いつつセイレイ嬢の花の睡りを睡ればいいのかもしれない。

睡蓮の花はまだ見えている。しかしどうしてぼくはそれを見つつ、ふと、マラルメを思い出し、マラルメの詩を思い出したのだろうか。それもまたぼくにはよく分からない。ぼくもまた、ぼくの中に睡蓮の花の謎、睡蓮の花の神秘を抱えているのだろうか。今なお、ぼく自身もまた一個の花の謎、一個の花の迷宮であり続けているのだろうか。

「光さん、すぐ来てください」

そういう声がしてわが夢想を破った。

二十三　一枝華開世界起

「おうおう、よお来おったな。待っておったぞ」

暖かい、日射しのよく通る、小さな茶室のごとき庵だった。大きな本堂脇の方丈とでもいうべき庵の床柱を背にして、布団の上にやや背くぐもりつつも正真端座をする長春老師たる人がいた。白くふくよかである。春風駘蕩《たいとう》である。しわしわと梅の古木の幹の肌にも似て皺だらけであるが、柔和極まって老翁というよりはむしろ老媼の相好に近い。頭はもちろん剃ってでてらてらと坊主頭であるが、眉毛は白く、鼻毛さえ白く、顎髭もまた白く長い。それに左右の眉毛の端の何本かの白い毛は極端に長く、それぞれ五センチほどもあろうか、緩やかな弧を描きつつ下へ垂れ下がっているのである。不思議な人間離れのした異相である。やや丸い顔からはたえずにこやかな微笑が漂っている。

床の間には、薄い平たい花卉に睡蓮の花が一枝さしてある。葉がまだ濡れている。花は小振りで可愛らしい。生きている。にこやかである。和気である。命がほころびている。

一幅の掛け軸が奥に掛かっている。たった七字であるが垂直に流れ下るようである。墨の濃淡が自然であり太くしかもしなやかである。

一枝華開世界起

そう読める。行書から草書へと崩れるがごとく墨の瀧がなだらかに滑り落ちている。

老師はすでに茶の準備をしており、手許に用意がしてある。

「さあ、膝を崩して、一杯やらんか」

風貌からして、老師は南方系というより中国系の出自のようである。

セイレイ嬢は老師のすぐ脇に坐り、ぼくの方に茶碗を薦めた。老師の相向かいに坐ったぼくはそれを受け取り無造作に飲んだ。茶の渋さが胃の中を走り巡った。

「この国へ伝わった南伝の禅宗というものは一種の華の禅あるいは微笑禅というものでしてな」

おもむろに老師は話し始めた。左右の目の脇に長く伸びた白い眉毛の先端が空中蘭の白い根のように揺らいだ。

「達磨さんの兄弟子でありました蓮の尊者という方がの、南の国の行く先々、インドの蓮の実を携え、蓮を植えつつ、共通のお師匠さんだった般若多羅尊者の「一枝華開世界起」という教えを広めながらこの国へとやって来たと申しております。一方、達磨さんはと言いますと、北の中国へと向かってそこで教えを説いたのですがの。その禅は微笑禅とは打って変わり、達磨さんは中国の人から毒殺されようとしたり、お弟子さんに当たる慧可大師さんは肘を断って入門を請うたり、六代目の慧能さんは法と衣鉢をお師匠さんから頂き、秘かに寺を脱出し、その後を追うて、兄弟弟子たちが殺そうと謀ったりしましてな。さらには、後の臨済禅師は弟子たちに向かって「喝」と言ってやたらと怒鳴り散らし、徳山禅師は弟子たちに向かってやたらと棒を使って殴り散らし、その後、師と弟子の間で禅問答と称してたとえ法のため真実のため修行のためとは言え、丁々発止の激烈な言葉のやり取り、言葉を越えたものを言葉で表現するという、不可能な舌戦論戦に明け暮れ、それはもう男同士の、厳しい、激しい、肉薄の、迫真の、禅風が伝わり、広まったと言われておりますがの。ここへ伝わった、言わば南伝の禅は、古の懐かしい迦葉さんの微笑禅そのまま、たとえ修行そのものは厳しいとしても、つねに花に囲まれ、花に問われ、花に問い、花を学び、花に学び、花のまねび、花のまなび、花の学問、花の禅、師と弟子はつねに、花を介して、花の問答を繰り返して来たのでございました。花から微笑を学ぶのです。花の微笑を学ぶのです。いかに良き微笑を、いかに高き微笑を、いかに至高の微笑を学び、自らに体得し実現するかが、この国の禅の目標であり、修行の根幹なのです。微笑仏の実現にほかならんのです。しかも私たち人間はすでに赤子の時に達成し、赤子の天使のごとき微笑を顔に湛えていたのですな。それが一度失われ、そして、ふたたびまた取り戻すことが、迦葉さん以来の微笑禅の趣旨というものです。ですからこの国では事々しく禅という言葉を使いません。禅宗や仏教という言葉も使いません。また宗教的な団体も組織もありませんが、迦葉さんの微笑禅の流れはこの国のすべての人にまで及んでいて、すべての人の、すべての教育の根幹となり成就すべき大切な目標となっております。

花の中にすべてがあります。微笑の中にすべてがあります。花即宇宙です。微笑即宇宙です。『一枝華開世界起』まさに至言です。一枝の華が開いて世界が起こる。世界が始まるのです。一瞬一瞬世界そのものが華開くのです。しかし、それが今危機の中にあるのです。この国の人々の中から花の心が消え失せようとしておるのです」

百歳の老翁の顔に漂う茫洋たる微笑の中を、かすかな陰影のごときものが通り過ぎるのが感じられた。

「しかし人間は千年単位で考えなければいかんです。十年や二十年の変化、五十年や六十年の変動を見て大騒ぎしても仕方がありません。千年を一期とし、三千年を一期として人間を見ないといかんです。時間はたっぷりあるのです。弥勒さんはそう教えています。千年の堕落、千年の危機にも耐えないといかんです。弥勒さんはただ漫然と微笑しておるんじゃありません。微笑仏は最後に生まれて来るものです。五十六億七千万年掛かって生まれて来るものです。弥勒さんでさえまだ微笑の途中です。微笑は修行、微笑は鍛錬です。五十六億七千万年の修行、五十六億七千万年の鍛錬です。人間はまだ赤子です。いろんな経験、いろんな鍛錬、地獄と修羅の長い試行錯誤を経なければ、たった一つの微笑というものにもたどり着くことはできないのかもしれません。

世界には三大宗教と言ってキリスト教とイスラム教と仏教があります。その中で仏教のみが、そのすべてではなく一部と言いましょうか、その中に微笑というものが漂うております。仏教を始めましたお釈迦さんが八十歳で亡くなられ、いわば、人間として老いたからでしょうか。老いて、錬れて、己の中の自我が撓められ、宥められ、和んでいく。人間の体で申せば、血流が長い年月の間にいろんな悪玉コレステロールなどの障害物によって塞き止められ、狭められ、淀み、滞りしていたものが、善玉コレステロールなどの良き成分の働きをもってすうっと流れ出し、広くなり、淀みなく通じて行くことが起こるのと同様です。人間の心の中の障害物たる自我というもの、自己執着心とでもいうもの、おれがおれがという妄執が崩れ出し溶け出し流れ出して、人間本来の滔々たる心の流れ、周囲のすべての自然、すべての現象と共に悠々と流れ出すということが起こるのです。修行し、鍛錬し、精錬し、その果てに、老熟して、錬れて、和んで、風や大気や空行く雲と共に微笑し、夜空を渡る三日月と共に微笑するということが起こるのです。人間が錬れたということです。それが人間が老いるということです。修行そのものが老いなければならんのです。修行が己の修行であってはならんのです。己が錬れて和んで消えて失せて、風が修行し、雲が修行し、月が修行し、花が修行するとでもいうべきものへと抜け出て行かねばならんのです。一切は風の修行です。雲の修行です。月の修行です。花の修行です。そうでなければならんのです。お釈迦さんは老いてそこにまで至った。お釈迦さんの修行は大きくなって、風のごとき雲のごとき月のごとき花のごとき修行へと抜け出たのです。お釈迦さんは老いて、もはや己なくして、沙羅双樹の花の修行を行っておったのです。その修行は花の修行、言う得べくんば、微笑の修行へと抜け替わったのです。でありますから、最晩年、お弟子さんたちを前にして、言わば、老熟の果てに、もう黙然《もくねん》、というのも、言葉というものは若い時の主張の武器であるのですから、そういうものにはもう心はなくて、ただもう黙然、弟子たちを見回し、花を一枝、目の前に差し出し、にっこりと微笑んだのです。すると、弟子たちの中で、ただ一人迦葉さんが、にっこりと微笑したのです。これが以心伝心というものです。以光伝光ですね。あるいは以花伝花、あるいは以笑伝笑ですね。お釈迦さんが微笑んだのでも迦葉さんが微笑んだのでもありません。風が微笑んだのです。花が微笑んだのです。その時の花はもしかしたら沙羅双樹の花、あの夏椿の花だったかもしれません。それを一枝目の前に翳した時に、お釈迦さんの中の花の心が微笑し、迦葉さんの中の花の心が微笑したのですね。釈迦心と沙羅心と迦葉心との中を花の微笑が同時に貫いたんですね。それこそが拈花微笑の瞬間です。でありますから、その時、お釈迦さんは迦葉さんに向かって、「正法眼蔵涅槃妙心汝に付属す」と言うことができたんですね。仏教はこの時に成立したんです。ここに極まったのです。仏教は微笑教です。微笑の教えです。花の教えです。花教です。花禅です。拈華微笑の大自然教です。花を見たのではなくして、花と成ったんです。微笑というのは花に成ることです。すべてのものは花に成れば微笑するのです。花が咲くというのは花が微笑するということです。花即是微笑。微笑即是花です。花即是空。空即是花です。空即是微笑、微笑即是空です。空とは全世界一杯の花、全世界一杯の微笑です。

そのことをふたたび後世にあって世に出てて知らしめたものが般若多羅尊者であり

まして、その人の最期の教えこそが、そうです、そこの床の間に掛けてある掛け軸の中の言葉、「一枝花開世界起」にほかなりません。たった一本の花が開く、それがそのままで世界全体が起こること、世界全体が花開くということにほかならないということです。それもそれを見て言ったのではありません。眼前花を見つつ、やがて己そのものが花と化し、花と成って、動き、咲き、香り出し、やがて世界と成る。その時、己と花と世界は一つになって現成《げんじょう》しているのですね。花が咲く、己が咲く、世界が咲く。それが間髪を入れず同時に起こっているのですね。光さん、と申しましたな。光さん、いいですか。そのことが分かるには、ここにこうして坐って、下腹に気を沈めて、気を落として、ゆっくりと深呼吸を十数回行うてみれば、ふと気づかれて来ることです。もしかしたら、光さん、あなたのお祖父さん、あなたのお父さん直伝の禅法というものがすでにあったかもしれません。ですから、先刻お分かりのことかもしれません。とすれば､話は簡単になります。気は頭にあってはいけません。胸にすらあってはいけません。気はできる限り、下に、下腹に、足の先に、言うなれば、かかとの先、くるぶしの先になければいかんですね。古人は「くるぶしをもって呼吸せよ」とさえ申しております。言わば､汝の根をもって呼吸せよということですね。あるいは、もっと徹底するならば、汝の根のある大地をもって呼吸せよと言ってもいいかもしれ

「ぶるぶるよろよろ、よぼよぼおろおろ、わしはまさに百醜千拙、毎日どうにか過ごしております」と言ったというのです。ここにはただもう枯木が立っているだけです。枯木は別に何か言葉を発して取り繕うこともなく、ましてや目前に生死なしなどと偉そうなことを言う訳でもありません。ただ枯木として立つばかり。風が吹けば枯れ枝を震わせて風と一つになり、日照りが続けば幹の肌をひび割らせ、嵐が来れば枯れ枝や幹をぐわらぐわらと揺るがせて嵐と一つとなり、大地が揺らげば大地と共に揺らぐばかり。薬山とは古山であり枯山であり故山であります。枯木とはまさに古仏にほかなりません。古とは脱けることです。老とは脱けることです。仏とは脱けることです。老齢とは言葉が脱け、分別が脱け、意識が脱け、我執が脱け、心が脱けることです。老齢とは百醜千拙です。ですが百醜になったら百醜になるばかり。千拙になったら千拙になるばかり。風醜風拙です。天醜天拙です。仏醜仏拙です。枯木に成りきることが枯木に花が咲くことです。枯木即開花です。枯木即微笑です。拈枯微笑です。それが拈華微笑ということです。

人間は年を取ると、老を背負い、醜を背負い、拙を背負い、よろよろを背負い、よぼよぼを背負いするに至るものです。人間にとってそのすべてがどうにも受け入れがたいものです。どうにも荷厄介なものです。どうにも承知しがたく、認めがたく、名状しがたいものです。しかし薬山老師はそれから見事に抜け出ておられたんですわ。老を背負って老から抜け出、醜を背負っていながら醜から抜け出、拙を背負っていながら拙から抜け出、よろよろを背負っていながらよろよろから抜け出、よぼよぼを背負っていながらよぼよぼから抜け出ていたんですわ。何と言いましょうか。薬山老師は老であれ、醜であれ、拙であれ、よろよろであれ、よぼよぼであれ、それをまるで懐かしい時の訪れ、懐かしいまれびとの訪れのごとくに見なして喜んで迎えたという風に見えます。日々訪れる老、醜、拙、よろよろ、よぼよぼと馴染み合い、睦み合い、親しんで、その「時」の味をとことんまで味わい尽くしておるという風に見えます。見事というしかありません。悟りとか空とか無とか仏とか仏性とかは、かならずしも金ぴかの光り輝くものではなく、老や醜や拙やよろよろやよぼよぼという姿を取って現れたりしているのだということを、老師は自らの肉体を通して語ってくれたのです。有り難いことですね。

老師はよく夕飯が済むと、従者を連れて、近くの山に散歩に出掛けることがあったそうです。そんな折、山道を登り詰め、山頂に達した時にです。まさにその折、夜空の雲間から満月がほおっと姿を現したそうです。その満月の姿を見た瞬間、老師は突如腹の底から込み上げるがごとく、呵々大笑したということです。まさに全身呵々大笑です。いやあ、いいですね。全身が笑ったのです。老師が笑ったか満月が笑ったか。それは、それは世界大の、宇宙大の大笑いだったんでしょう。満月出現薬山笑です。満月出現世界笑です。山頂からのその笑いは麓の人々にも聞こえたということです。お釈迦さんが一枝の華を翳す、それを見たお弟子さんの迦葉さんがにっこりと笑う、あの拈華微笑とはまた一味違う月現大笑です。月も華、華も月でありますから、やはりこれも拈華微笑であり、拈華大笑でありますね。一枝華開世界起まさに一月出現世界笑ですね。薬山老師、北伝の禅者にしては、まさにわが南伝の華禅宗の秘伝を会得したものと見えます。いや、見事ですわい。

で、ございますれば、私は今申し上げました薬山さんなどのような朧長《ろうた》けたご老人方こそが禅の本流だと信じております。頓（一気に悟る）は勇み肌ですね。漸（ゆっくりと悟る）ののろのろでいいんですね。北伝の禪は頓を重んじ漸を軽んじましたが、それもまた勇み肌ですね。私の見るところ、華も漸、微笑も漸です。宇宙は漸です。悟り切れずに死ぬというのも一興でございます。華に嵐もまた風流、風流ならざるもまた風流でございます。漸は不風流です。頓は若さです。格好つけるものです。禅というものに対して一つの偏見があります。頓であらねばならぬとする偏見、不立文字という偏見、ばちっと決めるという偏見です。棒喝の偏見です。いわゆる禅機です。

気っぷの良い、決然たる、迷いを斬って棄てる、武士的な禅機を持ったものでなければならぬとする偏見です。ある意味では、仏法から言えば、それは正しいのかもしれませんが、やはり、人間から言えば、性急ですね。禅機よりも禅心というのが私は好きですね。禅心というのは漸です。円です。総合です。回り道です。時間が掛かるものです。老熟百年です。宇宙は漸です。円です。総合です。老熟百億年です。弥勒の道です。五十六億七千万年です。華は漸です。円です。微笑も漸です。円です。脱けるんです。底が脱けるんです。般若多羅尊者のもう一人のお弟子さんたるわが蓮の尊者が、綿々と伝えて来た南伝の禅宗というものは、つまり今申しましたものです。華禅宗とは以上のごときものです。一枝華開世界起とはつまりそういうことです。しかもぱっと開くというよりはむしろゆっくりと開くことです」

長春老師の話は終わった。長い話だったが、長い気はしなかった。老師の透明な風なき風のごとき、おおどかな老の雰囲気に包み込まれてのどかであった。老人の話をしているのにもかかわらず、遠い世界の話、自分がこれから進んで行くいまだ遥かな未来のことのようには思えず、ごく親しい自分のことを語ってくれているように思われ、それが不思議であった。しかもたとえば、話の中に出てきた薬山禅師の百醜千拙のことでも、その人の老醜を語っているのにもかかわらず、すこしも醜さや汚さ、老醜のいやらしさ、不潔さがなくて、さわやかでさえあった。百醜千拙と言っても百拙千醜と言っても、いずれにしてもそのように生きるならば、自分も同じように生きてみたいと思わせる清々しさがあった。

　その時「光さん」と言う声がした。セイレイ嬢であった。

「光さん、老師は私たちの祖父の共通のお師匠さんでした。いいえ、それだけではありません。私たちの父親の共通のお師匠さんでもあったんです。ですから、私は三代に亘る弟子、孫弟子に当たることになります。ねえ、そうですよね、老師」

「そうそう、その通りです。光さんと言いましたかな。あなたの祖父の光遜林君、セイレイ嬢の祖父たる梁建徳君、そして古蘭渓博士、これがわしの三大弟子でありました。ナーダ国の三大光明とも言える逸材でした。光遜林君は、プラトンのいわゆる哲人皇帝を目指すがごとく政治家となった。梁建徳君は、華禅宗に基づく禅の学校を起こすべく教育者になった。古蘭渓博士は花の博士、ナーダ国の大自然の研究者となりました。いずれも「一枝華開世界起」の精神を、政治に、教育に、学問に生かすべくその人生を捧げました。遜林君はこの国の宰相にまで上りつめたが、軍部のクーデターによって、失脚、処刑されました。惜しみても余りある出来事で、ナーダ国の理想国家実現の道は半ばにして頓挫しました。しかしながら、そのご遺志はかならず受け継がれて行くだろうとわしは信じております。その証拠にセイレイ嬢のお父さんたちの一大決起がある。まだまだその道は険しく、遠いことではあろうと思われますが、時間はたっぷりあります。寄せては返しそしてまた寄せては返し、海の波の無窮の繰り返し、無窮の挑戦、無窮の努力を続けるほかはありません。

それはそうと、光君、あなたはあなたの祖父たる遜林君によく似ておりますな。遜林君もな、若い時は色白で美男子で、というよりは、偉丈夫でした。ナーダ国の貴公子と言ってもいい、輝ける青年でした。ただ一つ、欠点と言うか特徴と言うか、非常に寡黙で、何を考えているか分からないところがあって、いわば、極めて夢想的なところがありました。人を寄せ付けないというのではありませんが、自ずから静かで、沈黙王子とでも言おうか。わしのところへ何人も何人も若者は来ておりましたが、みんな元気で、おしゃべり、わいわいうるさいほどなのに、遜林君だけは例外で、時間のペースが違うというか、何をするにしても、みんなとはつねに三十秒遅く到着するといった塩梅でした。何事も考えに考えて行動し発言し、あるいは、むしろ、その時、その場からたえず抜け出ているがごとく、夢見小僧と言おうか、あらぬ方へと生き抜けておりました。不思議な少年、不思議な青年でしたな。

しかし、わしと一対一で対座し話をする時になると、寡黙ではあったが沈黙のままではなくて、一語一語言葉を選びながら、そして、つねにやや間を置いてから言葉を口にするのです。したがって、雑談はやがて哲学となり、思想となり、禅的な思考となりました。いわば、苦吟するがごとく言葉を発し、苦行するがごとく思考するのです。仲間の諸君よりもはるか遠くを見つめ、はるか遠くを行き、はるか遠くを考え詰めておりましたな。いや、もしかすると、わしよりもはるか先を生きており、はるか先を考えておったとも言えるような気がします。それでいて、けっして厭世的だったり嫌人的だったり、傲慢不遜だったりする訳ではなくて、おっとりといつも人中にいて人の話を聞き、人といるのが楽しそうでした。それは、それは不思議で、人懐こく、人から愛され可愛がられる、尊いペットのような少年でしたな。青年になり壮年になっても、それは変わりはなかった。というのも、これまた不思議なお人でしたな。神に愛され、仏に愛され、天に愛されるというのは、まさにあなたの祖父たる遜林君のような人を言うのかもしれません。禅的に言えば、禅機というよりはむしろ禅心の人であり、まさにわが華禅宗の象徴たる拈華微笑を地で行ったものとも言えます。

光君、あなたは遜林君の生まれ変わりのような若者です。おっとりと寡黙ながら、静かな深いまなざし、人を信じ、人を誠にする、そういう確固たるお心を持っておることが一目瞭然感じられます。将来事を成す人と言いますか。寛仁大度の人を彷彿とさせるお人です。それもまたあなたの祖父たる遜林君とそっくりでしたな。

そうそう、その遜林君な。軍部に捕らわれる前の最晩年に、侍従武官と共にお忍びで、わしのところへ最期の別れの挨拶をしにやってきました。別れしなに、こう言われました。今でもよく記憶しております。「わたしの光《ひかり》はきっと日本から参ります。光家の光です。わたしの遺志、ナーダ史の完成を頼むと伝えてほしい」と言いました。その時まだあなたは生れていなかったはずですから、実に不思議な予言を語った訳です。しかしながら、こうしてあなたとお会いすることができ、その言葉を伝えることができたこと実にうれしく思います。あなたは光家の光であるばかりでなく、ナーダ国の光でもあります。そんな感じがします。いやあ、久々に拈華微笑を見る思いです」

老師の話は終わった。祖父の遺言のごとき言葉に会って、ただ驚くばかりだったが、それればかりでなく、老師の風貌がどことなく、日本に居た時に子供のころ父がよく語ってくれた鈴木大拙先生と似ているような気がした。父は鎌倉で先生の薫陶を受けたと言い、写真を見せて、その人物のことをよく話してくれたからである。訥々として、辺幅を飾らない、村夫子じみた顔つき、深い朴訥さを湛えているところなど、そのすべてがとてもよく似ているような気がした。そこでぼくは思い切って聞いてみた。

「そうか、そうか、鈴木大拙先生か。いやあ、懐かしいな。知ってますとも、わしよりはるかに先輩であったが、よく付き合ってくれました。ハワイ大学で国際仏教学会などが開かれた時に、何度かお会いしましたな。先生もわしもその時講師を務めたものです。先生はもちろん中国禅の人ではあったが、厳しいというよりは柔らかい禅風の人で、わしたち南伝の華禅宗の拈華微笑をよく体得しておったと言ってもよく、わしの話はよく理解されておったな。晩年、盤珪国師の研究や妙好人の研究などに打ち込んだのも、別にわしの影響ともわしたち華禅宗の影響とも言わんが、おのずと、その世界を大きく受け止めて行ったとは考えられます。拈華禅です。微笑禅です。そうか、光君も、大拙先生に会ったか。いやあ、懐かしい」

父が会ったのでぼくが会ったのではなかったが、老師の誤解を訂正せずに聞いていた。

「実はな、君のお父さんが日本に亡命するに際して、大拙先生に紹介状を書いて日本での生活を頼んでおいたのでな」

初めてぼくはそのことを聞いた。このような繋がりがあるのを初めて知ったのである。

「おじいさまの予言は当たりましたね。光さん」

セイレイ嬢がまるでわが事のように嬉しそうに言った。それに、彼女がここに自分の家に居るように静かに和んで座っているのが不思議であった。老師の生けたとおぼしい床の間の平たい水盤に浮かんだ睡蓮の花のように和んでいるのである。横顔はかすかに白々と湿って、まさに咲きほころびた睡蓮の花びらのように初々しかった。

「庭の睡蓮の花が見事でした。ぼくはマラルメの詩を思い出しました。ここの寺号が《白蓮精舎》とありますが、何か蓮と関連があるのでしょうか」

「そうか、いいことに気が付かれましたな。先ほど、わしは言いませんでしたかな。わしたちの華禅宗をそもそも開いたお祖師さんが蓮の尊者でした。あの達磨大師と兄弟弟子の蓮の尊者、いずれも般若多羅尊者のお弟子さんでした。インドから蓮をもって南伝した禅宗の一派でしてな。みんな、蓮を宗旨としていると申して過言ではありません。それにインドでも中国でも日本でも、仏像はみな蓮の台の上に坐っておられる。蓮とは永遠です。蓮は花の総称、花は植物の象徴。そして、花は宇宙存在の究極、存在の秘宝にして極意というものです。分けても、蓮ないしは睡蓮は根を泥中に、茎を水中に、葉と花を空中に、それぞれ張り、伸ばし、広がらせて、風と光を浴びております。言うなれば、地水火風空の五大の気を受けて生きておるもの、つまりは、宇宙のすべてを吸って生きておるものにほかなりません。要するに、蓮の花は地水火風空の化して成った奇跡の花、奇跡の現成です。仏法の現成であり象徴であります。一言もってすれば、宇宙は妙法蓮華の刻々の現成にほかなりません。宇宙は妙法であり妙法は蓮華であり、蓮華は宇宙にほかなりません。言い換えるならば、一枝華開世界起ということになります。白蓮精舎も庭前の睡蓮もこの床の間の睡蓮も、一枝華開世界起にほかなりません。

そうそう、思い出しました。あなたの祖父さんたちとな、まだ、みんな、若かったころ、ここでな、わしも四十代、祖父さんたちは、何と三十代、でな、みんな、喧々囂々、談論風発、意気盛ん、そりゃあ元気に取り組んでおりました。ここは華禅宗、であれば、『妙法蓮華経』は読まねばならん。古蘭渓君はサンスクリット原文で、梁建徳君は漢訳で、逐林君は「妙法蓮華経は仏教の総師であり経王である」として一大仏教体系を編み出した中国は隋王朝の天台智者大師の『法華三大部』、特に、その中の至宝『摩訶止観』でもって、わしは『妙法蓮華経』をナーダ語に訳しつつ『妙法蓮華経』の読破を敢行したのです。

いやあ、今思い出しても壮観でした。喧々囂々の五年であり、談論風発の五年であり、疾風怒濤の五年でありました。究極『妙法蓮華経』は妙法蓮華経の五字に極まる。そして、究極の究極、妙法蓮華の四字、妙法の二字、ついには、妙の一字に極まるということに帰結し、みんなで呵呵大笑しました。そして妙の一字は、智者大師の『摩訶止観』と『法華玄義』の読みに従えばいいということになりましたのです。宇宙とは妙法蓮華であり妙法であり、つまるところ、妙であると結論したのです。いやあ、愉快でした。痛快でした。爽快でした」

そう言って老師は後ろを振り返り、床の間の左脇に置いてあった分厚い本を取り上げて手に持ち、ぼくたちの前に差し出して見せた。

「これです。これを共通のテキストに使い読み合ったものです。『大正新修大蔵経』の中の『法華玄義』、『摩訶止観』です。これをみんな日本から取り寄せて読み合ったのです。そしてまだその先があるのです。さあ、光君、見てごらんなさい」

そう言って、老師はさらにもう一度後ろ向きになって、先ほどの大部の本のあった辺りから、もう一冊の小さい本を取ってこちらに向き直った。

「この深い緑をした皮革製ハードカバーの、ミニアチュアー本です。わしたちが大蔵経を読み終わった記念に、大蔵経中の『法華玄義』、『摩訶止観』の一番大事な章を、わしが抜き出し、ダイジェストして、編んだ法華要典とでもいうものです。これを完読記念に、わしがパリの文具店に特注して作らせたものでしてな。古いルネッサンス様式の皮革装丁といい、オリエント経由の金細工の縁飾りといい、実に古雅で温雅で、深沈たる高貴さを秘めたもの。これを六部作らせまして、わしを含め、六名の輪読会員に配布、贈呈したのです。この皮革表紙の色がまさにJadeでありまして、Jadeとは翡翠の玉。陰陽で言えば、極陽、永遠の命の象徴です。易学で言えば、最初の卦の陽の陽の言葉、「潜龍用いることなかれ」とある潜龍の色でもあるのです。そのようなJadeの色、翡翠の玉の色の、レザー・カバーをもって本を装丁させました。いわば、本に永遠の命の色を纏わせたのです。永遠の命の色でもって染め上げたのです。どうです、いい色でしょう。渋くて鈍い錆びた古銅の輝き。古色蒼然たる命の輝き。深沈たる隠れたる調和の色。まさにいまだ用いられざる潜龍の色です。

わしたちはこの袖珍本をJadeと呼び合っておりました。光遜林君も梁建徳君も古蘭渓君も、そうそう、アナン君もいた、李望君もいた。それぞれ一冊ずつ持って、いつもポケットに入れて大事にしておった。それだけじゃないのです。この本に、わしはもう一つ、秘かな仕掛けを施しておりました。先ほど、光君が触れました前庭の池に咲く睡蓮の内、池の一番奥の中央に咲く不思議な睡蓮がありましてな。その不思議さは花でもなく色でもなく、匂いなのです。不思議な匂いなのです。一般に睡蓮はあまり匂いを発しませんですが、その睡蓮のみはいとも妙なる匂いを発するのです。泰山木の花の匂いに近いものですが、深い、遠い、神秘の匂いとでも言いましょうか。透明な、おおどかな、神秘の微笑のような、香積国の妙香如来のふと降臨しつつ漂わす白衣の匂いのような、得も言われぬ馥郁たる匂いなのです。しかもそれは池の一番奥の中央に咲いておるのですから、池の端を素早く歩いては嗅ぐことはできません。むしろ、この方丈にいて、一日のある瞬間、かすかな緩やかな東南の風がここへ、つまりここは池に対して西北にありますから、東南の風が吹いてきた時にやや低く、やや重く、畳に這うように伝わってくるのです。したがいまして、坐禅しておりますと、ふとした瞬間、花の台《うてな》に、つまり、睡蓮の花の匂いの上に座っているごとき浮遊感を感じる時があるのです。妙香如来となって蓮の台の上に座しているがごとき、永遠感に澄み渡る瞬間があるのです。それはそれは不思議な瞬間です。

いやはや、脱線してしまいました。そうです。睡蓮の花の匂いです。わしはその睡蓮の花びらを一枚ずつ取りまして、Jade 本をみなさんにお渡しする前に、そこへ、花びらを一枚一枚、押し花として差し挟みましたのです。いわば、永遠のポプリとして、本を開くたびに睡蓮の花の匂いと共に、あるいは漂い出す匂いと共に、ここで共に学び切磋琢磨した時のことを思い出し、そして本に書かれてある妙法蓮華の真実の匂いを改めて嗅ぐようにと願ったのです。

しかも、その匂いはけっして消えてなくならないのです。それが不思議でもあるのです。潜龍の匂いであるとも妙法蓮華の匂いとも何とも言いようのない不思議な匂いなのです。さあ、光君、手に取ってみてください」

ぼくは老師の差し出した本を手に取った。やや重く、手にしっかりと収まる、渋みのある、くすんだ翡翠色のミニアチュアー本を掌の上に持ち、ハードカバーの表紙の上を撫でた。まさに老師の言う通りのJade、あの翡翠の色だ。しかし長い間読まれ、手にされてきた一種の手沢本でもあろうか。翡翠も鈍く薄れ、錆びて、かすかな薄緑の粉をまぶしてあるような古色を帯びていた。ところどころ、古来、秘色と呼びなされて来た青磁色に薄れかかっていた。細長の不思議な形の造本だった。裏表の表紙の外枠に唐草模様の金箔の縁取りがしてあり、さらに内側の長方形の内枠に薄いかすかな沈金の沈め彫りが施されてある。しかも中央部分には、一種の影絵のごとく、細い金の線をもって、火炎を背景に不動明王の姿が描かれているごとくだった。上に向かって四半部分ほどのところに、磁石入りの、太さ一センチほどの革バンドがしつらえてあって、ぱちっと閉じられるようになっていた。

開くと漢字が目に飛び込んできた。漢字の列がぎっしりと詰まっている。ゆっくりとページをめくっていくと、漢訳仏典からの抜粋と思われる『法華玄義』と『摩訶止観』と書かれた文字が目に止まった。しかしそれだけではなかった。徐々に、何か知らないが、そこからかすかな、白い、透明な、羽根のうごめいたかと思われるほどの空気の揺らぎを感じた。何ページ目かをめくった時、白く大きな花びらが一枚差し挟まれているのが見えた。老師の言われた睡蓮の花びらかもしれなかった。すうっと、そこから、匂いが、花びらの匂いに違いないものが目を覚まし背伸びし、そしてようやく、一個の紛れもない匂いとなって漂い、這い出し、立ち上り始めたように感じられた。ぼくは思わず、深呼吸した。匂いは全身深く沁み入った。その瞬間だった。

ぼくの体の表層部が崩折れ、その内部に埋め込まれていた遠い遥かな感覚が、何と言うか、生きて埋もれていた命の気配が目を覚まし覚醒したかのような、幼いものの甦りのごときものを感じた。匂いを嗅ぎつつ、匂いと共に、かつてその匂いを嗅いでいた少年となり、目の前に父の声が、父の姿が突如甦った。日差しを浴びる座敷の畳の上に庭の木々の枝の影が揺らぎ、それと共に風が部屋の中をかすめ通り、膝に両手を置き正座しているぼくに向かって、まったく同じ白緑がかった翡翠色の本を手にして見つめながら、「韻高ければ和するもの寡なし。われ甚だこれを傷む」と読み上げる父の声までが聞こえてくるのを、今の今、そっくりそのまま思い出すことができたのだ。

「これが天台智者大師の底の底の真実の嘆きだ。偽りない本心だ。いいか、光、韻はどこまでも、どこまでも、高くなければならぬ。人の心の韻、人の心の志、その志の調べというものは、たとえ世間の人が何と言おうとも、どこまでも高くなければならんぞ。その結果、それに和するものがなくとも、世間の人から容れられなくとも構わぬのだ。しかし、それにもかかわらず、それでいいとしても、「われ甚だこれを傷む」というのも偽らぬ人間の本心である。しかし道を志したものはその覚悟ができておらねばならぬのだ」

そういう声が聞こえ出し、声を発する父の顔が思い出されてきた。色の白い面長で鼻の下に八の字の髭を蓄え、奥深い、沈痛の二重の目を持ち、長髪の髪の毛をした父。そんな父が、八畳ほどの和室の床の間の周囲、うず高く積み重なり雑然と置かれたおびただしい本に囲まれて、端然と座り、目の前のぼくに向かって言った。

「さあ、ここを読んでみい」

さらにそう付け加えてから、手に持った書物をぼくの方に差し出した。開いてあるページに挟まれたポプリとも押し花ともつかぬ、ほとんどページ一杯の大きさの白い花びらから、いまだ失せていないほのかな匂いが漂い、香り立つのが感じられた。その匂いを何回嗅いだことだろう。書斎での午前のひと時、ほとんど日課の祈祷書とでも言うべき翡翠の書を父が読み、代わってぼくが読み、何年も何年も互いに読み交わしてきたものであった。

「その本は白蓮精舎の長春老師から父や仲間たちに頒布され、父からわしの手に渡ったものだ。父が処刑される前、わしが日本へ亡命する時に、いろんな書物と一緒に、形見として渡されたのだ。わしはいずれ祖国ナーダへ帰還する時が来ると思っているが、祖国帰還の際、まさかの不慮の出来事があったならば、かならず、この本だけはお前に手渡すなり、何とかして手放さないように頼むぞ。これはナーダ国の仏法、華禅宗の極意、拈華微笑宗の極意というものが詰まってる本だからだ。大事にせい。まだわしは生きており、いつ死ぬか分からんが、いずれお前の手に渡るべきものだ。この本は拈華微笑の本、華禅宗の本、白蓮精舎の本、ここに差し挟まれている睡蓮の花びらこそ、その類まれな馥郁たる仏法の香りであり、仏の息遣い、宇宙生命の息遣いなのだ。蓮の尊者から伝わり伝わって長春老師に伝わり、父に伝わり、父からわしに伝わり、そしていずれ、光、お前に伝わって行くべきもの、まさに一蓮托生の秘書なのだ」

そうも言った。ぼくは正座してそれを聞いていた。当時、母はすでに亡く、ああ、母はすでに亡くなっていたのだ。白血病だった。盲目の上にピアノの猛練習による疲労困憊の果ての白血病だった。どうしてあれほどピアノに命を削ったのか。四十代半ばのあまりにも若すぎる死であった。父とぼくとただ二人、森閑として部屋は静かであり、時折、どこから飛んできたのか、庭の泰山木か何かの枝に止まっている鳩らしき声が聞こえていた。

鈴木大拙先生の世話で、ぼくたちは東慶寺の裏山の麓に当たる古民家を借り受けて長いこと住んでいた。父もぼくもそこから東京の大学に通っていた。父は某大学のインド哲学科の講師を務め、ぼくは別の大学の仏文科の学生だった。平生フランス文学を読みかつ学んでいても、心は、あるいは日常のすべては素養も立ち居振る舞いも東洋であり仏教であった。中でも、父を通してナーダ国の心魂、華禅宗の、あの拈華微笑の華の魂を生きていた。

それらのすべてが今一挙に思い出されてきたのである。

ぼくはそのころマラルメの睡蓮、モネの睡蓮、西洋の歴史を遡って、ダンテの『神曲』の「天堂篇」の中の薔薇、聖フランチェスコの聖痕としての薔薇など、西洋の魂としての薔薇、東洋の魂としての睡蓮の物語を究めんとしていた。ナーダ国華禅宗の三羽烏の筆頭にして後の悲劇の宰相たる祖父、その子の、インド哲学の大家にして悲劇の亡命者の父の後を継ぐべきぼくが、このようにたわいもない文弱の花の学問、花の魂の学問に入れ込んでいるとは何と言う親不孝者かとも思う。しかしながら、あのダンテでさえ祖父と同じ悲劇の政治家であった。父と同じ悲劇の亡命者であった。あの『神曲』はその亡命中その放浪中に創作されたものだ。そして最後に薔薇を書いたのだ。薔薇の魂を、魂の薔薇を書いたのだ。

　しかしそう言っては自己弁護になる。ぼくはただの風来坊に過ぎない。ただの能なしに過ぎない。ただの寝太郎に過ぎない。そして、夢うつつのごとくにして父と共にナーダ国に帰国すべく潜入し、船は台風により難破、父は死亡。ぼくだけが生き残った。そしてぼくは生き恥を晒しつつ、ナーダを放浪。ナーダのすべての人々、特に、セイレイ嬢には、償うべくもない、背負い切れない無条件の恩顧を受けた。そのことが今一挙に思い出されてきた。何と言うことか。ぼくは今ここにいる。その意味が突如として分かった。突如として自覚された。祖父はいない。父もいない。しかし父も祖父も雪崩を打ってぼくの中に奔流してくる。奔流し流入し流れ込んでくる。それがはらはらと実感されてくる。何と言うことか。

　ぼくだけが残った。ぼくだけが生き残ったのだ。祖父はいない。父もいない。母もいない。ぼくだけが一族最後の者だ。

「ぼくは思い出しました」

　ぼくは初めてぼくの言葉を、ぼくとして自覚した上で口に出した。

「この本が、この本の中の睡蓮の花の押し花の匂いが、ぼくにすべてを思い出させてくれました。父も同じ本、同じ睡蓮の花の押し花を入れた本を持っていました。ここの池の睡蓮の花がぼくを呼び覚まし、蘇らせてくれました。実は、父はここへ来る時、カバンに同じ本を入れて密入国しようとしたんです。いや、そうではありません。ぼくが父の代わりに持っていたんです。大事なあのカバン、その中の父の大事な本。しかし、難破の際、どこかへ行ってしまいました」

ぼくはなぜか早口になって言い立てた。

「光さん。ああ、よかった、よかった」

傍らのセイレイ嬢がなぜか涙ぐみながら言った。

「花はその匂いの中に千年の命、千年の花の記憶を保ち、忍ばせているものです。花の匂いは命の深淵、時の深淵です。それを吸った時に、私たちを同じ時の深淵、同じ命の深淵にまで誘い蘇らせてくれるものなのです」

老師は一人悠然と言葉を部屋の中空に放った。

「光さん。そのカバン、ヴィトンのミニ・スーツケースでしょう。それは光さんが難破して海岸に打ち上げられた岩場にあったんです。後で、父の門下生が何人か手分けしてその岩場に行き、探し出したんです。スーツケースは今、父の手元にあります。そうです。一度、光さん、私たちが一緒に地下のバザーに行き、植物園に行き、最後に龍湖の中島のあずまやで、父たちと会った時に光さんも見たはずです。覚えていませんか」

「ああ、そんなことがありましたか。覚えていません。ここへ来るまでのことも、ここへ来た後のことも、ほとんど覚えておりません。でも、徐々に記憶はもどりつつあるような気がします。それはあったんですね。それは見つかったんですね」

「そうですとも。見つかったんです。見つかったどころか、あの時、光さんは自分のベルトにつけたポッシュの中のキーホルダーの一個のキーからスーツケースを開けたのを覚えていませんか」

「覚えていません。ですが、それは今どこにあるんですか」

「父が持っています。父に宛てた手紙や機密書類などがあって、今しばらく預かると言って持っています。あなたのお父さんの、と言うことは、私の父の唯一の盟友たるあなたのお父さんのあのスーツケース。その中の、今、光さんが老師にお返ししたのと同じ jade-book は命に代えても守ると言っておりましたから。父も祖父から受け継いでそれを持っておりました。それもこれもみな、老師からの衣鉢代わりの以心伝心の形見でしょうから。私の家の家宝、光さんの家の家宝、大げさに言えば、私たちの家の sacré cœur、私たちの家の sacré livre なんです。聖心の書、聖なる書物なのです。

光さん、あなたにとっても同じだと思います」

「セイレイさん、どうやってそれを取り戻すことができますか」

「父が持っています。極秘文書、秘密書類に属するものが多数含まれており、光さんだけに限っても、あなたに宛てたお父さんの手紙、不思議なことですが、あなたのおじいさまからの手紙さえあるというのです。「未来の孫へ」と題された手紙だということです。あなたが記憶を取り戻された時に直接手渡したいと言っておりました」

「どうやったらあなたのお父さんのところへ行けるんですか」

「かならず行けます」

「では、どうやって」

「明日参りましょう。ここで待っててください。私が案内します」

「ああ、そういうことだったんですか」

「すべては花の手引き、睡蓮の花の手引きですね。花はアリアドネーです。いや、むしろ、セイレイ嬢がアリアドネーかもしれません」

老師が悠然と言い添えた。

「父たちはこの山の中におります。明日、古蘭渓博士とお弟子さん二名と行くことになっています。父は部下たる教え子たち三十人ほどのものと、この山のどこかに籠っています。そこは同時にナーダ王国以来の武器庫でもあり、また世界との情報収集のためのネット基地にもなっております。軍部独裁の現政権によってデモは鎮圧されましたが、再度、現政権打倒のために、国内向けあるいは世界に向けての、一種の情報戦の準備を着々と進めているとのことです。国民一般だけではなくて、政府軍の中の不平分子ないしは政府軍の中の兵士たちに、現政権への不平不満を焚き付け植え付けるためにネット上での情報戦を繰り広げているのです。しかしこれは革命ではありません。武力に対するに武力をもってする革命ではなく、あくまで国民掌握のための持久戦、不服従無抵抗の、あの civil disobedience のガンジー方式による長期戦を考えているのです」

「セイレイさん。あなたもまたあなたのお父さんと共に、その長期戦のための運動に加わるのですか。その日を待つのですか」

　ぼくは聞いた。

「いいえ、そうではありません。私は別の使命を与えられています」

「それは何なのですか。あなたの使命とは何なんですか」

「光さん、あなたを守るということです。もっとはっきり言えば、あなたが使命を全うするのを守り手助けするということです」

「どうしてですか。どうしてそんなことをするのですか。ぼくを守るなどと。ぼくは、今ようやく自覚するに至りましたが、祖父がかつての王国の時代の宰相であり、父は亡命していて、ふたたび帰国した後、あなたのお父さんと共に民主ナーダ国の再建を託された、一種の重要人物であり、なくてはならない人であったということは分かりました。が、ぼくはヨーロッパ文学を読み、かつ、学んだだけの文弱に過ぎません。たしかに父からは日ごろ、ナーダ国の歴史と文明というものを聞かされ、帰国後の生き方まで始終教えられて来ましたが、やはり、ぼくはまだナーダ国の一員であるという自覚と志がありません。そんなぼくをどうして守るなどと言うのですか」

「あなたの父と私の父との密約があったからです」

「何ということです。密約とは」

「そうです。密約です。父たちの密約だと聞いておりました。父たちのどちらかないしは二人とも死んだ場合、私はあなたを助ける。お守りする。あなたの使命を全うさせるということです」

「それではぼくの使命とは何なんです」

「父は言っておりました。あなたの使命とはあなたの祖父の使命であると」

「では、ぼくの祖父の使命とは何なんです」

「それは分かりません」

「老師、何だと思われますか。知っているなら教えてください」

「それはきっと光君への祖父からの手紙に書いてあると思われます」

「ああ、分からない。ぼくの使命は祖父の使命、祖父の使命はぼくの使命とは。それに、セイレイさん。ぼくを守るということがあなたの使命だと言われましたが、それを納得したのですか。それでいいのですか。それほどぼくを知っているのですか。ぼくの何を知ってぼくを守るというのですか」

「わしが代わりに言いましょう。あなた方の祖父たちも父たちもわしの弟子でな、いずれも、ほとんど義兄弟と言ってもいいほどの仲の良さ、何があってもお互い身代わりになってきたほどの仲でありました。それをセイレイ嬢のお父さんもセイレイ嬢にいつも伝えていたのだと思います。三代目のセイレイ嬢と光君もまた、同じはらからの付き合いをせんといかんと常々言ってきたと思うのです。なあ、そうであろうの」

「その通りです。光さん、どうか明日父と会って父から直接聞いてください」

二十四 「貴きナーダの精神のために」

全員揃った。古蘭渓博士、その弟子の二人の青年、セイレイ嬢、そしてぼくの計五人。全員の前に先導を務める一人の青年がいた。山伏か修験の者のごとき白装束に身を固めた青年だった。セイレイ嬢の父親の配下の者かもしれなかった。白蓮精舎の裏門を出るとすぐ山の中であった。道はない。落葉樹の中を登って行く。白装束の青年が先導を務める。倒木を踏み越え、落ち葉や腐葉土の上を半ば滑るように登って行くのである。いろんな名の知れないキノコが倒木にへばりつくようにして群生している。それに蘭の花もあった。山の斜面の至るところ、朝露に濡れて、ちょうどたった今目を覚ましたというように、不思議な光沢を放って、花びらをそよがせている。深山の不思議な、妖艶な、木霊の白目のごとき気配が感じられた。ふいに頭上に何か冷たいものを感じ、はっとして見上げると、白い大きなジョロウグモのような姿のものがつつっと下って来た。それが何個も何個も自分の糸を伝わって降りて来るのである。

「光君、驚いたかの」

前を行く博士が振り返って言った。

「それはの、蜘蛛蘭と言ってな。ほら、あれを見てごらん、頭上のブナの木の枝が張り出しているだろう。そこに寄生した寄生蘭の花が一種異様な進化を遂げて、茎や葉から離れて、真下の地面の方に蜘蛛のごとく糸を繰り出して舞い降りて来るんじゃの。どのような目的があってそのような進化を遂げたのか分からんが、まあ、わしなど勝手に花も遊びを覚えたのだと推量してる。数億年を経て蘭の花も遊びを覚えたのだと。数億年を経て、風のない佳き日に、静心なく花の舞を覚えたにちがいないとわしなど思っておる。こうやって空中に朝日を浴びながらキラキラと花びらを優美に閃かせつつ、ゆらありゆらありと、花の舞、蘭の舞を演じているのかもしれんて。いやあ、大自然は見事じゃの。しかし今日は蘭の探索、蘭の研究ではござらんて。さあ、先を急ぐとしようかの」

ぼくたちはやがて、巨大な岩石のむき出しになった山の一角にたどりついた。高さ三十メーターもあろうかと思われる黒い絶壁になった岩の所に出たのである。

白装束の山伏の青年が「ちょっと待っててください」と言って、リモコンのごときものを取り出し、操作をして、それを目の前の断崖絶壁に向かって差し出した。直後、目の前の岩の一角が地面すれすれのところから、半円形状に両脇へと観音開きに分かれて開いて行ったのだ。一メーターほど脇へ動いて、それは止まった。厚さは三十センチほどの岩の扉のごとくであり、内部が見えた。円形の穴が、円形の坑道のごときものが奥へと通じているのが見えて来た。

「さ、どうぞ」

山伏姿の青年が言って、ぼくたちを中へ招いた。坑道には一定の間隔を経て電灯がついており、内部を照らしていた。岩をくりぬいただけの坑道であった。しばらく行くとやや広い空間に出た。みんな黙っていた。岩場の一角にエレベーターの扉らしきものがあり、青年がやはりリモコンを使うと、やがて扉が開いた。

「さ、どうぞ。乗ってください」

青年がまず入った。ぼくたちも恐る恐る中へ入ると、エレベーターはすぐに上に向かって動き出した。

「下に向かえば、地下宮殿に着きます。今は廃墟になっていますが、現在はわれわれの作業場でもあり修行場にもなっているところです」

エレベーターは途中で一度止まったが、すぐにまた動き出した。

「今止まったところはレアメタルの採掘場に続いているところですが、学長の鍵なくしては降りられません」

一分ほどしてエレベーターは止まった。どのくらいの距離を昇ったのか分からない。

「さあ着きました」

エレベーターは開いて、青年を先頭にぼくたちは外へ出た。

そこは山頂と言うよりはむしろ平坦な土地で、遠くにはさらに高い峰が続いているごとく、七合目か八合目かの山腹の一角を切り開いた、不思議な神域とでもいうべき場所だった。周囲は鬱蒼と大きなブナやナラの木や松や杉などが聳え立ち、中間の平坦な場所にも松や杉の木が立ち並んでいた。ずっと奥の山腹寄りに、長い平屋の古びた建物が建っている。そしてさらに右脇には母屋と言うか庫裏というか、二階建ての合掌造りの建物があった。神社でもなくまた寺院でもないようであったが、何とはない、森閑とした、禅寺の趣を感じさせる神域ないしは寺域であった。そして、庫裏の右脇に一個の小さな茶室風のお堂のごときものが建っているのが見えた。

青年はぼくたちを奥の平屋へと案内した。それは日本の臨済宗の大寺などにあるのと同じ坐禅堂であった。中央は土間になっており、高さおよそ三十センチほどの床が四方に左右の細長い壁にそって連なり、そこに修行者の坐禅する席が並んでいるのである。一人分の坐禅の席たる単架のところに、先ほどの青年と同じ白装束の青年たち

遜林先生の忘れ形見。ただ一人のお孫さんであられる光白林君を紹介しよう。さあ、光君、前に出てくだされ」

ぼくは不思議な感動に包まれながら、一歩前に出た。ぼくは古蘭渓博士やその弟子やセイレイ嬢の並びから一歩前に進み出て、坐禅堂の中の左右に分かれて坐っている青年修行者たちの顔をひと渡り見回した。ぼくは感動の中で不思議に落ち着いていた。その時不思議なことが起こった。坐っていた青年たちからほとんど一斉に、まるで待っていたかのごとく、斉唱の声がそろって発せられたのだ。

「For the Spirit of the Noble Nada !」

「Noble Nada !」

「Noble Nada !」

「Kuo Son Rin !」

「Kuo Son Rin !」

そういう声が潮のごとく続いた。青年たちはぼくの方に一斉に顔を向けて叫んだのである。

「光君、挨拶をお願いする。諸君は君を待っておった」

セイレイ嬢の父親が言った。

急に辺りは静かになった。静寂の突端、静けさの巖頭にふいに立たされた。ぼくは一歩前に出た。何を言ったらいいのか。何をどうしたらいいのか分からないままに立ち尽くした。

「ぼくは、ぼくは……」

言葉が出ない。言葉が見つからない。

「ぼくは光遜林、先生の、一族に連なるものです。あるいはもしかしたら、そのただ一人の一族かもしれません」

ようやく言葉が見つかった。

「ぼくは林光。いや、これは日本に居た時の名前。ここはナーダの国、とすると、ぼくは光白林というべきかと。そうです。ぼくは光白林です。光遜林先生の孫の光白林です」

ここまで言って不意に心が軽くなった。

「ぼくは父と一緒に日本を飛び立ち、到着寸前台風に遭って遭難、父は死亡し、ぼくだけが生き延び、セイレイ嬢に助けられてここにまでやってくることができました。まだ茫然自失の状態の中にいるような気がしております。ですから、ぼくはまだ真にはナーダの国にたどり着いていないのかもしれません。ましてや、光遜林先生の下になど真にはまだたどり着いていないのかもしれません。皆さんのところにも、たとえ今こうしてお近づきになったとしても、真には皆さんのところにはたどり着いていないのです。皆さん方の尊い志、皆さん方の固い結束の近くになどまだたどり着いていません。ぼくはまだ、ここへ来る途中に山中で出会った寄生蘭や空中蘭や浮遊蘭のような存在に過ぎません。風に揺られている蘭の花に過ぎません。ぼくはまだぼくにさえ至り着いていないような気がしています。ぼくはまだ真のぼくに至り着いていません。ですが……」

ぼくは言葉を切った。

「ですが、ぼくは真のぼくに近づいてみせます。真のナーダの国に近づいてみせます。そして究極、皆さんたちと一緒に、光遜林先生の貴き精神の下に馳せ参じたく思っています。あと何年かかるか分かりません。ぼくの目覚めはまだ遥か遠くにあります。ですが、きっとその覚醒にたどり着く覚悟です。それだけは言えます。それだけは断言できます」

ぼくは言い切った。言い切ることができた。

するとまた眼前一大喚声が湧き起った。

「For the Spirit of the Noble Nada !」

「Noble Nada！」

「Noble Nada！」

「Kuo Son Rin！」

「Kuo Son Rin！」

喚声が続いた。

「Kuo Haku Rin！」

「Kuo Haku Rin！」

喚声が替わった。やがてセイレイ嬢の父親が単架から降りて言った。

「光君、よくぞ言われた。その言葉をこそわたしたちは待っておりました。わたしたちは生涯に亘る受難、生涯に亘る情熱を身に体しております。すべては life-long passion です。光君はわたしたちの何倍もの、その passion、その受難力、その情熱力を持っておるものと確信しております。それでは諸君、引き続き坐禅に取り掛かっていただきたい。わたしは光君たちを案内する」

ぼくたちはセイレイ嬢の父親と共に坐禅堂を後にした。

二十五　祖父の遺言

坐禅堂の右脇に庫裏があり、斜め右前方に黒竹と紅葉の木に囲まれた小振りの瀟洒《しょうしゃ》な小屋が見えた。ぼくたちはそこへセイレイ嬢の父親に導かれて向かった。祖父光逐林が茶室として建立し、祖父亡き後、祖父を偲び祖父を祀るお堂として改築されたものということであった。

ぼくたちはお堂の前に立った。茶室の造り構えはすでになく、躙り口などはなくて、正面は木造の格子戸、観音開きになった扉があった。セイレイ嬢の父親を始めとして、セイレイ嬢、古蘭渓博士、その弟子の張君とクリシュナ君、そしてぼくと、前に佇んで合掌し、額づいた。やがて一同は中へ入った。お堂の中はほとんど茶室の結構のままであり、八畳ほどの大きさに、床の間や飾り棚があり、飾り棚の前方の畳の一角に釜がしつらえてあり、なぜかすでにそこから湯気が立っていた。そして、床の間の左隅にルイ・ヴィトンの小スーツケースが置かれてあった。日本より持って帰った、紛うかたなき、あのルイ・ヴィトンのバッグだった。

セイレイ嬢が釜の前に正座した。すでに茶道具一式は用意してあるごとく、彼女はやがて茶を点て始めた。彼女に茶の心得があるとは想像もしていなかった。床の間の前に梁景山先生が坐り、その右に一列に古蘭渓博士から始めてぼくたちが並んで正座した。

床の間に掛け軸が掛かっていた。一枝華開世界起と詠めた。長春老師のところで見たのと同じ書だった。しかし今それは何か人に決起を促し決断を促すがごとき筆の勢いをもって目に迫った。一枝でいい、たったの一枝でもいい、それが華を開かんとする時、それが立ち上がろうとする時、一切のもの、一切の世界は始まるのだと、そう告げ、そう迫る、必死の決意を促す迫真の書だった。

しかし部屋はあくまで静かである。セイレイ嬢の手が動き、指先がしなやかに揺れている。初めて目の前に現れた時の、あの妖艶さは感じられなかったが、この茶室にすうっとなじんで清楚に振舞っている。白い指先や艶やかな手の甲の揺曳から、一種の言うに言われぬ、白いアダージオ、香り立つ蘭の音楽が揺れて立ち昇った。絶えずそれは立ち昇り続けた。放心を誘う、眩暈を誘う、白い指先のアダージオだった。

ぼくたちは茶を頂いた。ごつごつと歪の黒織部の茶碗を手に頂き、その中の濃い緑の秘色を啜った。

「娘のお点前はいかがでしたでしょうか。それでは本題に入りましょう」

セイレイ嬢の父親が座を改めて切り出した。そして後ろのルイ・ヴィトンを取り上げ、畳の前に置いた。

「これを光君にお返しする。一度、龍湖の回亭で開いてから後は中身を改めていません。しかしながらもう一度、光君じきじきここで中を確かめていただきたい。鍵が掛かっております。鍵は光君のお手元にあるはずです。ではどうぞ」

ぼくは初めて見る思いだった。呆然としてキーホールダーを捜した。ズボンの前のベルトについたルイ・ヴィトンのポッシュの中に、それは入っていた。

ルイ・ヴィトンを手前に近寄せた。すべての者がぼくの手つきを見守った。バッグを開くと懐かしい匂いが立ち昇った。

三冊の書物、一冊の手帳、二通の封筒。そして、ルイ・ヴィトンの小銭入れ、櫛などいろいろなものが入っていた。ぼくはその中の手帳を手に取った。

「そう、それ、それ。いやあ、懐かしいのう。白蓮精舎の長春老師がわしたち教え子に、記念として送った手帳だぞ。たしか、中に白蓮精舎の池の睡蓮のポプリの花びらが一枚入っているはずだ。わしと光遜林君と梁建徳君、それとアナン博士などに送ってくれた絶品の手帳だ」

古蘭渓博士が言った。

ぼくはルイ・ヴィトンの小銭入れを手に取り、おもむろに中を改めた。何がしかの小銭の外に一個の革袋に入った鍵があった。それはバッグを開けた時のさきほどの鍵とは違う、大きな、文字通りゴールドのキーだった。ぼくはセイレイ嬢の父親に手渡した。

「もしかしたらこの茶室の飾り棚の一番下の引き出しの鍵かもしれません。いつも閉まっていましたから」

セイレイ嬢の父親はそう言って立ち上がり、飾り棚の前に坐って試してみると開いた。開いたのである。ぎいっと、低い、鈍い音を立てて、観音開きにそれは開いた。一同は固唾を呑んで見守った。中はふたたび固く鉄製の扉のごときものがあって、閉じられてあった。括り付けの金庫のごときものだった。高さ三十センチ、横幅一メーターほどの、いわば、二重扉になった金属製の引き出しのごとくである。セイレイ嬢の父親は目の前の鍵穴を発見し、前のと同じ鍵で試みたところ、それが開いたのである。そして、暗い中から、ルイ・ヴィトンのバッグらしきものを取り出した。それはぼくの今持っているバッグと同じであった。試しに手元の鍵を渡し、セイレイ嬢の父親が開けてみたところ、開いたのである。

二通の封書が出て来た。セイレイ嬢の父親はそれを持って、こちら向きになり、座を進めてセイレイ嬢と並んで坐った。封がしてあるらしい。

「光君、開けてみてください。私の一存では開けられません」

ぼくは受け取った。一通は表に何も書いてなく、もう一通は「我が子およびその子たちへ」と表書きしてあるものだった。

ぼくは思い切ってまず表書きのない方の一通の封を切った。中からは何通もの書類が出て来た。それは英語とフランス語で書かれてあった。さあっと一読した。何か容易ならぬものが書かれてあるらしい気配がした。ぼくはセイレイ嬢の父親に手渡した。

「スイス銀行の銀行口座の書類と預金高証明書と、光遜林先生の自筆署名入りの身分証明書です。ドル建ての金額が書き込まれてあります。膨大な預金高です。ナーダ国立銀行でもなく、また日本や中国やニューヨークなどの銀行でもなく、スイス銀行だとは、光遜林先生の炯眼には恐れ入る」

もう一通もぼくは開けてみた。二通の書類があった。日本語で書かれてあった。一通はスイス銀行の預金財産のこと、一通は父及びその家族に宛てて書かれたものであった。

ぼくはそれをもセイレイ嬢の父親に渡した。

「容易ならぬことが書いてある。光君、わたしが読んでいいのか」

「もちろん、かまいません」

「それでは読み上げる。まず一通目は次の通りです。

スイス銀行に預け置く私の財産の一切は、すべて我が子およびその一族に譲渡するものとする。ただし、譲渡された者はそれを私有してはならぬ。その一切を真のナーダ国建設の資金としてしかるべき担当者に譲渡すべきこと。


二通目は次の通りです。読み上げます。

我が子よ。その一生のすべてを高貴なるナーダ国の精神のために捧げよ。

我が子よ。我が未完の「ナーダ史」を我が意志を継いで完成せよ。

我が子よ。高貴なる精神は一瞬たりとも己の中に留まっていてはならぬ。

我が子よ、そしてそのまた我が子々孫々よ。ケンブリッジへ行け。ケンブリッジにこそ答えが待っている。内は内に居ては分からぬ。外に出でよ。ナーダはナーダに居ては分からぬ。ナーダの外に出でよ。そして真のナーダ人となってオディッセーの如く帰還せよ。

A true Nada will not be built in a day.

以上です。以上が二通の文書の一切です。これは今やすべて光君のために書かれたものです。このすべてを今ここに光君にお渡しします」

セイレイ嬢の父親は言い終えた。

ぼくは眩暈がした。想像を絶することが書いてあり、想像を絶することが目の前で行われているごとくだった。巨大な運命があっちへ行きそしてまたこっちへ来たりしているごとくだった。周囲の沈黙の中で、祖父光遜林の目がびっしりと何百個もぼくの方に向かって徐々に近づいて来るように思われた。

ぼくは深呼吸をした。そしてまた深呼吸をした。少し体が楽になった。

「ぼくはスイス銀行にある祖父の財産すべてを、梁景山先生にお預けいたします。その管理、保管、運用のすべてを祖父の遺言の通り、真のナーダ国の再建のためにお使いくださるよう念願いたします。ぼくは今半分のぼくにさえ近づいていません。そしていつかぼくが完全にぼく自身に達する日が来たとしても、今の気持ちは変わらないと確信しております。ですから、祖父に代わって、祖父の遺産はナーダ国のために捧げると確約いたします」

「お見事じゃ。光君、それでこそ光遜林君のお孫さんじゃ。よう言ってくれた。光君への光遜林君の遺産は、光君ご自身じゃ。光君の果てもない未来じゃ。無尽蔵の可能性、無尽蔵の潜在性じゃ。わしはそう信じそう確信しておる。そしてな、光君、いいかの。ここにおる梁景山殿、その御令嬢のセイレイ君、わしの弟子たち、そして先ほど坐禅堂においてお会いした梁景山殿の教え子たちそのすべてが、光君の前途を見守っておるぞ。ケンブリッジに行きたまえ」

古蘭渓博士が言った。

「ありがとうございます。ぼくはまだナーダ国の人として半分しか目覚めていません。祖父の遺言に従い、ケンブリッジに留学して、そして何年掛かるか分かりませんが、ナーダを見つめ直し、東洋を見つめ直し、世界を見つめ直して、真のナーダ人《びと》となって、オディッセーのごとく帰還いたします。かならずオディッセーとなって帰ってきます。

さあ、どうぞ、先生、これらの書類一切をこのルイ・ヴィトンのバッグごと、先生にお渡しいたします。そして古蘭渓博士、アナン博士共々、ご相談の上、最善の御処置をお願い申し上げます」

「それでは、光君、お預かりする。全身全霊をもってお預かりする」

セイレイ嬢の父親が言った。

「光遜林君はよく言ったものだ。日本は江戸時代の大儒徂徠先生の言葉だ、「天を楽しむものにあらずんば、待つこと能わざるなり」とな。光遜林君は天を楽しむことのできたお人だった。つまりな、Divine Enjoyment のできたご仁だった。光君な、光君を見ていると、それを思い出す。光君もまた楽天の能力があるとふと思った。Divine Enjoyment のできるお人だと思ったのだ。神的な享受能力というか、悠揚迫らない、茫洋としたところ、まさに天を楽しむ人じゃの。そういう人であれば、待つことはできるはずじゃ。ナーダはまだ滅びん」

傍らの古蘭渓博士はそう言って、ぼくの方に体を傾け破顔微笑した。

二十六　ラクリモーサ・デイ（神の涙）

ぼくは白蓮精舎の前庭の池の端にいた。ベンチに腰を掛けて、池の中の睡蓮を見るともなく見つめていた。一夜をこの白蓮精舎で過ごし、セイレイ嬢と山を下る朝が来た。セイレイ嬢はまだ長春老師と何か話が残っているらしい。ぼくは一人池の端にいた。

睡蓮の葉が池の全体を覆うばかり広がり、朝日を浴びて、かすかに震えるごとく漂い、揺れている。そしてここかしこに睡蓮の花が、睡蓮の蕾が、しっとりとした顔を覗かせている。妙法は蓮華だと長春老師は言った。泥中に根を下ろし、水中に茎を伸ばし、そしてついに空中に顔を覗かせて清浄なる花を開く。妙法はそのような蓮華であると言った。そしてそれは譬えではないとさえ言った。蓮の花そのものが妙法なのだと、仏そのものであり、仏のお命であるとさえ言った。そして最後に「光君、いいかな。君こそ蓮華なのだ、睡蓮の花なのだ」と、不思議なことを言った。さらには言

父に当たる光遜林先生の大粒の涙です」

「祖父の涙でしょうか」

「そうですとも。ほら、あそこの池の真ん中の大きな睡蓮の蕾。あれは昨日山頂であなたのおっしゃった言葉を聞いて、喜んで流された大きな涙に違いないと思います」

「そうでしょうか」

「そうですとも」

「ぼくはあの蕾を見ていてマラルメの詩を思い出していました」

「どういう詩なの。今言えますか」

「こういうのです。いまだ飛翔の翼を広げない白鳥の高貴なる卵のごとき睡蓮の花の蕾と言うんです」

「原文でも言えますか。私聞いてみたい」

「Comme《コム》 un《アン》 noble《ノブル》 œuf《ウッフ》 de《ドゥ》 cygne《スィヌ》
Tel《テル》 que《ク》 n'en《ナン》 jailla《ジャイヤ》 le《ル》 vol《ヴォル》.」

「もう一度言ってください」

「Comme un noble œuf de cygne
Tel que n'en jailla le vol.」

「いい音、いいリズム。すべらかで、力強く、音の蕾、音の艶なる蕾」

「睡蓮の蕾を白鳥の高貴なる卵と言い切ったんです。清楚の中の妖艶です」

「いまだ飛翔の翼を広げない、白鳥の高貴なる卵のごとき睡蓮の花の蕾とは、光さん、あなたのことです」

「いいえ、セイレイさん。あなたこそいまだ翼を広げない、白鳥の高貴なる卵のごとき睡蓮の花の蕾です」

「それでは、あなたと私はナーダの国に居て、ここの池の睡蓮の花の蕾のように、二人一緒に花を咲かせるということでしょうか」

「いいえ、飛び立つのです。卵の蕾を破って、水際から、高貴なる白鳥の翼を広げつつ、飛び立つのです。セイレイさん」

ぼくは感極まってもう一度言った。

「セイレイさん。祖父の遺言をぼくと一緒に果たしてください」

ふいにぼくの口から言葉が起こった。

「光さん、何とおっしゃいました。もう一度言ってください」

セイレイ嬢がひたとぼくの顔を見つめた。

「セイレイさん。ナーダの国を離れてナーダを見つめよと、そしてそのためにケンブリッジに行けと命じた祖父の遺言をぼくと一緒に果たしてくださいませんか」

「ああ、そのこと、父は言いました。昨日別れる時に言いました。光君を守れと。わしたちは別の道を行く。しかしいつの日かきっと同じ道を行く時が来ると。それまで光君を守れと言いました」

「ああ、そうおっしゃったんですか」

「はい」

「では、ぼくと一緒にケンブリッジに留学してくれますか」

「はい、私一緒に行きます。五年でも十年でも」

「セイレイさん、それ、本当ですね。本心から言ってくださっているんですね」

「はい、本心からです。光さんは天涯孤独です。私も一緒に天涯孤独になります」

ぼくはセイレイ嬢を見つめた。セイレイ嬢もまたぼくを見つめた。

セイレイ嬢の目からひたむきな思い詰めた涙が光り出た。

ぼくはその目を信じた。ラクリモーサ・デイのごときその目を信じた。

完

後書き

茂木光春

私たちは今未曽有の危機の中にある。そして私たちというのは地球上のすべての人たちを指して言うのである。そしてまた今というのもここひと月とかふた月を指して言うのではなくこの一年この二年そしてそれ以降いつ果てるともない未来を含んで言う言葉なのである。これが誇張であることを願う。これが大袈裟であることをひたすら願う。未曽有の危機という言葉が一時的なものであり一過性のものであることを祈る。一個人の小著の後書きなどにおいてそのことについて触れたことが大袈裟であったと悔やまれることを祈る。

もう一度言おう。私たちは今未曽有の危機の中にある。二〇一九年の暮れに新型コロナウイルスが中国の武漢で発生したと伝えられた時は人ごとであり対岸の火事であった。しかしながらそれはヨーロッパに伝わり、アメリカに伝わり、いつの間にか、見えざる津波のごとく、闇夜の満ち潮のごとく、異常な水位をもって、第二波、第三波、第四波となって日本に押し寄せ、やがてはデルタ株、オミクロン株と、変容に変容を重ねて、二〇二二年、なおもその猛威は退くことを止めないのである。物流と情報のグローバリズムに加えて疾風のごときウイルスのグローバリズムである。

そして二〇二二年二月ロシアのウクライナ侵攻が突如勃発した。そしてそれはテレビやスマホや新聞やその他情報機器を通して、私たちの目の前で行われているごとく、残虐、拷問、殺戮、暴行の惨状を目にすることになった。ミサイルによる無差別攻撃でありロシア兵による無差別市民虐殺であり、五百万を越える老人と女性と子供たちの隣国への避難民の流出が始まったのである。それは今もいつ果てるともなく続いている。激しさを増して来ているとさえ言える。またもや黙示録的なカタストロフィー（大災害）が始まったのであり、ホロコースト（大虐殺）が始まってしまったのである。コロナ禍にせよウクライナ侵攻にせよ、ここで起こっていることは人間の突然死である。自然死ではない。生れて生きてやがて老いて死ぬという意味での自然死ではない。たとえ自然死でさえ不幸であり悲しみに満ちていることには変わりはない。私たち人間は人間以上のものである。私たちは自分であると同時に自分以上のものである。私たちはたえず自分からはみ出し、自分を越えて、夢を見、希望を持ち、未来を思い、志を持ち、悲願というものさえ抱いて生きている者である。したがってたとえ七十歳なり八十歳なりで死を迎えるとしても、そのようなすべてを、そのような未来への可能性を抱えたまま死んで行くのである。私たちはすべて自分の可能性を尽くし、可能性を生き尽くして死んで行く訳ではないのである。その意味において私たち人間はすべて、言わば、生き尽くされざる者と言っても過言ではないだろう。自然死でさえそうである。それが突然死であればなおさらのことである。コロナ禍の中ましてや今眼前のウクライナ侵攻の中で、子供のまま、青年のまま不意に突然死に見舞われる、不意に突然虐殺に遭う人たちの死はまさに絶対の突然死でなくて何だろう。その子たちその青年たちはほとんど無尽蔵の可能性と果てもない未来を抱えたままその生を断ち切られるのである。いまだ生まれざる曙を抱えたまま倒れまたは倒されて行くのである。いまだ生き尽くすことのないあらゆる可能性を抱えたまま殺されて行くのである。すべて突然死であり途中死である。これが悲劇でなくて何だろう。それが今私たちの目の前でなすすべもなく起こっているのである。

ギリシャ神話によれば、母ニオベは十四人の子供を次から次へと殺されて泣き尽くしつつ石になったと言われている。今ウクライナでは、空っぽのベビーカーを押し、あるいは死んだ我が子を抱きつつ、泣いて泣いて石に化そうとしている、百人のニオベ、千人のニオベが居るのである。

なぜ私はこのようなことを後書きにおいて述べるのだろうか。また述べていいのだろうか。私は拙作「ナーダ・サーガ」を書き続けそして書き終わった時にはまだコロナ禍もウクライナ侵攻も起こっていなかった。私は生涯に一度はユートピアを、すくなくとも私のユートピアというものを書こうと思ってきた。私の見果てぬ夢を、私の想像力の限りを尽くして描きたいと思ってきた。そして描き始めた。が、それは徐々に現実に冒され、現実に侵入されて行くのを感じざるを得なかった。そして私のユートピアは言うなれば一種の逆ユートピアへと変容して行くのを見守るほかはなかった。

わが主人公光は、ナーダの国に難破漂着して、一時的な記憶喪失になったまま、自分を、真の自分を求める彷徨の道を歩き始めた。そして同時にその至り着いたナーダの国の何たるかを知りかつ求める旅を始めた。いわば、自分自身のそしてナーダの国の「失われた時を求めて」歩き出したのだ。そしてその一種のオディッセーの旅にあって、徐々に自分の、自分の家系の、ナーダの国の、ナーダの人々の、悲劇を知り、それに目覚めて行くことになった。そして人間の悲劇というものはつねにその人の持つ可能性、その人の抱えた未来というものが突然断ち切られるということに気が付いて行くのだ。生き尽くされざる者、それこそ悲劇の正体であると気が付くに至るのである。そして究極、人間は自然死であれ突然死であれ、すべて生き尽くされざる者であるとさえ気が付くに至るのである。

そのことを主人公は出遇うさまざまな人物の中の一人アナン博士からNONVÉCUという言葉を聞いて自覚するに至るのだ。NONVÉCUという言葉はフランス語で「生き尽くしていない」または「生き尽くされていない」という意味の言葉である。主人公はやがて自分の父自分の祖父がまさにそのようなNONVÉCUの人、自分の可能性自分の志自分の悲願を生き尽くすことなく死んで行った人たちであったということを知るに至る。そしてついに父や祖父たちの生き尽くされていない無尽の可能性その志その悲願というものを受け継ぎ生き尽くそうと決意するに至るのである。すなわち救出の思想にたどり着くのである。

今の時代あるいはいつの時代にあってもユートピアというものは存在しないのかもしれない。ユートピアはすべての人が自分の可能性を最後まで全うし実現することのできる世界だからである。しかしながらユートピアが現実にはあり得なくとも、ユートピアへの祈り、願い、悲願というものは人間に許されているのであり、その悲願あってこそ人間を人間たらしめる所以のものだからである。ユートピアなき絶望、ユートピアなき暗黒の、この時代にあってなおユートピア精神を持ち続けることこそ人間というものであろうからである。

私のこのささやかなユートピア物語、正確に言うならば、ユートピアを求めるユートピア物語が出版にまで漕ぎ付けることができたのは、ひとえに私の若き友人ワコー社長岡田和廣氏の尊い援助のお陰である。ただ感謝ただ感激あるのみ、ここに記して謝意を表する次第である。

なお、出版プロデュース部課長の田中大晶氏には「テーマも良い」とウクライナ侵攻を予言するがごとき推奨の言葉を賜ったこと感謝に堪えないところであり、また編集部の金田優菜様には冗長な私の文章に対して明解を旨とする懇切丁寧な推敲のご忠告を頂き、どれほど感謝していいか分からない。改めてご両氏に感謝を捧げる次第である。

コロナ禍とウクライナ侵攻のさなか、ほぼ六カ月の鼠の巣ごもり、推敲と校正と再考の時を過ごした。いまだ生きていること、なお生きていられることに、誰に向かってか、感謝しつつ筆を擱くことにする。

二〇二二年四月二四日

陋舎如日庵にて　茂木光春

文庫版後書き

今回、拙作『ナーダ・サーガ』が文庫改訂版として装いを新たにすることになった。これひとえに出版プロデュース部の田中大晶様の強いご推薦のお陰であると共に、編集部と販売部と読者との好評価のお陰であると聞き、すべての関係者に感謝を捧げたい。

時代はコロナ禍とウクライナ侵攻と世界的な物価高と異常気象と、すべてユートピアの世界からいよいよ遠ざかる勢いの中にある。そうであればこそ、そのような絶望的な状況にあればこそ、今一度私たちはユートピア精神というものの再起と、そのような世界に向かっての奮起を共に願いかつ実践したく思うのである。

私はその願いと祈りをもって『ナーダ・サーガ』という作品を書いた。主人公・光とセイレイ嬢の二人の若者と共に、どうか若い読者の方々のみならず、この生きづらい時代に生きる老若男女すべての読者の方々に読んでいただき、いまだ消えざるユートピア精神を共にしたく思うものである。

この度も田中大晶様の大きなご理解と編集部の金田優菜様の丹念な原稿精読に感謝申し上げたい。

最後に、この文庫改訂版の上梓を心待ちにしていたにもかかわらず、昨年の暮れ、急逝した亡き妻にこの書を捧げようと思う。

令和五年一月三十日

〈著者紹介〉

茂木 光春（もてぎ みつはる）

昭和11年3月6日　埼玉県深谷市に生まれる
昭和29年　県立熊谷高校卒業
昭和34年　東京外国語大学英米科卒業
平成8年　県立浦和第一女子高等学校退職
三田文学会員。雑誌「三田文学」に「転生記」「きつねの涙」「悪童記」「眼球譚」「シナモンの匂う言語虫」「アリス探し」発表。著書に「永遠の天心」「来たるべき良寛」「大いなる蕃山」「一休夢幻録」「わが愛する明恵上人」「始まりの人」「星の彼方のアニマトピア」。
雑誌「扣の帖」に「荒野から荒野へ」（英文学における宗教性）「真言の人空海」「失われた日本人」発表。
現在同誌に「鉄斎の謎」連載中。

ナーダ・サーガ 「無《む》の国《くに》の物語《ものがたり》」 [文《ぶん》庫《こ》改《かい》訂《てい》版《ばん》]

2023年6月26日　第1刷発行

著　者　　茂木光春
発行人　　久保田貴幸

発行元　　株式会社 幻冬舎メディアコンサルティング
　　　　　〒151-0051　東京都渋谷区千駄ヶ谷4-9-7
　　　　　電話　03-5411-6440（編集）

発売元　　株式会社 幻冬舎
　　　　　〒151-0051　東京都渋谷区千駄ヶ谷4-9-7
　　　　　電話　03-5411-6222（営業）

印刷・製本　シナジーコミュニケーションズ株式会社
装　丁　　李秀彬

検印廃止

Printed in Japan
ISBN 978-4-344-94460-2　C0093
幻冬舎メディアコンサルティングＨＰ
https://www.gentosha-mc.com/

編訳――浄土宗総合研究所
袖山榮輝（浄土宗総合研究所主任研究員）
林田康順（浄土宗総合研究所研究員・大正大学仏教学部教授）

文庫版 法然上人のご法語　第三集 対話編
令和3年12月1日　初版第1刷発行

編訳　浄土宗総合研究所

装丁　岡崎 善保（志岐デザイン事務所）

発行　浄土宗

発行人　川中 光教

浄土宗宗務庁
〒605-0062　京都市東山区林下町400-8
TEL(075)525-2200(代表)
〒105-0011　東京都港区芝公園4-7-4
TEL(03)3436-3351(代表)
URL:https://jodo.or.jp/

編集　浄土宗出版
〒105-0011　東京都港区芝公園4-7-4
TEL(03)3436-3700
FAX(03)3436-3356
E-mail:syuppan@jodo.or.jp
URL:https://press.jodo.or.jp/

印刷　株式会社共立社印刷所

　ISBN978-4-88363-153-7　C3115